DARYNDA JONES

Das Flüstern der Toten

DARYNDA JONES

Das Flüstern der Toten

Roman

Ins Deutsche übertragen von
Ralf Schmitz

LYX EGMONT

Die Originalausgabe erschien 2011 unter dem Titel »First Grave on the Right« bei St. Martin's Press, New York

Deutschsprachige Erstausgabe Juli 2012 bei LYX
verlegt durch EGMONT Verlagsgesellschaften mbH,
Gertrudenstraße 30–36, 50667 Köln

1. Auflage
Redaktion: Angela Koonen
Satz: Greiner & Reichel, Köln
Druck: CPI – Clausen & Bosse, Leck
ISBN 978-3-8025-8421-3

www.egmont-lyx.de

Für Annette, meine wunderschöne Schwester.
Du bist wie die Sonne,
hell,
strahlend
und manchmal seltsam schwierig.
Aber wozu hat man eine Schwester?

1

Besser Tote sehen, als tot sein
– Charlotte Jean Davidson, Schnitterin

Seit Monaten hatte ich immer wieder denselben Traum – den, wo ein dunkler Fremder aus Rauch und Schatten materialisierte, um mit mir Doktor zu spielen. Ich begann mich bereits zu fragen, ob das wiederholte Erleben nächtlicher Halluzinationen, die in erdbebenhaften Höhepunkten gipfeln, langfristig irgendwelche Nebenwirkungen zeitigen könnte. Ich machte mir ernsthaft Sorgen, dass die extremen Lustgefühle schließlich zum Tode führten. Eine Aussicht, die mich vor folgendes Dilemma stellte: Wende ich mich an jemanden, der etwas davon versteht, oder behelfe ich mich vorläufig mit Alkohol?

Diese Nacht bildete keine Ausnahme. Ich hatte einen umwerfenden Traum, in dem ein Paar kundiger Hände, ein heißer Mund sowie einfallsreich eingesetzte Lederhosen vorkamen, aus dem mich jedoch zwei äußere Mächte fortzulocken versuchten. Ich setzte mich mit aller Kraft dagegen zur Wehr, doch die äußeren Mächte erwiesen sich als ziemlich hartnäckig. Zuerst kroch Eiseskälte in meine Füße, eine klirrend kalte Liebkosung, die mich aus meinem heißen Traum riss. Ich erschauerte und trat aus, weil ich dem Ruf keineswegs nachgeben wollte, dann schob ich mein Bein in die dicken Falten meiner Bugs-Bunny-Bettwäsche.

Darauf begann am Rand meines Bewusstseins leise, aber unnachgiebig eine Melodie zu dudeln, wie ein Lied, das ich kannte, aber nicht zuordnen konnte. Einen Moment später ging mir auf, dass es sich um das Grillenzirpen meines neuen Telefons handelte.

Schwer seufzend öffnete ich meine Augen gerade so weit, dass ich die Leuchtziffern über dem Nachttisch erkennen konnte. Vier Uhr vierunddreißig morgens. Welcher Sadist rief einen um vier Uhr vierunddreißig morgens an?

Am Fuß meines Bettes räusperte sich jemand. Ich richtete mein Augenmerk auf den Toten, der da stand, dann senkte ich die Lider und fragte mit todernster Stimme: »Kannst du rangehen?«

Er zögerte. »Äh, ans Telefon?«

»Hmm.«

»Na ja, ich bin irgendwie – «

»Macht nichts.« Ich langte nach dem Telefon und verzog das Gesicht, als mich Schmerz durchzuckte und mich daran erinnerte, dass ich am Abend vorher nach Strich und Faden vermöbelt worden war.

Wieder räusperte sich der Tote.

»Hallo?«, krächzte ich.

Mein Onkel Bob. Er schwallte sofort drauflos, ausgerechnet, ohne auf die Idee zu kommen, dass ich in den frühen Morgenstunden noch zu keinem klaren Gedanken fähig war. Ich konzentrierte mich darauf, mich zu konzentrieren, und nahm drei hervorstechende Wortverbindungen auf: *anstrengende Nacht, zwei Todesopfer, hier ist die Kacke am Dampfen*. Ich bekam sogar eine Antwort hin, so was wie: »Wie bist du denn drauf?«

Er seufzte hörbar verärgert, dann legte er auf.

Ich tat's ihm gleich und drückte eine Taste an meinem neuen Telefon, die entweder die aktuelle Verbindung unterbrach oder die Kurzwahl des Chinaimbisses um die Ecke betätigte. Dann versuchte ich mich aufzusetzen. Genau wie bei der Sache mit den klaren Gedanken war das leichter gedacht als getan. Obwohl ich normalerweise so um die einhundertfünfundzwanzig Pfund wog, brachte ich in den Stunden zwischen halb wach und ganz wach stolze vierhundertsiebzig auf die Waage.

Doch nach kurzem, an einen gestrandeten Wal gemahnenden Kampf gab ich es auf. Das Viertel Chunky Monkey, das ich nach der Tracht Prügel verdrückt hatte, war vermutlich keine gute Idee gewesen.

Da die Schmerzen zu groß waren, als dass ich mich recken wollte, gähnte ich einmal herzhaft und sah dann wieder den Toten am Fußende an. Er machte einen verschwommenen Eindruck. Was nicht daran lag, dass er tot war, sondern daran, dass es erst vier Uhr vierunddreißig war. Und daran, dass ich kürzlich verdroschen worden war.

»Hi«, sagte er nervös. Mit seinem knittrigen Anzug, der runden Brille und den zerzausten Haaren sah er halb nach allseits beliebtem, jungen Genie und halb nach verrücktem Wissenschaftler aus. Allerdings zierten seinen Schädel zwei Einschusslöcher, aus denen Blut über die rechte Schläfe und Wange sickerte. Aber nichts davon stellte ein Problem dar. Das Problem bestand darin, dass er sich in meinem Schlafzimmer aufhielt. In den frühen Morgenstunden. Und an meinem Bett stand wie ein Spanner.

Ich beäugte ihn mit meinem berüchtigten Mörderblick, der direkt nach meinem berüchtigten Irritierblick kam, und erzielte prompt eine Reaktion.

»Tut mir leid, tut mir leid«, haspelte er, »ich wollte Ihnen keine Angst machen.«

Sah ich aus, als hätte ich Angst? An meinem Mörderblick musste ich wohl noch feilen.

Ich ignorierte ihn und mühte mich aus dem Bett. Ich trug ein Hockeyhemd der Scorpions, das ich dem Torhüter abgeluchst hatte, und karierte Boxershorts – dieselbe Mannschaft, andere Position. Chihuahuas, Tequila und Strippoker. In einer Nacht, die auf der Liste der Dinge, die ich nie wieder tun werde, auf ewig ganz oben stehen wird.

Ich biss mörderisch gequält die Zähne zusammen und schleppte die vierhundertsiebzig schmerzenden Pfund Richtung Küche und – worauf es wirklich ankam – zur Kaffeemaschine. Koffein würde die Pfunde abschmelzen und in null Komma nichts mein Normalgewicht wiederherstellen.

Da mein Apartment ungefähr so groß war wie eine Schachtel Käsekräcker, brauchte ich nicht lange, um mich im Dunkeln in die Küche vorzutasten. Der Tote folgte mir. Die Toten folgen mir immer. Ich konnte bloß beten, dass dieser die Klappe hielt, bis das Koffein wirkte, aber wehe, so viel Glück war mir nicht beschieden.

Ich hatte die Maschine kaum angeschaltet, als er auch schon loslegte.

»Äh, ja«, meldete er sich von der Küchentür, »es ist so, dass ich gestern ermordet wurde, und man hat mir gesagt, Sie seien diejenige, an die man sich da wenden kann.«

»Hat man Ihnen gesagt, hm?« Vielleicht entwickelte die Kaffeemaschine, wenn ich einfach vor ihr herumlungerte, einen Minderwertigkeitskomplex und arbeitete schneller, um mir zu beweisen, dass sie dazu fähig war.

»Der Junge meinte, Sie klären Verbrechen auf.«

»Ah, meinte er das?«

»Sie sind doch Charley Davidson, oder?«

»Die bin ich.«

»Sind Sie ein Polyp?«

»Nicht ganz.«

»Hilfssheriff?«

»Nee.«

»Politesse?«

»Hören Sie«, sagte ich und drehte mich endlich zu ihm um, »nichts für ungut, aber soweit ich weiß, können Sie schon vor dreißig Jahren gestorben sein. Tote haben kein Zeitgefühl. Null. Nix. *Nada*.«

»Gestern, achtzehnter Oktober, fünf Uhr zweiunddreißig nachmittags, zwei Schüsse in den Kopf, die ein Schädelhirntrauma und mein sofortiges Ableben zur Folge hatten.«

»Oh«, sagte ich, mein Misstrauen zügelnd. »Also, ich bin kein Polyp.« Damit wandte ich mich wieder der Kaffeemaschine zu, entschlossen, ihren eisernen Willen mit meinem berüchtigten Mörderblick zu brechen, der direkt nach –

»Gut, was sind Sie dann?«

Ich fragte mich kurz, ob *Ihr schlimmster Albtraum* eine blöde Antwort wäre. »Ich bin Privatdetektivin. Ich spüre Ehebrecher und entlaufene Hunde auf. Mit Mordfällen gebe ich mich nicht ab.« Das tat ich eigentlich schon, aber das musste er ja nicht wissen. Ich hatte gerade erst einen großen Fall abgeschlossen und hoffte auf ein paar freie Tage.

»Aber dieser Junge – «

»Angel«, sagte ich, frustriert, dass ich den kleinen Satansbraten nicht bei erster Gelegenheit ausgetrieben hatte.

»Angel? War er ein Engel?«

»Nein, er heißt bloß Angel.«

»Er heißt Angel?«

»Ja. Wieso?«, fragte ich zurück. Obwohl mir das Getue um Angel langsam auf den Wecker ging.

»Ich dachte bloß, ich bin womöglich sein Auftrag.«

»Das ist bloß sein Name. Und glauben Sie mir, er ist alles andere als ein Engel.«

Nach einer erdgeschichtlichen Epoche, in der sich Einzeller zu Talkshowmoderatoren entwickelten, ließ Mister Kaffee mich immer noch schmoren. Ich gab's auf und beschloss, lieber pullern zu gehen.

Der Tote folgte mir. Die Toten folgen –

»Sie sind sehr … hell«, meinte er.

»Hm, danke.«

»Und … strahlend.«

»Aha.« Das war nichts Neues. Nach allem, was ich so mitbekommen habe, sehen mich die Verstorbenen als Leuchtfeuer, als blendende Wesenheit – mit der Betonung auf *blendend* –, die sie über Kontinente hinweg erkennen können. Und je näher sie mir kommen, desto blendender werde ich. Falls man das so sagen kann. Ich hab dieses Strahlen immer für einen Vorteil gehalten, wenn man die einzige Schnitterin diesseits des Mars ist. Und als solche war es meine Aufgabe, Menschen ins Licht zu führen. Durch das Portal. Das heißt, durch mich. Leider ging das nicht immer reibungslos. Manche ließen sich weder raten noch helfen. »Übrigens«, nahm ich den Faden wieder auf, indem ich einen Blick über die Schulter warf, »wenn Sie mal einen Engel sehen, einen echten, laufen Sie. Und zwar schnell. In die Gegenrichtung.« Ganz so schlimm war's nicht, aber es machte mir Spaß, Leuten Angst einzujagen.

»Wirklich?«

»Wirklich. Hey …« Ich hielt inne und fuhr zu ihm herum. »… haben Sie mich angefasst?« Irgendwer hatte praktisch meinen rechten Knöchel befummelt, jemand Kaltes, und da er nun mal der einzige Tote im Zimmer gewesen war …

»Wie bitte?«, sagte er entrüstet.

»Vorhin, als ich noch im Bett war.«

»Aber nein.«

Ich kniff die Augen zusammen, ließ den Blick bedrohlich auf ihm ruhen und humpelte dann weiter Richtung Badezimmer.

Ich brauchte eine Dusche. Dringend. Und ich konnte nicht

den ganzen Tag herumtrödeln. Sonst würde Onkel Bob noch der Schlag treffen.

Doch während ich mich dem Bad näherte, erkannte ich, dass mir der schlimmste Teil meines Morgens – in dem es Licht wurde – unmittelbar bevorstand. Ich stöhnte und dachte daran, ohne Rücksicht auf die Arterien meines Onkels weiter zu trödeln.

Da musst du jetzt durch, sagte ich mir. Daran führte kein Weg vorbei.

Ich stützte mich mit zittriger Hand an der Wand ab, hielt die Luft an und kippte den Lichtschalter.

»Ich bin blind!«, kreischte ich und hielt mir die Arme vor die Augen. Ich versuchte, mich auf den Fußboden zu konzentrieren, das Waschbecken, die Clorox-Toilettenbürste. Alles ein einziger verschwommener weißer Fleck.

Ich benötigte unbedingt weniger wattstarkes Licht.

Ich stolperte rückwärts, fing mich und zwang mich, einen Fuß vor den anderen zu setzen, ohne noch mal zurückzuweichen. Ich ließ mich doch nicht von einer Glühbirne aufhalten. Ich hatte einen Job, verdammt.

»Wussten Sie, dass Sie einen Toten in Ihrem Wohnzimmer haben?«, fragte der Tote.

Ich drehte mich zu ihm um, dann ließ ich den Blick durchs Zimmer schweifen, bis zu der Stelle, an der Mr Wong stand, der uns den Rücken zukehrte und die Nase in die Ecke steckte. Ich sah wieder den Toten Nummer eins an und fragte: »Meinen Sie nicht, da zieht der Topf über den Kessel her?«

Mr Wong war ebenfalls tot. Ein Toter wie ein Halbwüchsiger, kaum größer als eins fünfzig. Außerdem war er grau, von Kopf bis Fuß fast monochrom in seiner Durchsichtigkeit, trug irgendeine graue Uniform, und auch Haut und Haare waren aschgrau. Er sah aus wie ein chinesischer Kriegsgefangener, und er stand Tag für Tag, Jahr für Jahr in meiner Ecke, ohne sich je zu bewegen oder etwas zu sagen. Obwohl ich ihm keinen Vorwurf machen konnte, dass er mit dieser Farbe und so weiter nicht häufiger vor die Tür ging, fand ich doch, dass Mr Wong ein durchgeknallter Typ war.

Natürlich war der Umstand, dass bei mir ein Geist in der Ecke stand, nicht eigentlich unheimlich, aber in dem Augenblick, wo der Neue entdeckte, dass Mr Wong in Wahrheit gar nicht in meiner Ecke *stand*, sondern mit den Zehen zentimeterhoch über dem Boden schwebte, würde er bestimmt durchdrehen.

Ich lebte für solche Augenblicke.

»Guten Morgen, Mr Wong!«, rief ich halblaut. Ich war mir nicht sicher, ob Mr Wong mich überhaupt hören konnte. Das war vermutlich gut so, denn ich hatte keinen Schimmer, wie Mr Wong wirklich hieß. Ich nannte ihn nur so, solange er noch nicht von dem unheimlichen Toten in der Ecke zu einem normalen wandelnden Toten geworden war, der er, falls ich ein Wörtchen mitzureden hatte, eines Tages mal sein würde. Selbst Tote sollten es sich gut gehen lassen.

»Muss er in der Ecke stehen, weil er was verbrochen hat?«

Gute Frage. »Ich habe keine Ahnung, wieso er in der Ecke steht. Der steht da schon, seit ich die Wohnung gemietet habe.«

»Sie haben die Wohnung mit einem Toten in der Ecke gemietet?«

Ich zuckte die Achseln. »Ich wollte die Wohnung und dachte, ich könnte ihn mit einem Bücherregal oder irgendwas verdecken. Doch die Vorstellung, hinter meiner Ausgabe von *Sweet Savage Love* einen Toten herumhängen zu haben, störte mich. Ich konnte ihn nicht einfach dalassen. Zumal er vielleicht gar nicht auf Liebesromane steht.«

Ich sah mir die neuste körperlose Wesenheit, die mich mit ihrer Gegenwart beehrte, genau an. »Wie heißen Sie eigentlich?«

»Oh, wie unhöflich von mir«, sagte er, straffte sich und kam auf mich zu, um mir die Hand zu schütteln. »Ich bin Patrick. Patrick Sussman. Der Dritte.« Er verstummte und betrachtete seine Hand, um mich gleich darauf anzuglotzen wie ein Schaf. »Ich glaube nicht, dass wir tatsächlich –«

Ich drückte ihm fest die Hand. »Doch, Patrick, Patrick Sussman, der Dritte, wir können.«

Er runzelte die Stirn. »Das kapier ich jetzt nicht.«

»Tja, nun«, sagte ich und ging ins Bad, »willkommen im Club.«

Als ich die Badezimmertür schloss, hörte ich, wie Patrick Sussman III. endlich doch noch durchdrehte.

»Oh, großer Gott. Er … schwebt.«

Es sind oft die einfachen Dinge im Leben … Sie wissen schon.

Die Dusche fühlte sich an wie der Himmel mit warmer Schokosoße. Während ich Körperinventur machte und jeden Muskel, der wehtat, im Geiste mit einem Sternchen versah, war ich in Ströme von Dampf und Wasser gehüllt.

Mein linker Oberarmmuskel brauchte, was mich nicht wunderte, definitiv ein Sternchen. Das Arschloch in der Bar hatte mir gestern Abend den Arm verdreht, in der klaren Absicht, ihn mir auszureißen. Manchmal musste man sich als Privatdetektivin mit gesellschaftlich weniger angesehenen Figuren herumschlagen, zum Beispiel mit dem ausfälligen Ehemann einer Klientin.

Als Nächstes nahm ich mir meine rechte Seite vor. Ja, die tat auch weh. Sternchen. Das war bestimmt passiert, als ich gegen die Musicbox geknallt war. Diskretion und Eleganz sind nicht so mein Ding.

Linke Hüfte. Sternchen. Keine Ahnung, wieso.

Linker Unterarm. Doppelsternchen. Das war höchstwahrscheinlich passiert, als ich den Schlag des Arschlochs abgeblockt hatte.

Blieben natürlich noch die linke Backe und die linke Kinnseite. Vierfachsternchen. Hier hatte ich völlig erfolglos abgeblockt. Das Arschloch war einfach zu kräftig und zu flink gewesen, und der Schlag war so unerwartet gekommen. Ich war zu Boden gegangen wie ein betrunkenes Cowgirl beim Line Dance.

Peinlich? Klar. Aber irgendwie auch seltsam erhellend. Ich war noch nie bewusstlos geschlagen worden. Ich hätte mit größeren Schmerzen gerechnet. Aber komischerweise kommt der Schmerz, wenn man ausgeknockt wird, erst später. Dann allerdings gnadenlos.

Trotzdem hatte ich den Abend ohne bleibende Schäden überstanden. Was immer gut war.

Während ich wenigstens die Schmerzen im Nacken wegzumassieren versuchte, kehrten meine Gedanken zu dem Traum zurück, den ich jetzt seit einem Monat jede Nacht hatte. Und es erwies sich von Mal zu Mal als schwieriger, nach dem Aufwachen die Erinnerung daran, das Gefühl der Berührungen und die nebelhafte Begierde abzuschütteln. Jede Nacht erschien mir im Traum ein Mann aus den dunkelsten Winkeln meines Geistes, als hätte er darauf gewartet, dass ich endlich einschlief. Sein voller, männlicher Mund versengte mich. Seine Zunge, die wie Flammen über meine Haut züngelte, entfachte einen Funkenregen, unter dem mein Körper erschauerte. Wenn er sich schließlich meinen Südpol vornahm, taten sich sämtliche Himmel auf und Engelschöre stimmten in perfekter Harmonie ein Halleluja an.

Der Traum begann unspektakulär. Ein Kuss. Leicht wie Luft. Ein Lächeln, das ich nur am Rande des Negativraums sehen konnte. Schönheit, wo ich sie niemals vermutet hätte. Dann verwandelte sich der Traum, wurde kraftvoller, beängstigend intensiv. Und zum ersten Mal im Leben kam ich tatsächlich im Schlaf. Und das nicht bloß einmal. Im letzten Monat war ich häufig gekommen, genau genommen in den allermeisten Nächten. Und das dank der Hände – und anderer Körperteile – eines

Traummannes, den ich nicht mal vollständig erkennen konnte. Doch ich wusste, dass er der Inbegriff von Sinnlichkeit und männlicher Anziehungskraft war. Außerdem wusste ich, dass er mich an irgendwen erinnerte.

Ich nahm an, dass jemand in meine Träume eindrang. Bloß wer? Ich konnte die Verstorbenen schon mein ganzes Leben lang sehen. Immerhin war ich schon als Schnitterin zur Welt gekommen. Als *die* Schnitterin sogar, auch wenn mir *diese* Besonderheit erst auf der Highschool klar geworden war. Trotzdem waren noch nie Verstorbene in meine Träume eingedrungen und hatten mir einen Schauder nach dem anderen durch den Körper gejagt, bis ich mich – ich gebe es zu – so weit erniedrigte, nach mehr zu betteln.

An meinen Fähigkeiten ist eigentlich nichts Besonderes. Die Verstorbenen existieren auf einer Ebene und die Menschen auf einer anderen, und irgendwie – ob durch einen irren Zufall, göttliche Intervention oder seelische Verwirrung – existiere ich auf beiden Ebenen. Vermutlich ein Privileg der Schnitterin. Im Grunde ist alles ganz einfach. Keine Trance. Keine Kristallkugeln. Kein Fluss, auf dem die Toten von einer Welt in die andere ziehen. Nur ein Mädchen, eine Handvoll Geister und die Menschheit. Was konnte einfacher sein?

Und doch, er war mehr als das, kein … Toter. Zumindest kam es mir so vor. Die Person in meinem Traum strahlte Wärme aus. Tote jedoch sind kalt, genau wie im Kino. Bei ihrem Erscheinen steht einem der Atem wie Nebel vorm Mund, man fröstelt, die Haare stehen einem zu Berge. Doch der Mann in meinen Träumen, der dunkle, verführerische Fremde, dem ich inzwischen verfallen war, glich eher einem Schmelzofen. Er war wie das heiße Wasser, das über meinen Körper strömte, sinnlich und von Kopf bis Fuß schmerzhaft und überall zugleich.

Und diese Träume waren so wirklichkeitsnah, die Gefühle

und Reaktionen, die seine Berührungen in mir weckten, so lebendig. Ich konnte ihn in diesem Moment beinah spüren, seine Hände, die meine Schenkel hinaufglitten, als stünde er mit mir unter der Dusche, ich konnte seine Hände auf meinen Hüften fühlen, seinen großen, festen Körper, der sich an meinen Rücken schmiegte. Ich griff hinter mich und strich, als er mich an sich zog, mit den Fingern über seine stahlharten Hinterbacken. Seine Muskeln zogen sich zusammen und entspannten sich unter meiner Berührung, wie Ebbe und Flut unter dem Einfluss der Mondphasen. Als ich eine Hand zwischen uns nach unten führte und seine Erektion umfasste, sog er scharf die Luft ein und zog mich an sich.

Ich spürte seinen Mund an meinem Ohr, sein Atem fächerte zart über meine Wange. Wir hatten nie ein Wort gesprochen. Die Wärme und Intensität meiner Träume ließ keinen Raum für Unterhaltungen.

Doch jetzt vernahm ich zum ersten Mal ein Flüstern, leise, kaum hörbar. »Dutch.«

Mein Herzschlag durchbrach die Schallmauer, sofort war ich hellwach, sah mich in der Dusche um und suchte in sämtlichen Ritzen und Fugen nach Gespenstern. Nichts. War ich eingeschlafen? Unter der Dusche? Unmöglich. Ich stand ja noch. Gerade so. Um nicht umzukippen, umklammerte ich die Armaturen und fragte mich, was um Himmels willen gerade passiert war.

Nachdem ich mich einigermaßen gefangen hatte, drehte ich das Wasser ab und langte nach einem Handtuch. *Dutch*. Ich hatte ganz klar das Wort *Dutch* verstanden.

Nur ein Mensch auf der ganzen Welt hatte mich jemals Dutch genannt, damals, vor sehr, sehr langer Zeit.

2

So viele Tote, so wenig Zeit
– Charlotte Jean Davidson

Immer noch von der Rolle wegen der Identität meines Traummannes, wickelte ich mich in ein Handtuch und zog den Duschvorhang auf. Sussman steckte den Kopf durch die Tür, worauf mein Herz vor Schreck eine Etage tiefer sackte und sich an meinen bloßliegenden Nervenenden wund rieb.

Ich zuckte zusammen, dann legte ich beruhigend eine Hand aufs Herz, ärgerlich, dass ich noch immer dermaßen schreckhaft war. Nachdem ich schon so viele Tote aus dem Nichts hatte auftauchen sehen, hätte ich eigentlich daran gewöhnt sein müssen.

»Heilige Scheiße, Sussman. Ich wünschte, ihr Typen würdet mal lernen, vorher anzuklopfen.«

»Körperlose Wesenheit«, sagte er eingeschnappt.

Ich trat aus der Dusche und griff nach einer Sprühflasche auf meinem Schminktisch. »Wenn Sie auch nur einen Fuß in dieses Bad setzen, löse ich mit meinem transzendentalen Schädlingsbekämpfungsmittel Ihr Gesicht auf.«

Er riss die Augen auf. »Ernsthaft?«

»Nein«, antwortete ich und entspannte mich. Ich konnte die Verstorbenen einfach nicht anlügen. »Das ist bloß Wasser. Aber verraten Sie das nicht Mr Habersham, dem Toten aus 2B. Ich kann den alten Lüstling nämlich nur mit dieser Sprühflasche daran hindern, mir bis ins Badezimmer nachzusteigen.«

»Kann man ihm nicht verübeln.«

Ich guckte sauer und öffnete die Tür, die dabei durch sein Gesicht glitt und ihm kurz die Orientierung raubte. Er legte eine Hand an die Stirn, die andere an den Türpfosten, um gegen das Schwindelgefühl anzugehen. Diese Neulinge waren so durchschaubar. Ich ließ ihm eine Sekunde Zeit, zur Besinnung zu kommen, dann zeigte ich auf das Hinweisschild über der Außenklinke.

»Merken Sie sich das«, befahl ich und schlug ihm die Tür vor der Nase zu.

»Tote müssen leider draußen bleiben«, las er laut. »Und, ja, wenn Sie plötzlich die Fähigkeit besitzen, durch Wände zu gehen, sind Sie eindeutig tot. Sie liegen nicht bloß irgendwo in der Kanalisation und warten darauf, wieder zu sich zu kommen. Finden Sie sich damit ab, und halten Sie sich, verdammt noch mal, von meinem Badezimmer fern.« Doch wieder steckte er den Kopf durch die Tür. »Das ist aber ein bisschen unfreundlich, finden Sie nicht?«

Mein Hinweisschild mochte dem unerfahrenen Betrachter ein wenig brutal vorkommen, aber dafür kam die Botschaft gewöhnlich an. Außer bei Mr Habersham. Ihm musste ich offen drohen. Immer wieder.

Trotz des Hinweisschilds wusch ich mir die Haare lieber, als stünde die Wohnung in Flammen. Nach der Spülung mit Toten unter der Dusche zu stehen ging mir dann doch etwas zu weit. Man ist einfach nicht mehr dieselbe, nachdem jemand mit einem Kopfschuss zum Tee und zur gemeinsamen Sauna vorbeigeschaut hat.

Ich streckte den Zeigefinger nach ihm aus. »Raus!«, verlangte ich und wandte mich wieder meinem blutunterlaufenen, aufgedunsenen Gesicht zu – es war eine einzige Katastrophe.

So ein Gesicht zu schminken ist eine Kunst. Man benötigt Geduld. Und muss schichtweise vorgehen. Doch nach der dritten

Schicht verlor ich die Geduld und wusch mir das ganze Zeug wieder ab. Mal im Ernst, wer sollte mich so früh am Morgen schon besuchen? Als ich mein schokoladenbraunes Haar zum Pferdeschwanz zusammenband, war ich schon fast überzeugt, dass Blutergüsse und Veilchen meinem Äußeren erst das gewisse Etwas verliehen. Ein bisschen Abdeckcreme, etwas Lippenstift, *et voilà*, schon war ich bereit für die Welt. Die Frage jedoch, ob die Welt auch bereit war für mich, blieb vorläufig unbeantwortet.

Ich verließ das Bad in einem einfachen weißen Button-down-Hemd und Jeans und hoffte, dass mein großzügiger Vorbau mir auf einer Zehnerskala eine satte neun Komma zwei eintragen würde. Für alle Fälle öffnete ich den obersten Knopf und zeigte mehr Ausschnitt. So würde vielleicht niemand bemerken, dass mein Gesicht an eine topografische Karte von Nordamerika erinnerte.

»Alle Achtung«, meinte Sussman, »Sie sehen trotz der leichten Verunstaltung scharf aus.«

Ich blieb stehen und drehte mich zu ihm um. »Wie war das?«

»Äh, Sie sehen heiß aus.«

»Darf ich Sie mal was fragen?« Ich näherte mich ihm, worauf er vorsichtig einen Schritt zurückwich. »Hätten Sie zu Lebzeiten, sagen wir, vor fünf Minuten, jemals irgendeiner Frau, die Sie gerade erst kennengelernt haben, gesagt, dass sie heiß aussieht?«

Er dachte einen Moment darüber nach, dann antwortete er: »Nein. Meine Frau hätte sofort die Scheidung eingereicht.«

»Warum glaubt ihr Typen dann, dass ihr nach eurem Ableben sagen könnt, was ihr wollt?«

Auch darüber dachte er einen Moment nach. »Weil meine Frau mich jetzt nicht mehr hören kann?«, fragte er zaghaft.

Ich schoss ihm meinen Mörderblick zu, der ihn wahrscheinlich für alle Ewigkeit versteinerte, dann schnappte ich mir meine Handtasche und die Schlüssel. Bevor ich das Licht ausknipste, drehte ich mich noch mal um und sagte augenzwinkernd: »Danke für das Kompliment.«

Er grinste und folgte mir durch die Tür.

Ganz so heiß, wie Sussman meinte, sah ich anscheinend nicht aus. Jedenfalls fror ich wie ein Schneider. Und natürlich hatte ich meine Jacke vergessen. Da ich zu faul war, noch mal zurückzugehen und sie zu holen, beeilte ich mich, in meinen kirschroten Jeep Wrangler zu steigen, den ich dem Großmeister des Schreckens und allem Unheimlichen zu Ehren auf den Namen Misery getauft hatte. Sussman floss auf den Beifahrersitz.

»Die Schnitterin, wie?«, fragte er.

»So isses.« Mir war nicht klar gewesen, dass er meine Stellenbezeichnung kannte. Er und Angel hatten sich wohl länger unterhalten. Ich drehte den Zündschlüssel, und Misery erwachte zum Leben. Noch siebenunddreißig Ratenzahlungen, dann gehörte dieses Schätzchen ganz mir.

»Sie sehen aber gar nicht aus wie die Schnitterin.«

»Dann sind Sie dem Sensenmann wohl schon begegnet.«

»Na ja, nein, eigentlich nicht«, gab er zurück.

»Mein Umhang ist in der Reinigung.«

Das trug mir ein dümmliches Kichern ein. »Und Ihre Sense?«

Ich ließ ihm ein boshaftes Grinsen zukommen und schaltete die Heizung ein. »Was das Verbrechen angeht«, wechselte ich das Thema, »haben Sie gesehen, wer auf Sie geschossen hat?«

»Nicht die Bohne.«

»Also … nein.«

Er schob mit dem Zeigefinger seine Brille hoch. »Nein, ich habe niemanden gesehen.«

»Mist. Das hilft mir nicht weiter.« Ich bog links in die Central ein. »Wissen Sie, wo Sie sind? Wo Ihre Leiche ist, meine ich? Wir wurden in die Stadt beordert. Das könnten Sie sein.«

»Nein, ich hielt gerade vorm Haus. Meine Frau und ich wohnen in den Heights.«

»Also sind Sie verheiratet?«

»Seit fünf Jahren«, erklärte er plötzlich traurig. »Wir haben zwei Kinder. Mädchen. Die Große ist vier, die Kleine achtzehn Monate alt.«

Den Teil hasste ich. Den Teil mit den Hinterbliebenen. »Das tut mir sehr leid.«

Er sah mich mit diesem speziellen Gesichtsausdruck an, den ich schon bei so vielen seiner Vorgänger gesehen hatte und der besagte, dass ich, da ich Tote sehen konnte, das doch eigentlich alles wissen müsste. Auch ihn würde ich nun furchtbar enttäuschen.

»Sie werden es sehr schwer nehmen, oder?«, fragte er. Es überraschte mich, welche Richtung seine Gedanken einschlugen.

»Ja, das werden sie«, antwortete ich aufrichtig. »Ihre Frau wird sich die Augen ausweinen und durch ein schrecklich tiefes Tal gehen. Dann wird sie Kräfte mobilisieren, von denen sie nicht mal wusste, dass sie sie hat.« Ich sah ihn unverwandt an. »Sie wird weiterleben. Für die Mädchen.«

Das schien ihn fürs Erste zu beruhigen. Jedenfalls nickte er und blickte aus dem Seitenfenster. Die restliche Fahrt in die Stadt absolvierten wir schweigend, womit ich unerwünschte Zeit fand, weiter über meinen Traummann nachzudenken. Wenn ich mich nicht irrte, war sein Name Reyes. Allerdings hatte ich keine Ahnung, ob Reyes sein Vor- oder Zuname war, wo er herkam oder wo er sich jetzt aufhielt, genau genommen wusste ich überhaupt nichts über ihn. Außer dass sein Name Reyes war und dass er fantastisch aussah. Unglücklicherweise war er jedoch auch ein gefährlicher Typ. Ich hatte ihn nur ein Mal gesehen, und das lag schon Jahre zurück, wir waren damals beide noch Teenager gewesen. Unsere einzige Begegnung war von Drohungen und Erregung bestimmt gewesen, und er war mir mit den Lippen so nahe gekommen, dass ich sie fast schmecken konnte. Dann hatte ich ihn nie wieder gesehen.

»Wir sind da«, riss Sussman mich aus meinen Gedanken.

Er hatte den Tatort ein paar Blocks weiter ausgemacht. Rot- und Blaulicht flackerte über Hauswände, erhellte pulsierend den rabenschwarzen Morgen. Die für die Ermittler aufgestellten Scheinwerfer tauchten das halbe Stadtviertel in grelles Licht. Als wäre an dieser Stelle bereits die Sonne aufgegangen. Ich entdeckte Onkel Bobs SUV und steuerte einen Hotelparkplatz ganz in der Nähe an.

Bevor wir ausstiegen, wandte ich mich an Sussman: »Haben Sie in meiner Wohnung zufällig jemanden gesehen?«

»Sie meinen, außer Mr Wong?«

»Ja. Zum Beispiel einen Mann?«

»Nein. War denn noch jemand da?«

»Nee, vergessen Sie's.«

Ich musste noch rauskriegen, wie Reyes das in der Dusche angestellt hatte. Wenn ich nicht die unheimliche Fähigkeit besaß, im Stehen zu schlafen, hatte er mehr drauf, als mir im Traum zu erscheinen.

Nachdem ich ausgestiegen und Sussman mehr oder weniger aus dem Wagen gefallen war, hielt ich Ausschau nach Onkel Bob. Er stand etwa vierzig Meter weit weg, von einem Scheinwerfer in unheimliches Licht getaucht, und empfing mich mit dem bösen Blick. Dabei ist er nicht mal Italiener. Ich weiß nicht, ob das legal ist.

Onkel Bob, oder Ubie, wie ich ihn gerne nenne – allerdings nur selten in seinem Beisein –, ist der Bruder meines Vaters und arbeitet bei der Polizei von Albuquerque. Muss wohl so was wie Lebenslänglich bekommen haben, denn auch mein Vater ist bei den Bullen gewesen, hat aber vor Jahren schon den Dienst quittiert und eine Bar an der Central aufgemacht. Das Haus, in dem ich wohne, schließt sich direkt daran an. Manchmal verdiene ich mir was dazu, indem ich mich hinter den Tresen stelle und meine aktuelle Beschäftigungsrate auf drei Tage pro Woche erhöhe. Wenn ich Klienten habe, bin ich Privatdetektivin, wenn mein Vater mich braucht, stehe ich hinterm Tresen, und auf der Gehaltsliste der Polizei von Albuquerque stehe ich auch noch. Auf dem Papier als Beraterin. Vermutlich weil sich das wichtig anhört. In Wahrheit sorge ich für Onkel Bobs Erfolge, wie schon für meinen Vater, als der noch beim APD war. Meine Fähigkeit hat ihnen eine Beförderung nach der anderen eingebracht, bis sie es zum Detective gebracht hatten. Erstaunlich, wie schnell ein Verbrechen aufgeklärt ist, wenn man das Opfer fragen kann, wer's war.

Der Rest der Woche ist meiner glanzvollen Tätigkeit als Schnitterin gewidmet. Obwohl dafür sehr viel Zeit draufgeht, trägt dieser Teil meines Berufslebens keine materiellen Früchte. Ich bin mir deshalb immer noch nicht sicher, ob ich darin überhaupt einen Beruf sehen soll.

In etwa um halb sechs huschten wir unter dem Absperrband hindurch. Onkel Bob war stinksauer, der Schlag hatte ihn überraschenderweise aber noch nicht getroffen.

»Es ist fast sechs«, sagte er und tippte auf seine Uhr.

Das würde mir eine Lehre sein.

Er trug noch denselben braunen Anzug wie am Vortag, war aber frisch rasiert, der Schnurrbart war säuberlich gebürstet, und er roch nach einem Rasierwasser mittlerer Preislage. Er kniff mir ins Kinn und hielt mein Gesicht so, dass er sich die blauen Flecke ansehen konnte.

»Eigentlich mehr halb sechs«, widersprach ich ihm.

»Ich habe dich vor über einer Stunde angerufen. Und an deiner Deckung musst du auch noch arbeiten.«

»Du hast um vier Uhr vierunddreißig angerufen«, entgegnete

ich und schob seine Hand weg. »Ich hasse vier Uhr vierunddreißig. Ich finde, vier Uhr vierunddreißig sollte gestrichen und durch irgendwas Vernünftigeres ersetzt werden, zum Beispiel durch neun Uhr zwölf.«

Onkel Bob gab ein umfangreiches Schnaufen von sich und ließ das Gummiband an seinem Handgelenk schnalzen. Er hatte mir mal erklärt, dass er damit gegen seine Wutanfälle ankämpfte, doch wie man sein Temperament beherrschen sollte, indem man sich absichtlich Schmerzen zufügte, war mir nicht klar. Trotzdem war ich allzeit bereit, einem genervten Verwandten in Not beizustehen.

Ich beugte mich zu ihm vor. »Wenn du meinst, dass dir das was bringt, könnte ich dir eine mit dem Elektroschocker verpassen.«

Wieder der böse Blick, diesmal jedoch mit einem Grinsen garniert, das mich froh stimmte.

Die Leute von der Spurensicherung hatten ihre Arbeit offenbar bereits getan, sodass wir den Tatort betreten durften. Ich schenkte den verstohlenen Blicken, die in meine Richtung geworfen wurden, keine Beachtung. Die anderen Polizeibeamten hatten nie kapiert, wie ich tat, was ich tat, und wie ich so schnell ihre Fälle löste, also beobachteten sie mich mit wachsamem Misstrauen. Aber das kann ich ihnen wohl nicht verübeln. Moment mal, und ob ich das kann!

In dem Moment entdeckte ich Garrett Swopes, auch bekannt als Arschloch von Vermisstenfahnder, der sich gerade über die Leiche beugte. Ich verdrehte die Augen so weit, dass ich beinahe in Ohnmacht fiel. Nicht, dass Garrett seine Arbeit schlecht machte. Schließlich hatte er bei dem legendären Frank M. Ahearn gelernt, der wahrscheinlich der berühmteste Vermisstenfahnder der Welt war. Nach allem, was ich gehört hatte, hätte Garrett dank Mr Ahearn sogar Hoffa finden können, wenn er es drauf angelegt hätte.

Und ein Augenschmeichler war er auch. Er hatte kurzes schwarzes Haar, breite Schultern, schokoladenbraune Haut und rauchgraue Augen, die eine Frau, wenn sie nur lange genug hineinsah, um ihr Seelenheil bringen konnten.

Gott sei Dank hatte ich die Aufmerksamkeitsspanne einer Schnake.

Nach meinem unmaßgeblichen Eindruck war er nur halb Afroamerikaner. Die hellere Haut und die grauen Augen verrieten den Mischling. Ich wusste bloß nicht, ob die andere Hälfte latein- oder angloamerikanisch war. Auf jeden Fall schritt er selbstsicher einher, lächelte lässig und zog ständig die Blicke auf sich. An seinem Aussehen musste er also definitiv nicht arbeiten.

Nein, Garrett war aus anderen Gründen eine vollendete Nervensäge. Als ich ins Licht trat, betrachtete er die Blutergüsse an meinem Kinn und grinste dreckig. »Verabredung mit 'nem Unbekannten?«

Ich tat, was man tut, wenn man sich an der Stirn kratzt und jemandem gleichzeitig den Stinkefinger zeigt. Ich bin multitaskingfähig. Garrett grinste bloß.

Schön, er konnte ja nichts dafür, dass er so ein Arsch war. Er hatte mich ganz gut leiden können, bis Onkel Bob ihm im Vollsuff *unser kleines Geheimnis* verraten hatte. Natürlich glaubte er kein einziges Wort davon. Wer würde das schon? Das war jetzt ungefähr einen Monat her, unsere Freundschaft hatte seitdem einen Kopfsprung von kaum vorhanden bis nicht existent vollführt. Offenbar hätte er mich am liebsten in die Klapse eingewiesen. Und Onkel Bob gleich dazu, weil er allen Ernstes glaubte, dass ich Verstorbene sah. Manche Leute haben eben keine Fantasie.

»Was machen Sie denn hier, Swopes?«, wollte ich wissen, mehr als verärgert, weil ich mich mit ihm abgeben musste.

»Ich dachte, er hier könnte einer von meinen Vermissten sein.«

»Und? Ist er?«

»Bloß wenn Drogensüchtige neuerdings dreiteilige Anzüge und Fünfzehnhundert-Dollar-Schuhe tragen.«

»Zu dumm. Ich wette, Sie können sich Ihre Vergütung leichter verdienen, wenn der Vermisste hinüber ist.«

Garrett deutete achselzuckend an, dass er mir zustimmte.

»Eigentlich hab ich ihn hergebeten«, warf Onkel Bob ein, »weißt du, vier Augen sehen mehr als zwei.«

Dabei gab ich mir alle Mühe, keinen Blick auf die Leiche zu werfen – mit Toten kam ich klar, mit Leichen weniger –, doch dann ließ mich eine Bewegung im Augenwinkel doch noch genauer hinschauen.

»Und, hast du was gefunden?«, fragte Onkel Bob, der mich immer noch für eine Hellseherin hielt, doch ich war zu beschäftigt, den Toten *in* der Leiche anzustarren, um ihm zu antworten.

Ich näherte mich ihm und stupste die Leiche mit dem Fuß an. »Hey, Sportsfreund, was machen Sie denn noch hier?«

Der Tote sah mich aus großen Augen an. »Ich kann meine Beine nicht bewegen.«

Ich schnaubte. »Stimmt, aber die Arme können Sie auch nicht bewegen, ebenso wenig wie die Füße oder die Augenlider. Weil Sie nämlich tot sind.«

»Jesses«, knurrte Garrett durch zusammengebissene Zähne.

»Hören Sie«, ich sah ihn unverwandt an, »Sie spielen auf Ihrer Seite vom Sandkasten und ich auf meiner, *comprende*?«

»Aber ich bin nicht tot.«

Ich drehte mich wieder um. »Sie sind so tot wie meine Großtante Lillian, und Sie können mir glauben, die Frau ist inzwischen schon in Verwesung übergegangen.«

»Nein, bin ich nicht. Ich bin nicht tot. Warum versucht mich denn keiner zu reanimieren?«

»Äh, weil Sie mausetot sind?«

Ich hörte Garrett irgendwas in den Bart murmeln und davontraben. Die Ungläubigen machten immer so ein Theater.

»Okay, schön, wie kann ich mit Ihnen reden, wenn ich tot bin? Und wieso strahlen Sie so?«

»Das ist eine lange Geschichte. Glauben Sie mir, Mister, Sie sind tot.«

In dem Moment tauchte Sergeant Dwight Yokel auf, der in seiner Uniform der Polizei von Albuquerque und mit seinem militärischen Gebaren ziemlich zackig und offiziell daherkam. »Ms Davidson, haben Sie gerade die Leiche getreten?«

»Himmelherrgott noch mal, ich bin nicht tot!«

»Nein.«

Sergeant Yokel versuchte sich an einem Mörderblick. Ich versuchte, nicht zu kichern.

»Hier bin ich zuständig, Sergeant«, sagte Onkel Bob.

Der Sergeant wandte sich ihm zu, und die beiden starrten einander eine ganze Minute lang an, bevor er darauf einging. »Würden Sie dann meinen Tatort bitte nicht mit Ihrer Verwandtschaft kontaminieren?«

»*Ihren* Tatort?«, gab Onkel Bob zurück. In seiner Schläfe begann eine Ader zu pochen.

Ich überlegte, ob ich das Gummiband an seinem Handgelenk schnalzen lassen sollte, bezweifelte aber nach wie vor, ob das irgendwas bewirkte. »Hey, Onkel Bob«, rief ich stattdessen und tätschelte seinen Arm, »wir sollten uns mal hier drüben unterhalten, meinst du nicht auch?«

Ich wandte mich ab und marschierte los, in der Hoffnung, dass Onkel Bob mir folgte. Was er auch tat. Wir schlenderten hinter die Scheinwerfer zu einem Baum und nahmen harmlos wirkende Gesprächspositionen ein, während ich Sergeant Dwight Yokel, der schwer einen auf Klugscheißer machte, ein freundliches

Lächeln zukommen ließ. Mir war, als hörte ich ein Knurren. Gut, dass ich niemandem etwas schuldig war.

»Und?«, fragte Onkel Bob, als Garrett sich widerstrebend zu uns gesellte.

»Keine Ahnung. Er will seinen Körper nicht verlassen.«

»Er will *was* nicht?« Garrett fuhr sich mit der Hand durch den Haarschopf. »Das ist wieder mal typisch.«

Ich ignorierte ihn und sah zu, wie Sussman sich einem dritten Toten am Tatort, einer umwerfenden Blondine in einem feuerwehrroten Kostüm näherte. Sie strahlte Fraulichkeit und Rückgrat aus, und ich mochte sie sofort. Sussman schüttelte ihr die Hand, dann wandten sie sich beide dem einzigen Toten zu, der hier in seinem eigenen Blut lag.

»Ich glaube, die kennen sich«, sagte ich.

»Wer?«, wollte Onkel Bob wissen und blickte sich um, als könnte er die beiden sehen.

»Weißt du, wer der Typ ist?«

»Ja.« Er angelte nach seinem Notizblock, was mich daran erinnerte, dass ich dringend zu Staples musste. Meine kleinen Notizblöcke waren sämtlich randvoll, weshalb ich mir wichtige Informationen in die Hand schrieb und später natürlich abwusch. »Jason Barber, Rechtsanwalt bei …«

»… Sussman, Ellery und Barber«, ergänzten Sussman und Onkel Bob unisono.

»Sie sind Anwalt?«, erkundigte ich mich.

»Aber ja doch. Und das ist meine Partnerin, Elizabeth Ellery.«

»Hey, Elizabeth«, sagte ich und wollte ihr die Hand schütteln. Garrett kniff sich derweil in die Nasenspitze.

»Patrick hat mir gesagt, dass Sie uns sehen können, Ms Davidson.«

»So isses.«

»Aber wie – ?«

»Eine lange Geschichte. Aber lassen Sie mich erst mal etwas klarstellen«, sagte ich, um nicht mit weiteren Fragen bestürmt zu werden. »Sie drei sind Partner in derselben Anwaltskanzlei, und Sie sind alle drei gestern Abend gestorben?«

»Wer ist denn gestern Abend noch gestorben?«, fragte Onkel Bob und fledderte durch seinen Notizblock.

»Wir wurden alle drei gestern Abend *ermordet*«, korrigierte Sussman. »Alle mit zwei Neunmillimeterkopfschüssen.«

Elizabeth wölbte darauf ihre perfekt geschwungenen Augenbrauen. »Zwei Kopfschüsse?«

Er lächelte dümmlich und scharrte mit den Füßen im Straßendreck. »Ich hab den Polizisten zugehört.«

»Ich habe hier nur zwei Todesopfer.«

Ich sah Onkel Bob an. »Nur zwei Todesopfer gestern Abend? Aber es gab drei.«

Garrett verstummte, vermutlich fragte er sich, worauf ich hinauswollte und woher ich das alles wusste, wo ich doch *unmöglich* Tote sehen konnte und mir die Toten deshalb auch *unmöglich* mitteilen konnten, dass sie tot waren. Das ging einfach auf keine Kuhhaut.

Onkel Bob konsultierte seinen Notizblock. »Wir haben einen Patrick Sussman, der vor seinem Haus in Mountain Run gefunden wurde, und den anderen Typen, einen gewissen Jason Barber.«

»Okay, hier bei uns sind Patrick Sussman … *der Dritte*«, referierte ich und schoss Sussman ein Grinsen zu, »und Jason Barber. Der seinen Tod momentan aber noch abstreitet.« Ich sah zu, wie der Leichenbeschauer den Reißverschluss des Leichensacks zuzog.

»Hilfe!«, kreischte Barber und zappelte wie ein Wurm in der Bratpfanne. »Ich kriege keine Luft mehr!«

»Oh, um Himmels willen«, zischte ich vernehmlich. »Warum kommen Sie nicht einfach da raus?«

»Und?«, fragte Onkel Bob.

»Das dritte Opfer heißt Elizabeth Ellery«, antwortete ich äußerst ungern, da die Frau direkt neben mir stand. Das war einfach zu peinlich.

Garrett beäugte mich jetzt offen feindselig. Viele Menschen reagieren mit Zorn, wenn sie mit etwas konfrontiert werden, das sie unmöglich glauben können. Aber ganz ehrlich, er konnte mich mal.

»Elizabeth Ellery? Wir kennen keine Elizabeth Ellery.«

Elizabeth sah Garrett aufmerksam an. »Dieser Mann wirkt ein wenig aufgebracht.«

Ich nickte. »Er glaubt nicht, dass ich Sie alle sehen kann. Er ist aufgebracht, weil ich mit Ihnen rede.«

»Zu dumm. Er sieht«, sie senkte den Kopf, um sein Hinterteil zu betrachten, »gut aus.«

Ich gluckste, und nach unserem diskreten Abklatschen fühlte sich Garrett noch unwohler. »Wissen Sie, wo Ihre Leiche ist?«, fragte ich Elizabeth.

»Ja, ich wollte meine Schwester in der Nachbarschaft von Indian School und Chelwood besuchen. Ich hatte ein Geschenk für meinen Neffen. Ich habe seine Geburtstagsparty verpasst«, fügte sie traurig hinzu, als würde ihr in diesem Moment aufgehen, dass sie alle übrigen Geburtstage auch verpassen würde. »Ich hörte die Kinder im Hinterhof spielen und wollte mich anschleichen, um sie zu überraschen. An mehr kann ich mich nicht erinnern.«

»Dann haben Sie den Schützen also auch nicht gesehen?«, fragte ich.

Sie schüttelte den Kopf.

»Haben Sie irgendwas gehört. Wenn Sie erschossen wurden, hat doch sicher –«

»Ich kann mich nicht erinnern.

»Die Schüsse waren nicht sehr laut«, sagte Sussman. »Es hat

sich komisch angehört, gedämpft, als würde eine Tür zuschlagen.«

»Der Schütze hat einen Schalldämpfer verwendet«, berichtete ich Onkel Bob. »Und keiner der beiden hat gesehen, wer geschossen hat. Wo genau liegt Ihre Leiche denn?«, erkundigte ich mich bei Elizabeth. Als sie es mir sagte, wiederholte ich die Adresse für Onkel Bob. »Sie liegt auf dem Gehweg hinterm Haus. Es gibt dort viele Sträucher, vielleicht hat sie deshalb noch niemand gefunden.«

»Wie sieht sie aus?«, fragte Onkel Bob.

»Äh, weiß, etwa eins siebzig groß«, antwortete ich und zog die sieben Zentimeter hohen Absätze von ihrer Körpergröße ab.

»Hey, Sie sind gut«, meinte sie.

Ich grinste dankbar. »Blond, blaue Augen, ein kleines Muttermal auf der rechten Schläfe.«

Sie rieb verlegen über die Schläfe. »Ich glaube, das ist Blut.«

»Oh, tut mir leid. Die Farben sind manchmal ein bisschen blass.« Ich deutete zuvorkommend auf Onkel Bobs Notizblock. »Streich das Muttermal.« Dann sah ich zu ihm auf. »Vermutlich ist sie die einzige Tote dort mit einem roten Designerkostüm und Stilettos.«

Garrett knurrte mich fast an. »Steigen Sie in meinen Truck«, befahl er mit zusammengebissenen Zähnen, »und bringen Sie die Tote mit.« Die letzten Worte kamen reichlich sarkastisch raus.

Ich wandte mich wieder Onkel Bob zu. »Findest du es okay, dass er so mit mir redet?«

Onkel Bob zuckte die Achseln. »Er hat einen Haufen Verhaftungen vorzuweisen.«

»Toll«, sagte ich eingeschnappt. Was nicht heißen sollte, dass ich nicht mit Garrett fertig werden würde. Ich hatte bloß was zu meckern. Aber bevor ich mich aufmachte, musste ich erst mal die Sache mit Barber klarziehen. Elizabeth, Sussman und ich schlenderten zum Ambulanzwagen, während der Leichenbeschauer noch mit Sergeant Yokel sprach. Barber steckte derweil die Nase aus dem Leichensack. »Ich mein's ernst, Sportsfreund – Sie müssen aus Ihrem Körper raus. Das macht mich noch verrückt.«

Er richtete sich so weit auf, dass ich ihm ins Gesicht sehen konnte. »Das ist mein Körper, verflixt noch mal. Ich kenne die Gesetze, und neun von zehn regeln Eigentumsfragen. Und was Sie anbetrifft«, sagte er und streckte einen Finger aus dem Sack, »sollten Sie hier nicht unsere Fürsprecherin sein? Uns in unserer größten Not zur Seite stehen? Ist das nicht Ihre Aufgabe?«

»Nur, wenn's sich nicht vermeiden lässt.«

»Nun, dann habe ich zwei Worte für Sie: unterlassene Hilfeleistung«, sagte er in anklagendem Ton.

Seufzend drehte ich mich zu Sussman um. »Nie kommt mal einer damit klar, für den ich kein Verständnis habe. Können Sie ihn vielleicht zur Vernunft bringen?«

Garrett stand neben seinem Truck und brodelte innerlich, weil ich ihm nicht wie ein winselndes Hündchen gefolgt war.

»Davidson!«, brüllte er über die Motorhaube.

»Swopes!«, schoss ich zurück und zog damit die altehrwürdige Tradition durch den Kakao, Kameraden beim Nachnamen zu rufen. Dann sah ich mich nach meinen Anwälten um. »Wir treffen uns später in meinem Büro.«

Sussman nickte und funkelte Mister Ich-bin-nicht-tot drohend an.

Elizabeth ging neben mir her zu Garretts Truck. »Kann ich neben dem Kerl sitzen?«

Ich beehrte sie mit dem breitesten Grinsen, das ich hervorzaubern konnte. »Er gehört Ihnen.«

3

Klopf niemals an die Tür des Todes.
Zieh die Türglocke und lauf weg.
Das kann er auf den Tod nicht ausstehen.
– T-Shirt

Garrett brach eine Kaltpackung auf, schüttelte sie und warf sie mir zu, während er in die Central ausscherte. »Ihr Gesicht hängt schief.«

»Ich hatte gehofft, das merkt keiner.« Ich zwinkerte Elizabeth zu, die zwischen uns saß, was ich Garrett aber lieber nicht auf die Nase band. Manches blieb besser unerwähnt.

Garrett sah mich ärgerlich an. »Sie dachten, das würde keiner merken? Sie leben wohl in ihrer eigenen beschissenen Realität, was?«

»Verdammt«, sagte Elizabeth, »von verbaler Zurückhaltung hält er wohl gar nichts.«

»Sie gehen mir ziemlich auf die Nerven und können mich mal«, sagte ich. Zu Garrett, nicht zu Elizabeth.

Wenn man Charley Davidson heißt, bringt das gewisse Verpflichtungen mit sich. Man duldet zum Beispiel keine Widerworte. Lässt sich von niemandem was sagen. Und weckt bei Klienten ein Gefühl von Vertrautheit. Es kommt ihnen vor, als ob sie mich bereits kennen. Als würde ich Martha Washington heißen oder Ted Bundy.

Ich schaute in den Seitenspiegel nach dem Streifenwagen, der uns zu der Adresse folgte, wo Detective Robert Davidson einem anonymen Hinweis zufolge ein weiteres Opfer zu finden hoffte. Onkel Bob bekam jede Menge anonymer Hinweise. Und Garrett begann, eins und eins zusammenzuzählen.

»Sie sind also seine allwissende anonyme Quelle?«

Ich schnappte nach Luft. »Sagen Sie immer so gemeine Dinge? Obwohl mir *allwissend* eigentlich ganz gut gefällt.« Als Garrett an die Decke gehen wollte, stand ich ihm Rede und Antwort: »Ja, ich bin seine anonyme Quelle. Schon seit meinem fünften Lebensjahr.«

Er machte ein fassungsloses Gesicht. »Ihr Onkel hat Sie schon mit fünf zu Leichenfundorten mitgenommen?«

»Machen Sie sich nicht lächerlich. Das hätte Onkel Bob niemals gemacht, und das musste er auch gar nicht. Mein Vater war derjenige welcher.« Ich kicherte, als Garrett mich mit offenem Mund anstarrte. »War nur ein Witz. Ich musste zu keinem Tatort mit. Die Opfer haben auch so den Weg zu mir gefunden. Bin nämlich ganz schön helle.«

Er wandte sich ab und betrachtete das rosarot-orangefarbene Band des Sonnenaufgangs von New Mexico am Horizont. »Sie müssen verzeihen, wenn ich Ihnen das nicht abkaufe.«

»Äh, nein, ich verzeihe nicht.«

»Okay«, sagte er ärgerlich, »wenn das alles stimmt, können Sie mir sicher sagen, was meine Mutter bei Ihrer Beerdigung getragen hat.«

Super. So einer also. »Hören Sie, Ihre Mutter hat höchstwahrscheinlich einen anderen Weg eingeschlagen. Sie wissen schon, ins Licht«, erklärte ich und wackelte zu Demonstrationszwecken mit den Fingern. »Die allermeisten gehen diesen Weg. Und ich kenne nicht das Zauberwort, das mir den Weg zu dieser Existenzebene eröffnet. Mein Passierschein ist schon vor Jahren abgelaufen.«

Er schnaubte. »Wie praktisch.«

»Swopes«, sagte ich, während ich endlich den Mumm aufbrachte, mir die Kaltpackung ans Gesicht zu drücken. Der Schmerz schoss mir durch die Wange, ich ließ mich gegen die Kopfstütze sinken und machte die Augen zu. »Alles ist gut. Sie können ja nichts dafür, dass Sie so ein Arschloch sind. Ich habe mir schon vor langer Zeit angewöhnt, den Menschen die Wahrheit vorzuenthalten. Onkel Bob hätte besser gar nichts gesagt.« Ich gab ihm Gelegenheit zu einer Antwort. Als keine kam, fuhr ich fort: »Wir alle haben unsere Vorstellungen, was die Welt im Innersten zusammenhält. Und wenn jemand kommt und diese Vorstellungen auf die Probe stellt, wissen wir nicht, wie wir damit umgehen sollen. So sind wir eben gestrickt. Es ist nicht so einfach, alles infrage zu stellen, was man bisher für richtig gehalten hat. Wie gesagt, Sie können nichts dafür. Sie können mir glauben oder nicht, aber wofür Sie sich auch entscheiden, mit den Folgen müssen Sie ganz alleine klarkommen. Also treffen Sie eine kluge Wahl, Sie junger Hüpfer«, fügte ich hinzu, wobei sich mein nicht geschwollener Mundwinkel zu einem Grinsen verzog.

Als eine seiner typischen Entgegnungen ausblieb, öffnete ich die Augen und sah, dass er mich anblickte. Zwar durch Elizabeth hindurch, aber egal … Wir mussten an einer Ampel warten, und der super Vermisstenfahnder nutzte den Moment, um mich mit seinen Supersinnen zu durchleuchten. Seine grauen Augen, die sich umwerfend von seiner dunklen Haut abhoben, funkelten wissbegierig.

»Grün«, verkündete ich, um den Bann zu brechen.

Er blinzelte und gab Gas.

»Ich glaube, er steht auf Sie«, meldete sich Elizabeth zu Wort.

Da ich Garrett nichts davon gesagt hatte, dass sie dort saß, warf ich ihr eine verkürzte Version meines Mörderblicks zu. Sie gluckste.

Wir fuhren ein paar Blocks weit, bevor Garrett die Eine-

Million-Dollar-Frage stellte. »Wer hat Sie eigentlich so vermöbelt?«

»Sag ich doch«, sagte Elizabeth.

Ich knirschte mit den Zähnen und zuckte zusammen, als ich die Kaltpackung weiter nach unten dirigierte. »Ich habe einen Fall bearbeitet.«

»Ein Fall hat sie vermöbelt?«

Aus ihm sprach der alte Garrett, bevor er zum Arschloch geworden war. »Nein, der Ehemann des Falls. Ich habe ihn abgelenkt, während *der Fall* in ein Flugzeug nach New Mexico stieg.«

»Erzählen Sie mir nicht, Sie wurden in einen Fall häuslicher Gewalt verwickelt.«

»Okay.«

»Sie wurden, richtig?«

»Ja.«

»Verdammt, Davidson, haben Sie denn nichts von mir gelernt?«

Nun war es an mir, fassungslos dreinzuschauen. »Und ob, Sportsfreund, nämlich alles, was Frank Ahearn Ihnen darüber beigebracht hat, wie man Leute dazu bringt, von der Bildfläche zu verschwinden. Was glaubten Sie, warum ich die Information brauchte?«

»Nicht, damit Sie in Ehestreitigkeiten verwickelt werden.«

»Ohne Ehestreitigkeiten hätte ich keine Klienten. Was meinen Sie denn, womit Privatdetektive ihr Geld verdienen?«

Natürlich besaß er selbst auch eine Lizenz und konnte mir leicht ins Gehege kommen, doch er beschäftigte sich vornehmlich mit Vermisstenfällen. Wenn man so gut ist wie er, verdient man ausgezeichnet damit. Und was meinen Fall anging, musste ich ihm sogar beipflichten. Da war mir was ordentlich über den Kopf gewachsen. Auch wenn am Ende alles gut gegangen war.

Der Fall, auch bekannt als Rosie Herschel, hatte meine Telefonnummer von der Freundin einer Freundin; sie rief mich eines Abends an und bat mich, sie bei einem Sack-N-Save-Supermarkt im Westen der Stadt zu treffen. Es war alles ziemlich geheimnisvoll. Um das Haus verlassen zu können, erzählte sie ihrem Mann, sie müsse noch Milch einkaufen, und wir trafen uns in einer dunklen Ecke des Parkplatzes. Dass sie eine Ausrede benötigte, um auch nur aus dem Haus gehen zu können, ließ bei mir sämtliche Alarmsirenen schrillen. Ich hätte sofort Fersengeld geben sollen, doch sie war so verzweifelt und ängstlich und hatte es so satt, von ihrem Mann dermaßen schlecht behandelt zu werden, dass ich sie unmöglich im Stich lassen konnte. Mein Kinn war nichts gegen das Veilchen, mit dem sie herumlief, als ich sie zum ersten Mal traf. Sie behauptete, und ich nahm ihr das ohne Weiteres ab, dass sie ihren nächsten Geburtstag nicht mehr erleben würde, wenn sie versuchte, ihren Mann ohne Hilfe zu verlassen.

Da sie aus Mexiko stammte und Verwandte dort hatte, heckten wir einen Plan aus, nach dem sie ihre Tante in Mexiko Stadt besuchen sollte. Mit ihr würde sie dann mit Papieren und genug Geld weiter nach Süden reisen, um an einem Strand nicht weit vom Heimatdorf ihrer Großeltern ein kleines Gasthaus oder eine Posada aufzumachen.

Nach allem, was Rosie mir erzählt hatte, kannte ihr Mann niemanden aus ihrer mexikanischen Verwandtschaft. Seine Chancen, in Mexiko Stadt die richtige Familie Gutierrez ausfindig zu machen, waren damit verschwindend gering. Doch für alle Fälle bekamen beide eine neue Identität. Ein Abenteuer für sich.

In der Zwischenzeit schickte ich Mister Herschel einen anonymen Brief, in dem ich mich als vermeintliche Verehrerin zu erkennen gab und ihn auf ein paar Drinks in eine Bar im Westteil der Stadt einlud. Obwohl ich mich nach der Sicherheit in der Bar meines Vaters sehnte, konnte ich es unmöglich darauf ankommen lassen, dass irgendwer meinen richtigen Namen herausplärrte. Also setzte ich Rosie am Flughafen ab und machte mich auf den Weg über den Rio Grande. Rosie würde ein paar Stunden vor dem Abflug am Flughafen sein müssen, aber ich wusste, wie ich Herschel die ganze Nacht über beschäftigen konnte. Ich brachte ihn so weit, dass er mich schlug, dann erstattete ich Anzeige gegen ihn. Was allerdings nicht ganz leicht war. Zu flirten, bis der Arzt kommt, und dann so abrupt die Notbremse zu ziehen, dass die Zielperson glaubt, gegen eine Wand gelaufen zu sein, bedurfte gewisser Fähigkeiten. Und ein Mann wie Herschel war natürlich tödlich beleidigt, wenn er derart an der Nase herumgeführt wurde. Ein paar Bemerkungen über zu kleine Schwänze sowie das eine oder andere demütigende Kichern, und schon flogen die Fäuste.

Klar, ich hätte ihn auch einfach sturzbesoffen machen und in irgendeiner Gasse liegen lassen können, andererseits hatte ich nicht riskieren dürfen, dass er Rosie fand, ehe sie am Morgen über alle Berge war. Um ihn davon abzuhalten, bedurfte es lediglich einer Nacht im Knast. Und schon war Rosie auf dem Weg zu einer vielversprechenden Karriere als *Posadera*.

»Wir sind da«, verkündete Elizabeth.

»Oh, hier ist es«, gab ich die Info an Garrett weiter. »Das Eckhaus da?«

Sie nickte.

Sie lag mit der Angabe, wo wir ihre Leiche finden würden, völlig richtig. Zuerst sah ich ihre Schuhe, die rot, scharf und teuer waren, dann die verstorbene Elizabeth. Alles passte. Und das genügte mir. Also schlenderte ich zur Veranda zurück und ließ mich dort nieder, während Garrett und der Polizeibeamte alles Nötige veranlassten.

Während ich damit beschäftigt war, mich zu tadeln, weil ich die Leiche nicht untersuchte und den Tatort nicht auf Hinweise durchkämmte, wie es ein echter Privatdetektiv gemacht hätte, zog ein Schemen am Rand meiner Wahrnehmung meine Aufmerksamkeit auf sich. Es handelte sich allerdings um keinen normalen Schemen, wie ihn jeder mal zu sehen meint, sondern um etwas Dunkleres, irgendwie … Stoffliches.

Ich hatte mich, so schnell ich konnte, danach umgesehen, aber da war nichts mehr zu entdecken. Wieder mal. Das war in letzter Zeit häufig vorgekommen. Dunkle Schemen am Rand meiner Wahrnehmung. Entweder war Superman gestorben und sauste jetzt mit Lichtgeschwindigkeit über Land – denn Tote bewegen sich nicht derart schnell – oder bei mir häuften sich solche Minischlaganfälle, die eines Tages zuverlässig zu einer verheerenden Hirnblutung führten.

Ich musste dringend mal meinen Cholesterinspiegel checken lassen.

Natürlich war auch noch etwas anderes denkbar. Etwas, das ich nicht wirklich in Erwägung ziehen wollte. Das jedoch einiges erklären würde.

Im Unterschied zu anderen Menschen hatte ich noch nie Angst vor dem Unbekannten gehabt. Vor Dunkelheit, Ungeheuern oder dem schwarzen Mann zum Beispiel. Wenn doch, hätte ich vermutlich keine anständige Schnitterin abgegeben. Offenbar war irgendwas oder irgendwer hinter mir her. Ich versuchte mir schon seit Wochen einzureden, das sei bloß Einbildung. Aber bisher hatte ich nur einmal im Leben etwas gesehen, das sich so schnell fortbewegte, nämlich das einzige Wesen auf dieser Welt und im Jenseits, vor dem ich wirklich Schiss hatte.

Ich hatte mir diese unnatürliche Angst nie zu erklären versucht, weil mir jenes Wesen bisher nichts getan hatte. Um der Wahrheit die Ehre zu geben, hatte es mir sogar mehrmals das Leben gerettet. Zum Beispiel als ich als Kind beinahe von einem Sittenstrolch auf Hafturlaub entführt worden wäre. Oder als Owen Vaughn mich in der Highschool mit dem Suburban seines

Vaters über den Haufen fahren wollte. Oder als mir im College jemand nachstieg und schließlich auf mich losging. Damals hatte ich die Bedrohung zunächst nicht sonderlich ernst genommen. Erst in dem Moment, als es fast schon zu spät war, wurde mir klar, dass mein Leben in Gefahr gewesen war.

Sie mögen denken, ich hätte größere Dankbarkeit an den Tag legen sollen, aber das Wesen hatte mir ja nicht bloß das Leben gerettet. Es ging darum, wie es das getan hatte. Die Fähigkeit, das Rückenmark eines Menschen zu durchtrennen, ohne dabei sichtbare Spuren zu hinterlassen, war schon ein wenig beunruhigend.

Und in der Highschool, während andere Teenager verzweifelt herauszufinden versuchen, wer sie eigentlich sind und welchen Platz sie in der Welt einnehmen wollen, zeigte mir das Wesen, wer ich war. Es flüsterte mir die Rolle, die ich im Leben spielen sollte, ins Ohr, während ich im Duschraum der Mädchen Lipgloss auftrug, flüsterte nie gehörte Worte, die die Luft stickig machten und darauf warteten, dass ich sie einatmete, dass ich akzeptierte, wer ich war oder was einmal aus mir werden würde. Während ich im Spiegel die Mädchen um mich herumschwirren sah, sah ich in Wahrheit nur *ihn*, wie er mich überragte, eine riesige, in einem Mantel gehüllte Gestalt, die auf mich hinabfuhr wie ein erstickendes Vakuum.

Nachdem die anderen Mädchen und er verschwunden waren, stand ich noch gut fünfzehn Minuten da, kaum atmend und unfähig, mich zu bewegen, bis Mrs Worthy mich beim Blaumachen erwischte und zum Direktor schickte.

Die Erscheinung war vor allem düster und unheimlich und tauchte immer dann in meinem Leben auf, wenn es darum ging, mir ein paar saftige Leckerbissen jenseitiger Weisheit mit auf den Weg zu geben – und mich nebenbei zu Tode zu erschrecken. Nach ihrem Besuch war ich jedes Mal ein schlotterndes Häufchen Elend. Wenigstens war ich eine helle, strahlende Schnitterin. Er dagegen war finster und gefährlich, der Tod schien ihn zu umwallen wie Nebel einen Block Trockeneis. Als ich noch klein war, beschloss ich ihm einen ganz normalen Namen zu geben, der einem keine Angst machte, aber Fluffy schien irgendwie nicht zu ihm zu passen. Schließlich nannte ich ihn »den großen Bösen«.

»Ms Davidson«, sagte Elizabeth neben mir.

Ich blinzelte und blickte mich um. »Haben Sie jemanden gesehen?«

Sie musterte ihrerseits die Umgebung. »Ich glaube nicht.«

»Einen Schemen? Irgendwie düster und … schemenhaft?«

»Äh, nein.«

»Oh, gut, tut mir leid. Ist was?«

»Ich kann nicht zulassen, dass meine Nichten und Neffen nach dem Aufwachen meine Leiche sehen. Ich liege genau unter ihren Fenstern.«

Daran hatte ich auch schon gedacht. »Sie haben recht. Vielleicht sollten wir Ihre Schwester informieren.«

Sie nickte traurig. Ich rief Garrett, und wir kamen überein, dass ich und der Polizeibeamte an der Haustür klingeln und Elizabeths Schwester die Nachricht überbringen sollten. Vielleicht hatte Elizabeth ja eine Idee, was ich sagen könnte. Ihre Anwesenheit machte es uns allen womöglich leichter. Zumindest dachte ich mir das so.

Eine Stunde später saß ich im SUV meines Onkels und atmete in eine Papiertüte.

»Du hättest auf mich warten sollen«, sagte er äußerst hilfreich.

Nie wieder! Offenbar hatten wir es hier mit Geschwistern zu tun, die einander wirklich mochten. Wer hätte das gedacht? Die Frau klappte in meinen Armen zusammen. Was sie am meisten aus der Fassung brachte, war die Tatsache, dass Elizabeth die ganze Nacht vor ihrem Haus gelegen und sie nichts davon gewusst hatte. Vielleicht hätte ich den Teil besser weggelassen. Die Frau klammerte sich an meine Schultern und bohrte mir ihre Fingernägel in die Haut, während sie ungläubig ihre Morgenfrisur schüttelte, die halb nach Discoqueen, halb nach Crackjunkie aussah. Schließlich sackte sie schluchzend auf dem Fußboden zusammen. Höchstwahrscheinlich ein Nervenzusammenbruch.

Richtig schlimm wurde es erst, als ich schluchzend neben ihr auf dem Fußboden zusammensackte. Mit Toten kam ich klar. Die wurden meistens nicht hysterisch. Aber hier hatte ich mit den Hinterbliebenen zu tun. Mit dem schwierigen Part. Wir lagen uns lange in den Armen, bis Onkel Bob auf der Szene erschien und mich von ihr loseiste. Elizabeths Schwager machte die Kinder startklar, und gemeinsam verließen sie das Haus durch den Nebeneingang und stiegen ins Auto, um der Großmutter einen Besuch abzustatten. Alles in allem eine sehr liebevolle Familie.

»Langsam«, sagte Onkel Bob, während ich noch in die Tüte keuchte. »Ich fange dich nicht auf, wenn du hyperventilierst und ohnmächtig wirst. Ich habe mir nämlich neulich beim Golf die Schulter verletzt.«

Meine Familie war so fürsorglich. Ich versuchte, ruhiger zu atmen, doch ich musste dauernd an diese arme Frau denken, die ihre Schwester verloren hatte, ihre beste Freundin, ihre Kameradin. Was würde sie jetzt machen? Wie würde sie weiterleben? Woher würde sie den nötigen Lebenswillen nehmen? Wieder flossen bei mir die Tränen. Onkel Bob gab es auf und ließ mich in seinem SUV sitzen.

»Sie wird schon wieder, Kleines.«

Ich sah Elizabeth im Rückspiegel an und schniefte.

»Sie ist zäh«, ergänzte sie.

Ich merkte, dass sie selbst ziemlich durch den Wind und mein Benehmen für sie nicht besonders hilfreich war.

»Es tut mir leid«, schniefte ich. »Ich hätte nicht da reingehen dürfen.«

»Doch, doch. Ich weiß es zu schätzen, dass anstelle einer Horde Bullen Sie bei meiner Schwester waren. Männer kriegen manchmal einfach nichts mit.«

Ich warf einen Blick auf Garrett, der gerade mit Onkel Bob sprach, den Kopf schüttelte und dann einen ausdruckslosen Blick auf mich richtete. »Ja, da haben Sie wohl recht.«

Ich musste verdammt noch mal raus aus Dodge City – und wie –, doch Elizabeth wollte unbedingt noch zu ihrer Mutter, um dort nach dem Rechten zu sehen. Wir verabredeten uns für später in meinem Büro, dann bat ich einen anderen Polizeibeamten, mich zu meinem Jeep zurückzufahren.

Die Fahrt beruhigte mich. Die Menschen waren gerade erst auf und fuhren zur Arbeit. Die noch dicht über dem Horizont stehende Sonne tauchte den frischen Morgen in milden Glanz und versprach Albuquerque einen Neuanfang. Häuser im Pueblostil mit gepflegten Rasenflächen glitten an uns vorbei und wichen dann einem Geschäftsviertel, wo neue und alte Gebäude jeden verfügbaren Zentimeter in Beschlag nahmen.

»Und, geht's Ihnen besser, Ms Davidson?«

Ich peilte Officer Taft an. Er gehörte zu der Sorte Jungbullen, die versuchten, gut mit meinem Onkel auszukommen, also hatte er nichts dagegen gehabt, mich zu fahren, da das womöglich seine Karriere förderte. Ich fragte mich, ob er wusste, dass auf seinem Rücksitz ein totes Kind saß. Wohl eher nicht.

»Viel besser, danke.«

Er lächelte. Nachdem er angemessen besorgt seine Frage gestellt hatte, konnte er mich guten Gewissens ignorieren.

Es machte mir nichts aus, ignoriert zu werden, aber ich hätte ihn doch gerne nach dem mageren blonden Mädchen gefragt, das ungefähr neun Jahre alt zu sein schien und ihn mit großen Augen ansah, als hätte er die Erde unlängst vor ihrer totalen Vernichtung bewahrt. Derartige Fragen erforderten jedoch Takt. Geschick. Einfühlungsvermögen.

»Sind Sie der Polizist, in dessen Streifenwagen kürzlich ein kleines Mädchen gestorben ist?«

»Ich?«, fragte er überrascht. »Nein. Zumindest hoffe ich das.« Dann kicherte er.

»Na, dann ist ja gut.«

Er rutschte unbehaglich auf dem Fahrersitz herum, als würde er über meine Worte nachdenken. »Habe nichts davon gehört. Hat jemand – ?«

»Oh, das ist bloß ein Gerücht, wissen sie?« Die anderen Jungs hatten Officer Taft bestimmt alles über mich erzählt. In den Pausen grassierte der Klatsch. Klar, dass er so wenig wie möglich mit mir reden wollte. Doch meine Neugier gewann die Oberhand. »Ist in Ihrer Nähe in letzter Zeit denn ein Mädchen gestorben? Ein *blondes* Mädchen vielleicht?«

Nun sah er mich an, als würde ich sabbern und schielen. Für alle Fälle rieb ich mir den geschwollenen Mundwinkel.

»Nein.« Dann überlegte er es sich noch mal. »Aber vor einem Monat ist bei einem Einsatz ein kleines blondes Mädchen zu Tode gekommen. Ich habe sie noch zu reanimieren versucht, aber es war schon zu spät. Das war schlimm.«

»Ja, bestimmt, tut mir leid.«

Das Mädchen seufzte. »Ist er nicht der Größte?«

Ich schnaubte.

»Was?«, fragte er.

»Oh, nichts. Ich hab nur gedacht, dass so was echt hart sein muss.«

»Hör zu, Schlampe.«

Ich musste echt an mich halten, um nicht vor Schreck die

Augen aufzureißen. Auf die Lebenden macht es einen seltsamen Eindruck, wenn man auf etwas reagiert, das sie weder sehen noch hören können. Ich drehte mich langsam zu dem Mädchen um und tat, als würde mich der rückwärtige Ausblick gerade besonders fesseln, dabei wölbte ich verwundert die Augenbrauen.

»Sie können ihn nicht haben, okay?«, ließ sie sich hinter dem Drahtgitter vernehmen.

»Hmm-hmm«, brummte ich.

Officer Taft sah mich an.

»Das ist echt eine schöne Gegend.«

»Ja, muss wohl.«

»Ich werde Ihnen die Augen aus Ihrem hässlichen Gesicht kratzen.«

Hässlich? Nun war aber mal gut. Zeit für das Handy-Spiel. »Oh«, rief ich und kramte in meiner Handtasche. »Ich glaube, mein Handy vibriert.« Ich klappte das Teil auf. »Hallo?«

»Wenn ich Sie wäre, würde ich nicht so viel Glitzer-Make-up auflegen. Das bringt eh nichts.«

»Ich hab gar kein Glitzer – «

»Und Sie starren ihn besser nicht so an. Er verdient eine, die viel hübscher ist.«

»Hör mal, Schätzchen«, sagte ich und wandte mich ihr lässig zu, um wieder mal die Aussicht hinter uns zu bewundern, in der Hoffnung, dass es nicht so aussah, als würde ich mit einer Toten auf dem Rücksitz plaudern. »Ich habe selbst ein Verhältnis mit einem Typen, den ich nicht haben kann. *Comprende*?«

Sie stemmte die Fäuste in die Hüften – sie war im Pyjama – und funkelte mich an. »Ich sag's ja nur, Schlampe.«

»Würdest du bitte aufhören, mich so zu nennen, du kleines …«

Da bemerkte ich, dass Officer Taft besorgt die Stirn runzelte.

»Beziehungskram«, erklärte ich achselzuckend. Natürlich funktionierte der Handy-Trick am besten, wenn es stumm geschaltet ist. Während ich vorgab, einer Telefonpartnerin zu erläutern, dass manchmal ganz nah ein echt helles Licht erscheint, in das sie bitte hineingehen sollte, meldete sich mein Handy mit Beethovens Fünfter, was bedeutete, dass Onkel Bob anrief. Fast ließ ich das Ding fallen. Dann lächelte ich Taft an. »Mein voriger Anruf wurde wohl unterbrochen.« Auf den angeblichen Vibrationsalarm ging ich lieber nicht ein.

Der Poltergeist auf dem Rücksitz ließ ein schallend boshaftes Lachen hören. Wo zur Hölle kam die Kleine bloß her? Dann fiel der Groschen. Vielleicht war das ja das Problem. Vielleicht kam sie tatsächlich aus der Hölle.

»Hall-o?«, fragte ich.

»Sie wollen doch bloß, dass ich ins Licht gehe, damit Sie sich an ihn ranmachen können«, meinte das dämonische Blag.

»Das will ich überhaupt nicht!«

»Okay«, antwortete Onkel Bob zögernd. »Dann nenne ich dich ab jetzt nicht mehr *Kleines*.«

»Sorry, Onkel Bob, ich dachte, du bist wer anders.«

»Ja, ich werde oft mit Tom Selleck verwechselt.«

Taft wurde munter. »Braucht Ihr Onkel was? Kaffee? Latte?«

Diese Schleimerei war dermaßen unmännlich. »Er braucht jemanden, der für sein uneheliches Kind aufkommt, falls Sie interessiert sind.«

Tafts Mund wurde zu einem dünnen Strich, und er wandte sich wieder der Straße zu.

Schön, zugegeben, das war gemein, und das fand der Dämon auf dem Rücksitz offenbar auch. Die Kleine holte zum Schwinger aus.

Lachend wich ich ihrer Faust aus, indem ich mein Lippenbalsam mit Kirschgeschmack aufhob, das mir zufällig gerade hingefallen war.

»Ich fasse das mal als Okay auf«, sagte Onkel Bob.

»Oh, gut, in meinem Büro, um neun. Alles klar. Ich muss nur noch kurz zu meiner Wohnung, einen Happen essen, dann komme ich.«

»Danke, Kleines. Geht's dir gut?«

»Mir? Immer«, antwortete ich in dem Moment, als sich der goldblonde Dämon auf meine Augen stürzte. Irgendwo zwischen Carlisle und San Mateo plumpste die Kleine dann aus dem Wagen. »Aber ich muss sagen, Onkel Bob, dass ich unlängst die Erklärung dafür gefunden habe, warum manche Tiere ihre Jungen fressen.«

4

Ich mag Kinder, aber ein Ganzes kriege ich nicht runter.
– Autoaufkleber

Ich befürchtete, die kleine Nervensäge könnte mir bis zu meiner Wohnung folgen und mir dort weiter auf den Wecker fallen, also vergewisserte ich mich, dass die Kleine nirgendwo zu sehen war, bevor ich in Misery stieg und schleunigst nach Hause verduftete. Für alle Fälle stürmte ich in meine Wohnung, sagte kurz Hallo zu Mr Wong und kramte aus meinem Spieleschrank die Exorzismusausrüstung hervor. Die bewahrte ich bei den Spielen auf, weil Teufelsaustreibung schließlich ein Mordsspaß ist.

Aber nein, ich kann keine Teufelsaustreibung durchführen, nicht mal dank meines vielversprechenden Status als Schnitterin. Ich kann lediglich den Verstorbenen helfen, die wissen wollen, warum sie noch auf Erden wandeln, und ihnen dann den Weg durch diverse jenseitige Ebenen weisen. Aber zwingen kann ich sie zu nichts. Zumindest glaube ich das. Versucht hab ich's noch nie. Allerdings kann ich sie austricksen. Ein paar Kerzen, ein kurzer Singsang, und – voilà – fertig ist der Exorzismus. Die Verstorbenen fallen jedes Mal darauf herein und treten hinüber, obwohl sie es eigentlich gar nicht wollten. Mit Ausnahme von Mr Habersham aus der Nachbarschaft. Als ich ihn austreiben wollte, hat er bloß gekichert. Alter Sack.

Aber mal abgesehen von Mr Habersham – und Mr Wong, fällt mir gerade ein – lebe ich gerne hier und nun schon etwas länger als drei Jahre. Meine Wohnung und mein Büro befinden sich im

Causeway-Haus, das direkt hinter der Bar meines Vaters steht und so was wie ein hiesiges Wahrzeichen ist.

Dieses alte Gebäude hatte sich in mein Gedächtnis eingebrannt, als ich noch klein war – zu klein, um zu wissen, dass es das Böse wirklich gibt –, allerdings lag das nicht an seiner besonderen Architektur. Als mein Vater später die Bar kaufte und ich zum ersten Mal den Parkplatz dahinter betrat, sah ich das Gebäude nach mehr als zehn Jahren wieder. Ich blickte zu der kunstvollen mittelalterlichen Bildhauerei über dem Eingang auf, in Albuquerque eine Seltenheit, und stand wie gelähmt da, als dunkle, qualvolle Erinnerungen in mir hochkamen. Ich spürte einen Stich in der Brust, dass mir die Luft wegblieb, und von da an war ich dem Gebäude verfallen.

Wir hatten eine gemeinsame Geschichte, eine schreckliche, albtraumhafte Geschichte um einen Sittenstrolch auf Freigang. Und ich hoffte, die bösen Geister irgendwie besiegen zu können, indem ich hier wohnte. Was natürlich am besten funktionierte, solange mich die Dämonen nicht zu Hause aufsuchten.

Ich setzte Kaffee auf und lief ins Bad, um nachzusehen, ob meine Augen genauso geschwollen waren wie mein Kinn. Triefäugig wie ein Filmstar in der Entzugsklinik gab man nicht gerade eine Schönheit ab. Doch dann stellte ich fest, dass die rote Schwellung das Gold in meinen Augen hervorhob. Cool. Ich drehte das heiße Wasser voll auf und wartete die gewohnten zehn Minuten, bis es siedend heiß war.

Und da heißt es immer, in New Mexico sei das Wasser knapp. Mein Vermieter sah das offenbar anders.

In dem Moment stürmte Cookie, meine Nachbarin, Busenfreundin und Empfangsdame mit einer Tasse Kaffe in die Wohnung. Cookie war genau wie Kramer aus *Seinfeld*, nur nicht so aufgekratzt, wie Kramer auf Prozac vielleicht. Dass sie eine Tasse Kaffee in der Hand hatte, wusste ich, weil sie immer eine Tasse

Kaffee in der Hand hatte. Ohne kriegte sie vermutlich keinen vollständigen Satz auf die Reihe.

»Ich bin wieder da, Schatz!«, rief sie aus der Küche.

Alles klar, sie hatte Kaffee.

»Ich auch«, ließ sich leise kichernd eine zweite Stimme vernehmen.

Ich kannte Cookie, seit ich im Causeway wohnte. Sie war nach einer hässlichen Scheidung – wie sie selbst sagte – dort eingezogen, und wir hatten sofort Freundschaft geschlossen. Doch sie hatte eine Tochter, Amber, und man bekam sie nur im Doppelpack. Während Cookie und ich uns auf Anhieb verstanden, bereitete mir die Kleine Kopfzerbrechen. Ich war nicht an Kinder gewöhnt, die die unheimliche Fähigkeit hatten, bei mir innerhalb von dreißig Sekunden alle Schwächen aufzudecken. Und auch ich kann lesen, ohne die Lippen zu bewegen – nur damit das klar ist. Dennoch war ich fest entschlossen, Ambers Herz um jeden Preis zu erobern. Und nach nur einer Partie Minigolf war ich Wachs in ihren Händen.

»Bin gleich bei dir«, rief ich aus dem Bad. Mr Lowenstein am Ende des Flurs hatte offenbar große Wäsche, da es nicht sehr lange dauerte, bis das Wasser den Siedepunkt erreicht hatte. Rings um mich stieg Dampf auf, während ich mir Wasser ins Gesicht klatschte. Nach dem zweiten Blick in den Spiegel gab ich es auf. Gott sei Dank musste mein Traummann mich nicht so sehen. Ich tupfte mir mit einem Handtuch das Gesicht ab und schreckte zurück, als sich auf dem beschlagenen Spiegel ein Name bildete.

DUTCH.

Ich hielt den Atem an. Dutch. Ich hatte mir das nicht bloß eingebildet. Mein Traummann, Reyes, der Gott meiner Fantasie und der Sinnlichkeit hatte mich unter der Dusche *Dutch* genannt. Wer sonst?

Ich blickte mich im Bad um. Nichts. Ich hielt inne und lauschte. Doch alles, was ich hörte, war Cookie, die in der Küche klapperte.

»Reyes?« Ich spähte um den Duschvorhang. »Reyes, bist du das?«

»Kauf dir mal eine neue Kaffeemaschine«, rief Cookie mir zu. »Das Ding braucht ewig.«

Seufzend ließ ich das Suchen sein und zeichnete mit den Fingern die Buchstaben auf dem Spiegel nach. Meine Hand zitterte. Nachdem ich mich ein letztes Mal umgesehen hatte, trat ich aus dem Badezimmer und wappnete mich für die *Ohs* und *Ahs*, die mein Gesicht auslösen würde.

»Was bei allen Teufeln der Hölle …?« Cookie hatte die Kaffeekanne abgestellt, nahm sie nun wieder hoch und fing von vorne an. »Was ist passiert?«

»Ooh!«, staunte Amber und kam angesaust, um es sich genauer anzusehen. Ihre riesengroßen blauen Augen wurden noch größer, als sie meine Wange und mein Kinn musterte. Amber hatte lange, dunkle Haare, die ihr wirr über den Rücken fielen, ihre Lippen waren perfekt geschwungen.

Als sie tief konzentriert die Stirn runzelte, musste ich kichern.

»Müsstest du nicht in der Schule sein?«, erkundigte ich mich.

»Heute Morgen nimmt mich Fionas Mutter mit. Wir machen einen Ausflug in den Zoo, und Fionas Mutter beaufsichtigt uns. Deshalb hat sie Mr Gonzales gesagt, dass die ganze Klasse sich hier trifft. Tut das nicht weh?«

»Doch, doch.«

»Hast du zurückgehauen?«

»Nee. Ich war ohnmächtig.«

»Echt?«

»Echt.«

Cookie drückte sich an ihrer Tochter vorbei und sah sich nun ihrerseits mein Kinn an. »Bist du abgecheckt worden?«

»Ja, so 'n heißer Blonder am anderen Ende der Theke hat mich angeglotzt.«

Amber kicherte.

Cookie schürzte die Lippen. »Ich meine von 'nem Arzt.«

»Nein, aber ein Sanitäter mit Haarausfall, der ziemlich heiß war, meinte, es ginge mir gut.«

»Oh, und der kannte sich aus.«

»Mit Flirten, ja«, antwortete ich, und Amber kicherte abermals. Ich mochte das Geräusch. Wie das Klimpern eines Windspiels in einer sanften Brise.

Cookie ließ ihr einen mütterlich tadelnden Blick zukommen, dann wandte sie sich wieder mir zu. Sie gehörte zu den Frauen, die für Einheitsgrößen zu dick sind, und hasste daher sämtliche Hersteller solcher Klamotten. Einmal hatte ich ihr sogar einen Sprengstoffanschlag auf eine Kleiderfabrik ausreden müssen. Aber abgesehen davon war sie echt hübsch. Sie hatte schwarze, drahtige Haare, die ihr über die Schultern fielen und wunderbar zu ihrer Reputation als Hexe passten. Dabei war sie gar keine. Doch die verstohlenen Blicke der Leute waren echt Spitze.

»Gibt's endlich Kaffee?«

Cookie gab's auf und schaute nach der Kaffeemaschine. »Das ist noch unmenschlicher als die chinesische Wasserfolter.«

»Mom ist auf Entzug. Gestern Abend ist uns der Kaffee ausgegangen.«

»Oh-oh.« Dazu ein Grinsen für Cookie.

Während Amber meine Schränke nach Pop-Tarts durchwühlte, saßen Cookie und ich nebeneinander an der Küchenbar. »Oh, fast hätte ich's vergessen«, sagte Cookie. »Amber will, dass sich dein Vater ein Teriyaki-Gerät anschafft, damit sie für einsame Kneipengänger singen kann.«

»Ich singe super, Mom.« Nur eine Zwölfjährige konnte das Wort *Mom* wie eine Blasphemie klingen lassen.

Ich beugte mich zu Cookie. »Meint sie nicht ein – ?«

»Ja«, hauchte sie.

»Willst du sie aufklären?«

»Nein. So ist's viel lustiger.«

Ich gluckste, dann fiel mir Cookies Arzttermin am Vortag wieder ein. »Wie war's denn beim Doktor? Irgendwelche neuen schweren Krankheiten, von denen ich wissen sollte?«

»Nein, aber ich hab mein Vertrauen in Gleitcremes erneuert.«

»Fiona ist da!«, rief Amber, klappte ihr Handy zu und rannte zur Tür hinaus. Kam zurückgelaufen, drückte ihrer Mom einen Kuss auf die Wange, küsste mich auf die Backe – die heile – und rannte abermals hinaus.

Cookie sah ihr nach. »Wie ein Tornado auf Methadon.«

»Hast du schon mal an Valium gedacht?«, fragte ich.

»Für sie oder für mich?« Sie lachte und näherte sich der Kaffeemaschine. »Die erste Tasse kriege ich.«

»Wann kriegst du die mal nicht? Also, was hat der Doktor gesagt?« Cookie redete nicht gerne darüber, aber sie hatte schon mal Brustkrebs gehabt, und der Brustkrebs hätte ums Haar gewonnen.

»Weiß nicht«, antwortete sie achselzuckend. »Er hat mich zu einem anderen Arzt überwiesen, so eine Art Medizinguru.«

»Echt? Wie heißt der denn?«

»Doktor – Mist, habe ich vergessen.«

»Oh, der«, grinste ich. »Ist der gut?«

»Angeblich. Ich glaube, er hat die inneren Organe erfunden oder so was.«

»Na, das ist doch was.«

Sie goss zwei Tassen voll und ließ sich wieder neben mir nieder. »Nein, mir geht's gut.« Sie rührte Milch und Zucker in ihren Kaffee. »Ich nehme an, mein Arzt will nur sichergehen, dass da nichts mehr im Busch ist.«

»Ja, er ist nur vorsichtig«, nickte ich und rührte in meinem Kaffee. »Ich find's gut, wenn einer vorsichtig ist, vor allem, wenn er die Macht über Leben und Tod in den Händen hält.«

»Tja, ich will bloß nicht, dass du dir Sorgen machst. Ich habe mich seit Jahren nicht mehr so gut gefühlt. Ich glaube, du hältst mich jung.« Sie zwinkerte mir über ihren Tassenrand zu.

Ich nahm einen ausgiebigen Schluck und fragte: »Ist das nicht Ambers Aufgabe?«

Sie schnaubte. »Amber lässt keine Gelegenheit aus, mir mitzuteilen, wie alt und langweilig ich bin. ›Gegen Charley kommst du nicht an‹, sagt sie dauernd. Sie ist sich zu neunzig Prozent sicher, dass du den Mond an den Himmel gehängt hast.«

»Wenigstens einer, der das denkt«, sagte ich und zog die Stirn kraus.

»Oh-oh«, gab sie zurück und stellte ihre Tasse ab. »Bist du wieder mit dem scharfen Vermisstenfahnder aneinandergeraten?«

Ich ließ mich zurücksinken und ärgerte mich über seine bloße Erwähnung. Und auch noch in meiner eigenen Wohnung. »So ein Wichser.«

»Also doch«, sagte Cookie. Ihre Miene hellte sich auf. Sie war sehr interessiert an Garrett. Irgendwie … beunruhigend. »Raus damit!« Sie rutschte näher. »Was hat er gesagt? Habt ihr euch gestritten? Geprügelt? Oder seid ihr übereinander hergefallen?«

»Puh«, machte ich und rümpfte die Nase. »Nicht mal wenn er der letzte scharfe Vermisstenfahnder auf Erden wäre.«

»Was dann? Du musst es mir sagen.« Mit der freien Hand packte sie mich am Kragen. Ich verkniff mir ein Kichern. »Wann kapierst du endlich, dass du stellvertretend für mich lebst?«

»Ist das so?«

»Na klar.« Sie glättete meinen Kragen und wandte sich wieder ihrem Kaffee zu. »Ich habe eine heranwachsende Tochter. Gehe nie aus. Und es vergeht kein Tag ohne Disney Channel. Und was Sex angeht«, sie wedelte dramatisch mit der Hand, »frag mich bloß nicht. Mein Sexualleben ist seit Jahren von Batterien abhängig. Ich brauche Einzelheiten.«

Als ich mich von der Bemerkung über *Batterien* erholt hatte, sagte ich: »Ich wollte dich doch mit diesem Dave verkuppeln.«

»Mit dem Brotlieferanten?« Sie dachte darüber nach und kniff dabei die Lippen zu einem strengen, dünnen Strich zusammen. »Na ja, ich könnt's schlimmer treffen.«

Mir entwich ein Glucksen, worauf sie grinste.

»Also, erzählst du mir jetzt, was gestern Abend passiert ist?«

»Ah, ja, gestern Abend.« Ich berichtete ihr alles über Rosies Arschloch von Mann und versicherte ihr, dass ich Rosie sicher ins Flugzeug und außer Landes verfrachtet hatte. Dann erzählte ich ihr, wie der Morgen danach mit dem anderen Arschloch, Garrett, dem skeptischen Vermisstenfahnder, verlaufen war und von der fürchterlichen Begegnung mit Elizabeths Schwester. Der beste Teil kam zum Schluss: Reyes.

»Also Reyes, wie?«

»Ja.«

Sie lachte. »Könntest du das nicht mit einem Seufzen unterlegen?«

Grinsend schaufelte ich eine Schicht Erdbeerfrischkäse auf einen Blaubeerbagel und hatte quasi Getreide- und Milchprodukt und Obst in einem. »Das erste und einzige Mal, dass ich ihn gesehen habe, war in der Nacht im South Valley, mit Gemma.«

»Welche Nacht?« Dann machte Cookie große Augen. »Soll das heißen?«

»Soll es. Wenn ich mich nicht irre, war *er* das damals.«

Sie kannte die Geschichte. Ich hatte sie ihr ja auch nur ein Dutzend Mal erzählt. Mindestens. Während Cookie sprachlos dasaß, überlegte ich, was ich eigentlich über Reyes wusste. Leider nicht sehr viel.

Zur Zeit unserer ersten und einzigen Begegnung war ich gerade mal auf der Highschool, während meine durchgeknallte große Schwester Gemma bereits kurz davor stand, von der Schule abzugehen. Wie es so ihre Art war, wollte sie die Highschool ein Semester früher abschließen, um möglichst schnell aufs College wechseln zu können, aber für den frühen Abschluss war ein Schulprojekt erforderlich, das sie sich alleine nicht zutraute. Auftritt Charlotte Davidson, Superschwester, Heilige und Projektmanagerin.

Allerdings nicht ohne zu klagen. Komischerweise konnte ich mich an unsere Unterhaltung erinnern, als wäre es gestern gewesen. In Wahrheit waren seit dieser schrecklichen und wunderbaren Nacht zwölf Jahre vergangen, einer Nacht, die ich im Leben nicht vergessen würde.

»Wenn du mich fragst«, nuschelte ich damals durch meinen um Mund und Nase gewickelten Schal, »lohnt es sich für kein Schulprojekt zu sterben, nicht mal, wenn man dafür zehn Punkte extra kassiert.«

Gemma wandte sich mir zu, senkte Dads Kamera und schob sich eine blonde Locke hinters Ohr. Die mitternächtliche Dezemberkälte gab ihren blauen Augen einen metallischen Glanz. »Wenn ich diesen Bonus nicht kriege«, gab sie zurück, ihr Atem bildete Nebelwölkchen in der eiskalten Luft, »kann ich den frühen Abschluss vergessen.«

»Weiß ich«, sagte ich, ohne verärgert klingen zu wollen, »aber ernsthaft, wenn ich zwei Wochen vor Weihnachten draufgehe, komme ich wieder und spuke bei dir. Für den Rest deines Lebens. Und du kannst mir glauben, ich weiß, wie man das macht.«

Gemma zuckte unbekümmert die Achseln und beschäftigte sich wieder mit den Bildern von Albuquerque im Autofokus. Die Beleuchtung hob Bürgersteige und Gebäude hervor und warf unheimliche Schatten über die verwaisten Straßen. Für die

Abschlussprüfung in Gemeinschaftskunde hatte Gemma sich für ein Video entschieden. Sie wollte das Leben auf den Straßen der Southside festhalten. Problemkinder auf der Suche nach Anerkennung. Drogensüchtige auf der Suche nach dem nächsten Schuss. Obdachlose auf der Suche nach Stütze und einem Dach über dem Kopf.

Bis jetzt hatte sie allerdings bloß einen Skateboarder aufgenommen, der über die Central fegte, und eine Prostituierte, die sich im Macho Taco einen Softdrink bestellte.

Unsere Sperrstunde war längst um, und wir warteten immer noch, schmiegten uns im Schatten einer aufgelassenen Schule aneinander, bibberten und gaben uns alle Mühe, möglichst unsichtbar zu wirken. Hin und wieder wurden wir von Bandenmitgliedern behelligt, die wissen wollten, was wir hier zu suchen hatten. Ein paar Mal kamen wir nur knapp davon, und ich handelte mir einige Telefonnummern ein, doch alles in allem verlief der Abend eher ruhig. Was wahrscheinlich daran lag, dass es draußen arschkalt war.

Plötzlich fiel mir ein Junge auf, der sich unter die Schultreppe kauerte. Er trug ein T-Shirt, das noch ein paar weiße Stellen hatte, und schmuddelige Jeans. Und obwohl er nicht mal eine Jacke anhatte, war ihm offenbar nicht kalt. Denn den Verstorbenen macht das Wetter nichts mehr aus.

»Hey, du da«, rief ich und näherte mich ihm vorsichtig.

Er blickte auf, das schiere Entsetzen in seinem Milchgesicht. »Du kannst mich sehen?«

»Klar.«

»Aber keiner kann mich sehen.«

»Tja, ich schon. Ich heiße Charley Davidson.«

»Wie das Motorrad?«

»So ähnlich«, antwortete ich grinsend.

»Warum bist du so hell?«, fragte er blinzelnd.

»Ich bin der Schnitter. Aber keine Sorge, das ist nichts Böses, es hört sich nur so an.«

Trotzdem kroch Angst in seine Augen. »Ich will nicht in die Hölle.«

»Wieso Hölle?«, gab ich zurück, setzte mich neben ihn und ignorierte, dass Gemma genervt aufstöhnte, weil ich mal wieder meine Selbstgespräche führte. »Glaub mir, Kleiner, wenn sich der Leibhaftige mit dir unterhalten wollte, wärst du jetzt nicht hier.«

Die Erleichterung ließ seine ausdrucksstarken Augen milder blicken.

»Und, hängst du hier nur so rum?«, wollte ich wissen.

Ich brauchte nicht lange, um herauszufinden, dass der Junge Angel hieß, dreizehn Jahre alt und Bandenmitglied gewesen war. Bei einer Schießerei aus fahrenden Autos war er kürzlich von einer Neunmillimeterkugel in die Brust getroffen worden. Er hatte am Lenkrad gesessen. Entschuldigt war er, meiner Meinung nach, als ich erfuhr, dass er, bis ihm die Kugeln um die Ohren sausten, keine Ahnung gehabt hatte, dass sein Kumpel die Schlampe, die sich in ihr Revier gewagt hatte, kaltmachen wollte. Bei dem Versuch, seinen Kumpel aufzuhalten, fuhr Angel den Wagen seiner Mutter zu Schrott, während er mit seinem Kumpel um die Pistole rang. Schließlich starb an dem Abend nur *ein* Mensch. Nämlich er.

Während ich Angel über die Nützlichkeit von kugelsicheren Westen aufklärte, fiel mein Blick auf eine Szene, die sich in einem fernen Fenster abspielte. Ich trat aus dem Schatten, um genauer hinzuschauen. Ein grelles gelbes Licht erleuchtete die Küche einer kleinen Wohnung, aber das war's nicht, was meine Aufmerksamkeit erregt hatte. Zuerst dachte ich noch an eine optische Täuschung. Ich blinzelte und strengte die Augen an, dann holte ich tief Luft, und das Entsetzen kroch mir den Rücken hinauf.

»Gemma«, flüsterte ich.

Auf Gemmas lebhaftes »Was?« folgte ein Ächzen. Sie hatte es auch entdeckt.

Ein Kerl im verdreckten T-Shirt und Boxershorts hielt einen Jungen mit einer Hand am Hals gepackt und drückte ihn an die Wand. Der Junge zerrte an den würgenden Fingern, als der Mann ihm mit seiner fleischigen Faust brutal aufs Kinn schlug. Der Junge erschlaffte, aber nur für eine Sekunde. Ohne etwas zu sehen, hob er die Hand, um den nächsten Schlag abzuwehren. Einen Moment lang schien sich der desorientierte Blick des Jungen auf mich zu richten. Dann schlug der Mann ihn erneut.

»Oh, mein Gott, Gemma, wir müssen irgendwas unternehmen!«, schrie ich. Ich rannte auf eine Öffnung in dem Maschendrahtzaun zu, der die Schule umgab. »Wir müssen irgendwas tun!«

»Charley! Warte!«

Doch ich war bereits hinterm Zaun und hastete weiter zu der Wohnung. Ich sah zu dem Fenster hoch und erkannte, dass der Mann den Jungen auf den Küchentisch zwang.

Die Außentreppe lag im Dunkeln. Trotzdem stolperte ich die Stufen hinauf und hämmerte erfolglos gegen die verschlossene Wohnungstür. Durch den Briefschlitz sah ich einen dunklen, verwaisten Flur.

»Charley!« Gemma stand vor der Wohnung auf der Straße. Da das Fenster hoch lag, musste sie zurücktreten, um hineinschauen zu können. »Charley, schnell! Er bringt ihn um!«

Ich lief zu ihr zurück, konnte den Jungen aber nicht sehen.

»Er bringt ihn um«, wiederholte sie.

»Wo sind sie hin?«

»Nirgendwohin. Sie sind noch da«, antwortete sie tief getroffen. »Er ist gestürzt. Der Junge ist gestürzt, und der Mann –«

Ich tat das Einzige, was mir in den Sinn kam. Ich rannte zu der aufgelassenen Schule zurück und griff mir einen Ziegelstein.

»Was hast du vor?«, fragte Gemma, als ich durch den Zaun stieg und zu ihr zurückrannte.

»Entweder ist das unser Ende«, sagte ich und zielte, »oder wir kriegen Hausarrest, was noch schlimmer wäre.«

Gemma trat zurück, als ich den Ziegelstein durchs Küchenfenster schleuderte. Die große Scheibe splitterte, hielt jedoch einen atemlosen Augenblick lang stand, als sei sie angesichts dessen, was ich getan hatte, starr vor Schreck. Dann prasselten die Glassplitter in der stillen Nachtluft auf den Gehweg, und der Mann tauchte am Fenster auf.

»Ich rufe die Polizei, du Scheißkerl!« Ich gab mir Mühe, überzeugend zu klingen, damit ich ihm Angst einjagte.

Mit wutverzerrtem Gesicht funkelte er uns an. »Du kleines Luder. Dafür wirst du büßen.«

»Weg hier!« Mein Instinkt übernahm das Ruder. Ich griff nach Gemmas Arm. »Los!«

Als Gemma die Straße hinunterlaufen wollte, zog ich sie in Richtung des Wohnhauses, von dem wir uns eigentlich absetzen mussten.

»Was denn nun?«, rief sie und klang vor lauter Angst ganz schrill. »Wir müssen zurück zum Auto!«

Ich suchte Schutz im Dunkeln und zog Gemma in die Feuergasse zwischen dem Wohnhaus und einer Reinigung. »Wir laufen durchs Flussbett. Das geht schneller.«

»Da ist es zu dunkel.«

Mein Puls rauschte in meinen Ohren, als ich an Kisten und ramponierten Kartons vorbeilief. Die Kälte machte mir nichts mehr aus. Ich wollte nur noch den Jungen retten.

»Wir brauchen ein Telefon«, rief ich. »Auf der anderen Seite des Flussbetts gibt's einen Laden.«

Nach dem Durchgang versperrte uns ein weiterer Maschendrahtzaun den Weg.

»Und jetzt?«, jammerte Gemma hilflos.

Dahinter lag das trockene Flussbett und auf der anderen Seite der Tante-Emma-Laden. Ich zog Gemma auf der Suche nach einer Lücke am Zaun entlang. Trotz der Sicherheitslampe auf der Rückseite der Reinigung stolperten und schlitterten wir in einem fort über den holprigen, vereisten Boden.

»Charley, warte!«

»Wir müssen Hilfe holen.« Dieser eine Gedanke blendete alle anderen aus. Ich musste dem Jungen helfen. Etwas so Gewalttätiges hatte ich in meinem ganzen Leben noch nicht gesehen. Adrenalin und Furcht pumpten brennend Galle in meinen Hals. Ich schluckte hart und atmete zur Beruhigung die frische Luft ein.

»Warte. So warte doch.« Gemmas atemloses Flehen ließ mich endlich langsamer werden. »Ich glaube, da ist er.«

Ich blieb stehen und fuhr herum. Der Junge kniete würgend neben einem Container und hielt sich den Bauch. Ich rannte zurück, Gemma griff nach meinem Arm, um nicht aus dem Gleichgewicht zu geraten, während sie neben mir hertrabte.

Als wir bei ihm ankamen, versuchte der Junge aufzustehen, doch er hatte zu viel einstecken müssen. Schwach und wackelig auf den Beinen, ging er wieder in die Knie und stützte sich mit einer Hand an dem Container ab. Die langen Finger der anderen Hand gruben sich in den Schotter, während er nach Atem rang und gierig die kalte Luft in sich aufnahm. Er trug lediglich ein dünnes T-Shirt und eine graue Trainingshose. Ihm musste eiskalt sein.

Das Mitgefühl schnürte mir das Herz ein. Ich ging neben ihm in die Hocke, wusste aber nicht, was ich sagen sollte. Er atmete flach und rasch. Seine sehnigen Arme waren vor Schmerz verkrampft. Ich sah die glatten, scharfen Umrisse einer Tätowierung, und weiter oben lockte sich dichtes, dunkles Haar über einem Ohr.

Gemma nahm die Kamera vom Hals und leuchtete damit. Der Junge blickte auf. Er blinzelte ins Licht und hob eine schmutzige Hand, um sich die Augen zu beschirmen.

Und seine Augen waren der Hammer. Ein wunderbares Braun, tief, leuchtend, darin Einsprengsel von Gold und Grün, die im Licht glänzten. Eine Gesichtshälfte war blutbesudelt. Er sah aus wie ein Krieger aus einem Spielfilm im Spätprogramm, ein Held, der trotz geringster Erfolgsaussichten in die Schlacht gezogen war. Einen Moment lang überlegte ich, ob ich einen Fehler gemacht hatte und er womöglich schon tot war, dann fiel mir ein, dass Gemma ihn auch sah.

»Geht's dir gut?« Eine blöde Frage, aber ich kam auf nichts Besseres.

Er sah mich lange an, dann wandte er sich ab und spuckte Blut aus, ehe er mich wieder ansah. Er war älter, als ich zuerst gedacht hatte. Vielleicht siebzehn, achtzehn.

Er wollte wieder aufstehen. Ich sprang auf, um ihm zu helfen, doch er schreckte vor meiner Berührung zurück. Trotz des überwältigenden, fast verzweifelten Bedürfnisses, ihm zu helfen, trat ich zur Seite und sah zu, wie er sich aufrappelte.

»Wir müssen dich ins Krankenhaus bringen«, sagte ich, als er stand.

Mir erschien das absolut logisch, doch er beäugte mich feindselig und misstrauisch. Offenbar stand mir die erste Lektion über das unlogische Verhalten des männlichen Bevölkerungsteils bevor. Wieder spuckte er aus und machte sich dann auf den Weg zu dem schmalen Durchlass, den wir eben passiert hatten. Dort stützte er sich beim Gehen an der Backsteinmauer ab.

»Hör mal«, rief ich, während ich ihm in die Gasse folgte. Dabei klammerte sich Gemma an meine Jacke und zerrte immer wieder daran; sie hatte eindeutig was dagegen, dem Jungen nachzugehen. Ich zog sie achtlos hinter mir her. »Wir haben gesehen, was passiert ist. Wir müssen dich ins Krankenhaus bringen. Unser Wagen steht in der Nähe.«

»Verschwindet von hier«, brummte er schließlich mit tiefer, schmerzerfüllter Stimme. Mühsam kletterte er auf eine Kiste und langte nach einem hohen Fenstersims. Sein schlanker, muskulöser Körper zitterte sichtlich, als er sich reckte, um einen Blick in die Wohnung zu werfen.

»Du willst wieder da rein?«, fragte ich alarmiert. »Hast du sie nicht mehr alle?«

»Charley«, hauchte Gemma hinter mir, »vielleicht sollten wir ihn einfach machen lassen.«

Natürlich schenkte ich ihr keine Beachtung. »Der Kerl wollte dich umbringen.«

Er warf mir einen wütenden Blick zu, dann wandte er sich wieder dem Fenster zu. »Welchen Teil von *Verschwindet von hier* hast du nicht kapiert?«

Ich gebe zu, in dem Moment geriet ich ins Wanken. Aber ich dachte daran, was vielleicht passieren würde, wenn er in diese Wohnung zurückkehrte. »Ich rufe die Polizei.«

Heftig drehte er den Kopf zu mir. Eine schön anzusehende Lebhaftigkeit erfasste ihn, als würden ihm die Schläge plötzlich nichts mehr ausmachen. Er sprang von der Kiste und landete sicher vor mir.

Gerade so kräftig, dass ich mich nicht loswinden konnte, legte er mir eine Hand an den Hals und drückte mich gegen die Backsteinmauer. Lange starrte er mich bloß an. Gefühle ohne Ende flogen über sein Gesicht: Zorn, Frust, Angst …

»Das wäre keine gute Idee«, sagte er schließlich. Eindeutig eine Warnung. Doch seine weiche Stimme verriet einen guten Schuss Verzweiflung.

»Mein Onkel ist Polizist, mein Vater war früher auch bei der Polizei. Ich kann dir helfen.« Hitze ging von ihm aus, und ich erkannte, dass er Fieber haben musste. Hier nur im T-Shirt in der eisigen Kälte zu stehen konnte nicht gut für ihn sein.

Meine Kühnheit schien ihn zu erstaunen. Um ein Haar hätte er gelacht. »Wenn ich mal die Hilfe von einer Rotzgöre aus den Heights brauche, wirst du es als Erste erfahren.«

Der feindselige Ton brachte meine Entschlossenheit ins Wanken, aber nur kurz, dann fasste ich mich wieder und ging zum Angriff über. »Wenn du wieder da reingehst, rufe ich die Polizei. Ernsthaft.«

Er knirschte frustriert mit den Zähnen. »Du richtest mehr Schaden an, als gut für dich ist.«

Ich schüttelte den Kopf. »Das bezweifele ich.«

»Du weißt nichts über mich. Oder über ihn.«

»Ist er dein Vater?«

Er zögerte, starrte ungeduldig vor sich hin, als würde er überlegen, wie er mich am besten loswerden könnte. Dann traf er eine Entscheidung. Ich konnte es ihm vom Gesicht ablesen.

Seine Züge verdüsterten sich. Er trat näher heran, drückte seinen ganzen Körper an mich und flüsterte mir ins Ohr: »Wie heißt du?«

»Charley«, antwortete ich. Mit einem Mal hatte ich Angst, viel zu große Angst, um ihm eine Antwort schuldig zu bleiben. Dann wollte ich *Davidson* hinzufügen, doch da zog er mir den Schal vom Gesicht, um mich besser sehen zu können, sodass *Davidson* undeutlich und verkürzt klang, ungefähr wie …

»Dutch?«, fragte er und zog die Brauen zusammen.

Ich hatte noch nie etwas Schöneres als ihn gesehen. Er war fest, stark und feurig. Und verletzlich. »Nein«, hauchte ich, während seine Finger an mir herabglitten und unverschämt meine Brust berührten. »Davidson.«

»Bist du schon mal vergewaltigt worden, Dutch?«

Damit wollte er mir zweifellos brutal vor den Kopf stoßen,

doch das änderte nichts daran, dass mich die Frage völlig unvorbereitet traf. Ich war sprachlos und total entsetzt. Ich kämpfte gegen den Drang an, einfach wegzulaufen; ich wollte mich nicht unterkriegen lassen, aber mein Selbsterhaltungstrieb ließ sich nur schwer unterdrücken. Ein kurzer, Hilfe suchender Blick zu Gemma brachte mich nicht weiter. Meine Schwester hielt bloß Maulaffen feil, klammerte sich geistesabwesend an ihre Kamera, als käme es darauf noch an, und brachte es trotzdem fertig, nichts von dem ganzen Geschehen für die Nachwelt festzuhalten.

»Nein«, antwortete ich atemlos.

Sanft rieb er die Wange an meiner und schloss die Hand abermals leicht um meine Kehle. Für einen Passanten hätten wir wie ein im Dunkeln knutschendes Liebespaar ausgesehen.

Er zwängte ein Knie zwischen meine und drückte sie auseinander, um sich Zugang zu meinem Allerheiligsten zu verschaffen. Die intime Berührung, als seine freie Hand zwischen meinen Beinen verschwand, ließ mich keuchen, und mir wurde instinktiv klar, dass ich drauf und dran war, mich der Erregung zu überlassen. Ich griff nach seinen Handgelenken.

»Bitte, hör auf damit.«

Er hielt inne, seine Finger verharrten in meinem Schritt. Ich schob ihn mit der flachen Hand an der Brust behutsam weg, damit er von mir abließ. »Bitte.«

Er glitt zurück und sah mir in die Augen. »Du gehst?«

»Ja, ich gehe.«

Sein Blick ließ mich lange nicht los, dann hob er beide Arme und stützte sie über meinem Kopf gegen die Mauer. »Na los doch!«, sagte er schroff.

Das war kein Vorschlag zur Güte. Ich duckte mich unter seinen Armen hindurch, nahm die Beine in die Hand, ehe er es sich anders überlegte, und schnappte mir nebenbei Gemma.

Als wir um die Ecke bogen, sah ich mich um und blieb stehen.

Er hatte sich auf eine Kiste gesetzt und starrte zu dem Fenster hoch. Schwer seufzend lehnte er den Kopf gegen die Mauer. Mir wurde klar, dass er nicht in die Wohnung zurückkehren würde. Er wollte lediglich das Fenster im Auge behalten.

Ich fragte mich, wen er dort drinnen zurückgelassen hatte. Zwei Tage später fand ich es heraus, als ich mich mit der wütenden Vermieterin unterhielt. Die Familie aus 2C war mitten in der Nacht ausgezogen und hatte sie auf zwei Monatsmieten und den Kosten für eine kaputte Fensterscheibe sitzen lassen. Mein Selbsterhaltungstrieb hinderte mich, die Umstände zu erwähnen, unter denen die Fensterscheibe zu Bruch gegangen war. Als ich die Leier über ihren Verlust endlich unterbrechen konnte, erzählte sie mir, der Alte hätte den Jungen Reyes genannt. Nun wusste ich also seinen Namen. Doch das war nicht die Antwort auf meine brennende Frage. Endlich kam die Vermieterin darauf zu sprechen.

Es war seine Schwester. Seine Schwester war in der Wohnung gewesen. Allein. Mit diesem Ungeheuer.

»Unglaublich«, meinte Cookie und riss mich zurück in die Gegenwart. »Ist er denn, du weißt schon, tot?«

Cookie hatte schon vor langer Zeit herausgefunden, dass ich die Verstorbenen sehen konnte, und hatte trotzdem nichts gegen mich.

»Das ist ja das Komische«, sagte ich. »Ich weiß es einfach nicht. Mit ihm ist alles ganz anders, als ich es gewohnt bin.« Ich sah auf die Uhr. »Mist, ich muss ins Büro.«

»Oh! Eine Superidee.« Sie kicherte. »Ich komme gleich nach.«

»Alles klar«, sagte ich und machte mich winkend auf den Weg. »Dann bis gleich. Sie halten die Stellung, Mr Wong.«

5

Jeanius
– T-Shirt

Während ich die fünfzig Meter Gasse entlangtrottete und die Bar meines Vaters durch den Hintereingang betrat, dachte ich darüber nach, aus welchen Gründen alle drei Anwälte, statt den Abgang ins Jenseits anzutreten, im Diesseits zurückgeblieben waren. Meine Überlegungen gingen – bei einer zwölfprozentigen Fehlerquote je nach Reichweite meines Selbstvertrauens und aufgrund der Warnhinweise des Gesundheitsministeriums – davon aus, dass sie nicht wegen der Tacos geblieben waren.

Es dauerte einen Moment, bis ich die Sonnenbrille in meiner Ledertasche verstaut hatte und meine Augen sich an das trübe Licht im Innern der Bar anpassten. Die Bar meines Vaters war, gelinde gesagt, eine Wucht. Sie hatte eine Kathedralendecke, und sämtliche Wände waren mit dunklem Holz getäfelt, verschwanden aber weitgehend unter Bilderrahmen, Orden und Wimpeln aus der Welt der Verbrechensbekämpfung. Vom Hintereingang aus gesehen, befand sich der Tresen rechts, in der Mitte standen runde Tische und Stühle, an der Seitenwand Bistrotische. Aber das Highlight dieses Geheimtipps waren die hundert Jahre alten kunstvollen Verzierungen, die den Hauptraum wie ein Kranzprofil umgaben. Sie lenkten das Auge in Spiralen zur Westwand mit dem prachtvollen, schmiedeeisernen Aufzug. Das war so einer, den man sonst nur noch in Filmen und sehr alten Hotels sieht, die Sorte, die dem begeisterten Betrachter das ganze Innenleben samt Seilzügen offenbart und die ewig und drei Tage braucht, um sich in den nächsten Stock zu hieven.

Mein Büro beanspruchte den größten Teil des oberen Stockwerks und hatte einen separaten Seiteneingang, zu dem eine malerische Treppe im typischen Neuenglandstil führte. Doch da ich bezweifelte, die Treppe bewältigen zu können, ohne mich dabei über Gebühr zu quälen, und da ich Qualen jeder Art für ungebührlich hielt, verließ ich mich, trotz seiner Mängel, lieber auf den Aufzug in der Bar.

Ich lächelte, als die Stimme meines Vaters an mein Ohr drang. Mein Vater war wie Regen in einer Wüste. Während meiner Kinderjahre hatte er mich davor bewahrt, zu verdorren und einfach einzugehen. Ein furchtbarer Gedanke.

Ich schlenderte hinein und entdeckte seine hochgewachsene, schlanke Gestalt an einem Tisch, an dem er mit meiner bösen Stiefmutter und meiner älteren Nichtstiefschwester saß. Wenn mein Vater der Regen in einer Wüste war, waren die beiden die Skorpione im Sand. Daher hatte ich schon vor langer Zeit gelernt, ihnen nicht in die Quere zu kommen. Meine leibliche Mutter war bei meiner Geburt gestorben – verblutet, während sie mich zur Welt brachte, woran ich nur äußerst ungern dachte –, und mein Vater hatte Denise noch vor meinem ersten Geburtstag geheiratet. Ohne mich nach meiner Meinung zu fragen. Denise und ich waren nie miteinander warm geworden.

»Hey, Schatz«, rief Dad, als ich die Sonnenbrille wieder aufsetzte und mich unbemerkt vorbeischleichen wollte, ohne genau zu wissen, wieso ich dabei die Sonnenbrille für hilfreich hielt.

Es ärgerte mich ein wenig, entdeckt worden zu sein, bevor ich kapierte, dass ich ohnehin nicht davonkommen würde. Der verdammte Aufzug war lauter als ein Chevy und kroch nach oben wie eine verwundete Schnecke. Denise hätte bestimmt mitgekriegt, wenn neben ihr ein dunkelhaariges Mädchen mit Sonnenbrille eingestiegen wäre.

Also schlenderte ich zum Tisch.

»Komm, frühstücke mit uns«, sagte mein Dad. »Ich geb dir was ab.«

Denise und Gemma hatten meinem Dad das Frühstück gebracht. Ich war anscheinend nicht eingeladen – Überraschung –, obwohl ich nur einen Katzensprung von der Hintertür entfernt wohnte.

Gemma sah nicht mal von ihrem Frühstücksburrito auf, dabei hätte ja eine Strähne ihrer Frisur verrutschen können, und Denise quittierte Dads Einladung bloß mit einem Seufzen, machte sich aber daran, seinen Burrito durchzuschneiden, um mir etwas abzugeben.

»Schon gut«, sagte ich. »Ich hab schon gefrühstückt.«

Darauf starrte sie mich stinksauer an. So erging es mir meistens mit ihr. »Was denn?«, erkundigte sie sich mit messerscharfer Stimme.

Ich zögerte. Sie wollte mich hereinlegen, das spürte ich genau. Sie tat so, als sorgte sie sich um den Nährwert meines Frühstücks, damit ich sie für eine treu sorgende Stiefmutter hielt. Doch ich stand mit versiegelten Lippen vor ihr, da ich nicht auf ihr durchsichtiges Manöver hereinfallen wollte.

Dann richtete sie ihren machtvollen, durchdringenden Blick auf mich, und ich knickte ein. »Einen Blaubeerbagel.«

Sie zog ärgerlich die Brauen hoch und widmete sich wieder ihrem Burrito.

Puh. Das war knapp. Wer hätte gedacht, dass die Erwähnung eines Blaubeerbagels meine Stiefmutter dermaßen irritierte? Vielleicht hätte ich auch noch den Erdbeerfrischkäse erwähnen sollen. Es war schlimm, für die Frau, die mich erzogen hatte, eine so herbe Enttäuschung zu sein, aber zum Kuckuck, ich tat, was ich konnte. Sie wäre noch enttäuscht gewesen, wenn ich das Rad erfunden hätte. Oder die Haftnotizen. Oder das Knochenmark.

Mein Vater stand umständlich auf, um mir einen Kuss zu geben, und stöhnte leise auf, als er mein lädiertes Kinn bemerkte. Ich war mir ziemlich sicher, dass mein Zustand auch Denise nicht entgangen war – ich hatte gesehen, wie ihre Augen eine Winzigkeit größer wurden, ehe sie sich zusammenriss –, aber da sie nichts dazu sagte, hielt ich meinerseits ebenfalls die Klappe.

Ich setzte schnell die Brille auf und schüttelte den Kopf. Mein Vater hielt inne, runzelte missvergnügt die Stirn, weil ich vor meiner bösen Stiefmutter keine Erklärung abgeben wollte, und drückte mir einen Kuss auf die Stirn.

»Ich komme gleich hoch.« Damit ließ er mich wissen, dass er eine Erklärung erwartete.

»Wenn du Glück hast, bin ich da«, sagte ich und öffnete die Gittertür des Aufzugs.

Er gluckste.

Denise seufzte.

Meine Stiefmutter hat sich nie besonders um meine Ernährung gekümmert. Ich schätze, die angenehmen Sachen sind meiner älteren Schwester zugutegekommen, und als sie dann mich »bekam«, waren ihre mütterlichen Reserven bereits aufgezehrt. Eine sachdienliche Info gab sie mir doch mit auf den Weg. Sie war es, die mich darüber aufklärte, dass ich die Aufmerksamkeitsspanne einer Stechmücke hatte, allerdings einer Stechmücke mit selektivem Gehör. Zumindest glaube ich, dass sie das sagte. Zugehört habe ich ihr nicht. Oh, und dass die Männer immer nur das eine wollen, hat sie mir auch noch mit auf den Weg gegeben.

In der Hinsicht muss ich der höheren Macht danken. Denn ich bin selbst auf nichts anderes aus.

Aber wer könnte ihr daraus einen Vorwurf machen? Ich meine, sie hatte doch Gemma. Gemma Vi Davidson. *Die* Gemma Vi Davidson.

Da konnte ich nicht mithalten. Vor allem, da Gemma und ich absolut nichts gemeinsam hatten. Gemma war blond und hatte blaue Augen. Ich nicht.

Gemma war immer eine Streberin. Während ich bloß nach allem strebte, was das Leben mir zu bieten hatte.

Während Gemma sich den Wissenschaften verschrieb, legte ich mich lieber auf die faule Haut.

Während Gemma Fremdsprachen lernte, stand ich auf den scharfen Italiener aus der Nachbarschaft.

Und während Gemma das College innerhalb von dreieinhalb Jahren mit *magna cum laude* und einem Bachelor in Psychologie abschloss, beendete ich das College ebenfalls in dreieinhalb Jahren mit einem Bachelor in Soziologie, allerdings mit *summa cum laude*.

Gemma verzieh mir nicht, dass ich sie in den Schatten gestellt hatte, aber immerhin trieb sie das an, ihre Ausbildung als Teil unseres unendlichen Konkurrenzkampfes fortzusetzen. Und mit dem Master war für sie auch noch nicht Schluss. Sie schaffte sogar den Doktor der Philosophie, allerdings in Gestalt eines verheirateten Professors namens Dr. Roland. Als sie gerade mal dreißig war, promovierte sie dann selbst.

Aber den Professor hatte sie nötiger.

Denise hat mir ebenfalls nie verziehen. Als Gemma das Examen ablegte, glänzten in Denises Augen Freudentränen. Als ich den Abschluss schaffte, verdrehte sie die Augen häufiger als ein Junkie mit einem Treuhandfonds. Vermutlich war sie sauer, weil sie ihr samstägliches Treffen der Gartenfreunde versäumte und stattdessen meiner Examensfeier beiwohnen musste. Es könnte aber auch an dem T-Shirt gelegen haben, das ich unter dem Festgewand trug und auf dem das Wort JEANIUS stand.

Mein Vater indes war stolz auf mich. Ich tat lange so, als ob mir das genügte. Ich hoffte immer, Denise würde eines Tages die übermenschliche Gabe entwickeln, auf mehr als einen Menschen stolz zu sein.

Doch dieser Tag kam nie. Also tat ich aus schierem Trotz genau das, was Denise von mir erwartete: Ich enttäuschte sie. Aufs Neue. Da Denise fand, dass eine Frau vor einer Schulklasse stehen müsste, schlenderte ich zu einem Rekrutierungsbüro auf dem Universitätsgelände und trat dem Friedenskorps bei. Denise zu enttäuschen war viel einfacher, als mir bei dem Versuch den Arsch aufzureißen, es nicht zu tun. Ihre schrägen Blicke und entsetzten Seufzer waren nicht mehr so verletzend, wenn ich sie mir in Eigenregie verdiente. Ganz zu schweigen davon, dass ich bei einigen Projekten mit dem Militär zusammenarbeitete und dass es da, wer hätte das gedacht, scharenweise Männer in Uniform gab. Damit war das Maß voll. Hurra!

Endlich hielt der Aufzug im ersten Stock, und ich winkte Dad, ehe ich den Korridor betrat, der zum Hintereingang meines Büros führte. Der Vordereingang, den ich normalerweise benutzte, führte direkt in meinen Empfangsbereich.

Es gab auch noch einen dritten, ein wenig heikleren Zugang über die Feuerleiter hinterm Haus. Darum war klar, als ich Garrett gegen meine Bürotür gelehnt auf mich warten sah, dass er auf die Feuerleiter gesprungen und durchs Fenster geklettert war.

Angeber.

»Wissen Sie noch, dass mein Dad früher Polizist war? Was machen Sie hier?«, fragte ich und klang heiser vor Ärger. Garrett trug ein weißes T-Shirt, ein dunkles Jackett sowie eine gut sitzende Jeans.

Er straffte sich und wölbte fragend eine Braue. »Haben Sie aus einem besonderen Grund anstelle der Treppe einen Aufzug benutzt, der sich mit der Geschwindigkeit von Melasse im Januar bewegt?«

Garrett sah mit seiner dunklen Haut und den glimmenden grauen Augen verdammt gut aus, aber mehr konnte ich an ihm nicht finden. Falls er mir in der Vergangenheit mal eine Winzigkeit anziehend erschienen war, dann war das mittlerweile unter Groll und Ablehnung verschüttgegangen. Und soweit es mich betraf, würde sich daran nichts ändern.

Ich ließ meine ärgerliche Miene für mich sprechen, schloss die schwere Holztür zu meinem Büro auf und sah an Garrett vorbei die drei Verstorbenen an, die ebenfalls auf mich gewartet hatten.

»Schön, dass Sie kommen konnten«, wandte ich mich an Barber. »Aufrecht stehend sind sie viel größer.«

Sussman versetzte ihm einen Rippenstoß, während Garrett, offenbar nicht gewillt, meiner Unterhaltung mit den Tapeten zu folgen, in mein Büro stolzierte.

»Mein Benehmen vorhin tut mir leid«, gab Barber zurück. »Mir sind da wohl ein bisschen die Nerven durchgegangen.«

Seine Entschuldigung machte mir ein schlechtes Gewissen, weil ich ihn nicht … na ja, nicht verständnisvoller gewesen war. Vielleicht musste ich noch an meiner Sensibilität arbeiten. Ich hatte mich mal für ein Antiaggressionstraining angemeldet, aber der Lehrer war mir tierisch auf den Geist gegangen.

»Es steht mir nicht zu, über Sie zu urteilen«, sagte ich und klopfte ihm auf die Schulter. »Ich bin noch nie gestorben. Jedenfalls nicht offiziell.«

»Nicht offiziell?«, wiederholte Sussman fragend.

»Eine lange Geschichte.«

»Ja, ja«, sagte Elizabeth. »Können wir jetzt reingehen? Ich schätze, ich habe nicht mehr viel Zeit, und ich möchte den großen, dunklen Skeptiker da noch so lange wie möglich anstarren.

Wieso ist er mir nicht gestern schon über den Weg gelaufen? Dann wäre ich glücklich gestorben.«

Ich wusste genau, wie sie sich fühlte. Schließlich ging es mir mit Reyes ganz ähnlich.

Wir betraten mein Büro, das nebenbei auch als Kunstgalerie für meine Freundin Pari diente. An den Wänden hingen düstere abstrakte Gemälde, die das Leben auf der Central zum Gegenstand hatten. Eines war die verstörende Darstellung einer jungen Wäscherin in Gothic-Klamotten, die Blut aus ihren Ärmeln scheuerte. Das Mädchen sah aus wie ich, ein Insiderwitz, weil ich Waschtage nicht abkonnte. Gott sei Dank war ich in diesem Schwall von Grautönen kaum zu erkennen.

Pari hatte außerdem ganz in der Nähe ein Tätowierstudio. Von ihr stammt auch das Tattoo auf meiner rechten Schulter, das einen kleinen Gevatter Tod im wehenden Mantel zeigt, aus dem seine großen, unschuldigen Augen lugen. Pari stand auf Insiderwitze.

Garrett wandte sich mir zu, doch ich gönnte ihm keinen Blickkontakt. Stattdessen hängte ich meine Tasche weg und setzte Kaffee auf, als Cookie auch schon zur Vordertür hereinschneite.

»Bist du da, Schatz?«

»Hier hinten«, rief ich ihr zu. »Ich hab Kaffee aufgesetzt.« Die Kaffeemaschine stand in meinem Büro mit der offiziellen Begründung, Cookies Koffeinzufuhr im Auge zu behalten. In Wahrheit brauchte ich die Zufuhr selbst ständig.

»Kaffee. Den Göttern sei Dank«, sagte Cookie und öffnete die Tür, die von ihrem Büro in meins führte. »Oh.« Sie entdeckte Garrett. »Mr Swopes, ich wusste ja nicht –«

»Er wollte gerade gehen«, teilte ich ihr mit.

Garrett lächelte mich an und schenkte Cookie die volle Wucht seines schiefen Grinsens.

Bastard.

»Mann, Mann, Mann«, sagte Elizabeth eine Spur zu atemlos. »Genau das habe ich gemeint.«

Ich verkniff mir ein hilfloses Stöhnen und behielt Cookie im Auge, die nun das Wort ergriff, etwas über Papierkram stammelte, winkte und die Tür schloss, sodass wir unter uns blieben.

»Ich weiß genau, wie sie sich fühlt«, schnurrte Elizabeth.

Ich ließ mich in den Sessel hinter meinem Schreibtisch fallen, während Garrett sich auf dem Platz mir gegenüber zusammenfaltete.

»Und?«, fragte ich.

»Und?«, ahmte er mich nach.

»Sie sind nicht aus Geselligkeit hier, Swopes. Was wollen Sie? Ich muss drei Mordfälle lösen.«

Meine Zuversicht amüsierte ihn. »Ich dachte, wir könnten uns mal auf einen Kaffee treffen.«

»Verdammt«, rief Elizabeth. »Ihr geht zusammen Kaffee trinken? Darf ich zugucken?«

Ich sah sie stirnrunzelnd an. »Wir gehen *keinen* Kaffee zusammen trinken.«

Garrett senkte den Kopf, anscheinend übte er sich in Geduld.

»Hören Sie«, sagte ich, da ich sein Getue satt hatte. »Ich hab's Ihnen doch schon gesagt. Sie können sich meine Fähigkeiten zunutze machen oder nicht. Vorzugsweise nicht. Da ist die Tür. Schönen Tag noch, und rutschen Sie mir den Buckel runter.«

Er hob den Kopf, mit ernster, aber keineswegs saurer Miene, was mir, wenn man meine letzte Aufforderung bedachte, passender erschienen wäre. »Zunächst mal«, begann er in verbittertem Ton, »bin ich noch dabei, mich an all das zu gewöhnen, Miss Ätzend. Lassen Sie mir ein wenig Zeit.«

»Nein.«

»Zweitens«, fuhr er, ohne auszusetzen, fort, »würde ich mich gerne mal mit Ihnen darüber unterhalten.«

»Nein.«

»Ich meine, wie so was läuft.«

»Super.«

»Sehen Sie ständig Tote?«

»Bloß an Sonn- und Feiertagen.«

»Sind sie, na ja, überall?«

»Hat der Frosch ’n wasserdichten Arsch?«, fragte ich, während ich mich im Sessel zurücklehnte, die Füße hob und sie samt staubigen Wanderstiefeln über Kreuz auf dem Schreibtisch ablegte.

Ich legte die Fingerspitzen aneinander und funkelte Garrett betont ungeduldig an, während ich wartete, dass er mit seiner Entscheidung endlich zu Potte kam. Nämlich ob er mir glauben oder es lassen wollte.

Ich nannte diese Phase die »Dämmerung« – die Phase, in der jemand sich zu fragen beginnt, ob ich die Verstorbenen tatsächlich sehen kann. Klar, die Zweifel bleiben. Die meisten zermartern sich das Hirn, um sich *irgendwie* zu erklären, wie ich das hinbekam.

Und während ich Lebenszeit vergeudete, mühte sich Garrett Swopes genau damit ab. Schließlich liefen Tote nicht in der Gegend herum, um herauszufinden, wer sie ermordet hatte. Es gab keine Geister. Was ich da behauptete, konnte überhaupt nicht wahr sein.

Die Dämmerung glich einer Weggabelung, an der der sprichwörtliche Wanderer sich entscheiden muss, welche Abzweigung er schließlich nehmen will. Unglücklicherweise war die Abzweigung, die zu Charley der Geisterseherin führte, wesentlich unwegsamer als die sichere, eingefahrene Abzweigung zu Charley der Bekloppten. Und keiner macht sich gerne zum Narren. In neun von zehn Fällen hielt allein das die Menschen davon ab, sich überzeugen zu lassen.

Garrett hielt meinem Blick einige Sekunden stand, dann richtete er seine Aufmerksamkeit wieder auf meine Finger. Fast konnte ich die Zahnräder in seinem Kopf knirschen hören. Nachdem weitere Sekunden ins Land gegangen waren, gelangte ich zu dem Schluss, dass diese Zahnräder mal gründlich geölt werden sollten.

»Wie konnten Sie wissen, wo Sie Ms Ellerys Leiche finden würden?«, fragte er schließlich.

»Das erkläre ich Ihnen jetzt nicht noch mal, Swopes.«

»Nein, ernsthaft – «

»Nein.«

Nach einer neuerlichen langen Pause fragte er: »Und Sie können das schon seit Ihrem fünften Lebensjahr?«

Ich schnaubte. »Ich kann die Verstorbenen schon seit meiner Geburt sehen. Es hat bloß fünf Jahre gedauert, bis mein Vater mir geglaubt hat. Doch als ich ihm verriet, wo die Leiche eines vermissten Mädchens lag, sah er ein, was für eine große Hilfe ich ihm sein würde.«

»Das Johnson-Mädchen«, sagte er.

Ich gab mir Mühe, nicht zu zucken. Nicht gerade eine meiner Lieblingserinnerungen. Genau genommen gab es für mich kaum eine unangenehmere Erinnerung. Am Tag des Johnson-Fiaskos, wie ich es nannte, nahm Denise, ohne groß zu überlegen, die eingefahrene Abzweigung, beschloss, mir nicht zu glauben, und schwor, nie wieder ein Wort darüber zu verlieren. An dem Tag erkannte ich außerdem, wie abnorm meine Fähigkeit eigentlich ist. Und dass manche Menschen – mir nahestehende Menschen – mich dafür verachteten. Dass meine Stiefmutter mich vor Dutzenden Schaulustigen ohrfeigte, bis ich nicht mehr klar denken konnte, machte die Sache natürlich nicht besser.

»Geht's Ihnen gut?«, erkundigte sich Sussman.

Ich hatte die Anwesenheit der Anwälte fast vergessen. Ich nickte diskret.

»Wissen Sie«, mischte sich Elizabeth ein, »ich glaube, er versucht lediglich, unvoreingenommen zu sein.«

Ich machte ein gefährlich mürrisches Gesicht. Gemein. Schließlich wollte sie nur helfen.

»Sind sie jetzt hier?«, fragte Garrett.

Ich seufzte. Ich war nicht scharf auf seine Feindseligkeit. Aber er hatte gefragt. »Ja.«

Er griff nach seinem Notizblock. »Können Sie Ms Ellery fragen, wann sie Geburtstag hat?«

»Nein.«

Da trat Elizabeth vor. »Am zwanzigsten Juni.«

Ich sah sie an. »Er kennt Ihren Geburtstag. Er will nur wissen, ob ich ihn auch kenne.«

»Nein?«, echote er. Er wirkte enttäuscht, als wollte er, dass ich ihm Rede und Antwort stand, als wollte er mir wirklich glauben. Zumindest für etwa fünf Minuten. Er gehörte zu den Schönwettergläubigen, vor denen ich mich in Acht nehmen musste. Diese Leute hatten die fiese Angewohnheit, mir Tiefschläge zu versetzen, wenn ich schon gar nicht mehr damit rechnete.

»Sagen Sie's ihm doch«, drängte Elizabeth.

»Sie verstehen das nicht. Menschen wie er glauben mir nie, jedenfalls nicht richtig. Er wird immer skeptisch bleiben. Er wird ständig bohrende Fragen stellen, um Informationen aus mir herauszuholen, über die er längst verfügt, bloß um zu sehen, ob ich versage.« Ich sah Garrett an. »Vergessen Sie ihn.«

»Elizabeth«, warf Sussman ein, »vielleicht sollten wir einfach –«

»Nein!«, kreischte sie, und ich fuhr zusammen, was mir Garretts volle Aufmerksamkeit einbrachte. »Sagen Sie's ihm!« Sie flog auf meinen Schreibtisch zu und beugte sich weit darüber. »Er muss sich einfach überwinden und Ihnen glauben, er hat ja keine Ahnung, was ihm entgeht. Sonst sieht er die Welt, in der er lebt, immer nur eindimensional. Er wird nicht wissen, wo es hingeht, wird ohne die Gewissheit leben, dass die Menschen, die er geliebt und verloren hat, an einem besseren Ort weiterexistieren. Dass es ihnen dort gut geht.«

Mir ging auf, dass Elizabeth nicht mehr von Garrett sprach, sondern von sich selbst.

Ich stand auf und ging zu ihr. »Elizabeth, was ist los?«

Sie weinte beinah. In ihren hellen Augen schimmerten Tränen. »Ich würde meiner Schwester gerne so vieles sagen, aber sie ist genau wie er … genau wie ich mal war. Ich hätte Ihnen auch nicht geglaubt.« Ihre Schultern sanken, und sie blickte mich schuldbewusst an. »Es tut mir leid, Charlotte, ich hätte Ihnen niemals geglaubt. Nicht in einer Million Jahren. Und sie wird Ihnen auch nicht glauben.«

Auf meinem Gesicht machte sich ein erleichtertes Lächeln breit. Das war alles? Damit hatte ich es schon tausendmal zu tun gehabt. »Elizabeth«, sagte ich, »von allen Problemen, die wir momentan haben, lässt sich das als Einziges ohne Weiteres lösen.«

Garrett folgte unserem Wortwechsel – oder besser meinem Selbstgespräch –, doch zu seiner Ehrenrettung muss ich sagen, seine Miene blieb völlig ausdruckslos. Ich habe oft darüber nachgedacht, wie lächerlich es für die Lebenden aussehen muss, wenn ich Selbstgespräche führe, wild gestikuliere und unversehens Unsichtbare umarme. Aber manchmal bleibt mir nichts anderes übrig. Wenn Garrett sich weigerte zu verschwinden, musste er sich mit meiner Welt abfinden. Ich würde mein Benehmen jedenfalls nicht ändern, bloß um in *meinem* Büro *seinem* Sinn für das Angemessene zu schmeicheln.

Elizabeth schniefte. »Was meinen Sie damit? Wie denn lösen?«

»Hinterlassen Sie eine Nachricht.«

»Eine Nachricht?«

»Sicher. Ich mach das ständig. So erspare ich mir eine Menge

Erklärungen«, antwortete ich mit einer umfassenden Geste. »Sie diktieren mir eine Nachricht, die ich tippe – und natürlich vor ihren Todestag datiere – und die dann unerklärlicherweise unter ihren Hinterlassenschaften auftaucht. *Für den Fall, dass mir etwas zustößt* … so was in der Art. Sie teilen ihr darin alles mit, von dem Sie wollen, dass sie es weiß, und wir tun einfach so, als hätten Sie die Nachricht vor Ihrem Tod selbst getippt. Ich kenne sogar jemanden, der, um die Sache wasserdicht zu machen, Ihre Unterschrift fälschen kann, wenn Sie wollen.«

»Wer?«, wollte Garrett wissen.

Ich funkelte ihn wütend an. Was ich mit den Verstorbenen vereinbarte, ging ihn nichts an.

Über Elizabeths Gesicht huschte ein hübsch anzusehender erstaunter Ausdruck. »Brillant. Ich bin Rechtsanwältin. Ich bin noch systematischer als das Dewey-Dezimalsystem. Sie wird komplett darauf hereinfallen.«

»Natürlich fällt sie drauf rein«, nickte ich und klopfte ihr auf den Rücken.

»Kann ich meiner Frau auch schreiben?«, fragte Sussman.

»Klar.«

Dann wandten wir uns alle Barber zu, in der Erwartung, dass auch ihm irgendein Adressat einfiele. »Ich habe bloß meine Mutter. Aber sie weiß, wie ich über sie denke«, erklärte er, und ich war unschlüssig, ob ich über Ersteres traurig oder lieber über Letzteres froh sein sollte.

»Das ist schön«, teilte ich ihm mit. »Ich wünschte, mehr Menschen würden sich die Zeit nehmen, über ihre Gefühle zu sprechen.«

»Ja. Ich hab ihren Schneid schon mit zehn gehasst. Viel mehr würde mir für einen Brief auch nicht einfallen.«

Ich versuchte mir meine Bestürzung nicht anmerken zu lassen.

Er merkte trotzdem, was los war. »Oh, glauben Sie mir, das beruht auf Gegenseitigkeit.«

»Gut, dann also zwei Nachrichten.«

»Hey«, rief Elizabeth, plötzlich nachdenklich geworden, »an welchem Tag ist eigentlich Sommeranfang?«

»Wollen Sie so lange bleiben?«, fragte ich.

Sie reckte die Schultern, deutete nickend auf Garrett und wackelte mit ihren perfekt geschwungenen Augenbrauen.

»Ah.« Ich verkniff mir ein Lachen. »Am zwanzigsten Juni, aber –«

Garrett schnaubte verblüfft, und Elizabeth verschränkte selbstgefällig lächelnd die Arme vor der Brust.

»Sie haben recht«, sagte Garrett. »Elizabeth Ellery hat am zwanzigsten Juni Geburtstag.«

Ich blickte sie böse an. »Sie haben mich reingelegt.«

»Rechtsanwältin«, schoss sie zurück, als wäre damit alles gesagt.

Ja, ich mochte sie sehr. Ich schlenderte zu meinem Sessel zurück und ließ mich hineinfallen.

»Sie hat mich reingelegt«, sagte ich zu Garrett.

Er grinste. Aber anders. Sein Grinsen hatte sich verändert, dann ging mir auf, warum.

»Oh, nein. Nein, nein, nein, nein, nein«, sagte ich und wedelte mit dem Zeigefinger. »Fangen Sie gar nicht erst mit dem Mist an.«

»Mit welchem Mist?«, fragte er unschuldig und eingeschüchtert zurück.

»Der Mist, bei dem Sie mich ansehen, als hätte ich die Antworten auf sämtliche Fragen im bekannten Universum. Die habe ich nämlich nicht. Ich kann nicht in die Zukunft sehen. Oder in Ihre Vergangenheit. Ich kann verdammt noch mal auch nicht aus Ihrer Hand lesen, was immer da drinsteht.«

»Aber Sie sind ein Medium, oder?«

»Sportsfreund«, sagte ich und lehnte mich über den Schreibtisch. »Ich bin so sehr ein *Medium* wie eine Karotte.«

»Aber –«

»Kein Aber!« Dieses spezielle Wort mit M bereitete mir ernstlich Kopfzerbrechen. Das war noch nie mein Ding gewesen. Lieber hielt ich mir mit beiden Händen die Ohren zu und begann ein Liedchen zu summen.

»Wie erwachsen.«

Er hatte ja recht. Ich streckte ihm trotzdem noch die Zunge heraus, nahm die Hände dann aber wieder runter. »Hören Sie, selbst wenn ich mehr Fragen als Antworten habe, bin ich mir ziemlich sicher, dass meine Gabe eher was mit Schizophrenie zu tun hat als mit irgendwas Übernatürlichem. Da können Sie fragen, wen Sie wollen, wenn man mich in eine Schublade stecken wollte, käme ich immer zu den Spinnern.«

»Schizophrenie«, wiederholte er skeptisch.

»Ich höre Stimmen. Noch schizophrener geht's ja wohl kaum.«

»Aber Sie sagten doch gerade –«

Ich unterbrach ihn mit erhobenem Zeigefinger. Obwohl mir der Mittelfinger lieber gewesen wäre, musste ich nun mit meiner Erklärung fortfahren, um den gutgemachten Boden nicht gleich wieder zu verlieren. »Schauen Sie, Menschen in Ihrer Lage, die fast so weit sind, an das zu glauben, was ich tue, ziehen sämtliche Reißleinen. Sie stellen mich auf die Probe, kommen mir mit dummen Fragen, wollen wissen, wo demnächst ein Erdbeben stattfindet oder mit welchen Lottozahlen sie den Jackpot knacken. Aber mal im Ernst, haben Sie schon mal in der Zeitung gelesen, dass ein Medium beim Lotto abgeräumt hat? Ich bin kein Medium. Ich weiß nicht mal, ob es so was überhaupt gibt.«

»Sagen Sie ihm, was Sie sind«, schaltete sich Elizabeth aufgeregt ein, während Garrett in seinem Notizblock blätterte.

Um sie zum Schweigen zu bringen, warf ich ihr meinen Mörderblick zu. Was aber nichts brachte.

»Ernsthaft«, fuhr sie fort, »sagen Sie's ihm. Er fängt an, Ihnen zu glauben. Er wird Sie bestimmt cool finden.«

»Nein, wird er nicht«, zischte ich leise, weil ich einen Augenblick nicht daran dachte, dass ich die einzige Lebende war, die sie hören konnte.

»Ein zu übersinnlichen Wahrnehmungen befähigter Mensch.« Garrett sah zu mir auf. »So jemanden nennt man ein Medium.«

»Oh, klar, okay, kann ja sein«, sagte ich. »Der Begriff gefällt mir trotzdem nicht. Und was er bedeutet, auch nicht.«

»Na schön«, sagte er achselzuckend. »Und was werde ich nicht?«

»Mich cool finden.«

»Weshalb? Wegen Ihrer Gabe?«

»Nicht unbedingt.«

»Weshalb dann?«

Ja, weshalb dann? Ich dachte, wenn er es wirklich wissen wollte, würde ich ihn mit der Nase draufstoßen. Ich hatte sowieso gerade eine Glückssträhne. Warum sich in Zurückhaltung üben? Nicht mal mein Vater oder Onkel Bob wussten so genau, was ich war. Ich hatte es ihnen nie auf die Nase binden müssen. Sie glaubten mir, und das genügte vollauf. Aber da mir völlig egal war, was Garrett von mir hielt …

»Na gut«, sagte ich und ließ meine Stimme herausfordernd klingen. »Ich verrate Ihnen die ganze Wahrheit. Wenn Sie danach verschwinden.«

Er wartete noch einen Moment, dann erklärte er sich mit einem kaum wahrnehmbaren Nicken dazu bereit.

»Ich bin … eine Art … ich bin so was wie … na ja, verflixt.« Ich knirschte mit den Zähnen, dann platze ich heraus: »Ich bin eine Schnitterin. Genau genommen *die* Schnitterin.«

So. Damit war's raus. Die Karten lagen auf dem Tisch, die Luft war gereinigt, meine Seele lag bloß, während ich mir schwor, dass ich kein Klischee auslassen würde. Doch er zuckte nicht mal mit der Wimper. Lachte auch nicht. Er sprang nicht vom Stuhl auf oder stakste zur Tür hinaus. Er rührte sich überhaupt nicht. Keinen Millimeter. Ich fragte mich, ob er noch atmete, dann fiel der Groschen: Er hatte sein Pokerface aufgesetzt. Während ich auf seine Reaktion wartete, fixierte er mich mit seinen grauen Augen und blieb mir eine Antwort schuldig. Ich musste zugeben, dass sein Pokerface ziemlich gut war. Ich hatte keinen Schimmer, was er in dem Moment dachte.

»Ich denke, er glaubt Ihnen«, meinte Elizabeth, die sich vorbeugte und sein Gesicht musterte, bevor sie sich wieder mir zuwandte.

Damit ihr meine Skepsis auch ja nicht entging, verwendete ich besondere Sorgfalt auf meinen Gesichtsausdruck.

»Wie geht das?«, fragte Garrett endlich.

Ich richtete meine Aufmerksamkeit auf ihn. »Wollten Sie nicht verschwinden?«

»Ja«, konterte er, »sobald Sie mir alles erzählt haben.«

Verdammt. »Also gut. Wie das geht? Zum Teufel, ich habe keine Ahnung. Es geht halt.«

»Ich meine, was genau tun Sie?«

»Oh, ich helfe Menschen beim Übergang.«

»Übergang?«

»Ja, äh, auf die andere Seite«, sagte ich, während ich mich fragte, wie ahnungslos er eigentlich war.

»Wie?«

Jesses, war der Mann hartnäckig. »Entschuldigung.« Ich sprang auf, stieß mein Zweiersofa ein Stück vor und setzte mich wieder an den Schreibtisch. Die Anwälte waren vorsichtig näher gerückt, da auch sie jedes Wort meiner Geschichte mitbekommen wollten. »Würden Sie sich bitte hinsetzen, Sie machen mich ganz kirre, wie Sie da in der Luft schweben.«

»Oh, aber natürlich«, antworteten alle drei und quetschten sich in den Zweisitzer. Ich unterdrückte ein Kichern.

»Also wie?«, fragte Garrett.

Er versuchte es mal wieder mit einem Verhör dritten Grades. Mir kam ein langer, tiefer Seufzer über die Lippen, als ich darüber nachdachte, was ich ihm bereits alles verraten hatte. Er würde jedes Wort gegen mich verwenden können. Das war schon vorgekommen, durch Menschen, denen ich weit mehr vertraut hatte als Garrett. Trotzdem war ich wieder an dieser Stelle gelandet.

»Vor allem«, begann ich und legte so viel Widerwillen wie möglich in meinen Ton, »versuche ich ihnen klarzumachen, *warum* sie nicht gegangen sind. Anschließend führe ich sie ins Licht.«

»Welches Licht?«

»Das Licht. Das einzige Licht, von dem ich weiß«, gab ich zurück, indem ich mich auf die Flucht- und Ausweichmanöver verlegte, die mir der First Lieutenant beigebracht hat, mit dem ich auf dem College mal ausgegangen war.

»Aha«, machte er, ohne mir auf den Leim zu gehen. »Welches Licht?«

Ich zögerte. Es gab gewisse Informationen, die heilig und allein den Verstorbenen vorbehalten waren. Es war ja nicht so, dass es ihm leichter fiele, mir zu glauben, wenn er nur die ganze Wahrheit über meine Tätigkeit wüsste. Wahrscheinlicher war, dass er kopfschüttelnd rauslief. Aber wenn man's recht bedachte …

»Ich bin das Licht«, sagte ich und reckte ein wenig selbstgerecht das Kinn. Ich kam mir vor wie in der Mittelschule, wo ich den Klassenschläger förmlich angefleht hatte, mich auf die Probe zu stellen.

Er dachte kurz nach, dann fragte er: »Sie?«

»Ich«, wiederholte ich gleichermaßen arrogant. *Nur zu, Mr Skeptiker, tu mir den Gefallen. Fordere mich ruhig heraus. Widerlege mich.* »Anscheinend leuchte ich sehr hell.«

Plötzlich ging mir auf, was ich gerade getan hatte. Ich hatte zu viel gesagt. Ich hatte meinem Stolz das Feld überlassen, und nun waren alle Pferde mit mir durchgegangen. Damit war ich mal wieder prächtig aufs Maul gefallen.

Garrett lehnte sich zurück, musterte mich von Kopf bis Fuß und sah mir dann wieder in die Augen. »Sie machen ihnen also klar, warum sie nicht gegangen sind.«

Aus der Nummer kam ich jetzt nicht mehr raus. Kein Wunder, dass Stolz zu den sieben Todsünden zählt. »Ja«, bestätigte ich.

»Und dann führen Sie sie ins Licht.«

»Ja.«

»Das Sie selbst sind.«

»Ja.«

»Dann gehen wir *durch Sie*«, sagte Sussman, »wenn wir gehen?«

Ich sah ihn an. Ich nahm an, dass ihm die Vorstellung Angst einjagte – die vermutlich auf tausend Welten als Sakrileg gegolten hätte –, ihn aber auch irgendwie faszinierte. »Ja, Sie gehen durch mich, die Schnitterin«, sagte ich zur Erläuterung.

»Wow«, machte Barber. »Das ist so ziemlich das Coolste, das ich seit Langem gehört habe.«

»Dann sind Sie ein Portal«, sagte Garrett.

Ich zuckte die Achseln. »Ich schätze, so könnte man's nennen.«

Auf seinem Gesicht erschien ein interessiertes Lächeln, während er mich musterte und meine Nerven misstrauisch zu prickeln begannen.

»Er steht total auf Sie«, meinte Elizabeth.

Ich schenkte ihr keine Beachtung und warf stattdessen einen

Blick auf die Uhr. »Du liebe Güte, wie spät das schon ist.« Wo blieb bloß Onkel Bob?

»Also treiben sich die Seelen, die nicht gehen wollen, weiter auf der Erde herum und gehen durch uns hindurch, ohne dass es ihnen das Geringste ausmacht?«, wollte Garrett wissen, dessen Neugier offenbar noch nicht befriedigt war.

Ich seufzte. Das konnte noch tagelang weitergehen.

»Nein. Sie existieren in derselben Raumzeit, aber auf verschiedenen Ebenen. Wie bei einer Doppelbelichtung. Ich bin lediglich fähig, auf beiden Ebenen gleichzeitig zu sein.«

»Dann sind Sie eine ziemlich umwerfende Person«, sagte er, und in seinen Augen leuchtete Anerkennung.

Das war zu viel. Vor Verblüffung klaubte ich quasi meine Kinnlade vom Boden auf.

»Also, wie wär's? Gehen wir einen Kaffee trinken?«, schlug er noch mal vor.

»Aber ich habe Ihnen alles erklärt.«

»Ich bezweifle, dass Sie auch nur die Oberfläche angekratzt haben, Herzblatt.« Als ich zögerte, fügte er hinzu: »Als Freunde.«

Ich guckte ein bisschen mürrisch, dann half ich seinem Gedächtnis nach: »Wir sind nicht befreundet, schon vergessen? Das haben Sie mir im letzten Monat schmerzlich klargemacht. Wir sind keine Kumpel oder Kameraden oder irgendwas, das von ferne an Freunde erinnern könnte.«

»Wie wär's mit einer Wochenendbeziehung«, regte er an.

Es reichte mir. Ich hatte keine Ahnung, was für ein Spiel er im Sinn hatte – obwohl ich mir einigermaßen sicher war, dass es sich nicht um Monopoly oder Dame handelte –, aber ich wollte auf keinen Fall mitspielen. Ich stand auf und ging um den Schreibtisch herum, um mich über ihn erheben zu können. Bedrohlich. Wie Darth Vader, allerdings mit größerem Lungenvolumen. Nachdem ich ihn eine Weile bedeutungsschwanger angestarrt hatte, deutete ich auf den Ausgang. »Ich habe zu arbeiten.«

Er sah zu der Tür, durch die ich ihn zu verschwinden aufforderte. »Sie haben zu arbeiten? An der Tür da?«, zog er mich auf, der Klugscheißer.

»Was?«

»Wollen Sie sie streichen?«

»Nein.«

»Ich schlage ein tiefes, sattes Braun vor, passend zu Ihren Haaren.« Als er aufstand, überragte er mich. Nach einem weiteren starren Blick, der allerdings etwas gänzlich anderes zu bedeuten hatte, beugte er sich vor und sagte leise: »Oder Gold. Das würde zu Ihren Augen passen.«

»Ich würde einfach mitgehen«, meinte Elizabeth.

Die beiden anderen Anwälte räusperten sich anständigerweise und verließen mein Büro. Elizabeth folgte ihnen widerstrebend in den Empfangsbereich, den, was niemand vergessen durfte, auch Cookie vehement für sich beanspruchte.

Während Garrett darauf wartete, ob ich mich zum *Kaffee* mit ihm verführen ließ, erkannte ich aus den Augenwinkeln einen Schemen, der mich an Superman auf dem Sprung erinnerte. Er bewegte sich so schnell, dass er, als ich mich umdrehte, längst verschwunden war. Nun befand er sich auf meiner anderen Seite, streifte meinen Arm, berührte federleicht meinen Mund, tauchte in mich ein, breitete sich in meiner Magengrube aus und überflutete meinen Körper mit Wärme.

Mein Innerstes erbebte, und erschrocken keuchend fuhr ich zurück. Garrett kam mir einen Schritt nach, packte meine Arme und verhinderte so, dass ich stürzte. Erst da sah ich seinen verdutzten Gesichtsausdruck. Er zog mich näher an sich heran. Im selben Moment fühlte ich mich wieder normal, aber Garrett prallte zurück, als hätte er einen kräftigen Schubser bekommen.

Er strauchelte, fing sich und blickte mich an. Wir waren beide sprachlos und machten große Augen. Damit meine Knie nicht nachgaben, ließ ich mich gegen meinen Schreibtisch fallen.

»War das … einer von denen?«, wollte er wissen, während er sich, wo ihn der Stoß erwischt hatte, geistesabwesend die Brust rieb. Er blickte wild um sich, dann sah er mich mit besorgter Miene düster an.

»Nein«, antwortete ich und versuchte, wieder zu Atem zu kommen, »das war etwas vollkommen anderes.«

Was, wusste ich nicht, aber ich hatte eine Vermutung, und die gefiel mir überhaupt nicht. Konnte es der Große Böse gewesen sein? Aber falls ja, warum kam er zu mir? Und warum jetzt? Mein Leben schien nicht unmittelbar in Gefahr zu schweben.

Angst konnte ich nur schlecht verbergen, weil ich selten Angst hatte. Und sie entging Garrett bestimmt nicht. Der Gedanke, dass er mich so sah, verdross mich ziemlich.

Dann fiel mir etwas anderes ein. Wann immer mir der Böse begegnet war, hatte er mich nicht *unmittelbar gestreift*. Er hatte mich überhaupt nicht berührt, und er war ganz sicher nicht in mich eingetaucht, um in meinen unteren Regionen zu schwelgen. Womöglich war es ja gar nicht der Böse.

Ich sah mich im Raum um, vermutlich machte ich einen leicht verzweifelten Eindruck. Reyes? Konnte er das gewesen sein. War er am Ende … eifersüchtig? Auf Swopes? Doch wohl nicht im Ernst, oder?

Ich lief zur Tür und fragte in die Runde: »Habt ihr irgendwen gesehen? Ist er hier durchgekommen?«

Elizabeth, die auf unserem salbeigrünen Empfangssofa gesessen hatte, sprang auf und rief: »Ist er weg? Wie konnten Sie ihn gehen lassen?«

»Nicht Garrett«, gab ich möglicherweise eine Spur zu ungeduldig zurück. »Der dunkle Schemen.«

Cookie kapierte allmählich, dass wir nicht allein waren. Sie huschte von ihrem Platz weg, als läge eine Kobra auf dem Empfangstisch. »Charley, Schatz, sind Klienten hier?«

»Oh, ja, hab ich vergessen, dir zu sagen. Hört mal alle her, das ist Cookie. Cookie, die drei Rechtsanwälte, die uns letzte Nacht *verlassen* haben, sind hier. Von denen ich dir erzählt habe. Wir bearbeiten ihren Fall zusammen mit Onkel Bob. Also, hat ihn irgendwer gesehen?«

Die Anwälte befragten einander mit Seitenblicken und Schulterzucken. Ich ließ meinen Lippen ein unglückliches Seufzen entfleuchen und sank kraftlos gegen den Türpfosten.

Sie denken vielleicht, dass ich als Schnitterin über Beziehungen oder über andere Möglichkeiten verfüge, mit deren Hilfe sich die Identität des Schemens feststellen ließe. Aber da meine einzige *Beziehung* zur anderen Seite eben im Großen Bösen beziehungsweise der Verkörperung des Todes bestand, wäre das mit der Hilfe eher schwierig.

Da fiel mir in einer Ecke ein seltsamer Schatten auf, der im Morgenlicht Wellen schlug und sich permanent veränderte. Das war er. Das musste er sein. Ich straffte mich, löste die Finger vom Türpfosten und näherte mich behutsam ein paar Schritte, um ihn nach Möglichkeit nicht zu verscheuchen.

»Darf ich dich sehen?«, fragte ich mit allzu zittriger Stimme.

Alle starrten in die Ecke, doch nur die Anwälte konnten ihn erkennen. Alle drei wichen ängstlich zurück, so synchron, dass die Bewegung einstudiert wirkte, während ich beschwörend vortrat.

»Bitte, lass mich dich sehen.«

Der Schatten rührte sich, löste sich auf, verschwand und tauchte im selben Moment dicht vor mir auf. Diesmal war es an mir, den Rückzug anzutreten. Ich stolperte rückwärts, als zunächst eine lange, dünne Rauchfahne aufstieg und sich im nächsten Moment neben meinem Kopf ein Arm an der Wand abstützte.

Ein langer, schlanker Arm, der in eine stattliche Schulter mündete.

Die Anwälte ächzten, als das Wesen vor ihnen materialisierte, der Rauch sich zu Fleisch verfestigte und Moleküle sich verbanden, um einen festen Muskel nach dem anderen zu formen. Mein Blick löste sich nicht von dem Arm, glitt von der Hand neben mir – einer schwieligen und trotzdem schönen Hand – zu der langen sehnigen Wölbung eines stahlharten Unterarms. Unterhalb des Ellbogens verschwand er in einen aufgerollten Ärmel von merkwürdig greller Farbe, darüber spannte ein Oberarmmuskel den dicken Stoff und kündete von der darunter verborgenen Kraft. Dann wanderte mein Blick zu einer mächtigen, unnachgiebigen Schulter.

Noch ehe ich das Gesicht erkennen konnte, beugte sich die nun sichtbare und höchst lebendig wirkende Gestalt vor, presste seinen warmen Leib gegen mich und flüsterte mir etwas ins Ohr. Es kam mir so nah, dass ich nur die starke, seit mindestens zwei Tagen unrasierte Kinnlinie und dunkles Haar sah, das dringend geschnitten werden musste.

Der Mund des Mannes strich über mein Ohr und jagte Schauer über meinen Rücken. »Dutch«, hauchte er, und ich schmolz dahin.

Das war die Chance, die Gelegenheit, ihn zu fragen, ob er der war, für den ich ihn hielt – für den ich ihn halten wollte. Stattdessen trudelte ich in meine Traumwelt, in der nichts so lief, wie es laufen sollte. Als hätten sie einen eigenen Willen, hoben sich meine Hände seiner Brust entgegen. Meine Beine wurden zu Pudding. Mein Mund wollte nur noch ihn. Seinen Geschmack. Die Berührung seiner Haut. Er roch nach Gewitterregen, erdig, elektrisch.

Meine Faust zerknitterte sein Hemd – ob ich ihn wegstoßen oder an mich ziehen wollte, wusste ich nicht genau. Warum konnte ich ihn nicht ansehen? Warum konnte ich nicht einfach zur Seite treten und ihn anschauen?

Dann bedeckte sein Mund meine Lippen, und mir kam der Sinn für die Wirklichkeit abhanden. Meine Welt nahm seine Gestalt an, wurde eins mit seinem Körper, seinem Mund, seinen Händen, die über mich strichen und die Hügel und Täler meines Leibes erkundeten, der zu seinem Trabanten wurde. Zu seinem Satelliten, der nicht anders konnte, als unter dem Zwang seiner Anziehungskraft in seine Umlaufbahn einzuschwenken.

Der Kuss wurde intensiver, dringlicher, mein Körper reagierte mit zitternder Begierde. Er stöhnte und drängte sich weiter an mich, seine Zunge schob sich zwischen meine Lippen, nicht bloß kostend, sondern trinkend, während seine Seele mit meiner verschmolz.

Er löste eine meiner Hände von seinem Hemd, führte sie an seiner Hose hinab zu seiner Erektion. Ich holte scharf Luft, atmete die Hitze ein, die von ihm ausging. Ich spürte seine Hand zwischen meinen Beinen. In meinem Bauch sammelte sich flüssiges Feuer. Ich wollte ihn, wollte ihn auf mir, um mich und in mir. Ich konnte an nichts anderes mehr denken als an die vollkommene Sinnlichkeit seiner Präsenz.

In meiner Begierde nahm ich von meiner Umgebung nichts wahr, bis ich aus der Ferne meinen Namen hörte und der Nebel sich zu lichten begann.

»Charley?«

Ich fiel stolpernd aus meinem Traum und kam schlagartig zu mir. Alle im Raum starrten mich mit offenem Mund an. In der Tür stand Onkel Bob und musterte mich mit gerunzelter Stirn. Auch Garrett blickte mich unverwandt an, geradezu aufgewühlt. Dann drehte er sich um, marschierte hinaus und nickte im Vorbeigehen brüsk Onkel Bob zu.

In dem Moment ging mir auf, dass es vorbei war. Er war verschwunden. Da mich meine Beine nicht mehr tragen wollten, ließ ich mich kraftlos zu Boden sinken und schmorte in meiner Verwunderung.

»Warst du gerade irgendwie besessen?«, hauchte Cookie nach einiger Zeit ehrfürchtig. »Denn, ich sag dir eins, Schatz, wenn das Besessenheit war, verkaufe ich dafür mein Seelenheil.«

6

ADS. Ein Leben für die Zerstreuung
– T-Shirt-Aufdruck

Während ich nichts lieber getan hätte, als die anwesenden Verstorbenen nach Reyes auszufragen – Hatten sie ihn deutlich sehen können? Welche Farbe hatten seine Augen? Wirkte er, tja, weiß nicht, tot? –, bestand Onkel Bob darauf, über den anstehenden Fall zu sprechen. Dabei hing meine geistige Gesundheit am seidenen Faden. Mein empfindliches Wohlbefinden. Meine Fähigkeit, mich auf die alltäglichen Realitäten der Realität einzustellen.

War denn nichts mehr heilig?

»Hast du rausgekriegt, wer geschossen hat?«, wollte Onkel Bob wissen, während wir in mein Büro zurückkehrten, das wir seit Kurzem mit Dead Zone titulierten.

»Nein.« Der Raum kam mir kalt vor, was vermutlich daran lag, dass ich gerade um ein Haar infernalischen Sex gehabt hätte. Ich drehte die Heizung höher und goss mir, ehe ich mich hinsetzte, eine Tasse Kaffee ein.

Onkel Bob nahm mir gegenüber Platz. »Nein? Aber sind *sie*, du weißt schon, jetzt hier?«

»Ja.« Was ging hier bloß ab? Und wie? Reyes war eindeutig kein Durchschnittstoter. Sofern es Reyes war. Sofern es ein Toter war.

»Dann hast du also noch nicht mit ihnen darüber gesprochen?«

»Nein.« Wie konnte er, wenn er tot war, so heiß sein? Im

wahrsten Sinn des Wortes heiß? Andererseits, wie konnte er körperlos erscheinen, wenn er am Leben war? Wie konnte er sich so schnell bewegen? Wie wechselte er von einem Molekularzustand in einen anderen? So etwas hatte ich noch nie erlebt.

Onkel Bob schnippte vor meiner Nase mit den Fingern. Blinzelnd fuhr ich aus meinen Gedanken hoch und funkelte ihn an.

»Nicht sauer werden.« Er machte mir mit ausgestreckten Handflächen ein Friedensangebot. »Aber du bist ständig woanders. Dabei brauche ich dich hier. Letzte Nacht gab es einen weiteren Todesfall. Obwohl die Fälle vermutlich nichts miteinander zu tun haben, muss ich doch sichergehen.«

»Noch ein Todesfall?«, fragte ich verblüfft, während er ein Autopsiefoto aus der Aktenmappe hochhielt, die er bei sich trug. »Warum hast du nicht angerufen?«

»Hab ich ja. Dein Telefon ist abgestellt.«

»Uupsie.«

»Außerdem sitzt mir der Bürgermeister im Nacken. Drei tote Anwälte in einer Nacht machen sich in den Abendnachrichten gar nicht gut.«

Ich checkte mein Handy. »Tut mir leid, der Akku hat den Geist aufgegeben.« Anscheinend blieb in der Dead Zone nichts verschont.

»Was ist ihm zugestoßen?«, erkundigte ich mich.

Nachdem ich das Telefon ans Ladegerät gesteckt hatte, schob Onkel Bob das Foto über den Schreibtisch. Vor mir lag das blau-rot geschwollene Gesicht eines Mannes mit mehreren blutverkrusteten Wunden. Er sah aus wie ein Unfallopfer. Allerdings bezweifelte ich in Anbetracht der Umstände, dass auch nur eine seiner Verletzungen auf einen Unfall zurückzuführen war. Wer er auch war, einen leichten Tod hatte er nicht gehabt.

»Er wurde gefoltert und anschließend umgebracht. Allerdings ging es dabei nicht um Informationen.« Er deutete auf Mund

und Kehle des Mannes. »Man hat ihm den Mund zugeklebt und ihn außerdem geknebelt, damit er nicht schreien konnte. Also hatte er den Tätern bereits verraten, was sie wissen wollten, oder sie wussten, was er getan hatte.«

Um nicht zimperlich zu erscheinen, sah ich weiter genau hin.

»Die Täter wollten ihm vor seinem Tod so viel Schmerzen wie möglich zufügen. Nach allem, was ich aus meiner beruflichen Erfahrung kenne, würde ich sagen, dass er den Falschen verpfiffen hat. Diese Art Folter wird gewöhnlich bei Verrätern angewendet, die entweder ein höheres Bandenmitglied oder eine ganze Bande haben auffliegen lassen. Das organisierte Verbrechen hat heutzutage eine strengere Hierarchie als das britische Königshaus.«

Die Anwälte versammelten sich um meinen Schreibtisch, also hielt ich das Foto hoch und drehte es aus meinem Blickwinkel. Sussman verzog das Gesicht und wich zurück. Was ich ihm nicht verübeln konnte. Elizabeth und Barber jedoch sahen es sich genau an.

»Sicher bin ich mir nicht«, sagte Elizabeth. »Wenn er bloß nicht dermaßen verunstaltet wäre …«

»Ein Fahndungsfoto wäre besser als ein Autopsiefoto.«

»Ich warte auf die Identifizierung«, sagte Onkel Bob zu mir, dann klingelte sein Handy.

Sussman blickte Barber durch seine runden Brillengläser an. »Erkennen Sie den Mann nicht, Jason?«

Ich sah ihn an. Barber wirkte fassungslos, ihm fehlten die Worte, und er war, obwohl das eigentlich gar nicht mehr ging, leichenblass geworden. Schließlich hatten Tote kein Blut mehr.

»Das ist er«, antwortete Barber. »Das ist der Mann, der sich mit mir treffen wollte.«

Elizabeth sah sich das Foto noch mal an. »Ihr geheimnisvoller Fremder?«, hakte sie nach.

»Ich bin mir fast sicher.«

Da trat Sussman vor und musterte das Foto erneut. »Im Ernst?«

Barber bestätigte halbherzig. »Mein Leben würde ich nicht darauf wetten.«

»Dazu ist es eh zu spät«, bemerkte Elizabeth, die den Blick nicht von dem Foto wandte, während ihre Miene verschiedene Abstufungen von Abscheu durchlief.

Onkel Bob klappte sein Handy zu. »Carlos Rivera. Sein Vorstrafenregister ist so umfangreich wie mein legendäres und allseits beneidetes Gedächtnis.«

»Also keine Vorstrafen«, sagte ich glucksend.

Er kniff die Augen zusammen und tippte sich mit dem Zeigefinger an die Stirn. »Ich hab ein Gedächtnis wie eine Bärenfalle.«

»Ja, bloß nicht an dem Tag, wo du mich aus Dads Auto holen und ins Bett bringen solltest, während er mit dem Shaker eine Runde Margaritas mixte. Ich bin halb erfroren um halb zwei in der Frühe auf dem Rücksitz wach geworden, während du dich nebenan mit Mrs Dunlop amüsiert hast.«

Er richtete seine Krawatte. »Ich führe diesen Zwischenfall auf Alkoholmissbrauch zurück«, grummelte er. Auf seinem Gesicht breitete sich ein merkwürdig schmeichelhaftes Rot aus, für das sich das Ganze bereits gelohnt hatte.

Um noch eins draufzusetzen, schüttelte ich vorgeblich enttäuscht den Kopf. »Hauptsache, du kannst ruhig schlafen, mein lieber Onkel mit dem Hang zu fahrlässiger Tötung.«

Elizabeth gluckste.

Onkel Bob nicht. »Wie wär's, wenn wir die Anklagen dem Staatsanwalt überließen?« Ehe ich etwas dagegen einwenden konnte, sagte er: »Mr Rivera trieb im Rio Grande.«

»Vielleicht hatte er Durst«, schlug ich vor.

»Hast du schon mal aus dem Rio Grande getrunken?«

»In letzter Zeit nicht«, antwortete ich und fragte mich, wann er es getan haben mochte. Und wieso. Und ob er seitdem irgendwelche Parasiten hatte. »Barber meint, das könnte der Typ sein, der sich heimlich mit ihm treffen wollte.«

Onkel Bob beugte sich interessiert vor. »Ach, tatsächlich?«

»Ja.« Während Barber mir von der Sache berichtete, gab ich die Informationen an Onkel Bob weiter, der natürlich alles auf seinem Notizblock festhielt.

»Der Mann hat mich angerufen«, erklärte Barber und glitt auf einen Stuhl, den ich eben herangezogen hatte. Elisabeth tat es ihm gleich, doch Sussman ging zum Fenster und ließ, während wir sprachen, den Blick über das Universitätsgelände auf der anderen Seite schweifen. »Als Treffpunkt schlug er eine Gasse vor, was mir ziemlich seltsam vorkam. Dabei klang er, ich weiß nicht, irgendwie verzweifelt.«

»Kann er uns beschreiben, wie er sich verhalten hat?«, fragte mich Onkel Bob.

»Er war nervös«, sagte Barber. »Hektisch. Dauernd blickte er über die Schulter und sah auf die Uhr. Er kam mir vor, als hätte er irgendwas eingeworfen.«

»Und Sie haben ihm trotzdem zugehört?«, fragte ich und störte damit Onkel Bobs Verhör.

»Er meinte, er hätte Informationen über einen unserer Klienten«, sagte Elizabeth. »Jason konnte nicht anders, er musste ihn anhören.«

»Was für Informationen?«, wollte ich wissen, wobei mir nicht entging, dass sie unwillkürlich für ihn Partei ergriff. Interessant.

Durch Barbers Bericht erfuhren wir, dass es einen Mann gab, der für sehr lange Zeit ins Gefängnis wandern würde, der bis dahin aber kaum etwas Schlimmeres verbrochen hatte, als auf dem College mal an einem Joint zu ziehen.

Doch die kriminaltechnischen Untersuchungsergebnisse deuteten auf ein schweres Verbrechen hin: Die Polizei hatte in seinem Hinterhof einen ermordeten Teenager und im Haus seine Turnschuhe mit dem Blut des Jungen daran gefunden. Die Turnschuhe waren der letzte Nagel zu seinem Sarg. Dazu die Zeugenaussage einer Achtzigjährigen mit flaschenbodendicken Brillengläsern und entzündeten Füßen, und schon landete der Arme wegen Mordes vor Gericht. Die Frau sagte unter Eid aus, dass der Angeklagte den Jungen in seinem Hinterhof erstochen hatte. Hinter einem Schuppen. In einer dunklen, stürmischen Nacht. Die Dame hatte zweifellos zu viele Kriminalromane gelesen.

»Es war also dunkel«, sagte ich. »Und windig. Da hätte sie auch meine Großtante Lillian die Leiche dort verstecken sehen und für Ihren Klienten halten können.«

»Genau«, nickte Barber. »Nichtsdestotrotz wurde er wegen Mordes zweiten Grades verurteilt.«

»Kannte Ihr Klient den Jungen?«, wollte Onkel Bob wissen. Eine Frage, die sich auch mir als Nächstes aufgedrängt hätte.

Barber schüttelte den Kopf. »Er gab an, ihn noch nie im Leben gesehen zu haben.«

»Wie heißt Ihr Klient denn?«, kam ich Onkel Bob zuvor.

»Weir. Mark Weir. Er gab mir einen USB-Stick«, sagte Barber.

»Wer? Ihr Klient?«

»Was wer?«, fragte Onkel Bob, ohne von seinen Notizen aufzublicken.

»Jemand hat Barber einen Stick gegeben.«

»Wer?«, wiederholte er. Um Himmels willen. Hatte ich das nicht gerade gefragt?

»Nein, dieser Mann.« Barber wies nickend auf das Foto. »Rivera. Seinen Namen hat er mir zwar nicht genannt, dafür aber einen Treffpunkt vorgeschlagen. Er meinte, ich würde die Beweise, die Mr Weir entlasten konnten, in einem Lagerhaus im

Westen der Stadt finden. Er wollte sich dort am Mittwochabend mit mir treffen.«

»Wann?«, fragte Onkel Bob. Echte Verhörspezialisten mussten offenbar nicht in vollständigen Sätzen sprechen, was ich mir sofort einprägte.

»Eine Zeit hat er nicht genannt. Er hatte anscheinend einen Verfolger ausgemacht. Er zog sich die Kapuze seines Sweatshirts über den Kopf und verschwand in einer Pizzeria, ehe ich ihn noch irgendwas fragen konnte.« Barber warf noch einen Blick auf das Foto. »Wenn man bedenkt, was er vorhatte, hätte er vermutlich sowieso dran glauben müssen.«

»Heute ist Mittwoch«, sagte ich. »Wann ist das alles passiert?«

Sussman drehte sich um, und die drei Anwälte sahen einander an. Dann antwortete Elizabeth mit trauriger, leiser Stimme. »An unserem Todestag.« Sie sah Barber an. »Das scheint mir schon so lange her zu sein.«

Barber nahm ihre Hände in seine. Ihre taffe Ausstrahlung, die jeden davor warnte, sich mit ihr anzulegen, büßte sie dabei ein wenig ein.

»Das war gestern«, teilte ich Onkel Bob mit.

»Okay«, sagte er und begann sich aufzuführen, als sei er von der Gestapo, stellte Dutzende Fragen und kritzelte wild in seinen Notizblock, während ich ihm die Antworten übermittelte. Ich fragte mich, ob er nie was von digitalen Aufnahmegeräten gehört hatte.

»Der Stick liegt auf dem Schreibtisch in seinem Büro«, sagte ich zur Beantwortung einer weiteren Frage. »Nein, der Typ hat nicht gesagt, was drauf ist, doch Barber hatte den Eindruck, dass es irgendein Video war. Ja, diesen Mittwoch, also heute. Nein, wer Rivera folgte, hat er nicht mitbekommen. Die Berufung wurde bereits beantragt, doch bis zur Verhandlung werden noch Monate ins Land gehen. Ja. Nein. Der Klient wurde noch nicht verlegt. Vielleicht. Nicht in diesem Leben. Erst wenn die Hölle zufriert. Äh, gut. Nein, sein *anderer* Hoden.«

Als Onkel Bob die Fragen ausgingen – ein Glück, weil sie immer weiter vom Thema abschweiften –, war ich mit meinen Kräften am Ende. Allerdings nicht so sehr, dass ich den nagenden Verdacht hätte übergehen können. Es ging hier nicht nur um einen Unschuldigen, mein Gefühl sagte mir, dass der ermordete Teenager das eigentliche Thema war. Also musste ich über beide mehr in Erfahrung bringen.

Wir gingen nach unten, um einen Happen zu essen. Dad machte die besten Monte Cristos diesseits des Eiffelturms, und schon beim Gedanken daran lief mir das Wasser im Mund zusammen. Als ich endlich zur Ruhe kam, verirrten sich meine Gedanken sofort wieder zu Reyes. Es war schwer, sich einen Mann aus dem Kopf zu schlagen, dessen bloße Anwesenheit versaute Fantasien auslöste.

»Mir gefällt, wie die Bar Ihres Vaters heißt«, sagte Elizabeth auf dem Weg nach unten.

Ich zwang mich, in die Gegenwart zurückzukehren. Elizabeth war mir gegenüber, seit ich in ihrer Gegenwart beinahe Sex mit einem körperlosen Wesen gehabt hatte, merklich distanzierter. Ich glaube nicht, dass sie sauer war. Beleidigt auch nicht. Vielleicht hatte es etwas mit Garrett zu tun. Vielleicht fand sie ja, dass ich ihn betrog, da er etwas für mich zu empfinden schien. Ja, er empfand etwas für mich, schon gut, aber nichts von der warmen, kuscheligen Sorte.

»Danke«, sagte ich. »Er hat sie nach mir benannt, zum absoluten Verdruss meiner Schwester«, fügte ich schnaubend hinzu.

Sussman kicherte. »Er hat die Bar nach Ihnen benannt? Aber der Name ist doch Calamity's.«

»Ja, aber Onkel Bob hat mich jahrelang Calamity genannt.

Nach Calamity Jane. Und als mein Vater die Bar kaufte, dachte er, der Name würde passen.«

»Mir gefällt das«, sagte Elizabeth. »Nach mir wurde mal ein Hund benannt.«

Ich gab mir Mühe, nicht zu lachen. »Welche Rasse?«

»Pitbull.« Um ihren Mund spielte ein verschmitztes Grinsen.

»Das wundert mich nicht«, sagte ich kichernd.

Wir suchten uns einen abgeschiedenen Tisch in einer dunklen Ecke aus, wo ich mich hoffentlich mit meinen Klienten unterhalten konnte, ohne von irgendwem angestarrt zu werden. Nach einem kurzen Vorgeplänkel – und der Kurzfassung meines Abends mit dem prügelnden Ehegatten in jener anderen Bar, die den Zustand meines Gesichts erklärte – erkundigte ich mich bei meinem Vater, ob jemand für mich eine Nachricht hinterlassen habe.

»Hier?«, fragte er. »Erwartest du denn welche?«

»Tja, ja und nein.« Rosie Herschel, mein erster Fall, der mit meiner Hilfe untergetaucht war, sollte mich nur anrufen, wenn irgendetwas aus dem Ruder lief, also wäre keine Nachricht eine gute Nachricht. Jeder anderweitige Kontakt war mir zu riskant, damit die Tatsache, dass sie das jämmerliche Leben mit diesem Arschloch von einem Gatten hinter sich gelassen hatte, nicht unnötig verbreitet wurde, auch wenn der Kerl nicht mal annähernd schlau genug war, um sich auszumalen, wie der Hase wirklich gelaufen war.

»Ja und nein ist keine Antwort auf meine Frage«, meinte Dad und wartete auf die Erläuterung.

»Aber sicher doch.«

»Aha«, sagte er. »Berufsgeheimnis. Schon klar. Ich sag dir Bescheid, wenn noch was eintrudelt.«

»Danke, Dad.«

Er lächelte, ließ das Lächeln einen Moment, wo es war, und beugte sich dann vor, um mir ins Ohr zu flüstern: »Aber wenn du noch mal mit einem blauen Auge und geschwollenem Gesicht in meiner Bar aufkreuzt, werden wir uns mal ausführlich über deine *Berufsgeheimnisse* und das alles unterhalten müssen.«

Verdammt. Und ich dachte, ich wäre noch mal davongekommen. Ich dachte, ich hätte ihn überzeugt, dass die Prügel eher eine berufliche Erfahrung als eine persönliche Katastrophe waren.

Ich ließ die Schultern hängen. »Gut«, sagte ich und legte die Andeutung eines Winselns in meine sonst so nüchterne Stimme.

Er küsste mich auf die Wange und trat hinter seinen Tresen. Donnie war offenbar noch nicht aufgetaucht. Donnie war ein stiller amerikanischer Ureinwohner mit langen, schwarzen Haaren und mörderischen Brustmuskeln. Er hielt so wenig von mir, dass er mir nicht mal die Tageszeit sagte, aber an Menschen, die das für ihn übernahmen, herrschte kein Mangel. Und Donnie war echt nett anzusehen.

Onkel Bob klappte sein Handy zu und widmete mir seine volle Aufmerksamkeit. Was mich verunsicherte. »Also«, begann er, »willst du mir jetzt sagen, was los war, als ich heute früh in dein Büro kam?«

Oh, das. Ich rutschte unbehaglich auf meinem Stuhl herum. Ohne ersichtlichen Grund in der Luft herumzufuchteln muss auf Unbeteiligte ziemlich albern wirken.

»Wie schlimm war's denn?«, wollte ich wissen.

»Nicht schlimm. Ich dachte bloß, du hast eine Panikattacke oder so was. Aber dann fiel mir auf, wie Cookie und Swopes dich anstarrten, und daraus schloss ich, dass es nicht lebensgefährlich war.«

»Klar, sonst hätte sich Swopes bestimmt mit Mund-zu-Mund-Beatmung oder einer anderen heldenhaften Rettungsmaßnahme hervorgetan.«

Onkel Bob legte den Kopf schief und dachte zurück. »Wenn

ich's recht überlege, ist mir bei Cookie ein lüsterner Gesichtsausdruck aufgefallen.«

Aus meiner Kehle stieg ein blubberndes Gelächter auf. Ich konnte Cookies begeisterte Miene förmlich vor mir sehen. Onkel Bob übte sich derweil in Geduld, wölbte fragend seine buschigen Augenbrauen und wartete auf weitere Erklärungen.

Tja, leider kriegte er keine. »Weißt du, Onkel Bob, wir sollten dieses Thema lieber meiden, wo du doch mein Onkel bist und so.«

»Okay«, sagte er mit einem nonchalanten Achselzucken und tat so, als wollte er das Thema tatsächlich fallen lassen. Dann nahm er einen Schluck Eistee und fügte hinzu: »Swopes kam mir allerdings ziemlich durcheinander vor. Vermutlich kennst du den Grund dafür.«

»Und ob. Er ist ein Arschloch.«

»Er ist manchmal ein bisschen launisch, da gebe ich dir recht.«

»Ja, und ein Arschloch.«

»Aber für ihn spricht«, fuhr er fort und gab sich alle Mühe, mich zu besänftigen, »dass der Bruch zwischen euch beiden auf meine Kappe geht. Wenn ich bloß nichts gesagt hätte. Dieses verdammte Bier.«

»Schön, aber Bier hat Swopes nicht zum Arschloch gemacht. Ich bin mir sogar ziemlich sicher, dass er schon als Arschloch zur Welt gekommen ist.«

Onkel Bob holte lange und tief Luft, dann ließ er wirklich von dem Thema ab. »Ich sehe schon, das führt zu nichts, aber, Mann, Charley, ich muss meine Arbeit machen.« Ich blinzelte überrascht, und er grinste. »Ich geh mal deinen Vater schikanieren.« Damit stand er vom Tisch auf und klopfte mir auf die Schulter, was seine Art war, mir mitzuteilen, dass zwischen uns alles in Ordnung war.

Ich legte meine Hand auf seine. »Schikaniere ihn ein wenig für mich mit, okay?«

Er drückte mich noch kurz, dann schlenderte er zum Tresen und behauptete – lautstark –, ein Ermittler des Gesundheitsamts zu sein. Ich zuckte zusammen. Mein Vater fand kaum etwas weniger witzig als einen Besuch des Gesundheitsamtes. Die Vorstellung rangierte irgendwo zwischen einer Vorladung des Finanzamts und einer Sammelklage vor Gericht.

Ich wandte mich wieder den Anwälten zu. Sie hatten rund um den Tisch Platz genommen – Onkel Bob hatte ihnen die Stühle zurechtgerückt – und unterhielten sich miteinander.

»Wissen Sie, wann Ihre Beerdigung ist?«, fragte Elizabeth Sussman mit trauriger Stimme.

Sussman ließ den Kopf hängen. »Der Termin beim Leichenbestatter ist heute Nachmittag.«

Sie legte ihre Hand auf seine. »Und wie geht's Michelle?«

»Nicht gut. Ich muss zu ihr zurück.«

Oh-oh. Er gehörte also zu den Verstorbenen, die zurückbleiben, um sich ihrer Familie *anzunehmen*. Aber so wie Barber nicht vor Schreck blass werden konnte, war auch ein Geist, der sich seiner Familie annahm, ein Ding der Unmöglichkeit. Sobald alles gesagt und getan war, würde ich ihn von diesem Irrweg abzubringen versuchen.

»Und was ist mit Ihnen?«, wandte sich Barber an Elizabeth. »Wissen Sie, wann Sie beigesetzt werden?«

»Nein, keine Ahnung.« Sie rückte ihm auf die Pelle. »Und? Werden Sie hingehen?«

Barber zuckte die Achseln. »Weiß nicht. Gehen Sie denn zu Ihrer?«

»Ich denke schon.«

»Ach? Ja?«

Elizabeth lächelte und rutschte näher. »Ich schlage Ihnen einen Handel vor.«

»Oh-oh.«

»Wenn Sie mich zu meiner Beerdigung begleiten, begleite ich Sie zu Ihrer.«

Barber dachte einen Moment darüber nach, dann zuckte er widerwillig mit den Achseln. Ich versuchte nicht loszuprusten. Die beiden erinnerten an Schüler, die sich gegenseitig zu überzeugen versuchten, dass sie keinesfalls zum Schulball gehen wollten.

»Ja, schätze, das könnten wir machen«, meinte Barber. »Sind Sie dabei, Patrick?«

»Was?« Sussman war tausend Sonnensysteme weit weg gewesen und zwang sich jetzt, seine Kollegen wieder zu beachten. »Ich weiß nicht. Kommt mir irgendwie morbide vor.«

»Ach, kommen Sie«, rief Elizabeth. »Dann können wir uns anhören, was unsere bestgehassten Verwandten Wunderbares über uns zu sagen haben.«

Sussman seufzte. »Vielleicht haben Sie ja recht.«

»Selbstverständlich haben wir recht.« Elizabeth tätschelte seine Hand, dann warf sie mir einen Blick zu. »Finden Sie nicht auch, er sollte zu seiner Beerdigung gehen, Charlotte?«

»Seine Beerdigung?« Ich war ebenfalls mit meinen Gedanken woanders. »Oh, ach so, ja, klar. Wer würde nicht gerne zu seiner eigenen Beerdigung gehen?«

»Na also«, rief Elizabeth und tätschelte abermals Sussmans Hand.

»Ich hoffe bloß, wir werden nicht auf demselben Friedhof beigesetzt«, meinte Barber. »Ich weiß nicht, ob ich Sie beide in alle Ewigkeit als Nachbarn ertragen würde.«

Sussman schnaubte, Elizabeth versetzte ihm einen Klaps.

»War doch nicht ernst gemeint«, sagte er und fing langsam an zu grinsen, während Elizabeth ihn neckisch anfunkelte. Dann wandte er sich mir zu. »Also, Schnitterin, was jetzt?«

Darüber musste ich erst mal nachdenken. »Erstens, für Sie

immer noch Ms Schnitterin«, antwortete ich und stach ihn mit dem Zeigefinger.

Er gluckste.

»Und zweitens sollte ich mal einen Blick in Ihre Akten zu diesem Fall werfen.«

»Geht klar«, sagte Elizabeth. »In unseren Büroräumen ist ein Schlüssel für den Notfall versteckt.«

»Ah«, machte ich, hob die Hände und wand mich auf meinem Platz wie ein Drittklässler mit einer Harnwegsinfektion. »Liegt der unter einem dieser Steine, die wie echt aussehen, aber nicht echt sind, weil sie nachgemacht sind?«

»Nein«, antworteten alle drei gleichzeitig.

»Oh, tut mir leid. Fahren Sie fort«, sagte ich zu Elizabeth, da ich ihr ins Wort gefallen war.

»Und für den Fall, dass Nora nicht da ist, geben wir Ihnen den Sicherheitskode. Wenn sie da ist, werden Sie ohne Durchsuchungsbeschluss allerdings an gar nichts herankommen.«

»Stimmt. Daran hatte ich nicht gedacht. Aber Onkel Bob kann mir sicher einen besorgen.«

»Wenn nicht«, fiel Sussman ein, »könnten Sie auch nachts einbrechen, um sich die Akten zu beschaffen.«

Wir wandten uns ihm zu. Er wirkte eigentlich gar nicht wie jemand, der es auf einen Einbruchsdiebstahl ankommen lassen würde.

»Was denn? Wenn wir es Ihnen erlauben, tun Sie nichts Verbotenes.«

Auch wieder wahr. »Der Vorschlag gefällt mir, auch wenn ich mir nicht sicher bin, ob die Behörden Ihre Auffassung teilen.«

Sussman grinste. »Das dachte ich mir.«

»Ich hätte da mal ein paar Fragen zu heute Morgen«, begann ich, da ich den Zeitpunkt für gekommen hielt, das Thema Reyes anzuschneiden.

»Nur zu«, sagte Barber ermunternd. Elizabeth wandte den Blick ab, sie schien sich zu zieren. Nicht unverhohlen, aber ich besaß genug Menschenkenntnis, um einen Stimmungswechsel zu erkennen. Ich brannte darauf zu erfahren, was passiert war und woher ihr Widerwillen rührte, mit mir darüber zu reden.

Ich wollte beim Thema Reyes jede Peinlichkeit vermeiden. »Ich will jede Peinlichkeit vermeiden«, versprach ich, entschlossen, meine Karten auf den Tisch zu legen. »Da Sie drei ihn sehen konnten, habe ich auf Sie hoffentlich nicht so einen lächerlichen Eindruck gemacht wie auf Cookie und Swopes. Ich meine, Sie haben ihn gesehen, stimmt's? Also sah es für Sie nicht so aus, als würde ich wild in der Luft herumfuchteln, oder?«

Als sie irritierte Blicke wechselten, hakte ich nach: »Sie haben ihn doch gesehen?«

»Sicher«, antwortete Elizabeth. »Aber Sie haben nicht herumgefuchtelt. Sie haben sich gar nicht bewegt, jedenfalls so gut wie gar nicht.«

Ich beugte mich vor. »Was soll das heißen?«

»Dass Sie einfach dastanden«, erklärte Sussman und rückte mit dem Zeigefinger seine Brille zurecht. »Mit dem Rücken und den Händen an die Wand gepresst. Sie haben den Kopf zurückgeworfen und gekeucht, als hätten Sie gerade am Duke-City-Marathon teilgenommen, aber bewegt haben Sie sich nicht.«

Seine Schilderung brachte mich kurz aus dem Konzept. Ich hatte die Arme und den Rücken an die Wand gepresst? Den Kopf im Nacken? »Aber er war doch da? Sie haben ihn doch gesehen? Wir waren …«

»Schwer miteinander beschäftigt«, half Barber aus.

»Äh, ja, so ungefähr.«

»Ich will mich gar nicht beschweren«, sagte er mit verneinender Geste. »Weit gefehlt. Das war 'ne echt heiße Nummer.«

Bei dem Versuch, nicht zu erröten, errötete ich umso mehr.

Mein Gesicht glühte, und ich konnte nur hoffen, dass sich das Rot nicht mit den Blau- und Violetttönen biss.

»Aber bewegt haben Sie sich nicht«, bekräftigte Elizabeth. »Jedenfalls nicht körperlich.«

»Tut mir leid, aber ich kapiere das immer noch nicht.«

»Ihre Seele, Ihr Geist oder wie immer Sie es nennen wollen, war in Bewegung. Sie sahen aus wie wir, nur besser koloriert.«

»Genau«, sagte Barber. »Sie haben Ihren Körper verlassen, um … mit ihm zusammen zu sein. Es war umwerfend.«

Ich saß sprachlos da. Kein Wunder, dass es mir immer vorkam wie ein Traum. War das vielleicht eine Astralprojektion? Hoffentlich nicht. Ich glaubte nämlich nicht an Astralprojektionen. Aber vielleicht, nur vielleicht, glaubten Astralprojektionen ja an mich.

»Wie um alles in der Welt konnte ich meinen Körper verlassen?« Ich war völlig benommen und verwirrt. Ohne irgendwelche illegalen Drogen eingeworfen zu haben.

»Sie sind die Schnitterin«, antwortete Barber achselzuckend. »Sagen Sie's uns.«

»Aber ich weiß es nicht.« Ich starrte meine Handflächen an, als könnte ich die Antwort dort finden. »Ich wusste nicht mal, dass so etwas überhaupt möglich ist.«

»Machen Sie sich nichts draus. Mir war nicht nur das völlig neu.«

»Ich bin echt platt«, sagte ich. Dabei galt ich als so bewandert. Worin lag der Vorteil, die Schnitterin zu sein, wenn ich dabei die guten Sachen alle erst peu à peu erfuhr? Ich war ein Portal, verflixt und zugenäht, ich war darauf angewiesen, alles zu wissen.

»Aber er war wirklich scharf.«

Das riss mich aus meinen Gedanken. Ich sah Elizabeth an. »Echt? Haben Sie ihn denn so gut sehen können? Ich meine, ich will ganz ehrlich sein, ich bin mir nicht sicher, was er ist.«

»Sie meinen, außer echt scharf?«, wollte Elizabeth wissen.

»Genau. Das ist mir nämlich nicht entgangen.«

Sie lachte leise. Wir unterbrachen das Gespräch, als Dad mir mein Sandwich brachte. Er versprach mir zehntausend Dollar, wenn ich ihm Onkel Bob vom Hals schaffe, und ging dann mit meinem Buttermesser ab, um den Mann, wie es aussah, eigenhändig zu erdolchen. Ich überlegte, ob ich Onkel Bob warnen sollte, aber das würde den Spaß verderben.

»Ich muss Sie etwas fragen, Elizabeth«, sagte ich und schob mein Sandwich für den Moment zur Seite.

»Gern. Was denn?«

»Es kommt mir so vor … na ja, als gingen Sie seit heute Morgen ein bisschen auf Abstand.«

»Tut mir leid«, sagte sie darauf und nahm die Vorhaltung an, ohne sich zu erklären. Oder um eine Erklärung zu vermeiden.

»Oh, Sie müssen sich nicht entschuldigen«, fügte ich rasch hinzu, »ich habe mich bloß gefragt, ob irgendwas vorgefallen ist.«

Sie holte tief Luft – noch so eine physiologische Überflüssigkeit – und erwiderte: »Es ist bloß, dieser Mann, der aus dem Nichts materialisierte, ihr Freund, er war … er war so schön.«

»Erzählen Sie mir von ihm«, bat ich und nickte ermunternd.

»Einfach umwerfend.«

»Ich bin ganz Ohr.«

»Sexy.«

Ich beugte mich vor. »Weiter so, das gefällt mir.«

»Aber …«

»Ja?«

»Etwas kam mir seltsam vor.«

»Seltsam?«

»Ja.« Nun beugte sie sich ihrerseits vor. »Charlotte, er trug … er trug Sträflingskleidung.«

7

Genialität hat ihre Grenzen. Wahnsinn … eher nicht.
– Autoaufkleber

Sträflingskleidung? Was hatte das zu bedeuten? Hatte er gesessen? War er im Knast gestorben?

Bei dem Gedanken zogen sich meine Herzmuskeln zusammen. Er hatte so ein mieses Leben gehabt, das war mir vom ersten Augenblick an klar gewesen. Und dann so ein Ende. Ich konnte mir nicht mal vorstellen, was er alles durchgemacht hatte.

Am liebsten wäre ich auf der Stelle zum Gefängnis aufgebrochen. Dabei wusste ich nicht mal, in welchem er gesessen hatte: Sing Sing vielleicht, das war gut möglich. Ich musste erst mal wieder runterkommen und mich auf den Fall konzentrieren. Onkel Bob beschäftigte sich mit dem Durchsuchungsbeschluss und den Verhandlungsprotokollen, und die Anwälte sahen nach ihren Familien, also fuhr ich zum Metropolitan Detention Center, wo ich mich mit Mr Weir unterhalten wollte, dem Mann, der laut Carlos Rivera unschuldig einsaß.

Die Vollzugsbeamtin an der Anmeldung musterte meinen Polizeiausweis. »Charlotte Davidson?«, fragte sie und runzelte die Stirn, als hätte ich etwas ausgefressen.

»Das bin ich«, sagte ich blöde kichernd.

Sie lächelte nicht. Nicht mal ein bisschen. Ich musste unbedingt den Ratgeber lesen, der einem erklärte, wie man sich Freunde machte und Menschen positiv beeinflusste. Allerdings hegte ich momentan etwas handfestere Wünsche.

Die Beamtin dirigierte mich in einen Wartebereich und zitierte derweil Mr Weir herbei. Während ich über meine handfesten Wünsche nachdachte, vor allem über die, die ich mit Reyes verband, hörte ich, wie jemand neben mir Platz nahm.

»Hey, Schnitterin, was führt Sie in meinen Bereich des Vollzugssystems?«

Ich sah hin und lächelte, griff nach meinem Handy und klappte es auf, um mich zu vergewissern, dass es stumm geschaltet war, dann legte ich los: »Mann, Billy«, sprach ich ins Telefon, »Sie sehen gut aus. Haben Sie abgenommen?«

Billy war ein Gefängnisinsasse indianischer Abstammung, der vor ungefähr sieben Jahren im Knast Selbstmord verübt hatte. Ich wollte ihn zum Übergang bewegen, doch er bestand darauf zu bleiben, damit er andere davon abhalten könne, seinem dummen Beispiel zu folgen, wie er sich ausdrückte. Ich fragte mich oft, wie er das bewerkstelligen wollte.

Auf seinem Gesicht breitete sich ein verschämtes Grinsen aus. Ungeachtet der Tatsache, dass die Verstorbenen nicht mehr abnehmen konnten, wirkte er tatsächlich ein wenig magerer. Vielleicht gab es da etwas, das ich nicht wusste, auf jeden Fall aber war er ein gut aussehender Bursche.

Er knuffte mich spielerisch. »Sie mit Ihren Telefonen.«

»Entweder das, oder ich werde weggesperrt, weil ich Selbstgespräche führe, Mr Unsichtbar.«

Aus seiner Brust stieg ein tiefes Glucksen auf. »Sind Sie hier, weil Sie mir an die Wäsche wollen?«

»Ist das so offensichtlich?«

»Hätte ich mir denken können«, gab er enttäuscht zurück. »Ich ziehe immer die Verrückten an.«

Ich holte empört Luft und wollte gerade einen oscarreifen Auftritt hinlegen, bei dem ich die Beleidigte spielte, als auch schon mein Name aufgerufen wurde.

»Uupsie, das bin ich, Großer. Sehen wir uns mal wieder?«

»Wir?«, fragte er, während ich aufsprang, um der Vollzugsbeamtin in den Besucherraum zu folgen. »Wie könnten wir uns *nicht* wiedersehen? Sie strahlen so hell wie die verdammten Suchscheinwerfer da draußen.«

Als ich mich umdrehte, war er verschwunden. Ich mochte den Mann wirklich gerne.

Ich nahm in Kabine sieben Platz, wo sich mir gegenüber ein schlaksiger Mann in den Vierzigern niederließ. Er hatte rotblondes Haar und freundliche blaue Augen und sah aus wie eine Mischung aus Strandpenner und Universitätsprofessor. Eine Glasscheibe trennte uns, darin ein dünnes Drahtgeflecht, das für noch mehr Sicherheit sorgte. Natürlich fragte ich mich, wie man den Draht in die Scheibe und die Reihen so gleichmäßig bekam, aber jetzt war nicht der richtige Zeitpunkt, derlei Probleme zu wälzen. Ich hatte hier zu arbeiten, verdammt, und ich würde mich von keinem Drahtgeflecht ablenken lassen.

Mr Weir betrachtete mich neugierig von der anderen Seite – nicht von *der* anderen Seite, nur von der anderen Seite der Glasscheibe. Ich nahm den Hörer ab und fragte mich, wie viele Menschen diesen Hörer bereits benutzt hatten und wie sauber sie gewesen sein mochten.

»Hallo, Mr Weir. Mein Name ist Charlotte Davidson.« Seine Miene blieb ausdruckslos. Mein Name machte eindeutig keinen Eindruck auf ihn.

Ein anderer Insasse schlenderte herbei und setzte sich in die Nachbarkabine. Weir warf einen wachsamen Blick über die Schulter. Er beäugte seine Mitgefangenen bereits wie Todfeinde, war ständig auf der Hut, um sich jederzeit verteidigen zu können. Dieser Mann gehörte nicht in den Knast. Er hatte niemanden umgebracht. Ich nahm sein reines Gewissen so deutlich wahr wie die kriminelle Neigung des Mannes neben ihm.

»Ich komme mit schlechten Nachrichten.« Ich wartete, bis er sich mir wieder zuwandte. »Letzte Nacht wurden Ihre Anwälte ermordet.«

»Meine Anwälte?«, fragte er, als er endlich den Mund aufbekam. Dann begriff er, was ich gesagt hatte. Seine Augen weiteten sich vor Überraschung. »Was? Alle drei?«

»Ja, Sir. Es tut mir furchtbar leid.«

Er starrte mich an, als hätte ich gerade durchs Glas gelangt und ihm eine Ohrfeige verpasst. Er hatte offenkundig nicht mitbekommen, dass eine derartige Heldentat in Anbetracht des Drahtgeflechts und so weiter gar nicht möglich war. Nach einem langen Augenblick fragte er: »Was ist passiert?«

»Sie wurden erschossen. Wir nehmen an, dass ihr Tod mit Ihrem Fall zusammenhängt.«

Das haute ihn noch mehr um. »Sie wurden meinetwegen umgebracht?«

Ich schüttelte den Kopf. »Sie können nichts dafür, Mr Weir. Das wissen Sie doch, oder?« Als er darauf nichts sagte, fuhr ich fort: »Hat Sie jemand bedroht?«

Er schnaubte und deutete um sich auf seinen gegenwärtigen Aufenthaltsort. »Sie meinen abgesehen von den Drohungen, mit denen ich mich hier jeden Tag herumschlagen muss?«

Ein gutes Argument. Im Knast ging es nie entspannt zu. »Um ganz ehrlich zu sein«, sagte ich ehrlich. »Ich glaube eigentlich nicht, dass sich die Täter lange mit Drohungen aufhalten würden. Wenn man an die letzten vierundzwanzig Stunden denkt, scheinen sie lieber gleich zur Tat zu schreiten.«

»Aber wer bringt denn drei Rechtsanwälte um?«

»Halten Sie einfach die Augen auf, Mr Weir. Wir kümmern uns um den Rest.«

»Ich versuch's. Das mit den Anwälten tut mir sehr leid«, sagte er, kratzte sich zuerst die Bartstoppeln, dann die Stirn.

Er war müde, erschöpft von dem Stress, für etwas eingebuchtet worden zu sein, das er nicht getan hatte. Ich bedauerte ihn mehr, als ich wollte.

»Ich konnte sie gut leiden«, sagte er. »Besonders diese Ellery.« Er ließ die Hand sinken und versuchte, sich nicht von seinen Gefühlen überwältigen zu lassen. »Sie sah wirklich gut aus.«

»Ja, sie war sehr schön.«

»Waren Sie mit ihr befreundet?«

»Nein, nein, aber ich habe Fotos von ihr gesehen.« Ich wusste nie genau, wie ich meine Verbindung zu den Verstorbenen erklären sollte. Ein unbedachtes Wort, und ich wäre auf Jahre heimgesucht.

»Und Sie sind hier, um mir zu sagen, dass ich auf mich aufpassen soll?«

»Ich bin Privatdetektivin und bearbeite den Fall zusammen mit der Polizei von Albuquerque.« Bei der Erwähnung des APD schienen sich ihm die Haare zu sträuben, was ich ihm kaum verdenken konnte. Gegen das APD ließ sich meinerseits jedoch nichts sagen. Schließlich wies alles auf ihn als Täter hin. »Wussten Sie von dem Informanten? Der an dem Tag, wo die drei ermordet wurden, mit Barber reden wollte?«

»Welcher Informant?«, fragte er kopfschüttelnd. »Was wollte er denn?«

Ich holte Luft und sah mir Mr Weir genau an, ehe ich antwortete. Ich musste mir erst darüber klar werden, wie viel ich ihm sagen wollte. Es war sein Fall. Wenn jemand verdiente, die Wahrheit zu erfahren, dann er. Trotzdem blinkte in meinem Kopf ein Warnhinweis: VORSICHTIG VORGEHEN! Was entweder bedeutete, dass ich besser vorsichtig vorging oder dass die fünfte Tasse Kaffee zu wirken begann.

»Mr Weir, ich will Ihnen ganz bestimmt keine unbegründeten Hoffnungen machen. Höchstwahrscheinlich ist es gar nichts, aber wenn doch, können wir es wahrscheinlich nicht beweisen. Verstehen Sie das?«

Er nickte. So eben.

»Um es kurz zu machen, der Mann hat Barber gesagt, dass Sie unschuldig sind.«

Kurz riss er die Augen auf, dann hatte er sich wieder gefangen.

»Er meinte, das Gericht habe den falschen Mann hinter Gitter gebracht und dass er das beweisen könne.«

Ungeachtet meiner Warnung sah ich einen Funken Hoffnung in Mr Weirs Augen glänzen. Ich sah jedoch auch, dass er ebenso wenig darauf setzen wollte wie ich. Wahrscheinlich war er unzählige Male enttäuscht worden. Ich hatte keine Ahnung, was es mit einem machte, wenn man für etwas, das man nicht getan hatte, im Gefängnis saß. Er hatte jedes Recht, den Glauben an den Rechtsstaat zu verlieren.

»Worauf warten Sie dann noch? Laden Sie ihn vor.«

Ich rieb mir die Stirn. »Leider ist auch er tot. Er wurde ebenfalls gestern ermordet.«

Nach einer Minute lastenden Schweigens stieß er seufzend den Atem aus und sackte auf seinem Platz zusammen, wobei er das Telefonkabel fast zum Zerreißen spannte. Ich sah, wie ihn die Enttäuschung überkam. »Und was heißt das jetzt?«, wollte er wissen. Er klang verbittert.

»Das weiß ich nicht genau. Wir machen uns selbst gerade erst ein Bild. Aber ich werde alles tun, um Ihnen zu helfen. Die Frage ist nur, was Ihnen meine Bemühungen bringen. Es ist immer schwer, die Aufhebung eines Urteils zu erwirken, da kann man in der Hand haben, was man will.«

Er wirkte abgelenkt, schien sich in Gedanken zu verlieren.

»Mr Weir? Was können Sie mir zu Ihrem Fall sagen?«

Es dauerte eine Weile, bis er zu mir zurückfand. Als es so weit war, fragte er: »Was wollen Sie denn wissen?«

»Na ja, ich bekomme in Kürze das Verhandlungsprotokoll, trotzdem würde ich Sie jetzt gerne nach dieser Frau fragen, Ihrer Nachbarin, die Sie bei der Entsorgung der Leiche des Jungen beobachtet haben will.«

»Ich habe den Jungen in meinem ganzen Leben noch nicht gesehen. Und die Frau habe ich nur gesehen, wenn sie in ihrem Hinterhof mit den Sonnenblumen geschimpft hat. Die Alte ist völlig plemplem. Trotzdem hat man ihr Glauben geschenkt. Die Geschworenen haben jedes Wort von ihr gefressen, als hätte man es ihnen auf einem Silbertablett serviert.«

»Manchmal hören die Menschen, was sie hören wollen.«

»Manchmal?«, gab er zurück, als hätte ich gewaltig untertrieben. Hatte ich auch, aber ich gab mir alle Mühe, positiv zu denken.

»Haben Sie eine Ahnung, wie das Blut des Jungen an Ihre Schuhe kam?« Das war der springende Punkt. Der Mann war fraglos unschuldig, trotzdem war das Blut des Jungen an seinen Schuhen nachgewiesen worden. Das alleine reichte völlig aus, um alle zwölf Geschworenen gegen ihn einzunehmen.

»Das hat mir jemand untergeschoben. Ich meine, wie hätte es sonst dorthin kommen sollen?«, fragte er ebenso ratlos wie ich.

»Gut. Können Sie mir zusammenfassen, was sich zugetragen hat?«

Zum Glück hatte ich unterwegs bei Staples haltgemacht. Ich griff zu meinem neuen Notizblock, einem von der Sorte, die auch Garrett und Onkel Bob verwendeten. Schlicht. Unscheinbar. Bescheiden. Ich schrieb alles auf, was mir wichtig erschien.

»Moment mal«, unterbrach ich ihn an einer Stelle. »Die Dame hat ausgesagt, dass der Junge bei Ihnen wohnte?«

»Ja, aber sie hat ihn mit meinem Neffen verwechselt, der ungefähr einen Monat, bevor das alles geschah, bei mir gewohnt hat. Die Polizei glaubt jetzt, ihn hätte ich auch umgebracht.«

Ich blinzelte überrascht. »Ist er denn tot?«

»Nicht, dass ich wüsste. Aber er wird vermisst. Und die Polizei hat meiner Schwester eingeredet, dass ich etwas mit seinem Verschwinden zu tun habe.«

War das die Verbindung, nach der ich suchte? Ich hatte zwar keinen Schimmer, wie diese Verbindung aussah, aber ich hatte schon mit weniger angefangen.

»Wann ist er verschwunden?«

Er sah nach unten rechts, was bedeutete, dass er sich erinnerte, ohne sich etwas aus den Fingern zu saugen. Ein weiterer Hinweis auf seine Unschuld, den ich indes nicht benötigt hätte. »Teddy war etwa einen Monat bei mir. Seine Mutter hatte ihn vor die Tür gesetzt. Sie kamen nicht gut miteinander aus.«

»Ihre Schwester?«

»Ja. Dann hat sie ihn überredet, trotz ihrer ständigen Streitereien wieder bei ihr einzuziehen. Damals habe ich ihn zum letzten Mal gesehen. Zwei Wochen später wurde ich verhaftet. Dass er vermisst wurde, habe ich erst nach der Verhaftung erfahren.«

»Welches Motiv hat die Anklage Ihnen unterstellt?«, erkundigte ich mich.

Er zog ein angewidertes Gesicht. »Drogen.«

»Ah«, sagte ich wissend. »Das Allerweltsmotiv.«

»Fragen Sie ihn nach seiner Schwester.«

Ich drehte mich um. Barber stand hinter mir mit verschränkten Armen und nachdenklich gesenktem Kopf.

»Ich muss irgendwas übersehen haben.«

»Können Sie mir mehr über Ihre Schwester sagen?«, bat ich Mr Weir, der sich anstrengte, an mir vorbeizuschauen, um herauszufinden, wonach ich mich umgedreht hatte.

Kurz darauf sagte er: »Sie ist vielleicht nicht die beste Mutter, aber es gibt schlimmere. Sie hatte hier und da ein paar Probleme. Aufgrund von Drogen. Und sie nahm nicht bloß Haschisch. Ladendiebstahl. Das Übliche halt.«

Das Übliche. Interessanter Standpunkt.

»Und in letzter Zeit?«, wollte Barber wissen. Ich gab die Frage weiter.

»Ich habe sie seit einem Jahr nicht gesehen. Keine Ahnung, wie's ihr jetzt geht.«

Ich fragte mich, ob man sie jemals wegen des abgängigen Jungen vernommen hatte. »Was ist mit – ?«

»Könnte sie in irgendwas Ernsteres verwickelt sein?«

Ich warf Barber einen ärgerlichen Blick zu, weil er mich unterbrochen hatte – Rechtsanwälte! –, und reichte seine Frage an Mr Weir weiter. Barber entging mein Blick. Mr Weir nicht.

»Bei Janie«, antwortete er ein wenig anzüglich, »ist alles möglich.«

»Würden Sie sagen – ?«

»Ich meine, könnte sie jemandem etwas schulden? Jemandem, der zu einer Entführung fähig – ?«

»Das reicht jetzt«, zischte ich durch die Zähne. »Hier stelle ich die Fragen und sonst niemand.« Ich machte es wie ein Bauchredner, so als könnte Mr Weir mich nicht hören, nur weil ich die Lippen nicht bewegte.

Barber sah mich betroffen an. »Tut mir leid«, sagte er dann. »Ich werde bloß das Gefühl nicht los, dass ich etwas übersehen habe. Etwas, das die ganze Zeit direkt vor meiner Nase lag.«

Super, jetzt fühlte ich mich schuldig. »Nein, mir tut's leid«, sagte ich zerknirscht, während ich, um bloß nicht die Lippen zu bewegen, weiter blöde grinste. »Ich hätte Sie nicht anschnauzen dürfen.«

»Nein, nein, Sie haben ja recht. Mein Fehler.«

Ich wandte mich wieder Mr Weir zu. »Sorry. Ich höre Stimmen.«

Seine Miene änderte sich, aber nicht so, wie ich es erwartet hatte. Er wirkte mit einem Mal wieder … hoffnungsvoll. »Können Sie wirklich, was man sich über Sie erzählt?«

Da ich mir nicht sicher war, worüber er sprach – wer *man* war und was *man* sich über mich erzählte –, wölbte ich fragend die Augenbrauen. »*Man* …?«

Er beugte sich vor, als könnte ich ihn dadurch besser hören. »Ich habe die Gefängniswärter reden hören. Sie waren überrascht, dass Sie mich besuchen wollten.«

»Wieso?«, fragte ich, meinerseits überrascht.

»Sie meinten, Sie klären Verbrechen auf, die sonst niemand aufklären kann. Dass Sie sogar einen jahrzehntealten Fall gelöst haben.«

Ich verdrehte die Augen. »Ja, ein Mal, da hatte ich Glück.«

Da hatte mich eine Frau aufgesucht, die bereits in den Fünfzigern ermordet worden war. Ich hatte Onkel Bob überredet, mir zu helfen, und gemeinsam konnten wir den Fall abschließen. Ohne ihn hätte ich das nie geschafft. Oder ohne die ganzen neuen technischen Möglichkeiten der Polizei. Natürlich hatte es nicht geschadet, dass die Frau ihren Mörder gut gekannt und genau gewusst hatte, wo die Mordwaffe zu finden sein würde. Die arme Frau hatte einen echt fiesen Stiefsohn gehabt.

»Das haben sie aber nicht gesagt«, fuhr Mr Weir fort. »Sie sagten, Sie hätten Dinge gewusst, die sonst niemand wissen konnte.«

Oh. »Äh, wer hat das gesagt?«

»Einer unserer Wärter ist mit einer Polizistin verheiratet.«

»Na, das erklärt alles. Polizisten denken nicht im Ernst – «

»Mir ist egal, was Polizisten denken, Ms Davidson. Ich will nur wissen, ob Sie können, was sie behaupten.«

Unwillkürlich seufzte ich. »Ich möchte Ihnen keine falschen Hoffnungen machen.«

»Ihre bloße Anwesenheit macht mir Hoffnungen. Tut mir leid, aber so ist es nun mal.«

»Mir tut es auch leid, Mr Weir. Die Chancen, dass am Ende irgendwas dabei herauskommt –«

»Stehen besser als heute Morgen.«

Ich gab es auf. »Wenn Sie es so sehen wollen, kann ich Sie nicht daran hindern.«

»Aber was man über Sie sagt, stimmt.«

Es ging mir so sehr gegen den Strich, ihm mehr Hoffnung zu machen, als ich selbst hatte, dass es mir unangenehm den Rücken hinaufkroch und ich die Schultern einzog. Es war nicht schwer, an meine Fähigkeiten zu glauben, wenn es zweckdienlich war. Ich wusste nur nicht, was meine Gabe in diesem besonderen Fall bringen würde. Vielleicht brachte Mr Weir ja bereits die Hoffnung weiter. Denn mehr hatte ich ihm nicht zu bieten.

»Ja, Mr Weir, was man über mich sagt, stimmt.« Ich wartete, bis er das verdaut hatte, bis sich sein leicht geschockter Gesichtsausdruck normalisierte, dann sagte ich: »Bevor Sie ins Gefängnis kommen, werden Sie zur Beurteilung ins Durchgangs- und Diagnosezentrum in Los Lunas überführt. Wenn Sie wollen, bequatsche ich die Leute dort, damit ich Sie dort besuchen kann, um Sie auf dem Laufenden zu halten.«

Endlich ein widerstrebendes Lächeln. »Das würde mir gefallen.«

Aus dem Mundwinkel wandte ich mich an Barber. »Haben Sie noch Fragen?«

Doch er schüttelte nur nachdenklich den Kopf.

»Also gut«, sagte ich zu Weir, »dann bis bald.«

Nachdem ich aufgelegt hatte, wollte ich meinen Notizblock und den Kugelschreiber einstecken, hatte aber eine plötzliche Eingebung oder so was in der Art. Ich drehte mich um und klopfte an die Scheibe, um Mr Weir auf mich aufmerksam zu machen.

Der Wärter ließ ihn umkehren und noch mal den Hörer abnehmen.

»Wie alt ist er?«, fragte ich, den Hörer zwischen Hals und Schulter geklemmt, während ich in meinem Notizblock blätterte und auf den Kugelschreiber drückte.

»Verzeihung?«

»Ihr Neffe? Wie alt ist Ihr Neffe?«

»Oh, fünfzehn, zumindest war er das. Ich glaube, inzwischen ist er sechzehn.«

»Und er wurde noch nicht gefunden?«

»Nicht, dass ich wüsste. Was – ?«

»Und wie alt war der andere Junge? Der in Ihrem Hinterhof?«

»Ich verstehe, worauf Sie hinauswollen«, meinte Barber.

»Er war ebenfalls fünfzehn. Glauben Sie, es gibt da einen Zusammenhang?«

Ich zwinkerte Barber zu, dann neigte ich mich schon etwas zuversichtlicher zu Mr Weir hin. »Es muss einen geben, und ich werde alles tun, um den aufzudecken.«

Ich wollte keine voreiligen Schlüsse ziehen, wurde aber das Gefühl nicht los, dass diese beiden Jungs in denselben Kreisen verkehrt hatten. Zwei Jungs mit vergleichbarem Background, einer vermisst, einer tot? Klang nach Beuteschema und Raubtier.

Obwohl ich Barbers Akten brauchte, wollte ich mich nicht mit seiner Kanzleiassistentin herumschlagen. Wenn sie anderen Assistentinnen glich, die ich kannte, hatte sie im kleinen Finger kaum weniger Macht als der Herrgott selbst und würde es nicht freundlich aufnehmen, wenn jemand die Nase in ihre Angelegenheiten steckte. Da wäre es leichter einzubrechen. Doch damit müsste ich warten, bis es dunkel war.

In der Zwischenzeit trug Onkel Bob alles zusammen, was das APD über den Fall hatte, während Barber sich auf den Weg zum Haus von Mr Weirs Schwester machte, um zu sehen, ob der verschwundene Neffe Teddy doch wieder aufgetaucht war. Ich hatte beschlossen, Barber erst mal die Lage peilen zu lassen, bevor ich mit ihr redete, und in der Zwischenzeit auf einen Sprung in mein Büro zurückzukehren und so viel wie möglich online in Erfahrung zu bringen. Auf dem Weg aus dem Gefängnis klappte ich mein Handy auf und rief Cookie an.

»Hey, Boss«, begrüßte sie mich. »Planst du einen Ausbruch?«

»Nee. Ob du's glaubst oder nicht, die lassen mich hier so wieder raus.«

»Komische Leute. Was denken die sich?«

»Wahrscheinlich, dass sie sich den ganzen Ärger mit mir nicht aufhalsen wollen.«

Sie kicherte. »Du hast drei Nachrichten, aber nichts allzu Dringendes. Mrs George schwört noch immer, dass ihr Mann sie betrügt. Sie will sich heute Nachmittag mit dir treffen.«

»Nein.«

»Das habe ich ihr auch gesagt, bloß nicht ganz so deutlich«, antwortete sie neckisch. »Alles andere kann warten. Also, was liegt an?«

»Ich bin froh, dass du fragst«, sagte ich und marschierte durch die Glastür. Ich sah mich kurz nach Billy um, aber der hatte wohl etwas Besseres zu tun. »Die Anwälte hatten beim Mittagessen interessante Neuigkeiten.«

»Ja? Wie interessant?«

»Ziemlich.«

»Klingt vielversprechend.«

»Kannst du mal im Gefängnisregister nach dem Namen Reyes suchen?«

»*Gefängnisregister*?«

Ich zuckte zusammen. Aus ihrem Mund hörte sich das so … kriminell an. »Ja, lange Geschichte.«

»Tja, es gibt ungefähr zweihundert Typen im Knast oder auf Bewährung mit dem Nachnamen Reyes.«

»Das ging ja flott. Versuch's mal mit dem Vornamen.«

Ich hörte es klicken, dann sagte sie: »Schon besser. Da gibt's nur vier.«

»Gut, tja, er müsste jetzt so um die dreißig sein.«

»Und da war's nur noch einer.«

Ich blieb mit dem Autoschlüssel halb im Schloss stehen. »Einer? Echt?«

»Reyes Farrow.«

Mein Herz klopfte nervös. War's das? Hatte ich ihn nach all den Jahren wiedergefunden?

»Gibt es ein Verbrecherfoto?«, fragte ich. Cookie antwortete nicht. »Cookie? Bist du noch dran?«

»Meine Güte, Charley. Er … er ist es.«

Ich ließ die Autoschlüssel fallen und stützte mich mit der freien Hand gegen Misery. »Woher weißt du das? Du hast ihn doch nie gesehen.«

»Er sieht super aus, genau wie du ihn beschrieben hast.«

Ich versuchte, kontrolliert zu atmen. Denn ich hatte keine Papiertüte dabei, die ich notfalls hätte verwenden können.

»Ich habe noch nie einen, na ja, so feurigen, so umwerfend gut aussehenden Mann gesehen.«

»Dann muss er es sein«, meinte ich und war mir hundertprozentig sicher, dass sie den Richtigen gefunden hatte.

»Ich schicke dir jetzt das Foto.«

Ich streckte mein Telefon aus und wartete auf die Übertragung. Nach langen Sekunden erschien ein Bild auf dem Display, und ich musste mich anstrengen, nicht aus den Latschen zu kippen. Meine Knie waren wie Pudding. Ich ließ mich auf dem Trittbrett nieder, ohne den Blick vom Display zu wenden.

Cookie hatte einen Volltreffer gelandet. Er war feurig, machte ein zugleich wachsames und wütendes Gesicht, als wollte er die Polizeibeamten warnen, ihm bloß nicht zu nahe zu kommen. Zu ihrem Schutz. In seinen Augen funkelte kaum unterdrückter Zorn. Er war nicht gerade gut drauf gewesen, als das Foto gemacht worden war.

»Er wird noch als Insasse geführt. Ich frage mich, wie oft diese Einträge aktualisiert werden. Charley?« Cookie redete mit mir, aber ich konnte mich von dem Bild nicht losreißen. Sie kapierte jedoch und wartete schweigend, bis ich mich wieder erholte.

Was ich tat. Mit einem neuen Ziel vor Augen hob ich das Telefon ans Ohr und bückte mich nach meinen Schlüsseln. »Ich werde mich mit Rocket treffen.«

Weil ich glaubte, zwei Fliegen mit einer Klappe zu schlagen, steuerte ich eine Seitenstraße an und parkte neben einem Container, in der Hoffnung, die Neighbors würden vielleicht nicht mitbekommen, dass ich in ihre verwaiste Nervenheilanstalt einsteigen wollte. Die Einrichtung war in den Fünfzigern geschlossen worden und irgendwie in die Hände der Neighbors, einer Motorradgang, gelangt. Sie selbst nannten sich Bandits und standen nicht auf ungebetene Gäste. Was ihre Rottweiler deutlich zeigten.

Schon auf dem Weg zur Heilanstalt war ich aufgeregt, aber nicht aus Angst vor den Rottweilern. Heilanstalten faszinierten mich. Während meiner Collegezeit unternahm ich an den Wochenenden gern Ausflüge zu verlassenen psychiatrischen Kliniken, weil die Verstorbenen, auf die ich dort stieß, immer gut drauf, leidenschaftlich und voller Leben waren.

Und diese spezielle Anstalt war die Heimat eines meiner Lieblingsverrückten. Rockets Leben – sein ehemaliges Leben – barg mehr Geheimnisse als das Bermudadreieck, doch ich hatte immerhin erfahren, dass er während der Depression noch ein

Kind gewesen war. Seine kleine Schwester war an der Staublunge gestorben. Sie sei ebenfalls immer noch da und leiste ihm Gesellschaft, so erzählte er mir. Ich selbst hatte sie allerdings noch nie gesehen,

Rocket war mir sehr ähnlich. Er hatte seit seiner Geburt ein Ziel, eine Aufgabe. Doch niemand hatte seine Gabe verstanden. Seine Eltern hatten ihn nach dem Tod seiner Schwester der staatlichen Irrenanstalt von New Mexico übergeben. Die jahrelange Fehleinschätzung und die Misshandlungen, darunter regelmäßig verabreichte Elektroschocks, ließen von dem Rocket, der er mal gewesen war, nicht allzu viel übrig.

In mancherlei Hinsicht glich er einem vierzig Jahre alten Kind in einer Keksdose, nur dass seine Keksdose eine verfallene Klapsmühle und seine Kekse Namen waren, nämlich die Namen derer, die dort gestorben waren, die er während unzähliger Tage in die Wände der Anstalt geritzt hatte. Als ultimativer Archivar. Er machte glatt dem Heiligen Petrus Konkurrenz.

Die Aufregung pumpte Adrenalin durch meine Blutbahn. Nun würde ich erfahren, ob Mark Weirs Neffe Teddy noch lebte – ich drückte die Daumen –, und auch alles über Reyes herausfinden. Rocket wusste, wann jemand starb, und vergaß niemals einen Namen. Die schiere Menge an Informationen, die in seinen Kopf strömten und die er jederzeit abrufen konnte, konnten einen gesunden Menschen in den Wahnsinn treiben, wodurch Rockets Zustand vielleicht schon hinlänglich erklärt war.

Die Türen und Fenster der Anstalt waren schon vor langer Zeit mit Brettern vernagelt worden. Ich schlich hintenrum, während ich auf das Tappen von Rottweilerpratzen lauschte, dann glitt ich bäuchlings durch ein Kellerfenster, das ich bei jedem meiner Besuche aufstemmte. Hier musste man mich erst noch erwischen – wobei ich vermutlich ein Körperteil einbüßen würde. In einer Anstalt in Las Vegas, New Mexiko, war ich einmal erwischt worden. Dort hatte mich der Sheriff verhaftet. Vielleicht irre ich mich ja, aber ich bin fast sicher, dass meine Vorliebe für Uniformierte an dem Tag begann. Der Sheriff war nämlich ein heißer Typ. Und Handschellen legte er mir auch an. Danach war ich nicht mehr dieselbe.

»Rocket?«, rief ich, nachdem ich kopfüber auf einem Tisch gelandet und – ziemlich eindrucksvoll – wieder auf die Beine gekommen war. Ich staubte mich ab, schaltete meine LED-Taschenlampe ein und machte mich auf den Weg zur Treppe. »Rocket, bist du da?«

Der erste Stock war verwaist. Ich ging durch die Flure und bestaunte Abertausende in die Gipswände gekratzte Namen, dann stieg ich über die Hintertreppe in den zweiten Stock hinauf. Überall sah ich zurückgelassene Bücher und wahllos herumstehende Möbel. Die Wände waren fast flächendeckend mit Graffiti beschmiert, die von unzähligen hier gefeierten Partys kündeten – vermutlich aus der Zeit vor der Motorradgang. Die Klasse von 1983 hatte es anscheinend drauf gehabt, und Patty Jenkins machte es mit jedem.

Ehrfürchtig betrachtete ich die vielen Nationalitäten. Es gab Namen auf Hindi und Mandarin und Arapaho und Farsi.

»Miss Charlotte«, ließ sich Rocket hinter mir vernehmen und kicherte schadenfroh.

Ich zuckte zusammen und fuhr herum. »Rocket, du kleiner Satansbraten!« Er jagte mir gerne einen Schrecken ein, und ich musste ihm bei jedem Besuch eine Nahtoderfahrung vorgaukeln.

Er lachte laut und erwürgte mich fast mit seiner herzlichen Umarmung. Rocket sah aus wie eine Mischung aus einem Zottelbär und dem Pillsbury Doughboy. Er hatte ein Kindergesicht und ein verspieltes Wesen und sah in jedem nur das Gute. Ich hatte mir immer gewünscht, ihn zu Lebzeiten gekannt zu haben, bevor die Regierung ihm fast das Gehirn frittiert hatte. War er ein Schnitter wie ich gewesen? Sicher wusste ich nur, dass er vor seinem Tod Verstorbene gesehen hatte.

Er hieß mich Platz nehmen und runzelte drollig die Stirn. »Nie kommen Sie mich besuchen. Nie.«

»Nie?«, fragte ich augenzwinkernd.

»Nie.«

»Aber jetzt bin ich doch hier, oder?«

Er zuckte schmollend die Achseln.

»Außerdem muss ich mich bei jedem Besuch mit einem kleinen Rottweiler-Problem herumschlagen.«

»Stimmt. Aber ich habe so viele Namen für Sie. So viele.«

»Ich habe echt keine Zeit –«

»Sie dürften alle nicht hier sein. Nein, nein, nein. Sie müssen alle weg von hier.« Rocket war außerdem der totale Petzer, ständig nannte er mir Namen von Leuten, die gestorben, aber noch nicht hinübergegangen waren.

»Alles klar, Rocket, aber dieses Mal habe ich einen Namen für dich.«

Er hielt inne und sah mich irritiert an. »Einen Namen?«

Ich beschloss, ihm jemanden zu nennen, von dem ich wusste, dass er tot war. »James Enrique Barilla.« Das war der ermordete Junge, den man in Mark Weirs Hinterhof gefunden hatte.

»Oh«, sagte er, plötzlich interessiert.

Natürlich war das ein ziemlich billiger Trick von mir, aber ich musste mir Rockets Aufmerksamkeit sichern. Ich hatte nicht allzu viel Zeit. Schließlich wollte ich mich mit gewissen illegalen Handlungen versuchen, die sich nicht von selbst erledigten.

Rocket erkannte den Namen auf der Stelle und lief zielstrebig los, wobei er unglücklicherweise ein paar Abkürzungen durch die Wand nahm. Ich hielt mit Mühe Schritt und flitzte um Ecken und durch Türen, beständig hoffend, dass der baufällige Boden meinem Gewicht standhielt.

»Warte, Rocket. Ich komme nicht mit.«

Dann hörte ich ihn unten an der Treppe, dann aus der Anstaltsküche, wo er in einem fort den Namen rief. Ich stolperte über einen kaputten Stuhl und ließ meine Taschenlampe fallen, die über die Stufen nach unten polterte.

Sofort tauchte Rocket vor mir auf. »Sie kommen nie mit, Miss Charlotte.«

»Nie?«, fragte ich, während ich mich aufrappelte.

»Nie.« Er packte meinen Arm und zerrte mich die Treppe hinunter. Ich konnte im Vorbeilaufen gerade noch die Taschenlampe aufheben.

Er meinte es gut.

Dann stoppte er. Ungeahnt abrupt. Dankbar, dass er so pummelig war, prallte ich gegen seinen Rücken und landete abermals auf dem Hintern. Normalerweise hätte sich Rocket, während ich aufstand und mir den Staub abschüttelte, vor Lachen geschüttelt, doch diesmal hatte er eine Mission. Und aufgrund vergangener Erfahrungen ließ er sich von keiner Mission mehr abbringen.

»Hier. Hier ist es«, rief er und deutete auf einen von den tausend in den Putz gekratzten Namen. »James Enrique Barilla.«

Ich hatte es zwar gewusst – immerhin wanderte ein Mann wegen des Mordes an ihm in den Knast –, aber ich musste mich für alle Fälle vergewissern.

»Weißt du, wie er gestorben ist?«, erkundigte ich mich, obwohl ich die Antwort bereits kannte.

»Wie nicht«, gab er plötzlich verärgert zurück. Ich unterdrückte ein Grinsen. »Auch nicht warum. Oder wann. Bloß dass.«

»Wie steht's mit wo?«, fragte ich aus schierer Hartnäckigkeit.

Er funkelte mich an. »Sie kennen die Regel, Miss Charlotte. Regeln werden nicht gebrochen«, sagte er und wackelte warnend mit seinem Wurstfinger.

Manchmal fragte ich mich, ob er wirklich mehr wusste und

gewisse kosmische Regeln befolgte, von denen ich keine Ahnung hatte. Doch es kam mir so vor, als sei sein Vokabular ein Ergebnis jahrelanger Hospitalisierung. Und niemand stand mehr auf Regeln als Hospitalisierte.

Ich griff nach meinem Notizblock und blätterte darin. »Okay, Rocket Man, wie steht's mit Theodore Bradley Thomas?« Wenigstens würde ich mit der Erkenntnis abziehen, ob Mark Weirs verschwundener Neffe tot war oder noch unter den Lebenden weilte.

Rocket senkte einen Moment lang nachdenklich den Kopf. »Nein, nein, nein«, sagte er endlich. »Seine Zeit ist noch nicht gekommen.«

Die Erleichterung drang in meine sämtlichen Körperzellen. Nun musste ich ihn nur noch finden. Ich fragte mich, ob der Junge in Gefahr schwebte. »Weißt du, wann seine Zeit gekommen sein wird?«, fragte ich, obwohl ich auch diese Antwort kannte.

»Nicht wann. Nur dass«, wiederholte er, während er sich abwandte und den nächsten Namen in die Wand ritzte.

Damit war er mir erst mal entglitten. Rockets Aufmerksamkeit zu fesseln glich dem Versuch, Spaghetti mit dem Löffel zu servieren. Aber ich hatte noch einen Namen für ihn. Einen sehr wichtigen. Aus Angst, ihn laut auszusprechen, trat ich dicht an Rocket heran, dann hauchte ich: »Reyes Farrow.«

Rocket hielt inne. Es war nicht zu übersehen, dass er den Namen kannte. Folglich war Reyes tot. Meine Hoffnung zerstob. Ich hatte mir so sehr gewünscht, dass er noch lebte.

»Wo steht sein Name?«, fragte ich, das Brennen in meinen Augen ignorierend. Ich betrachtete die Wände, als könnte ich ihn in dem chaotischen Gekritzel entdecken, das aussah, als wär's von einem bekifften M. C. Escher. Ich wollte ihn dringend sehen, ihn berühren, die rauen Rillen und Linien mit den Fingern nachzeichnen, die Reyes' Namen bildeten.

Dann bemerkte ich, dass Rocket mich anstarrte. Er hatte einen wachsamen Ausdruck in seinem Milchgesicht.

»Was ist los, Rocket?« Ich wollte ihn an der Schulter fassen.

»Nein«, sagte er und wich vor mir zurück. »Er dürfte nicht hier sein. Nein, Ma'am.«

Ich schloss fest die Augen, weil ich die Wahrheit nicht sehen wollte. »Wo steht sein Name, Rocket?«

»Nein, Ma'am, er hätte gar nicht geboren werden dürfen.«

Ich riss die Augen auf. Etwas Derartiges hatte ich aus Rockets Mund noch nie gehört. »Ich kann nicht glauben, was du da gerade gesagt hast.«

»Er hätte nie ein Junge namens Reyes sein dürfen. Er hätte bleiben müssen, wo er hingehört. Marsianer dürfen nicht zu Menschen werden, bloß weil sie unser Wasser trinken wollen.« Seine Augen waren auf mich gerichtet, trotzdem blickte er lange durch mich hindurch, bevor er sich wieder auf mein Gesicht besann. »Gehen Sie ihm aus dem Weg, Miss Charlotte«, sagte er dann und trat einen warnenden Schritt auf mich zu. »Gehen Sie ihm einfach aus dem Weg.«

Ich wich nicht zurück. »Das ist aber nicht sehr nett von dir, Rocket.«

Darauf beugte er sich zu mir und sagte mit einem rauen Flüstern: »Er ist auch nicht sehr nett, Miss Charlotte.«

Irgendetwas, das ich nicht wahrnahm, erregte seine Aufmerksamkeit. Er wandte sich ab, lauschte, eilte dann auf mich zu und umklammerte mit seinen fleischigen Händen meine Arme. Ich zuckte zusammen, hatte aber keine Angst. Rocket würde mir nie etwas tun. Dann wurde sein Griff fester, sodass ich beinahe aufgeschrien hätte. Vielleicht hatte ich etwas zu voreilig geurteilt.

»Rocket«, sagte ich beruhigend, »Lieber, du tust mir weh.«

Darauf ließ er abrupt los und zog sich ungläubig zurück, als würde ihn verblüffen, was er gerade getan hatte.

»Schon gut«, sagte ich, ohne mir die schmerzenden Arme zu reiben, weil er sich dadurch bloß noch schlechter gefühlt hätte. »Schon gut, Rocket, du hast das ja nicht gewollt.«

Während er verschwand, huschte ein Ausdruck des Entsetzens über sein Gesicht. Das Letzte, das ich hörte, waren vier Worte: »Ihm ist das egal.«

8

Männer haben auch Gefühle. Aber … wen interessiert das?
– Inspirierendes Poster

Die Sonne hing ein paar Augenblicke lang über Nine Mile Hill, verlor das Interesse und glitt dann dahinter. Ich saß in Misery, meinem Jeep, und wartete darauf, dass die Skyline die Sonne vollends verschluckte, um endlich meinen Einbruch in Angriff nehmen zu können. Doch je länger ich wartete, desto mehr dachte ich an Reyes. Und je mehr ich an Reyes dachte, desto größer wurde meine Verwirrung.

Rocket kannte seinen Namen, aber hieß das wirklich, dass er gestorben war? Konnte das nicht etwas ganz anderes bedeuten? Ich hatte noch nie zuvor erlebt, dass Rocket Angst hatte, und das jagte wiederum mir Angst ein. Außerdem schien er etwas vor mir zu verbergen. Aber zwischen Rockets lichten und weniger lichten Momenten zu unterscheiden war so gut wie unmöglich.

Auf der Habenseite stand, dass ich nun wusste, dass Marsianer nicht zu Menschen werden durften, bloß weil sie unser Wasser trinken wollten. Aber da es gar keine Marsianer gab, nahm ich an, dass das ein schräger Vergleich gewesen war. Also wen konnte man mit Außerirdischen vergleichen? Es musste sich um jemanden handeln, der sich gegen die Norm stellte. Da fielen mir eine Menge Leute ein, doch ich war mir eigentümlich sicher, dass Reyes weder ein Steuerprüfer noch Mitglied der Manson Family war. Gott sei Dank, denn Hakenkreuze kann man sich nicht so einfach in die Stirn stechen lassen, wie man vielleicht meint.

Womöglich war aber das Wasser der schwierigere Teil des Rätsels. Wofür stand das Wasser? Was könnte jemand, der außerhalb des gesellschaftlich Akzeptierten lebte, ebenso dringend wollen wie der Marsianer das Wasser? Geld? Anerkennung? Macht? Enchiladas mit grünem Chili? Ich hatte keine Ahnung. Was schon mal vorkam. Zu meiner Verteidigung sagte ich mir, dass Rockets Vergleich echt blöde gewesen war. Und Roswell war einfach zu nah, als dass ich über außerirdische Invasoren logisch nachdenken konnte.

Aber über den Fall Weir konnte ich logisch nachdenken. Sein Neffe lebte noch, und ich hegte den Verdacht, dass er James Barilla, den Jungen, der in Weirs Hinterhof gestorben war, gekannt hatte. Es musste eine Verbindung geben. Vor allem, weil ich es so wollte. Und wo immer die Verbindung lag, Teddy steckte deshalb in Schwierigkeiten.

Wo, zum Teufel, war Angel, wenn ich ihn mal brauchte? Er blieb sonst nur selten so lange weg. Wie sollte ich ohne übernatürliches Ermittlungsteam übernatürliche Ermittlungen anstellen? Namentlich ohne mein Angel-Team, das genau genommen nur aus Angel bestand. Aber wenn ich von einem Team sprach, konnte ich Sachen wie »*Team* schreibt man nicht mit *i-c-h*« sagen. Ich stand nun mal auf Sprüche wie den. Wie ich so dasaß, ging mir auf, dass ich einiges mehr an Beinarbeit vor mir hatte, als ich mir beim Kauf meiner Stiefel hätte träumen lassen.

Auf dem Weg von der Anstalt hierher hatte ich den Chefermittler im Fall Weir angerufen. Er war ein Kumpel von Onkel Bob, hielt aber nicht allzu viel von mir. Vermutlich ging ich ihm auf den Zeiger. Wenn ich's drauf anlegte, konnte ich ganz schön nerven. Ich nahm an, dass er Onkel Bob entweder seinen Erfolg neidete – und meinen Anteil daran – oder dass er einfach nicht auf coole Bräute mit klarer Kante stand. Wahrscheinlich war beides der Fall.

Unser Gespräch war schnell erledigt. Detective Anaya antwortete knapp und rasiermesserscharf auf den Punkt. Seinen Angaben nach hatte das APD im Zusammenhang mit dem Fall ebenfalls nach Teddy gesucht, aber nach einem toten Teddy, um Mark Weir einen weiteren Mord anhängen zu können. Diese Ermittlung hatte zwangsläufig in eine Sackgasse geführt. Da ich nun wusste, dass Teddy noch lebte, war ich dem APD gegenüber leicht im Vorteil, mit Betonung auf das Wörtchen *leicht*. Und von einem *Vorteil* zu sprechen war womöglich auch ein bisschen übertrieben.

Teddys Mutter hatte der Polizei erzählt, ihr Sohn sei nie bei ihrem Bruder ausgezogen. Und trotzdem hatte sie ihn erst als vermisst gemeldet, nachdem Mark wegen Mordes festgenommen worden war? Damit blieben, was Teddys Aufenthaltsort anging, zwei Wochen ungeklärt. Ich war vielleicht nicht die Blitzbirne der Nation, aber selbst ich konnte erkennen, dass das vorne und hinten nicht zusammenpasste.

Während ich darauf wartete, dass das schwächer werdende Licht endlich schwächer wurde und sich Dunkelheit über das Stadtviertel senkte, klappte ich mein Handy auf, um zum hundertsten Mal an dem Tag Reyes Bild eingehend zu betrachten. Und wie jedes Mal verschlug mir sein Anblick den Atem. Ich konnte es nicht fassen. Nach über zehn Jahren hatte ich ihn endlich gefunden. Ja, schon gut, im Knast, aber fürs Erste – und da ich daran gewöhnt war, Dinge zu verdrängen – schenkte ich diesem Detail einfach keine Beachtung. Der einzige Hoffnungsschimmer, auf den ich setzte, lag in der Feststellung, dass Reyes, als dieses Verbrecherfoto entstand, offenbar stinksauer gewesen war. Nicht bloß sauer, sondern stinksauer. Und Schuldige sind nicht stinksauer. Die sind entweder erleichtert, weil man sie endlich geschnappt hat, oder zermartern sich vor Sorge das Hirn. Auf Reyes traf beides nicht zu.

Ich klappte das Handy zu und widerstand dem bescheuerten Drang, das Display abzuknutschen, dann schlenderte ich über den Bürgersteig bis zum Eingang der Kanzlei Sussman, Ellery und Barber. Die breite Eichentür lag praktischerweise hinter Koniferen und Palmlilien, was meinen Einbruch beträchtlich erleichterte – den man eigentlich gar nicht so nennen konnte, denn ich hatte ja einen Schlüssel und so weiter.

Barbers Büro war ungefähr so aufgeräumt wie ein postapokalyptisches Kriegsgebiet. Ich blätterte einige Papierstapel durch, dann fand ich die Akte Weir in einem Pappkarton mit der Beschriftung »WEIR, MARK L.«. Wo sonst? Der geheimnisvolle USB-Stick war jedoch nicht darin. Barber meinte, das Ding würde auf dem Schreibtisch liegen. Lag er aber nicht. Und in der Schreibtischschublade lagen sieben Sticks, die durch nichts näher gekennzeichnet waren. Ich konnte hier nicht den ganzen Abend vertrödeln. Schließlich stand mir noch eine Beschattung bevor, die bedauerlicherweise wenig Erfreuliches versprach.

Ich überlegte, was dafür und was dagegen sprach, sämtliche USB-Sticks mitzunehmen und sie mir später genauer anzusehen. Es sprach eindeutig mehr dafür. Ich nahm mir vor, morgen noch mal einzubrechen, um sie zurückzulegen, und machte mich daran, mir die Sticks in die Hosentaschen zu quetschen. Was zu der Erkenntnis führte, dass zu viel Milchkaffee und Cheeseburger mir nicht guttaten. Was wiederum ein Wutschnauben nach sich zog, das von den Wänden meines leeren Magens widerhallte. Ich war am Verhungern.

Während ich hüpfend die beiden letzten Datensticks verstaute, ging ich im Geiste sämtliche Schnellrestaurants auf dem Weg von hier zu dem Lagerhaus durch, in dem wir uns auf die Lauer legen wollten.

»Sie sind ungefähr so unauffällig wie ein Monstertruck in einem Autosalon.«

Ich fuhr herum und sah Garrett in der Tür stehen. »Heilige Scheiße, Swopes«, rief ich und griff mir ans Herz. »Was machen Sie denn hier?«

Er schlenderte herein und betrachtete, bevor er seine Aufmerksamkeit mir zuwandte, das mondhelle Drumherum. »Ihr Onkel hat mich hergeschickt«, antwortete er mit tonloser Stimme. »Weil alle Beweise, die Sie ohne Durchsuchungsbeschluss auftreiben, vor Gericht keine Gültigkeit haben.«

Aha, nun waren wir also wieder Todfeinde. Er gab sich cool. Ich musste vor ihm auf der Hut sein, stets mit seinem Hang rechnen, einem in den Rücken zu fallen. Ich musste mit einem wachen Auge essen, schlafen und pullern gehen.

»Sagt Ihnen der Begriff *Beweiskette* etwas?«, fragte er.

»Vielleicht, wenn ich was drum geben würde.« Ich nahm den Karton und machte mich auf den Weg zur Tür. »Ich will bloß herausfinden, womit ich es zu tun habe, Swopes.«

»Außer mit Geisteskrankheit?«

Damit waren wir sogar wieder bei haltlosen Beleidigungen angekommen. Schön, wieder daheim zu sein.

»Ich hab nicht vor, Ihnen zu beweisen, wie gut ich als Ermittlerin bin, Swopes, oder mit Ihnen um Schwanzlängen zu konkurrieren. Ich helfe meinen Klienten, darauf kommt es mir an«, sagte ich und drückte mich an ihm vorbei. »Ich mache das jetzt schon seit Jahren so. Da war von Ihnen weit und breit noch nichts zu sehen.«

Garrett folgte mir durch die Vordertür. »Wie lautet der Code?«, fragte er, um die Alarmanlage wieder einzuschalten.

Ich rief ihm die Ziffern über die Schulter zu – damit sie auch jeder in der Nachbarschaft mitbekam – und schob den Karton auf die Rückbank meines Jeeps. Er trat hinter mich.

»Ich muss unterwegs noch was essen, wir treffen uns dann am Lagerhaus«, sagte ich.

Nachdem ich mich vergewissert hatte, dass die Hintertür abgeschlossen war, sagte er: »Sie wohnen doch hier in der Nähe. Warum stellen wir Ihren Wagen nicht bei Ihnen ab und Sie fahren mit mir?«

Ich schob den Schlüssel ins Türschloss. »Weil ich Hunger hab.«

»Sie können unterwegs was essen.«

Mir entfuhr ein ärgerliches Seufzen, meine Hand verharrte über dem Türgriff. »Bezahlt Onkel Bob Sie neuerdings dafür, dass Sie auf mich aufpassen?«

»Wir haben vier Leichen, Davidson. Er … macht sich Sorgen.«

»Ubie?«, schnaubte ich.

»Ich fahre hinter Ihnen her.«

»Wenn es Sie glücklich macht, Swopes«, sagte ich, stieg in Misery und knallte die Tür zu. Er schien kein bisschen glücklicher, auf Charley aufpassen zu müssen, als Charley selbst. Tief im Innern hatte sie dabei kein so gutes Gefühl. Nein.

»Hmm, die Tacos sind gut.« Ich warf Swopes einen Blick zu, während wir neben Onkel Bobs Wagen hielten, einer unauffälligen dunkelblauen Limousine. »Ich hoffe bloß, ich verschmiere nicht noch mehr Salsa auf Ihren hübschen Kunststoffsitzen.«

Garretts Kiefermuskeln zuckten, als er mit den Zähnen knirschte. Sehr lustig. »Die sind aus Leder«, entgegnete er hörbar beherrscht.

»Uupsie. Das sind echt schöne Sitze.«

Er parkte den Truck ein, und ich sprang hinaus, ehe sich die Spannung in Gewaltakten entladen konnte, schob mich noch mal in die Fahrerkabine, um nach meinem Riesenbecher Diätcola zu greifen, und spurtete zu Onkel Bobs Karre. Brachte mich, mit anderen Worten, in Sicherheit.

Wir standen an einem breiten mit Unkraut und Mesquitesträuchern überwucherten Feld, dahinter sah man in einiger Entfernung das Lagerhaus. Der rostige Metallschuppen sah halb wie ein Flugzeughangar und halb wie eine Autowerkstatt aus und thronte mitten im Niemandsland. Meilenweit kein einziger Nachbar. Ein äußerst interessanter Umstand, wie ich fand.

Onkel Bob saß im Wagen und spähte mit einem schicken Fernglas über das Lenkrad. Ich beugte mich über die Windschutzscheibe, guckte in die Vergrößerungslinse und grinste, worauf er das Fernglas abrupt absetzte und mich stirnrunzelnd ansah.

»Was?«, bildeten meine Lippen, bevor ich auf die Beifahrerseite sprang und in den warmen Innenraum kletterte. Den Hungertod hatte ich dank Macho Taco um einen weiteren Tag hinausgezögert. Was für ein geiles Leben.

»Wer ist das?«, fragte ich auf ein zweites ungekennzeichnetes Polizeiauto deutend, das strategisch günstig ein paar Meter entfernt parkte. Es wurde von der Dunkelheit vollständig verschluckt. Bis auf eine Kleinigkeit: das Standlicht war eingeschaltet. Ich hätte wetten mögen, der Bursche war nicht der Klassenbeste gewesen.

»Das ist Officer Taft«, antwortete Onkel Bob.

»Nein«, hauchte ich.

»Er ist freiwillig dabei.«

»Nein.«

»Der ist gut, der Knabe.«

Ich verdrehte die Augen und ließ mich tiefer in den Beifahrersitz gleiten, als Garrett sich anschickte, hinten einzusteigen, und mich mit seinem Minisuchscheinwerfer anstrahlte.

»Tür zu«, zischte ich.

Onkel Bob zog die Stirn kraus. Schon wieder. Keine Ahnung warum. Üben musste er das jedenfalls nicht.

»Taft hat einen Fan«, erklärte ich. »Ihm stellt ein hinreißendes kleines Mädchen nach. Ich glaube, die Kleine heißt Satansbraten.«

Onkel Bob kicherte. »Wie läufst du denn rum?«

Worauf Ubie so indiskret anspielte, waren meine Klamotten. Ich hatte sorgfältig die bequemste schwarze Kombination ausgewählt und zur Vervollständigung meines Gothic-Beduinen-Looks mein Gesicht akribisch mit schwarzer Fettschminke eingeschmiert. Natürlich hatte ich mich, während Garrett draußen in seinem mit Ledersitzen ausgestatteten Truck saß und auf mich wartete, mehrere Male umgezogen. Ich hoffte inständig, dass ihn meine zeitraubenden Bemühungen nicht verärgert hatten.

»Ich hab mich getarnt«, erklärte ich.

»Als was? Als der Böse?«

»Lach du nur, Onkel Bob«, sagte ich und schlürfte geräuschvoll meine Cola. »Wart's ab, bis sich einer von uns über das Feld schleichen muss. Dann wirst du meine Vorsicht zu schätzen wissen.«

In diesem Augenblick beschloss Garrett, sich einzumischen. »Ich schätze Ihre Vorsicht«, sagte er und klang irgendwie abgelenkt. »Nicht so sehr wie Ihren Vorbau, aber …«

Ich drehte mich um und sah ihn an. »Ich habe Namen für meinen Vorbau, wie Sie so einfallslos zu formulieren belieben.« Damit deutete ich auf meine rechte Brust. »Das ist Danger.« Dann auf die linke. »Und das Will Robinson. Ich wäre Ihnen dankbar, wenn Sie sie entsprechend titulieren würden.«

Nach einer langen Unterbrechung, die er nutzte, um mehrmals zu blinzeln, fragte er: »Sie haben Ihren Brüsten Namen gegeben?«

Ich kehrte ihm achselzuckend den Rücken zu. »Meinen Eierstöcken auch, aber die sieht man nicht so häufig. Ist dir schon mal der Gedanke gekommen«, wandte ich mich an Onkel Bob, »dass dieser Einsatz schon nutzlos war, als Carlos Rivera gefoltert wurde? Wenn diese Typen nicht dumm wie Brot sind, haben sie sämtliches Belastungsmaterial beiseitegeschafft, als sie dahinterkamen, was Rivera gemacht hatte.«

»Stimmt«, nickte Onkel Bob. »Aber wir können nur auf eine Art sichergehen.«

»Warum beschaffst du dir nicht einfach einen Durchsuchungsbeschluss, stellst eine kleine Armee auf und stürmst den Laden da drüben?«

»Mit welcher stichhaltigen Begründung? Man kriegt keinen Durchsuchungsbeschluss aufgrund anonymer Hinweise, Kürbiskopf. Wir brauchen den Datenstick.«

Ein Punkt für ihn. Kein sonderlich überzeugender, aber immerhin ein Punkt. Außerdem hatte er mich Kürbiskopf genannt. Als Antwort darauf schlürfte ich so laut, wie es mir kinästhetisch möglich war. Uns wäre geholfen gewesen, wenn wir gewusst hätten, wonach wir eigentlich suchten. Mit einem vernehmlichen Seufzer unterstrich ich meine Ungeduld Schrägstrich Langeweile. Langeweile gehörte zu Beschattungen unbedingt dazu. Als Liebhaberin sarkastischer Kommentare hielt ich es jedoch für meine Bürgerpflicht, für Kurzweil zu sorgen. Also seufzte ich noch mal.

»Leiste doch Taft ein bisschen Gesellschaft«, schlug Onkel Bob hinter seinem Fernglas vor.

»Geht nicht.«

Er setzte das Fernglas ab. »Wieso nicht?«

»Weil ich ihn nicht ausstehen kann.«

»Das passt schon. Er kann dich bestimmt auch nicht ausstehen.«

»Außerdem«, sagte ich, meinen undankbaren Onkel kurzfristig ignorierend, »läuft ihm die ganze Zeit dieser Satansbraten hinterher, weißt du noch?« Dann fiel der Groschen. »Er kann mich nicht leiden?«

Ubie wackelte mit den Augenbrauen.

»Was habe ich ihm denn getan?« Ich funkelte Tafts dämliches Auto an. »Blöder Wichser. Soll er doch sehen, wie er klarkommt, wenn sich die Teufelsgöre blicken lässt.«

Hinter mir summte es elektrisch, als Garrett das Seitenfenster senkte. »Da tut sich was.«

Jetzt blickten wir alle zum Lagerhaus, wo ein vertikaler Lichtstrahl aufflammte. Dann gingen die schweren Türen auf, Licht fiel auf einen wartenden Lieferwagen. Der Wagen rollte in den Schuppen, die Türen schlossen sich wieder.

»So lösen wir den Fall nie, und Mark Weir wird im Knast vergreisen. Diese Beschattung ist scheiße«, moserte ich in mein kalorienarmes Getränk. »Wir sehen nichts. Wir müssen näher ran.«

»Setz deine Leute in Marsch«, sagte Onkel Bob.

»Ich hab niemanden dabei.«

»Was?« Jetzt kriegte er Panik. »Was ist mit Angel?«

Ich zuckte die Achseln. »Hab den kleinen Scheißer seit Tagen nicht gesehen. Was meinst du, warum ich mich so angezogen habe? Obwohl Fettschminke mir den Teint ruiniert.«

»Ich lasse dich bestimmt nicht da rüber, Charlotte Jean Davidson.«

Oh-oh. Ubie schien es mehr als ernst zu meinen. Ich ließ ihm zwei Minuten Zeit. Siebenundsechzig Sekunden und drei ausgiebig schlürfende Schlucke später hatte er seine Meinung geändert.

»Also gut«, sagte er schwer atmend.

Endlich.

»Mach, was du willst.«

Ich wusste, er würde nachgeben.

»Aber sei, um Himmels willen, vorsichtig. Dein Vater macht mich einen Kopf kürzer, wenn dir was zustößt.«

Er gab mir ein Funkgerät, im Gegenzug drückte ich ihm

meine Cola in die Hand. »Halt mir den Rücken frei«, ermahnte ich ihn.

»Lass du dich nicht erwischen.« Damit wandte er sich Garrett zu. »Passen Sie gut auf sie auf.«

»Was?«, quiekte ich ins Funkgerät. Mich mitten beim Soundcheck so zu erschrecken! »Swopes nehme ich bestimmt nicht mit. Der ist mies drauf.«

Onkel Bob guckte mürrisch. Garrett beäugte mich ausdruckslos.

»Entweder du gehst mit Swopes, oder du gehst gar nicht.«

Ich schnappte mir meine Diätcola und ließ mich wieder in meinen Sitz sacken. »Dann gehe ich eben gar nicht.«

»Seien Sie vorsichtig.«

Ich sah Garrett durch den Maschendrahtzaun finster an, als ich auf der Rückseite gelandet war. Also, nicht auf *der* Rückseite, sondern auf der Rückseite vom Zaun. »Ja, das hat Onkel Bob mir auch schon eingetrichtert«, erwiderte ich beißend. Ich hatte mich nicht durchsetzen können. Obwohl ich es immer wieder versuchte, hatte ich selten Erfolg damit.

Garrett tat es mir nach und erklomm den zweieinhalb Meter hohen Zaun, wenn auch mit weit mehr Muskelkraft, als mir zur Verfügung stand. Aber konnte er auch mit der Zunge einen Kirschstängel verknoten?

Wir liefen über das offene Gelände auf das Lagerhaus zu. Meine Konzentration ging größtenteils dafür drauf, nicht lang hinzuschlagen, und der Rest dafür, Garretts Jackett nicht loszulassen, damit ich das Gleichgewicht nicht verlor.

»Ich hab mal gelesen, dass Schnitter Seelen sammeln«, sagte er, während er neben mir herlief.

Ich stolperte über einen Kaktus, hielt mich aber gerade noch auf den Beinen. Die Nacht war kohlrabenschwarz. Was vermutlich an der Uhrzeit lag. Das Mondlicht machte es ein kleines bisschen besser, trotzdem erwies sich die Überwindung des unebenen Geländes als Herausforderung.

»Swopes«, antwortete ich und atmete langsam, damit er nicht mitbekam, dass ich allmählich außer Puste geriet, »da draußen laufen Heerscharen von Seelen herum, die mir das Leben zur Hölle machen. Warum sollte ich die verdammten Dinger sammeln. Und wo sollte ich sie aufbewahren?«

Er sagte dazu nichts. Wir sprinteten über den Parkplatz zur Rückseite des fensterlosen Bauwerks. Zum Glück gab es keine Überwachungskameras. Aber der helle Lichtstreifen an der Dachkante verriet mir, dass es Oberlichter gab. Wenn ich also irgendwie aufs Dach hinaufgelangte, könnte ich vielleicht erkennen, was in dem Schuppen vorging. Nichts Gutes, so viel stand fest, aber ich brauchte Beweise, um die Befürchtung zu untermauern.

Als Garrett mich hinter eine Reihe Mülltonnen zog, prallte ich gegen ein Metallrohr, das samt Klammern, die mir in regelmäßigen Abständen Halt bieten würden, bis zur Dachkante hinaufführte. Eine perfekte Kletterhilfe.

»Hey, schieben Sie mich mal an«, zischte ich.

»Was? Nein«, widersprach Garrett, während er das Rohr misstrauisch beäugte. Dann stieß er mich aus dem Weg. »Ich klettere da rauf.«

»Ich bin leichter«, gab ich zu bedenken. »Das Rohr trägt Sie im Leben nicht.« Ich stritt mich allerdings mehr um des Streitens willen, denn das Rohr wirkte tatsächlich ein bisschen wackelig. Und rostiger als der Sonnenuntergang von New Mexico. »Ich klettere rauf und sehe mir die Oberlichter an. Wahrscheinlich kann man da sowieso nicht durchgucken, aber vielleicht finde ich irgendwo ein Loch. Oder mache selbst ein Loch«, überlegte ich laut.

»Dann werden die Typen da drin auch ein Loch machen, nämlich in Ihren Dickschädel. Wahrscheinlich sogar zwei, wenn die sich an die Tradition halten.«

Während Garrett zusammenhangloses Zeug über Löcher und Tradition brabbelte, sah ich mir das Rohr genauer an. Ich hatte beschlossen, jedes seiner Worte zu ignorieren. Als er fertig war, drehte ich den Kopf zu ihm. »Verstehen Sie eigentlich kein Englisch? Sie sollen mich anschieben«, ergänzte ich, als er verwirrt die Stirn krauszog.

Ich schob mich zwischen ihn und das Rohr und legte beide Hände daran. Ich hörte genervtes Schnaufen, dann trat er vor und fasste nach meinem Hintern.

Ob mir das gefiel? Klar. Ob ich es passend fand? Im Leben nicht.

Ich schlug ihm auf die Finger. »Was, zum Teufel, machen Sie da?«

»Ich sollte Sie doch anschieben.«

»Ja. An*schieben*. Von An*machen* war keine Rede.«

Er hielt inne und sah mir für einen langen, unbehaglichen Moment in die Augen.

Was sagte man dazu? »Machen Sie 'ne Räuberleiter«, befahl ich, bevor er völlig schmalzig würde. »Wenn Sie mich bis zur ersten Klammer hochheben, kann ich alleine weiterklettern.«

Widerstrebend legte er eine Hand in die andere und beugte sich vor. Ich hatte zu meinem schwarzen Ensemble passende Handschuhe dabei, die ich jetzt überstreifte, dann hob ich einen Fuß in Garretts Räuberleiter und hievte mich bis zur ersten Klammer hoch, was dank seiner Muskelkraft und so weiter nicht allzu schwer war. Die nächste Klammer war für mich schon schwieriger zu überwinden. Das scharfe Metall schnitt in meine Handschuhe, sodass mir sofort die Finger wehtaten. Trotzdem schaffte ich es, nicht den Halt zu verlieren und meine Eigenlast bis zur nächsten Klammer zu wuchten. Komischerweise taten mir vor allem die Knie und Ellenbogen weh, mit denen ich mich an dem Metallschuppen abstützte, während ich häufiger abrutschte und vor Schmerz zusammenzuckte als unbedingt nötig.

Ein Jahrzehnt später zog ich mich endlich über die Dachkante. Das Metall bohrte sich schmerzhaft in meinen Brustkorb, als wollte es mir höhnisch zuraunen: *Du bist ganz schön dämlich, was?* Eine Minute lang blieb ich reglos liegen und staunte, wie unerwartet schwer die Kletterpartie gewesen war. Morgen früh würde ich dafür einen hohen Preis zahlen müssen. Wäre Garrett halbwegs Kavalier, hätte er mir angeboten, an meiner Stelle das Rohr zu erklimmen.

»Alles okay mit Ihnen?«, flüsterte er ins Funkgerät.

Ich wollte ihm antworten, doch meine Finger waren noch verkrampft vom angestrengten Festhalten, sodass ich unmöglich die kleine Taste an der Seite des Funkgeräts drücken konnte.

»Davidson«, zischte er.

Oh, um Himmels willen, also zwang ich meine Finger auseinander und fummelte das Funkgerät aus meiner Jackentasche. »Alles gut, Swopes. Ich suhle mich nur gerade in Selbstmitleid. Lassen Sie mir noch einen Moment Zeit, ja?«

»Wir haben aber keine Zeit«, gab er zurück. »Die Türen gehen nämlich schon wieder auf.«

Ich schenkte mir die Widerworte, rappelte mich auf und krabbelte zu den Oberlichtern, bei denen es sich um Gewächshausscheiben handelte, allerdings um alte, gesplitterte, sodass sich gleich mehrere Gucklöcher fanden. Um ins Innere des Lagerhauses spähen zu können, musste ich mich bäuchlings auf eine der Scheiben legen. Ein dünner Lichtstrahl drang durch ein Loch, über dem ich mich mit Schwabbelarmen links und rechts abstützte. Solange der Metallrahmen hielt, würde ich schon nicht durchs Dach krachen. Immerhin ein Vorteil.

Als ich endlich durchsah, rollte der Lieferwagen gerade aus dem Lagerhaus. Zwei Männer packten Papier- und Aktenstapel von einem alten Schreibtisch in Kartons. Abgesehen von diesem Schreibtisch war das nicht eben kleine Lagerhaus erschreckend leer. Nicht mal eine Schokoriegelverpackung oder Zigarettenstummel lagen am Boden. Meine Befürchtung bestätigte sich. Wer immer das Lagerhaus benutzte, hatte es nach dem Treffen von Carlos Rivera und Barber sofort leer geräumt.

Meine Arme zitterten immer noch, und ich bereute die Tacos und den extragroßen Becher Cola, die ich mir einverleibt hatte. Kalorienarm oder nicht, das Gewicht blieb dasselbe. Es war an der Zeit, das Hasenpanier zu ergreifen.

Ich rutschte über den Metallrahmen und übte meine Rechtfertigungsrede vor Onkel Bob. *Das Lagerhaus war verlassen. Ja, wie ich es vorhergesagt hatte. Ich weiß, dass ich recht hatte, aber – Also echt, Onkel Bob, hör auf, du machst mich ganz verlegen. Nein, wirklich, lass das. Ohne Scheiß*.

Es geschah in dem Moment, als ich mir mein widerstrebendes Erscheinen und meine Stegreifrede bei der Preisverleihung für die Rechthaberin des Jahres vorstellte, als mir eine Bewegung ins Auge fiel. Am Rand meines Blickfelds tauchte etwas auf, vielleicht eine Faust, auf die sofort ein stechender Schmerz im Kinn folgte, und als ich durch das Oberlicht fiel, war mein letzter Gedanke: *Heilige Scheiße!*

9

Man weiß, man hat ADS, wenn … oh, guck mal, ein Huhn!
– T-Shirt-Aufdruck

Ich sah ihn zum ersten Mal kurz nach meiner Geburt. Sein Kapuzenmantel umwallte ihn majestätisch. Er blickte auf mich herab, als der Arzt die Nabelschnur durchtrennte. Ich wusste, dass er auf mich herabblickte, obwohl ich sein Gesicht nicht erkennen konnte. Als die Krankenschwester mich säuberte, fasste er mich an, ohne dass ich seine Finger sehen konnte. Dann hauchte er meinen Namen, rauchig, tief, sanft, ohne dass ich seine Stimme hören konnte. Wahrscheinlich weil ich, eben in die Welt hinausgepresst, aus vollem Halse schrie.

Nach diesem Tag sah ich ihn nur sehr selten und immer nur dann, wenn es echt unerfreulich zuging. Es war also nicht verwunderlich, dass ich ihn jetzt sah, schließlich war meine Lage ziemlich unerfreulich.

Während ich durch das Oberlicht stürzte und der Zementboden mit Lichtgeschwindigkeit auf mich zuraste, war er zur Stelle und blickte mir von unten entgegen – ohne dass ich sein Gesicht erkennen konnte. Ich wollte meinen Sturz abfangen, unterbrechen, in der Luft schweben, um besser sehen zu können. Doch die Schwerkraft bestand darauf, dass ich meinen Absturz fortsetzte. Dann kam mir irgendwo in den dunklen, unheimlichen – oder irrsinnigen, wie manche sagen würden – Winkeln meines Geistes die Erinnerung an die Worte, die er mir am Tag meiner Geburt zugeflüstert hatte. Mein Verstand wehrte sich gegen den

Gedanken, da der Name, den er mir zugeflüstert hatte, nicht mein eigener gewesen war. Er hatte mich Dutch genannt. Am Tag meiner Geburt. Woher hatte er das wissen können?

Während ich damit beschäftigt war, an meinen ersten Tag auf Erden zu denken, vergaß ich, dass ich dem Tod entgegenstürzte. Verfluchtes ADS. Es fiel mir allerdings ziemlich abrupt wieder ein, als der Sturz endete. Ich prallte hart auf, die Luft entwich meinen Lungen, trotzdem blickte er noch zu mir hoch. Was bedeutete, dass ich nicht auf dem Boden aufgeschlagen war. Ich lag auf etwas anderem, auf einem Eisenrost.

In meinem Unterleib explodierte ein brennender Schmerz und breitete sich mit der Wucht einer atomaren Detonation aus, so schneidend, so bestürzend durchdringend, dass mir die Luft wegblieb und schwarz vor Augen wurde. Ich hatte das Gefühl, mich zu verflüssigen und durch den Rost zu sickern. Als sich mein Bewusstsein langsam verdunkelte, sah ich ihn wieder, wie er sich über mich beugte und mich in Augenschein nahm.

Ich gab mir alle Mühe, mich zu konzentrieren, den Schmerz auszublenden, der mir das Wasser in die Augen trieb und meinen Blick trübte. Doch mir lief die Zeit davon, und bevor ich so weit war, wurde es schwarz um mich. Von den Wänden des verwaisten Lagerhauses hallte ein unmenschliches Grollen wider – wütend und schmerzerfüllt – und erschütterte die Wellblechkonstruktion, bis sie in meinen Ohren summte wie eine Stimmgabel.

Ohne dass ich seine Stimme hätte hören können.

Mir kam es vor, als käme ich in derselben Sekunde wieder zu mir. Trotzdem schien sich alles verändert zu haben. Immerhin atmete ich und war bei Sinnen. Erstaunlich, aber das alte Sprichwort stimmte: Nicht der Sturz tötet, sondern der Aufprall.

Ich versuchte die Augen aufzubekommen. Und scheiterte. Entweder war ich noch nicht ganz da, oder Garrett hatte eine

Tube Sekundenkleber gefunden und rächte sich nun für die Sache mit dem Salsa. Während ich mich geduldete, bis meine Augenlider kapierten, was ich von ihnen erwartete, hörte ich, wie er irgendwas ins Funkgerät plapperte, bei dem es darum ging, dass ich einen Puls hatte. Was immer erfreulich ist. Seine Finger lagen an meinem Hals.

»Ich komme«, plärrte Onkel Bob atemlos aus dem Funkgerät. Als Nächstes hörte ich Schritte auf Eisenstufen und im Hintergrund Sirenen.

Garrett hatte anscheinend mitbekommen, dass ich wach war. »Hey, Detective«, wandte er sich an Onkel Bob, der über den Metallrost auf uns zugetrabt kam. »Ich glaube, wir verlieren Sie, mir bleibt nichts anderes übrig als Mund-zu-Mund-Beatmung.«

»Unterstehen Sie sich«, sagte ich mit geschlossenen Lidern.

Er lachte leise vor sich hin.

»Herrgott, Charley«, ließ sich Onkel Bob keuchend vernehmen. Er klang eher besorgt als wütend. Vielleicht half das Gummiband an seinem Handgelenk ja doch. »Was war denn?«

»Ich bin gestürzt.«

»Sag bloß.«

»Jemand hat mich geschlagen.«

»Schon wieder? Ich wusste gar nicht, dass wir die Charley-Davidson-Vertrimm-Woche haben.«

»Kriegen wir da einen Tag frei?«, erkundigte sich Garrett. Onkel Bob hatte ihn wohl mit seinem berühmten bösen Blick bedacht, denn Garrett sprang jetzt auf und sagte: »Okay, ich kümmere mich darum.« Damit verschwand er, vermutlich in der Absicht, meinen Angreifer ausfindig zu machen.

Die Sirenen kamen näher, dann hörte ich unter mir Männer herumlaufen.

»Hast du dir was gebrochen?« Onkel Bobs Stimme klang nun deutlich freundlicher.

»Meine Augenlider, glaube ich, ich krieg sie nicht auf.«

Er gluckste leise. »Bei jedem anderen würde ich sagen, dass man sich die Augenlider nicht brechen kann. Aber bei dir …«

Auf meinem Gesicht breitete sich ein schwächliches Grinsen aus. »Ich bin also, äh, was Besonderes?«

Er schnaubte und tastete mich behutsam nach gebrochenen Knochen ab. »Besonders würde es nicht mal annähernd treffen, Kleines.«

Wunder gibt es immer wieder. Ich hielt mich für den lebenden Beweis. Nach einem solchen Sturz ohne einen einzigen Knochenbruch vom Kampfplatz zu gehen – na ja, zu humpeln –, war jedenfalls fast so gut wie ein Wunder. Mit großem *W*.

»Wir sollten das unbedingt röntgen lassen«, sagte der Rettungssanitäter zu Onkel Bob, während ich es mir auf der Trage bequem machte.

Ich fand Krankenwagen cool. »Sie wollen doch bloß meine äußeren Extremitäten befummeln«, wandte ich ein, während ich nach einem silbern glänzenden Instrument griff, das ganz so aussah, als würden Außerirdische damit in menschlichen Körperöffnungen herumstochern. Es zerbrach mir in den Fingern, worauf ich den Torso hastig zurücklegte und hoffte, dass der nächste Patient nicht deswegen an der Schwelle des Todes balancierte, nur weil der Sanitäter nicht mehr mit dem Ding alienmäßig in ihm stochern konnte.

Der Sanitäter kicherte und maß zum x-ten Mal meinen Blutdruck.

»Echt, Onkel Bob, mir geht's gut. Wem gehört das Lagerhaus eigentlich?«

Onkel Bob klappte sein Handy zu und sah mich durch die offenen Türen des Rettungswagens an. »Tja, wenn du hoffst, dass das Wort *Schurke* als Neonschriftzug über seinem Kopf prangt, muss ich dich leider mächtig enttäuschen.«

»Sag's nicht. Der Typ ist ein kanonisierter Heiliger.«

»Fast. Sein Name ist Pater Federico Díaz.«

Wow. Wieso besaß ein katholischer Priester mitten im Niemandsland ein Lagerhaus? Dieser Fall wurde von Minute zu Minute bizarrer.

»Niemand«, meldete Garrett. »Ich verstehe das nicht. Wenn da zwei Kerle im Lagerhaus waren und einer auf dem Dach, wo sind die dann hin?«

»Der Lieferwagen war das einzige Fahrzeug auf dem Gelände. Die anderen müssen zu Fuß verschwunden sein«, meinte Onkel Bob, während er sich misstrauisch umsah.

»Oder sie sind gar nicht verschwunden«, ergänzte ich. »Wo sind die Kartons abgeblieben?«

Beide drehten sich um und betrachteten das verlassene Lagerhaus.

»Welche Kartons?«, fragte Onkel Bob.

»Eben.« Ich glitt von der Trage, hob das abgebrochene Instrument auf und drückte es dem Sanitäter in die Hand, der den außerirdischen Teil wieder daran befestigte und es grinsend weglegte, während ich bei jeder Bewegung zuckend aus dem Krankenwagen kletterte.

»Ich sage nur eins«, rief mir der Sanitäter hinterher. »Innere Blutungen.«

Ich drehte mich zu ihm um. »Meinen Sie nicht, ich würde es spüren, wenn ich innere Blutungen hätte? Innerlich zum Beispiel?«

»Eine Röntgenaufnahme«, begann er zu verhandeln. Als ich abermals zusammenzuckte, fügte er hinzu: »Vielleicht zwei.«

Onkel Bob legte einen fleischigen Arm um mich. Ich stand ultrakurz davor, mich mit dem Sanitäter herumzustreiten, als

Ubie sagte: »Charley, unsere Leute schwirren hier überall herum. Wir suchen deine fehlenden Kartons, versprochen.«

»Aber – «

»Sie fahren ins Krankenhaus, und wenn ich Sie mit Handschellen an diese Trage fesseln muss«, sagte Garrett und trat vor mich hin, als wollte er mir den einzigen Fluchtweg abschneiden.

Ärgerlich seufzend verschränkte ich die Arme und funkelte ihn an. »Legen Sie's nicht dauernd darauf an, mich in Ihre Handschellen zu kriegen.« Ich ignorierte seinen verblüfften Gesichtsausdruck – kapierte er denn nie? – und wandte mich an Onkel Bob: »Ich will dabei sein, wenn du mit diesem Pater Federico sprichst.«

»Abgemacht«, sagte Onkel Bob, ehe ich es mir anders überlegen konnte. »Ich rufe dich morgen an und gebe dir die Uhrzeit durch.«

»Sie müssen aber irgendwie vom Krankenhaus nach Hause kommen«, erinnerte mich Garrett.

»Sie wollen doch bloß Ihre Handschellen ausprobieren. Ich werde Cookie anrufen. Finden Sie derweil heraus, wo die Kartons abgeblieben sind.«

»Willst du morgen auch die Verbrecherkartei durchgehen?«, fragte Onkel Bob. »Meinst du, du erkennst den Kerl, der dich niedergeschlagen hat?«

»Tja ...« Ich rümpfte die Nase bei der Vorstellung, den Angreifer anhand seiner Fingerabdrücke in meinem Gesicht zu identifizieren. »Ich habe die linke Faust von dem Kerl aus den Augenwinkeln deutlich sehen können. Vielleicht erkenne ich seinen kleinen Finger.«

Aus irgendeinem bizarren Grund, den ich mir beim besten Willen nicht vorstellen konnte, klang Cookie nicht allzu froh, als ich sie um ein Uhr früh anrief, damit sie mich im Krankenhaus einsammelte.

»Was hast du jetzt wieder angestellt?«, fragte sie, als sie das Untersuchungszimmer betrat. In ihrer Schlafanzughose und dem zeltartigen Sweatshirt sah sie ein bisschen postapokalyptisch aus, außerdem schwerst verstrubbelt. Sehr lustig.

Ich glitt von der Untersuchungsliege und bewegte mich, als sei im Raum eine mit Bewegungsmeldern gekoppelte Bombe versteckt. Sofort eilte sie mir zu Hilfe. Wenn es tatsächlich eine mit Bewegungsmeldern gekoppelte Bombe im Raum gegeben hätte, wären wir in diesem Moment zerfetzt worden.

»Wieso denkst du, dass ich schuld bin?«, erkundigte ich mich, sobald der Boden nicht mehr schwankte.

Sie presste vorwurfsvoll grimmig die Lippen zusammen. »Hast du eine Ahnung, wie es ist, mitten in der Nacht vom Krankenhaus angerufen zu werden? Ich hatte eine Scheißangst. Ich kriegte kaum zwei zusammenhängende Wörter raus.«

»Tut mir leid.« Nachdem ich zu meiner Jacke gehumpelt war, wühlte ich mich hinein, erstaunt, wie sehr ich mich anstrengen musste, dabei nicht in Ohnmacht zu fallen. »Du hast bestimmt gedacht, es ginge um Amber.«

»Machst du Witze? Verglichen mit dir ist Amber ein Engel. Seit ich dich kenne, weiß ich ihre Pubertätsanfälle geradezu zu schätzen. Ich habe echt keine Ahnung, wie deine Stiefmutter dich ausgehalten hat.«

Als sie das sagte, ging mir ein Licht auf. Kein sonderlich helles – vielleicht zwölf Watt stark –, doch immerhin sorgte es dafür, dass ich die fehlende Anteilnahme meiner Stiefmutter an meinem Wohlergehen mit anderen Augen sah. Vielleicht war ich ja an unserem holprigen Verhältnis mit schuld?

Nein.

Cookie hielt mir während der ganzen Heimfahrt einen Vortrag.

Zum Glück hatte ich den Rettungswagen zu einem Krankenhaus in der Nachbarschaft dirigiert, sodass wir es nicht sehr weit hatten. Dass sie sich so viele Gedanken machte, war einerseits süß, gleichzeitig aber auch irgendwie ärgerlich. Meine eigenen Gedanken tendierten dagegen in Richtung Totschlag. So sehr ich mich auch bemühte, konnte ich nicht verhindern, dass es mir unter meinem Sieben-Dollar-Gucci-Kragen aus dem Secondhandladen ein bisschen heiß wurde. Jemand hatte mich niedergeschlagen, hatte mich umbringen wollen. Wenn er erfolgreich hingelangt hätte, hätte ich womöglich das Zeitliche gesegnet.

Andererseits konnte mein anhaltend sonniges Gemüt derart finstere Gedanken nicht zulassen – ich bin mir ziemlich sicher, dass ich in einem früheren Leben mal ein Blumenkind war – und sorgte dafür, dass ich nicht anders konnte, als mein Glas immer halb voll zu sehen. Hoffentlich mit Jack Daniels. Immerhin hatte ich heute Nacht etwas gelernt, abgesehen von der Universalität der Gravitation. Ich wusste jetzt, dass Reyes und der Große Böse durch eine schicksalhafte Fügung miteinander verbunden waren. Bloß wie? Reyes konnte am Tag meiner Geburt höchstens drei gewesen sein. Woher konnte der Große Böse wissen, dass Reyes mich fünfzehn Jahre später Dutch nennen würde?

Ich hatte mir das unmöglich eingebildet. Ich erinnerte mich ganz genau daran. Dutch. Leise, gehaucht, mit tiefer, eindringlicher Stimme. Fast wie Reyes selbst. Und da war mit den Ähnlichkeiten noch nicht Schluss. Ich begann im Geiste sämtliche Übereinstimmungen der beiden aufzuzählen. Die Hitze, die Energie, die von beiden ausstrahlte. Wie sie sich bewegten – verschwommen –, ganz anders als die Verstorbenen. Die paralysierende Kraft ihrer Berührung. Der Blick. Wie ich jedes Mal weiche Knie bekam, wenn einer von beiden auftauchte.

Vielleicht drehte ich ja durch. Entweder das, oder Reyes und der Böse gehörten derselben Gattung an. Aber wie konnte das sein? Ich musste eine zweite Meinung einholen. Als Cookie ihren Taurus einparkte, sagte ich: »Ich hab ihn wieder gesehen.«

Sie bremste und sah mich an.

»Als ich durch das Oberlicht gestürzt bin«, ergänzte ich.

»Reyes?«, fragte sie ungläubig.

»Nein. Keine Ahnung.« Meiner Stimme war die Erschöpfung anzuhören. »Aber langsam frage ich mich das auch. Langsam frage ich mich eine Menge Dinge.«

Sie nickte verständnisvoll, fuhr an den Bordstein und schaltete den Motor aus. »Ich habe Nachforschungen angestellt. Es ist spät, aber ich hab so ein Gefühl, dass du sowieso nicht schlafen kannst, bis du die Antwort auf ein paar deiner Fragen hast.«

Nachdem Cookie mich mehr oder weniger in meine Wohnung getragen hatte, sah sie nach Amber. Ich rief derweil Mr Wong ein fröhliches Hallo zu und setzte mit meiner brandneuen Maschine Kaffee auf. Laut der Karte mit dem Schleifchen war sie ein Geschenk der freundlichen Leute bei AAA Electric für meine Lösung des Falles der verschwundenen Schaltanlage – was eine Schaltanlage sein mochte und warum überhaupt jemand so ein Ding stehlen sollte, war mir schleierhaft. Die Farbe war rot. Die Farbe der Kaffeekanne, nicht der Schaltanlage. Ich hatte keine Ahnung, welche Farbe Schaltanlagen hatten, da ich den Dieb dingfest machte, bevor ich in diese Richtung ermitteln konnte.

Ich gab Milch in ein Glas und stürzte sie hinunter, damit ich vier Schmerztabletten auf einmal nehmen konnte, ohne dass sie mir die Magenwände zerfetzten. Das rezeptpflichtige Schmerzmittel, das mir der Arzt in der Notaufnahme vorgeschlagen hatte, wollte ich nicht nehmen. Auf Rezepte stand ich generell nicht so. Andererseits infiltrierte der Schmerz bereits meine Muskeln, machte sie steif, bis ich fürchtete, sie könnten bei der nächsten Bewegung aufreißen. Der Sturz mochte keine bleibenden

Schäden verursacht haben, doch die vorübergehenden setzten mir auch genug zu. Ich bekam kaum Luft.

Was immerhin besser war, als überhaupt keine Luft zu bekommen.

Während ich Mark Weir im Knast besucht, Rocket in der Anstalt herumgehetzt hatte, in die Anwaltskanzlei eingebrochen und in dem Lagerhaus durch das Oberlicht gerasselt war, hätte ich meine Hände eigentlich lieber mit einer Computertastatur beschäftigt, um aus der Gefängnisdatenbank mehr über Reyes in Erfahrung zu bringen. Als ich auf den Stuhl vor meinem Computer glitt, kam Cookie bereits mit Notizen und Ausdrucken unter dem Arm anmarschiert. Wie ich sie kannte, hatte sie Reyes' Leben bis zur Schuhgröße und Blutgruppe durchleuchtet. Ich loggte mich auf der Website der Strafvollzugsbehörde von New Mexico ein, während sie uns Kaffee eingoss. Dank Hochgeschwindigkeitskabel leuchtete zehn Sekunden später auf dem Monitor Reyes' Verbrecherfoto auf.

»Großer Gott«, sagte Cookie hinter mir, die auf Reyes Anblick scheinbar genauso reagierte wie ich.

Sie stellte mir eine Tasse hin.

»Danke«, sagte ich, »und es tut mir leid, dass ich dich mitten in der Nacht aus dem Bett holen musste.«

Sie zog sich einen Stuhl heran, setzte sich und legte ihre Hand auf meine. »Glaubst du denn wirklich, es macht mir das Geringste aus, dass du mich angerufen hast.«

War das eine Fangfrage? »Äh, schon, ja. Wer wäre darüber nicht ungehalten?«

»Ich«, sagte sie betroffen, als hätte ich sie mit der bloßen Vermutung tief gekränkt. »Ich wäre stinksauer gewesen, wenn du mich *nicht* angerufen hättest. Ich weiß, dass du etwas Besonderes bist und dass du eine außergewöhnliche Gabe besitzt, die ich wohl nie ganz verstehen werde, aber du bist trotz allem ein Mensch und außerdem meine beste Freundin.« Ihr Gesicht verwandelte sich in eine Landkarte aus Sorgenfalten. »Ich war nicht sauer, weil du mich angerufen hast. Ich war sauer, weil du dich offenbar für unzerstörbar hältst. Aber das bist du nicht.« Sie hielt inne, um mich genau ins Auge zu fassen, damit ich sie auch ja richtig verstand. Wie süß. »Und wegen dieser trügerischen Selbstüberschätzung bringst du dich immer wieder in … bizarre Schwierigkeiten.«

»Bizarr?«, wiederholte ich und tat beleidigt.

»Ich sage nur: *Kläranlagendebakel*.«

»Dafür konnte ich aber echt nichts«, widersprach ich und sträubte mich gegen die bloße Erinnerung. Von wegen.

Sie schürzte die Lippen und wartete ab, ob ich von allein zur Vernunft käme.

»Schön, ich konnte was dafür.« Sie kannte mich zu gut. »Aber nur ein bisschen. Und diese Ratten hatten es verdient. Also, was hast du rausgekriegt?«, wollte ich wissen und richtete den Blick auf Reyes' Bild.

Cookie blätterte die Ausdrucke durch und zog einen aus dem Stapel. »Bist du bereit?«

»Solange es nicht um Nacktfotos von alten Damen geht, bin ich dabei.« Ich starrte auf Reyes' feurige Augen.

Dann gab sie mir den Ausdruck. »Mord.«

»Nein«, hauchte ich, als hätte es mir den Atem verschlagen. Ein zehn Jahre alter Zeitungsausschnitt. Nein, nein, nein, nein, nein. Alles, nur nicht Mord. Oder Vergewaltigung. Oder Kindesentführung. Oder bewaffneter Raubüberfall. Oder Entblößung in der Öffentlichkeit. Weil all das einfach zu gruselig war. Widerstrebend überflog ich den Artikel, wie bei einem Autounfall, der einen unweigerlich langsamer fahren und gaffen lässt.

MANN AUS ALBUQUERQUE SCHULDIG GESPROCHEN.

Kurz und knapp.

Ein Mann, dessen Vergangenheit noch rätselhafter ist als der Tod seines Vaters, wurde am Montag nach dreitägiger Beratung von den Geschworenen für schuldig befunden. Die Anklage war während der Verhandlung mit einigen ungewöhnlichen Problemen konfrontiert, darunter mit dem Umstand, dass Reyes Alexander Farrow gar nicht existiert.

Reyes Alexander Farrow. Ich hielt einen Moment inne, um tief durchzuatmen und meinen Puls zu beruhigen. Selbst Reyes' Name verursachte mir Herzklopfen. Und er existierte nicht? Teufel noch mal, das hätte ich denen vorher sagen können.

»Farrow besitzt keine Geburtsurkunde«, stellte die Anklage nach zweiwöchiger Verhandlung fest. »Er hat keine Krankengeschichte, keine Sozialversicherungsnummer, und abgesehen von drei Monaten Yucca High war er auch auf keiner Schule eingeschrieben. Für die Behörden ist dieser Mann ein Gespenst.«

Ein Gespenst. Das Schicksal hat durchaus Sinn für Ironie, wie Morpheus sagen würde.

Farrows Vater, Earl Walker, wurde in einer Schlucht fünf Meilen vor Albuquerque von Anhaltern in seinem Autowrack tot aufgefunden. Obwohl seine Leiche bis zur Unkenntlichkeit verbrannt war, ergab die Autopsie, dass er an den Folgen eines Schlages mit einem stumpfen Gegenstand auf den Kopf gestorben war. Mehrere Zeugen haben beobachtet, wie Farrow an dem Tag, bevor sein Vater von seiner Verlobten als vermisst gemeldet wurde, mit ihm stritt.

»Uns waren die Hände gebunden«, gab Stan Eichmann, Farrows Hauptverteidiger, nach der Urteilsverkündung an. »Dieser Fall ist komplexer, als man auf den ersten Blick erkennt. Wir werden wohl nie erfahren, was dabei noch hätte herauskommen können.«

Eichmanns Äußerung war nur eines von Dutzend Rätseln rund

um den Fall. So hatte auch Walker keine Sozialversicherungsnummer, und eine Steuererklärung hatte er auch nie abgegeben.

»Es gab nichts, was ihn als gesetzestreuen Bürger ausgewiesen hätte«, so Eichmann. »Anscheinend lebte er unter verschiedenen Decknamen. Wir haben Wochen gebraucht, um hinter seinen vermeintlich richtigen Namen zu kommen.«

»Das ist nicht so ungewöhnlich, wie man denken könnte«, erklärte der Anklagevertreter. »Allerdings entscheiden sich Kriminelle erst im Erwachsenenalter für diese Laufbahn, während Farrow schon vorher nicht existent war. Nach Aktenlage wurde er nie geboren, und ein DNS-Test hat ergeben, dass Walker nicht sein biologischer Vater war. Nach allem, was wir über ihn wissen, würde ich sagen, dass Reyes Farrow höchstwahrscheinlich als Kind verschleppt wurde.«

Mir stockte der Atem. Konnte es wirklich so sein?

Rasch überflog ich den Rest des Artikels.

Farrow selbst hat nicht zu seinen Gunsten ausgesagt, womit er es den Geschworenen schwer machte, von den Indizien abzusehen, obwohl es der Verteidigung gelang, mehrere für die Strategien der Anklage relevante Schlüsseltheorien zu erschüttern.

Weiter ging es in dem Zeitungsartikel um Walkers Verlobte, Sarah Hadley. Sie gab an, dass Reyes Walker bei mehreren Gelegenheiten bedroht hatte – was stimmte – und dass sie beide um ihr Leben fürchteten. Ein weiterer Zeuge indes, ein Arbeitskollege von Ms Hadley, widersprach ihrer Aussage und sagte unter Eid aus, dass Walkers Verlobte insgeheim in Farrow verliebt gewesen sei und Walker jederzeit verlassen hätte, um eine Beziehung mit ihm anzuknüpfen. Weiter gab der Zeuge an, dass Ms Hadley vor niemand anderem Angst gehabt habe als vor Walker selbst.

»In diesem Fall geht es um ein gebrochenes Herz und eine gebrochene Biografie«, wandte Eichmann sich an die Geschwore-

nen, bevor diese sich zur Beratung zurückzogen. »Schon Walkers Vorstrafenregister wirft erhebliche Zweifel an der Annahme auf, dass ausgerechnet sein einziges Kind ihn ermordet hat, welches Motiv es auch hätte haben können.«

Sein einziges Kind? Aber Reyes hatte doch eine Schwester.

»Die Umstände seines Todes sind ungefähr so durchsichtig wie ich selbst«, fuhr Eichmann fort.

Farrow, der vor seiner Verhaftung mit einer gestohlenen Sozialversicherungsnummer an der Abendschule – Ironie der Geschichte – Rechtswissenschaft studiert hatte, nahm das Urteil ohne erkennbare Regung und mit leicht gesenktem Kopf entgegen.

Niedergeschlagen stellte ich mir vor, wie Reyes in einem Gerichtssaal stand, um von seinesgleichen verurteilt und für schuldig oder unschuldig befunden zu werden. Ich fragte mich, wie er sich gefühlt, wie er die Entscheidung aufgenommen hatte.

»Reyes Farrow wird jede Minute rätselhafter«, meinte ich. Walkers Verlobte hatte, ich konnte es nicht anders ausdrücken, einen Haufen Scheiße geredet. Missbrauchte Kinder greifen ihre Peiniger nur sehr selten an, noch seltener fügen sie ihnen Schmerzen zu. Und keine Frau ist heimlich in einen Mann verliebt, von dem sie annimmt, dass er sie jeden Moment um die Ecke bringt.

»Aber Mord, Charley.«

»Hast du eine Ahnung, wie viele Menschen für Verbrechen einsitzen, die sie nicht begangen haben?«

»Du hältst Reyes für unschuldig?«

In meinen Träumen. »Um das sicher sagen zu können, muss ich ihm persönlich begegnen.«

Sie runzelte die Stirn. »Gehört das zu deiner Gabe?«

Obwohl ich daran noch nie gedacht hatte, antwortete ich: »Ja, ich glaube schon. Ich vergesse immer, dass nicht jeder sieht, was ich sehe.«

»Da wir gerade davon reden, du hast gesagt, du hast *ihn* heute Abend wiedergesehen. Wen hast du gemeint, Reyes?«

»Ach, ja.« Ich straffte mich, zuckte zusammen und fragte mich, wo anfangen. Am besten, ich packte rückhaltlos aus, legte die Karten offen auf den Tisch, wie man so sagt. »Du weißt ja, dass ich dir manches nie gesagt habe, weil ich nicht wollte, dass du danach reif für eine Therapie bist?«

Cookie lachte. »Ja, aber du weißt, dass du mir alles sagen kannst.«

»Ja, und das ist auch gut so, weil ich dir nämlich gleich einen Schnellkurs in Sachen Finsternis verpasse. Ich hab den Überblick verloren.«

»Hast du das nicht immer?«, fragte sie, in ihren Augen glänzte der Schalk.

»Sehr lustig. Ich meine aber nicht mein übliches Maß an Verwirrung. Hier geht's um mehr.«

»Um mehr als das totale Chaos?« Als ich düster blickte und mich verärgert gab, setzte sie sich aufrecht hin und sagte: »Also gut, du hast meine volle Aufmerksamkeit.«

Aber ich war noch bei der Sache mit dem totalen Chaos. Cookie hatte ja recht. Mein Leben neigte dazu, entweder stillzustehen oder drauflos zu rasen, ohne dabei großartig Rücksicht auf andere Verkehrsteilnehmer oder die Fahrtrichtung zu nehmen. »Irgendwie stolpere ich nur so durchs Leben, oder?«

»Na ja, schon, aber das ist okay«, antwortete sie und zuckte mit einer Schulter.

»Findest du?«

»Klar. Wenn du mich fragst, stolpern wir alle nur so durchs Leben.«

»Trotzdem hätten sie mir als Schnitterin gut ein Handbuch mitgeben können. Oder ein Schaubild. Ein Ablaufdiagramm wäre auch schön gewesen.«

»Ja, da hast du recht«, sagte Cookie verständnisvoll nickend, was mir zeigte, dass sie ganz auf meiner Seite war. »Am besten mit farbigen Pfeilen, was?«

»Und einfachen, leicht lesbaren Entscheidungsfragen, wie: Hat Sie heute der Tod in Menschengestalt besucht? Wenn nicht, weiter mit Frage zehn, wenn doch, geben Sie's jetzt auf, weil Sie den Verstand verloren haben, Mädchen. Machen Sie Feierabend, atmen Sie tief durch, weil wir eine echt schlechte Nachricht für Sie haben. Rufen Sie jetzt besser eine Freundin an, damit sie Ihnen Lebewohl sagen kann …«

Da fiel mir auf, dass Cookie ihr verständnisvolles Nicken aufgegeben hatte; ich blickte in ihr aschfahles Gesicht. Das sah irgendwie hübsch aus. Brachte ihre blauen Augen zur Geltung.

»Cookie?«

Gerade als ich ihren Puls fühlen wollte, hauchte sie: »Tod in Menschengestalt?«

Uupsie. »Ach, das«, sagte ich abwinkend. »Er ist nicht wirklich der Tod in Menschengestalt. Er sieht bloß so aus. Genau genommen sieht er aus wie der Tod persönlich.« Ich blickte nachdenklich auf und beschloss, die Spinnweben an der Lampe fürs Erste zu ignorieren. »Irgendwie sieht er aus, na ja, wie der Sensenmann, wie der Schnitter. Nur dass ich ebenfalls ein Schnitter bin und er mir überhaupt nicht ähnlich sieht. Selbst wenn ich nicht wüsste, wie so ein Schnitter aussieht, was nicht heißen soll, dass ich mal einem begegnet bin außer im Spiegel, würde ich sagen, dass er genau wie einer aussieht.« Nun sah ich sie wieder an. »Ja, Tod in Menschengestalt trifft es ziemlich genau.«

»Tod in Menschengestalt? Gibt es so was denn wirklich?«

Ich ging die Sache womöglich falsch an. »Er ist nicht wirklich der Tod. Eigentlich ist er sogar ziemlich cool, finde ich, auf eine etwas furchterregende Art allerdings.« Da wurde sie noch blasser. Verflucht. »Wenn du am Ende doch 'ne Therapie benötigst, muss ich dann dafür aufkommen?«

»Nein«, entgegnete sie und straffte die Schultern, um mir zu zeigen, dass sie alles unter Kontrolle hatte. »Mir geht's gut. Das kommt bloß alles ein bisschen plötzlich, weiter nichts.« Sie bedeutete mir fortzufahren. »Sprich weiter, ich komme klar.«

»Schwör's«, bat ich sie, da mir ihre blauen Lippen Sorgen machten.

»Ich schwöre. Schnellkurs. Ich bin bereit.«

Als sie wie in Vorbereitung auf einen Luftangriff die Stuhllehnen umklammerte, kehrten meine Zweifel jedoch sofort zurück. Was machte ich hier eigentlich? Mal abgesehen davon, dass ich sie zu Tode erschreckte?

»Nein, ich kann nicht«, sagte ich, als ich noch mal darüber nachdachte, ob ich ihr alles sagen sollte, bloß um ihr von dem Großen Bösen im Lagerhaus zu berichten und ihre Meinung darüber zu erfahren. Das konnte ich Cookie nicht antun. »Tut mir leid. Ich hätte gar nicht erst davon anfangen dürfen.«

Sie löste die Hände von den Stuhllehnen und sah mich an. Ihre Augen funkelten entschlossen. »Charley, du kannst mir *alles* sagen. Ich verspreche auch, dir nicht wieder böse zu sein.« Als meine Miene nichts als Zweifel ausdrückte, stellte sie klar: »Na ja, ich verspreche, dass ich *versuche*, nicht wieder böse auf dich zu sein.«

»Du kannst ja nichts dafür«, sagte ich und senkte den Kopf. »Es gibt Dinge, die besser ungesagt bleiben. Ich kann nicht glauben, was ich dir beinahe angetan hätte. Entschuldige, bitte.«

Dass ich zu denen, die mir nahestehen, immer ehrlich bin, hat unter anderem Auswirkungen auf deren Geisteszustand. Ich wusste seit Langem, wie sehr es schmerzte, wenn man mir nicht glaubte, aber wer mir glaubte, war danach nicht mehr derselbe und sah die Welt mit anderen Augen. Das konnte verheerende

Folgen haben. Daher überlegte ich mir sehr gut, wen ich schließlich einweihte. Und von dem Großen Bösen hatte ich bisher nur einem Menschen etwas gesagt, eine Entscheidung, die ich seither zutiefst bereute.

Cookie rutschte auf ihrem Stuhl zurück, griff nach ihrer Kaffeetasse und blickte hinein. »Weißt du noch, als du mir erzählt hast, was du bist?«

Ich dachte kurz zurück. »Kaum. Wie du dich vielleicht erinnerst, war ich bei meiner dritten Margarita.«

»Weißt du noch, was du damals gesagt hast?«

»Äh … dritte Margarita?«

»Du hast gesagt, ich zitiere: Cookie, ich bin die Schnitterin.«

»Und das hast du mir geglaubt?«, fragte ich und wölbte ungläubig die Augenbrauen.

»Ja«, antwortete sie, plötzlich wieder ganz lebhaft. »Ohne jeden Zweifel. Ich hatte damals schon zu viel mitgekriegt, um dir nicht zu glauben. Also, was, um alles in der Welt, könntest du mir verraten, das schlimmer wäre?«

»Tja, da wärst du womöglich platt.«

Sie zog die Stirn kraus. »Echt, so schlimm?«

»Es geht nicht darum, dass es schlimm wäre«, erläuterte ich, um ihr vielleicht ein bisschen was von ihrer Unschuld und nach Möglichkeit ihre geistige Gesundheit zu bewahren. »Es ist bloß nicht so leicht zu glauben wie das andere.«

»Oh, verstehe. Weil sich heutzutage ja an jeder Straßenecke ein Schnitter herumtreibt.«

Da war was dran. Doch meine Gabe hatte mich schon häufiger in Schwierigkeiten gebracht und mir Menschen entfremdet, bei denen ich geglaubt hatte, ich könnte mich auf sie verlassen. Das genügte, damit ich zögerte, unabhängig davon, wie sehr ich mich um Cookie sorgte. Worum es mir in Wahrheit ging? Tja, manchmal versetzte mich meine Selbstsucht in Erstaunen.

»Damals auf der Highschool«, sagte ich, indem ich bei der guten, alten, Masche Zuflucht nahm, sich angeblich nur um das Wohl anderer zu sorgen, »habe ich meiner besten Freundin zu viel verraten. Unsere Freundschaft ging deshalb den Bach runter. Ich will einfach nicht, dass mit uns dasselbe passiert.«

Das hieß nicht, dass ich Jessica die ganze Schuld aufbürden wollte. Die Erfahrung und meine irre Fähigkeit, Menschen zu durchschauen, hätte mich davon abhalten müssen, meiner besten Freundin mehr zu offenbaren, als ihr guttat. Ihr plötzlicher Hass auf alles, was mit Charley Davidson zu tun hatte, traf mich damals hart. Ich kapierte nicht, woher ihre Feindseligkeit rührte. In einer Minute beste Freundinnen, in der nächsten Todfeinde. Ich war total geschockt. Auch heute dachte ich noch oft daran, auch wenn mir Jahre danach aufgegangen war, dass sie einfach Angst gehabt hatte. Vor meiner Gabe. Vor dem, was draußen lauert. Vor der Bedeutung meiner Fähigkeiten im großen Weltenplan. Aber damals war ich fix und fertig. Wieder mal war mir jemand, der mir viel bedeutete, in den Rücken gefallen. Jemand, von dem ich annahm, dass ich ihm ebenfalls wichtig war.

Jessicas Feindseligkeit und die Gleichgültigkeit meiner Stiefmutter stürzten mich in eine tiefe Depression. Die verbarg ich zwar unter Sarkasmus und Dreistigkeit, trotzdem trat der Zwischenfall eine autoaggressive Lawine los, aus der ich mich erst nach Jahren befreien konnte.

Seltsamerweise holte mich ausgerechnet Reyes aus dem tiefen Tal. Seine Lage zeigte mir, was ich hatte, nämlich vor allem einen Vater, der mich nicht aus purer Freude daran vermöbelte. Mein Vater liebte mich, eine Wohltat, die Reyes völlig abging. Sein Leben war hundertmal schlimmer als meines, aber er tat sich nicht im Mindesten selber leid. Jedenfalls nicht, soweit ich es wusste. Also delektierte ich mich auch nicht länger an meinem Selbstmitleid.

Vertrauen stand allerdings auf einem anderen Blatt. Den Lebenden zu vertrauen war noch nie meine Stärke gewesen. Aber hier ging es um Cookie. Eine bessere Freundin als sie hatte ich nie gehabt. Sie hatte alles, was ich ihr offenbart hatte, ohne Umschweife hingenommen, ohne jemals an mir zu zweifeln, mich verächtlich zu machen oder an ihren finanziellen Vorteil zu denken.

»Du glaubst also, ich könnte, was du mir sagen würdest, nicht verkraften?«

»Nein. Wenn einer es verkraften kann, dann du. Ich bin mir bloß nicht sicher, ob ich dir das zumuten will.« Ich legte ihr eine Hand auf den Arm und beugte mich vor. »Es ist nicht immer besser, alles zu wissen.«

Nach einiger Zeit schob sie mit einem dünnen Lächeln die Akten zusammen. »Deine Fähigkeiten sind ein Teil von dir, Charley, ein Teil deines Wesens. Ich glaube nicht, dass du mir etwas sagen könntest, das meine Meinung über dich ändern würde.«

»Um deine Meinung über *mich* mache ich mir auch keine Sorgen.«

»Es ist schon spät«, sagte sie, während sie Papiere in einen Aktenordner sortierte. »Du musst jetzt schlafen gehen.«

Hatte ich ihre Gefühle verletzt? Dachte sie, ich wollte sie außen vor lassen? Alle Seiten meines Lebens mit einer besten Freundin zu teilen, der ich mich anvertrauen konnte, wäre so etwas wie der Topf am Ende des Regenbogens mit grünem Chilieintopf drin. Sollte ich es wagen? Sollte ich diese Freundschaft aufs Spiel setzen?

Es war spät, aber so wunderbar es sich anhörte, sich in den Schlaf sinken zu lassen, so sehr jagte die Vorstellung, Cookie alles zu sagen – sie an der Wahrheit, der reinen Wahrheit und nichts als der Wahrheit teilhaben zu lassen –, Adrenalin durch meine Blutbahn. Es wäre schön, eine Vertraute zu haben, Mitwisserin, eine Waffen- und Haargelgefährtin. Doch es war zwei Uhr morgens, und ich war völlig ausgepumpt, waidwund, nahezu komatös. Darum betete ich, dass keine von uns den Mund zu voll nahm. Mir war das mal mit Kaugummi passiert. Angenehm war so was nicht.

Vielleicht sollte ich es einfach drauf ankommen lassen. Nur dieses eine Mal. Vielleicht würde sie ja unbeschadet davonkommen, ihre geistige Gesundheit behalten. Was allerdings auch nicht viel hieß. Trotzdem …

Ich strich mit dem Finger über den Rand meines Kaffeebechers; ich konnte ihr unmöglich in die Augen schauen. Immerhin war ich drauf und dran, ihr Leben für immer auf den Kopf zu stellen. Und das nicht unbedingt auf die gute Art. »Er ist wie Rauch«, sagte ich und spürte sie weiter an meiner Seite. »Und er verfügt über große Macht. Ich kann sie spüren, sie geht in Wellen von ihm aus. In seiner Nähe werde ich schwach, als würde er einen Teil von mir absorbieren.«

Sie saß einige Sekunden verblüfft und reglos da, dann legte sie die Akten auf den Schreibtisch zurück. Sie hatte eine Grenze überquert, war über den Abgrund in eine Welt gesprungen, von deren Existenz nur sehr wenige Menschen wussten. Cookie Kowalski würde von diesem Augenblick an nicht mehr dieselbe sein.

»Und du hast ihn heute gesehen?«, wollte sie wissen.

»Ja, in dem Lagerhaus, aber auch schon heute früh, als Reyes im Büro auftauchte.«

»Da war dieses Wesen auch da?«

»Nein, ich fange allmählich an zu glauben, dass er und Reyes dieselbe Art Wesen sind. Bloß dass Reyes auch körperlich vorhanden, ein Mensch ist. Aber in letzter Zeit sehe ich ständig diesen Schemen und habe im Schlaf unvorstellbaren Sex, und dann taucht er plötzlich in meiner Dusche auf …«

»In deiner Dusche?«

»… und am Tag meiner Geburt hat er mich Dutch genannt, genau wie Reyes damals, nur dass Reyes, als ich geboren wurde, noch viel zu klein war, klar. Also woher wusste er davon? Woher konnte der Große Böse wissen, wie Reyes mich fünfzehn Jahre später nennen würde?«

Der Kaffeebecher entglitt meinen Fingern, und Cookie stellte ihn auf dem Schreibtisch ab. »Genug Koffein.«

»Entschuldigung«, sagte ich und versuchte, mir ein tumbes Grinsen zu verkneifen.

»Also, erst mal alles auf Anfang.« Sie tätschelte begütigend meinen Arm. »Es sei denn, du fängst lieber mit der Szene unter der Dusche an.«

»Es gibt so viel, wovon ich dir nichts gesagt habe, Cookie. Das musst du alles erst mal verkraften.«

»Das bin ich von dir doch gewohnt, Charley.«

Ich kicherte, schnappte mir meinen Becher und stürzte den Rest Kaffee hinunter.

»Wann ist dir dieses Wesen zum ersten Mal begegnet?«

»Am Tag meiner Geburt.« Hörte sie denn nicht zu? »An dem Tag habe ich den Großen Bösen zum ersten Mal gesehen«, ergänzte ich und strichelte effektvoll Anführungszeichen in die Luft.

»Den Großen Bösen?«

»Den Rauch. Das Wesen Schrägstrich Ungeheuer, das zu den unmöglichsten Zeiten auftaucht. Vor allem, wenn ich in Lebensgefahr schwebe. Wie wär's mit Popcorn?«

Sie rutschte an die Stuhlkante. »Und der erschien dir am Tag deiner Geburt?«

»Jau. Ich nenne ihn den Großen Bösen, weil mir Riesenmonster-das-mich-zu-Tode-erschreckt zu lang ist.«

Cookie nickte, gespannt wie ein Flitzebogen, wo meine Geschichte hinführen würde. Ihr war klar, dass ich etwas mehr zu bieten hatte als das übliche Garn über das Gespenst auf dem Dachboden irgendeiner Tante. Was ich zu sagen hatte, eignete sich nicht für Lagerfeuer oder Pyjamapartys. Was erklären mochte, warum man mich als Jugendliche so selten zu so was eingeladen hatte.

»Jedenfalls erschien er am Tag meiner Geburt.«

Ihre Kaffeetasse verharrte auf halbem Weg zwischen Tisch und Mund, während sie sich alle Mühe gab, nicht zu sabbern. Mir wurde erst in diesem Augenblick klar, wie scharf sie darauf gewesen war, mehr zu erfahren. Wie sehr mein Schweigen ihr zugesetzt hatte.

Dann fragte sie mit zerfurchter Stirn: »Aber woher weißt du das? Hat dir das jemand gesagt?«

»Was gesagt?« Mein Kaffeebecher gefiel mir. Das Motiv darauf zeigte eine Tigerlilie, meine Lieblingsblume, die ich mir jetzt genau ansah, um nicht Reyes anzustarren.

»Dass an deinem Geburtstag dieses große, böse Ungeheuer aufgetaucht ist.«

»Äh, wie?« Was redete sie da? Oder ließ ich mich gerade unbewusst in die Bewusstlosigkeit gleiten?

»Woher weißt du, dass er am Tag deiner Geburt da war?«

Oh, alles klar, darüber wusste sie ja auch noch nichts. »Ich erinnere mich seit dem ersten Tag an so ziemlich alles.«

»Seit dem *ersten* Tag?«

Ich nickte, wobei mir zum ersten Mal auffiel, dass ein Blütenblatt der Tigerlilie beiläufig den Rand des Bechers berührte.

»Seit welchem ersten Tag? Dem ersten Schultag? Dem Beginn des Golfkriegs? Deiner ersten Periode?« Plötzlich kapierte sie und holte tief und hörbar Luft. »Das also! Das alles passierte, als du zum ersten Mal deine Tage hattest. Es waren die Hormone, stimmt's? Da ist dir das alles eingefallen?«

Ich grinste. Sie war lustig. »Seit meinem ersten Lebenstag. Dem ersten Tag meiner Existenz. Meines Daseins auf Erden.«

»Da komme ich nicht mit.«

»Seit dem Tag meiner Geburt«, sagte ich, indem ich die Augen verdrehte. Cookie war normalerweise nicht so schwer von Begriff.

Nun saß sie betäubt und stumm da. Es war verrückt.

»Ich weiß, das haut einen um.« Nachdem ich mit dem Finger das hellste orangefarbene Blütenblatt nachgezeichnet hatte, fügte ich hinzu: »Es kommt wohl nicht so häufig vor, dass Menschen sich an den Tag ihrer Geburt erinnern.« Die Blütenblätter öffneten sich zu einer Farbexplosion, in der Mitte, an der empfindlichsten Stelle, waren sie besonders dunkel.

»Nicht so häufig?«, wiederholte sie in ironischem Ton.

»Tja, das ist schon komisch.« Ich fuhr das nächste Blütenblatt entlang. »Ich erinnere mich, als sei es gestern gewesen. Was nicht heißt, dass ich wüsste, was gestern war.« In dem Moment gingen mir die Blütenblätter aus, mein Blick wanderte aufwärts und fiel unweigerlich auf Reyes' Gesicht. Der Schmerz und die Wut in seiner Miene waren beinahe greifbar. Und seine Augenfarbe, dieses volle, tiefe Braun, wurde zur Mitte hin dunkler.

»Großer Gott, Charley, du erinnerst dich an deine Geburt?«

»Ich erinnere mich an *ihn*.«

»An den großen, bösen Kerl?«

»An den Großen Bösen. Und auch an andere Sachen, ja, zum Beispiel daran, wie der Doktor die Nabelschnur durchtrennt hat und wie die Krankenschwestern mich sauber gemacht haben.«

Cookie lehnte sich staunend zurück.

»Er nannte meinen Namen. Oder was ich dafür gehalten habe.«

Sie holte tief Luft, als ihr klar wurde, was das hieß. »Er nannte dich Dutch.«

»Ja. Aber wieso? Woher konnte er das wissen?«

»Schatz, ich habe das mit deinem Geburtstag noch nicht verdaut.«

»Ja, richtig, tut mir leid. Aber beeil dich, bitte, damit wir weiterkommen. Ich habe massig viele Fragen.«

Sie machte ein misstrauisches Gesicht. »Gibt es noch andere pikante Einzelheiten, die du mir mitteilen musst?«

Ich antwortete achselzuckend: »Eigentlich nicht. Es sei denn, du zählst mit, dass ich seit dem Tag meiner Geburt jede Sprache verstehe, die jemals gesprochen wurde. Das ist womöglich eine Fußnote wert.«

Ich war müde und konnte mir deshalb nicht ganz sicher sein, aber ich hatte das Gefühl, dass Cookie einer Ohnmacht nahe war.

10

Keine Angst vor der Schnitterin, nur allergrößte Vorsicht.
– Charlotte Jean Davidson

»Ich schaue also hoch, und da ist er.«

Cookie hatte, während sie meiner Erzählung lauschte, ein Stück Popcorn zwischen den Lippen und machte vor Staunen große Augen. Oder sie hatte einfach eine Scheißangst. Das ließ sich in dem Moment schwer sagen. »Der Große Böse«, sagte sie.

»Genau, aber du kannst ihn auch den Bösen nennen, das ist kürzer. Wie auch immer, er steht da und guckt zu, und ich bin nackt und voller Blut – obwohl das damals noch egal war. Ich weiß bloß noch, dass ich wie hypnotisiert von ihm war. Und er schien die ganze Zeit hin und her zu wabern.«

»Wie Rauch.«

»Wie Rauch«, bestätigte ich. Dabei nahm ich ihr das Popcorn aus der Hand und steckte es mir in den Mund. »Wer pennt, verliert, *chica*.«

»Kannst du dich an irgendwas davor erinnern?«, fragte sie und griff nach neuem Popcorn, das wiederum auf halbem Weg zu ihrem Mund hängen blieb. Ich gab mir Mühe, nicht zu lachen, um den Bann nicht zu brechen.

»An viel nicht. Ich meine, ich erinnere mich nicht an meine Geburt oder so – den Göttern sei Dank, das wäre ja wohl echt krass. Bloß an alles danach. Allerdings nur verschwommen. Nur an ihn erinnere ich mich genau. Und an meine Mutter.«

»Warte mal«, rief Cookie mit erhobenem Zeigefinger. »An

deine Mutter? Aber deine Mutter starb doch bei deiner Geburt. Du kannst dich an sie erinnern?«

Auf meinem Gesicht breitete sich langsam ein Lächeln aus. »Sie war wunderschön, Cookie. Und sie war … na ja, mein erster Auftrag.«

»Du meinst – «

»Ja. Sie ging durch mich hinüber. Sie war Licht, Wärme, bedingungslose Liebe. Ich habe das damals nicht verstanden, aber sie sagte, sie sei glücklich, ihr Leben für meines geben zu können. Ich fühlte mich geliebt und sicher, was großartig war, denn der Böse jagte mir eine Heidenangst ein.«

Während Cookie das Gehörte verarbeitete, wanderte ihr Blick an mir vorbei. »Das ist … das ist …«

»… unglaublich, ich weiß.«

»Erstaunlich.« Sie sah mich wieder an.

Mich überkam eine ungeheure Erleichterung. Ich hätte wissen müssen, dass sie mir glaubt. Andererseits hatte niemand, mit dem ich aufgewachsen war oder der mir nahestand, die Geschichte meiner Geburt jemals geglaubt.

»Also hast du deine Mutter quasi doch kennengelernt, oder?«

»Ja. Und als ich älter wurde, sah ich, dass ich mehr Glück gehabt hatte als viele andere Kinder. Ich werde für diese paar Augenblicke, die wir zusammen hatten, auf ewig dankbar sein.«

»Und du kannst jede Sprache, die jemals auf Erden gesprochen wurde?«

»Jede einzelne«, antwortete ich, froh über den Themenwechsel.

»Sogar Farsi.«

»Sogar Farsi«, nickte ich grinsend.

»Oh, mein Gott!«, schrie sie beinahe. Offenbar fiel ihr etwas ein. Dann wechselte ihr Gesichtsausdruck, ihre Miene verfinsterte sich, und sie streckte mir anklagend den Zeigefinger entgegen.

»Ich wusste es. Ich wusste, dass du verstanden hast, was dieser Vietnamese auf dem Markt neulich zu mir gesagt hat. Ich hab's dir am Gesicht angesehen.«

Ich lächelte und sah mir wieder Reyes' Bild an, stürzte förmlich in ihn hinein. »Er meinte, du hättest einen Knackarsch.«

Sie schnappte nach Luft. »So ein Perversling.«

»Und dass er scharf auf dich ist.«

»Schade, so klein, wie der war, hätte er in meinen Ausschnitt gepasst.«

»Deshalb stand er wahrscheinlich auf dich«, meinte ich und konnte mir ein Lachen nicht verkneifen.

Cookie saß danach lange schweigend da. Ich gab ihr Zeit, das alles erst mal sacken zu lassen. Dann fragte sie: »Wie kann das nur sein?«

»Tja«, begann ich, um sie ein wenig aufzuziehen, »ich glaube nicht, dass er wirklich in deinen Ausschnitt gepasst hätte, obwohl ich sicher bin, dass ihm die Vorstellung gefallen hätte.«

»Nein, ich meine das mit den Sprachen. Das ist so …«

»… unfassbar cool?«, fragte ich hoffnungsvoll.

»… irrsinnig.«

»Oh, ja, das ist es wohl.«

»Und du konntest schon an deinem Geburtstag verstehen, was man zu dir sagte?«

Ich zog nachdenklich die Nase kraus und antwortete: »Irgendwie schon. Allerdings nicht wörtlich. Ich hatte keine Erfahrung, keine Vergangenheit, mit der ich die Worte hätte verknüpfen können. Wenn man mit mir sprach, verstand ich alles mehr intuitiv. Seltsamerweise begann ich ganz normal zu sprechen und zu laufen und das alles. Aber wenn man etwas zu mir sagte, konnte ich es verstehen, egal welche Sprache gesprochen wurde. Ich wusste einfach, worum es ging.«

Als sich der Bildschirmschoner einblendete, tippte ich meine

Maus an und holte Reyes' Bild auf den Monitor zurück. »Ich habe auch die ersten Worte verstanden, die mein Vater zu mir gesagt hat«, fuhr ich fort, wobei ich mir meine Traurigkeit nicht anmerken lassen wollte. »Zumindest das meiste. Er teilte mir mit, dass meine Mutter gestorben war.«

Cookie schüttelte den Kopf. »Es tut mir so leid.«

»Ich glaube, mein Vater wusste Bescheid. Ich glaube, er wusste, dass ich ihn verstand. Das war unser kleines Geheimnis.« Ich nahm eine Handvoll Popcorn und schob mir eines in den Mund. »Dann hat er meine Stiefmutter geheiratet, und alles wurde anders. Sie kam ziemlich schnell dahinter, dass ich ein Freak war. Alles begann damit, dass ich süchtig nach mexikanischen Seifenopern wurde.«

»Du bist kein Freak, Charley.«

»Schon gut. Ist ja nicht ihre Schuld.«

»Doch, ist es«, gab sie zurück und klang plötzlich rasiermesserscharf. »Ich bin auch Mutter. Stiefmutter oder nicht, Mütter dürfen so was nicht tun.«

»Schon, aber Amber kam ja auch nicht als Schnitterin zur Welt.«

»Das spielt keine Rolle. Sie ist deine Stiefmutter. Punkt. Du bist doch keine Massenmörderin.«

Gott, wie schön, jemanden auf meiner Seite zu wissen. Mein Vater hatte mich immer rückhaltlos geliebt, aber so den Rücken gestärkt hatte er mir auch wieder nicht. Ich glaube, Cookie hätte es für mich im Alleingang mit der Mafia aufgenommen. Und gewonnen.

»Und am Tag deiner Geburt hat er dich Dutch genannt?«

»Ja.«

»War das bevor deine Mutter durch dich hinüberging oder danach?«

»Danach, aber das kapiere ich einfach nicht. Woher wusste er davon? Mir ist erst heute Abend klar geworden, dass der Böse mich nicht mit meinem richtigen Namen angesprochen hat. Er hat mich nicht Charlotte genannt, sondern Dutch, Cookie, genau wie Reyes später, als ich schon auf der Highschool war. Woher hatte er das wissen können?« Meine Gedanken wirbelten durcheinander, während ich mich verzweifelt bemühte, die Details logisch zu verknüpfen.

»Gut, ich will dich mal was fragen«, sagte Cookie und runzelte nachdenklich die Stirn. »Ist dir an Reyes, als du ihm zum ersten Mal begegnet bist, irgendwas aufgefallen?«

»Abgesehen davon, dass er von seinem irren Vater verprügelt wurde?«

»Ja.«

Ich holte tief Luft und dachte darüber nach. »Weißt du, das ist mir damals nicht bewusst gewesen, ich meine, vielleicht war ja irgendwas anders, übernatürlich. Aber so mit Adrenalin vollgepumpt, wie ich war, dachte ich, das läge nur daran, dass die ganze Situation so haarsträubend war. Er war so wunderbar, so schön und lebendig und vollkommen.«

»Deiner Beschreibung nach kommt er mir schon wie ein übernatürliches Wesen vor. Dass er Prügel einsteckt und einfach losmarschiert, so wie du das praktisch einmal wöchentlich machst, gibt mir zu denken.«

»So habe ich das noch nie gesehen.« Als ich gleichermaßen beunruhigt und fasziniert an jene Nacht zurückdachte, stand mir Reyes wieder deutlich vor Augen. »Weißt du was?«, begann ich, als mir ein Licht aufging. »Er war tatsächlich anders, irgendwie, keine Ahnung, dunkel, unberechenbar.«

»Na ja, das hört sich für mich verdächtig übernatürlich an.«

Wäre ich nicht so müde gewesen, ich hätte wahrscheinlich gelacht. »Bist du jetzt unter die Experten gegangen?«

»Wenn es um scharfe, dunkle Typen geht, absolut.«

Diesmal lachte ich wirklich.

»Und wie oft hast du den Bösen gesehen?«, wollte Cookie nun wissen, die sich mit allem, was ich ihr gesagt hatte, rasch abzufinden schien. Gut so. Konstruktiv. Und billiger als therapeutische Maßnahmen.

»Nicht sehr oft.«

»Und was war, wenn du ihn gesehen hast?«

Ich griff nach meiner Tasse und trank einen Schluck heiße Schokolade, auf die umzusteigen Cookie mich gezwungen hatte.

Dann legte sie mir mit wissender Miene eine Hand auf die Schulter. »Was war im Park? Mit der kleinen Johnson?«

Ich versuchte, die Tasse so gleichmütig wie irgend möglich abzustellen. Der Gedanke an diese Johnson schmerzte wie die Berührung eines bloß liegenden Nervs. Ich hatte einer verzweifelten Mutter aus dem Loch helfen wollen, in das sie sich nach dem Verschwinden ihrer Tochter eingegraben hatte. Stattdessen hatte ich einen stadtweiten Skandal provoziert, der für meine Stiefmutter das Fass endgültig zum Überlaufen brachte. An jenem Tag hatte sie sich offen gegen mich gestellt und daran nie wieder etwas geändert.

Ja, damit war dieser Zwischenfall ein wunder Punkt in meiner Seele, andererseits gab es deren weit schlimmere. Manche offene Wunde wollte sich einfach nicht schließen, und Cookie wusste darüber so gut wie nichts.

»Ja«, sagte ich und hob mein Kinn. »Im Park. Das war meine dritte Begegnung mit ihm.«

»Aber dein Leben war da nicht in Gefahr. Oder doch?«

»Absolut nicht, aber womöglich dachte er, es wäre so. Er war stinksauer. Wahrscheinlich weil meine Stiefmutter mich vor all den Leuten zusammenstauchte.« Bei der Erinnerung ließ ich den Kopf hängen. »Und dann hat sie mich geschlagen. Das war schon ziemlich schockierend.« Ich blickte Cookie eindringlich an, denn mit einem Mal wollte ich, dass sie begriff, wie groß meine Angst vor ihm war. »Ich dachte, er bringt sie um. Er bebte buchstäblich vor Zorn. Ich konnte es spüren wie elektrische Spannung. Während meine Stiefmutter vor den Augen der halben Stadt auf mich losging, flehte ich ihn flüsternd an, ihr nicht wehzutun.«

Cookie presste mitleidig die Lippen aufeinander. »Das tut mir so schrecklich leid, Charley.«

»Schon gut. Ich weiß bloß nicht, wieso er mir solche Angst einjagt. Ich kann nicht glauben, was für ein Waschlappen ich manchmal bin.«

»Es tut mir auch leid, dass du solche Angst vor ihm hast, aber eigentlich meinte ich die Sache mit deiner Stiefmutter.«

»Oh, nein, mach dir nichts draus«, entgegnete ich kopfschüttelnd. »Das war ganz allein meine Schuld.«

»Aber du warst erst fünf.«

Ich schluckte krampfhaft, senkte den Kopf und sagte: »Du weißt ja nicht, was ich getan habe.«

»Solange du die Frau nicht mit Benzin übergossen und angezündet hast, glaube ich eigentlich nicht, dass sie angemessen reagiert hat.«

Auf meinem Gesicht machte sich ein schiefes Grinsen breit. »Ich kann dir versichern, dass bei der Entstehung dieser Erinnerung keinerlei petrochemische Produkte zu Schaden kamen.«

»Und was geschah dann? Mit dem Bösen?«

»Ich nehme an, er hat mich gehört. Jedenfalls verschwand er. Allzu glücklich war er darüber allerdings nicht.«

Cookie nickte verständnisvoll, dann sagte sie: »Jede Wette, dass er einmal auch auf dem College aufkreuzte.«

»Wow, du bist gut.«

»Weißt du, du hast mir mal erzählt, wie du abends auf dem Nachhauseweg von einer Vorlesung überfallen wurdest.«

»Ja, er war da. Er hat mich gerettet, genau wie damals, als ich vier Jahre alt war.«

Sie machte ein überraschtes Gesicht. »Vier? Was war denn, als du vier warst? Moment Mal, er hat dich gerettet, als du auf dem College überfallen wurdest? Wie denn?« Offenbar kriegte sie die vielen Fragen in ihrem Kopf nicht mehr sortiert. Mir wurde klar, dass meine Schilderung und Einschätzung des Großen Bösen Cookie den Eindruck vermittelt hatte, dass er, nun ja, eben groß und böse war. Und irgendwie war er das ja auch.

Trotzdem konnte ich ihr unmöglich verraten, *auf welche Weise* er mich gerettet hatte. Das konnte ich ihr nun wirklich nicht antun, jedenfalls nicht, ehe ich mir ganz sicher war, dass sie das Gehörte verarbeitet hatte.

»Er … hat den Kerl von mir abgelenkt.«

»Oh mein Gott, Charley. Ich hatte ja keine Ahnung … ich meine, so wie du davon erzählt hast, klang alles so unbedeutend. Und in Wahrheit war dein Leben in Gefahr?«

Achselzuckend gab ich zurück: »Vielleicht ein bisschen. Immerhin war ein Schnappmesser im Spiel. Ich wusste nicht mal, dass diese Dinger noch hergestellt wurden. Sind die nicht verboten?«

»Er taucht immer dann auf, wenn dein Leben bedroht wird«, wiederholte sie in Gedanken versunken, »und er hat dich gerettet, als du vier Jahre alt warst? Also, was war noch mal, als du vier warst?«

Ich setzte mich ein bisschen anders hin, was so ungeheuer wehtat, dass es sich kaum bewerkstelligen ließ. »Na ja, ich wurde, man könnte sagen entführt, das heißt, nicht eigentlich entführt, sondern mitgenommen.«

Ihre Hand fuhr zum Mund, um ein Stöhnen zurückzuhalten.

»Du lieber Himmel, dass klingt alles so furchtbar, wenn ich es laut ausspreche«, klagte ich. »Ich jammere mehr als ein Gruftie-

Blogger. Dabei ist es eigentlich gar nicht so übel. Im Grunde hatte ich eine glückliche Kindheit. Jede Menge Freunde. Okay, die meisten waren tot, aber trotzdem.«

»Charley Jean Davidson«, sagte Cookie warnend. »Du kannst nicht von *Entführung* anfangen und dann nicht weitererzählen.«

»Na schön, wenn du es unbedingt genau wissen willst. Aber gefallen wird es dir bestimmt nicht.«

»Ich will's aber genau wissen.«

Ich seufzte ausgiebig, dann sagte ich: »Es ist hier passiert.«

»Hier? In Albuquerque?«

»In diesem Gebäude. Und ich war vier.«

»Dann hast du früher schon mal hier gewohnt?«

Plötzlich kam ich mir vor wie in einer Therapiestunde. Alles, was mir in der Vergangenheit jemals begegnet war, Gutes wie Schlechtes, ergoss sich aus einer schwärenden Wunde. Was damals in diesem Gebäude geschah, gehörte allerdings zum Schlimmsten überhaupt. Ich dachte an das Messer, das so tief in mir steckte, dass ich zweifelte, ob man es je wieder ganz herausziehen konnte. Jedenfalls nicht ohne gründliche Betäubung.

»Nein«, erwiderte ich, trank noch einen Schluck, genoss die köstliche, warme Schokolade auf der Zunge, ehe ich sie hinunterschluckte. »Gewohnt habe ich hier nicht. Doch hier verkehrten schon Polizisten, bevor mein Vater die Bar kaufte. Er hat mich ein paar Mal mitgenommen, ganz arglos natürlich, meistens zu Geburtstagsfeiern und dergleichen. Dabei musste er manchmal mit seinem Partner quatschen, wie das in den Achtzigern eben noch war.« Als Cookie fragend die Brauen schräg stellte, erklärte ich: »Als es noch keine Handys gab.«

»Ja, alles klar.«

»Aber einmal hab ich meine Stiefmutter in Rage gebracht, weil sie durch mich ziemlich beiläufig erfuhr, dass ihr Vater gestorben war. Ich sagte ihr nämlich, er sei durch mich hinübergegangen und habe mich gebeten, ihr etwas auszurichten. Das kam für sie völlig unerwartet. Sie wurde fuchsteufelswild und weigerte sich, mir zuzuhören. Sie wollte nicht mal was von einer Nachricht wissen. Ich verstand sowieso nicht, worum es dabei ging. Um blaue Handtücher oder irgendwas.«

»Und was war, nachdem sie erfahren hatte, dass er tatsächlich verstorben war?«

»Gar nichts. Zu der Zeit hat Denise alles verdrängt, was irgendwie mit dem Tod zu tun hatte.«

Um sich nicht aufzuregen, holte Cookie tief Luft. »Diese Frau setzt mich immer wieder in Erstaunen.«

»Da solltest du mal ihren Hackbraten probieren. Der lässt dir ein paar schöne krause Haare auf der Brust wachsen.«

Sie gluckste. »Na, vielen Dank, ich habe schon genug Haare überall. Den Familientag bei den Davidsons lasse ich lieber ausfallen.«

Ich zuckte die Achseln. »Selber schuld.«

»Gut, du warst also vier.«

Himmel, sie ließ einfach nicht locker. »Ja. Vier. Ich war wie üblich beleidigt, und als wir in die Bar fuhren, wo mein Vater ein Bier trinken wollte, ließ Denise mich dort auf der Küchenbank sitzen, um mich derweil bei meinem Vater anzuschwärzen. Ich hielt mich gerne in der Küche auf, aber ich war total sauer und gekränkt, also fiel mir ein, einfach abzuhauen. Als Mr Dunlop, der Koch, gerade nicht hinsah, schlich ich mich zur Hintertür raus.«

»Mit vier, spät abends, allein auf der Central? Der schlimmste Albtraum aller Eltern!«

»Ja, sicher, aber ich dachte, damit könnt ich's ihr zeigen. Die hellste Vierjährige auf der Central war ich allerdings nicht. Ich hab's mir in dem Moment, wo ich auf die Straße trat, anders überlegt. Angst hatte ich keine, ich bin nicht so ängstlich wie andere. Ich kam bloß, na ja, zur Besinnung. Doch bevor ich wieder hineinlaufen konnte, bot mir ein echt netter Mann im Trenchcoat seine Hilfe bei der Suche nach meiner Stiefmutter an. Bloß dass er komischerweise nicht mit mir in die Bar zurückging, sondern mich in dieses Gebäude mitnahm.«

»Oh, Schatz«, hauchte Cookie mitfühlend.

»Wo allerdings nicht viel passierte«, fuhr ich achselzuckend fort. »Wie gesagt, der Böse hat mir geholfen.« Und um die Sache ein bisschen herunterzuspielen: »Rückblickend glaube ich nicht, dass dieser Kerl mir wirklich helfen wollte, meine Stiefmutter zu finden.«

Cookie streckte die Hände nach mir aus und schloss mich lange und fest in die Arme. Ich musste an Kaminfeuer in kalten Winternächten denken. Und aus irgendeinem Grund auch an geröstete Marshmallows.

Nach ungefähr einer Stunde und siebenundzwanzig Minuten keuchte ich: »Ich … kriege … keine Luft.«

Sie lehnte sich mit nachdenklich gerunzelter Stirn zurück. »Bin ich überempfindlich, oder ist die Tatsache, dass du in demselben Haus wohnst, in das du mal verschleppt wurdest, wirklich ein kleines bisschen morbide?«

»Ach was, du bist überempfindlich«, antwortete ich, um das Bizarre, Unheimliche der Geschichte zu umgehen.

Ich war heilfroh, dass sie nicht auf weitere Einzelheiten bestand. Der Teufel steckte nämlich im Detail, und ich fühlte mich im Moment nicht gerade wie des Teufels Advokatin. »Oh«, machte ich, als mir ein weiterer Zwischenfall einfiel. »Ein Typ auf der Highschool wollte mich übrigens mal mit dem SUV seines Alten über den Haufen fahren, aber der Böse hat die Kiste in ein Schaufenster gelenkt.« Bei der Erinnerung musste ich grinsen.

»Auf der Highschool wollte dich jemand überfahren?«, wiederholte sie entsetzt.

»Ja, aber nur das eine Mal.«

Sie kniff sich in die Nasenwurzel und fragte: »Und sonst ist dir der Böse nicht mehr begegnet?«

Ich zählte es stumm an den Fingern ab. »Ja, das war's so ziemlich.«

»Und wir müssen herausfinden, wie Reyes da hineinpasst?«

»Genau. Und wir sollten Marshmallows rösten.«

»Dann ist es meine Pflicht als deine Freundin und Vertraute«, fuhr sie unbeeindruckt fort, »in allen Einzelheiten die Szene unter der Dusche durchzugehen.«

Ich unterdrückte ein Kichern. »Ich bin mir nicht sicher, ob die Duschszene wirklich von Bedeutung ist. Sie kommt mir eigentlich, na ja, eher unwichtig vor.«

»Charley«, begann sie mahnend, »raus damit, oder du stirbst einen langsamen, qualvollen Tod. Wer war unter der Dusche bei dir? Reyes? Der Große Böse? Hilf mir bitte auf die Sprünge.«

»Also gut. Du weißt doch, dass Reyes mich damals, als ich fünfzehn war, Dutch genannt hat, stimmt's?«

»Stimmt«, sagte sie mit spürbarer Ungeduld.

»Und du weißt auch von dem schönen Mann, der mich seit einigen Monaten jede Nacht in meinen Träumen aufsucht?«

»Ja«, seufzte sie sehnsüchtig.

»Gut, und heute hat mein Traummann *Dutch* auf den beschlagenen Spiegel geschrieben und mich unter der Dusche Dutch genannt.«

»Jetzt kommen wir zum Punkt.« Sie rutschte an die Stuhlkante und erstarrte, als der Groschen fiel. »Dann ist Reyes dein Traummann?«

»Ich glaube, ja. Aber heute Nacht fiel mir wieder ein, dass der Böse mich am Tag meiner Geburt Dutch genannt hat.«

Sie zog verwirrt die Stirn kraus. »Und wer war dann bei dir unter der Dusche?«

Ich sah sie grinsend an. Plötzlich hatte ich einen Riesenrespekt vor der Frau, die da neben mir saß. »Ich hab dir erzählt, dass mir ein großes, unheimliches Wesen folgt und mir immer wieder das Leben rettet, dass ich mich an den Tag meiner Geburt erinnere und dass ich alle jemals gesprochenen Sprachen verstehe, und trotzdem bist du noch nicht schreiend davongelaufen. Wie kommt es, dass du mir jedes Wort abkaufst?«

Nach einer langen, nachdenklichen Unterbrechung fragte sie: »Du versuchst doch nicht etwa, vom Thema abzulenken?«

Ich wäre fast lachend vom Stuhl gefallen. Ich fasste mir an den schmerzenden Brustkorb und rief: »Lass das! Bring mich nicht zum Lachen. Das tut weh.«

»Tut mir leid.«

Es tat ihr überhaupt nicht leid. Das konnte ich deutlich erkennen.

»Was hast du über den Knast herausgefunden?«, erkundigte ich mich und richtete meinen tränenverschleierten Blick auf den Bildschirm. »Sitzt Reyes noch ein? Ist er … überhaupt noch am Leben?«

»Die Vollzugsbeamtin konnte mir nur sagen, dass Reyes bei der Strafvollzugsbehörde noch als im Zellenblock D untergebrachter Insasse geführt wird. Aber es kam mir so vor, als hätte sie mir nicht alles gesagt.«

»Ich fahre da morgen hin.«

»Ins Gefängnis?«

»Ja.« Ich klickte die Personalakten der Gefängnisverwaltung an und markierte das Bild von Neil Gossett. »Ich habe mit dem stellvertretenden Gefängnisdirektor die Schulbank gedrückt.«

»Echt? Freund oder Feind?«

Das fragte ich mich auch. »Schwer zu sagen. Ich bezweifle, dass er auf sein Vitamin D verzichtet hätte, um mich zu retten, wenn ich in der Schulmensa plötzlich in Flammen aufgegangen wäre, andererseits bin ich mir ziemlich sicher, dass es ihm später leidgetan hätte.«

»Ach, du liebe Güte«, sagte Cookie und starrte mit großen Augen auf einen anderen Artikel, den sie gerade in Händen hielt. Ich beugte mich zu ihr hin, wobei ich unter der schmerzhaften Bewegung zusammenzuckte, und musste mich sehr beherrschen, während ich den letzten Absatz überflog.

Onkel Bob war Chefermittler im Fall Reyes gewesen. Schöne Scheiße das.

11

Wenn mich nicht so viel ablenken würde,
hätte ich eine längere Aufmerksamkeitsspanne.
– T-Shirt-Aufdruck

Ich erwachte im ersten Morgengrauen, weil mich ein natürliches Bedürfnis aus dem Bett trieb. Allerdings fühlte ich mich seit meinem Sturz, als hätte ich eine Flasche Jack Daniels geleert.

Nachdem ich über einen Blumentopf gestolpert, mit dem kleinen Zeh gegen einen Tritthocker gestoßen und mit dem Gesicht voran gegen einen Türpfosten gerannt war, ließ ich mich auf der Toilette nieder. Gott sei Dank stand ich nicht darauf, mein Heim üppig zu dekorieren. Wenn sich noch etwas zwischen mich und den Porzellanthron gestellt hätte, hätte ich meinen nächsten Geburtstag womöglich nicht mehr erlebt. Während es im Hintergrund leise plätscherte, ging ich noch mal durch, was ich tagsüber alles abhaken wollte.

Dabei fiel mein Blick auf das Football-Trikothemd, das ich am Leib trug und einem Exfreund auf der Highschool geklaut hatte, einem blonden, blauäugigen Teufel, dem die Sünde im Blut lag. Er hatte sich schon während unserer ersten Verabredung mehr für die Farbe meiner Unterwäsche interessiert als für die meiner Augen. Wenn ich das vorher gewusst hätte, hätte ich mich von Kopf bis Fuß in Türkis gehüllt. Komisch war bloß, dass ich mich nicht erinnern konnte, das Trikothemd gestern Abend angezogen zu haben. Aber ich konnte mich ja nicht mal erinnern, ins Bett gegangen zu sein.

Vielleicht hatte Cookie mir Rohypnol in meine heiße Schokolade getan. Darüber würden wir uns später unterhalten; fürs Erste musste ich mir darüber klar werden, wie ich den Tag nutzen wollte. Sollte ich meine Verpflichtungen gegenüber dem APD sausen lassen und mich stattdessen im Knast über Reyes erkundigen? Oder sollte ich meine sämtlichen APD-Verpflichtungen erst mal auf Cookie abwälzen und mich erst danach im Gefängnis über Reyes erkundigen?

Mein Herz raste beim bloßen Gedanken, ihm womöglich zu begegnen, auch wenn mich die Vorstellung zugegebenermaßen etwas nervös machte. Was, wenn mir nicht gefiel, was ich über ihn herausfand? Was, wenn er wirklich schuldig war? Ich konnte nur hoffen, dass seine Verurteilung auf einem großen Missverständnis beruhte. Dass man ihn irrtümlich angeklagt hatte. Dass die Beweise falsch ausgelegt, vielleicht sogar manipuliert worden waren.

Nach allem, was ich seit gestern Abend wusste – ich hatte jeden Artikel über den Fall und sogar einen Teil der von Cookie ausgegrabenen Prozessprotokolle gelesen –, reichten die vorliegenden Beweise für eine Verurteilung nicht aus. Trotzdem hatten ihn zwölf Menschen für schuldig befunden. Noch beunruhigender war der Umstand, dass die Misshandlungen, die er erlitten hatte, mit keinem Wort erwähnt wurden. Zählte es etwa nicht, wenn einen der eigene Vater fast totprügelte?

So gerne ich wieder schlafen gegangen wäre, so wenig Zweck hätte das gehabt. Meine Überlegungen würden mich wach halten, obwohl ich einen guten Grund hatte, mich noch mal ins Traumland zu begeben. Reyes war in dieser Nacht zum ersten Mal seit Monaten nicht zu mir gekommen. Hatte sich nicht mit seinen dunklen Augen und warmen Händen in meine Träume geschlichen, nicht mit Küssen mein Rückgrat nachgezeichnet oder sanft die Finger zwischen meine Beine geschoben. Und ich konnte nicht umhin, mich zu wundern, warum das so war. Hatte ich etwas falsch gemacht?

Mein Herz fühlte sich ausgehöhlt an. Ich hatte mich an seine nächtlichen Besuche gewöhnt, war beinahe süchtig danach. Sie waren mir wichtiger als mein nächster Atemzug. Vielleicht würde mein Besuch im Bau ein wenig Licht ins Dunkel bringen.

Beim Zähneputzen vernahm ich schlurfende Schritte aus der Küche. Während die meisten allein lebenden Frauen darüber erschrecken würden, verbuchte ich dergleichen lediglich unter Arbeitsplatzsicherheit.

Ich verließ das Bad und blinzelte ins grelle Licht. »Tante Lillian?«, fragte ich, humpelte zur Küchenbar und ließ mich auf einen Hocker gleiten. Tante Lillians Gestalt wurde von einem geblümten Muumuu verschluckt, zu dem sie eine Lederweste und Liebesperlen geradewegs aus den Sechzigern trug. Ich hatte all die Jahre herauszufinden versucht, was sie am Tag ihres Ablebens getrieben hatte. Mir fiel allerdings nichts ein, wozu Muumuus und Liebesperlen erforderlich gewesen wären. Es sei denn irgendeine schräge Nummer auf LSD.

»Hey, Kürbiskopf«, sagte sie jetzt mit ihrem uralten strahlenden, wenngleich zahnlosen Lächeln. »Ich hab dich ins Bad stolpern hören, also dachte ich, ich verdiene mir meinen Lebensunterhalt und setz Kaffee für uns auf. So wie du aussiehst, kannst du welchen gebrauchen.«

Ich verzog das Gesicht. »Echt? Wie süß.« Mist. Tante Lillian konnte gar keinen Kaffee kochen. Doch ich setzte mich an den Tresen und tat, als würde ich eine Tasse trinken.

»Ist er zu stark?«, wollte sie wissen.

»Kein Gedanke, Tante Lil, deiner ist der Beste.«

Nur zum Schein Kaffee zu trinken und einen Orgasmus vorzutäuschen hatte beides dasselbe Manko: Da fehlte der Genuss. Andererseits war Koffeinentzug mein geringstes Problem. Bei diesem Gedanken beschäftigte mich wieder, warum Reyes sich neuerdings rar machte. Vielleicht hatte ich irgendwas falsch gemacht. Oder etwas unterlassen, was ich hätte tun sollen. Vielleicht sollte ich im Bett mehr Initiative ergreifen. Dazu wäre natürlich ein gewisses Maß an Selbstbeherrschung nötig. Das Wort *Selbstbeherrschung* würde allerdings nicht vorkommen, wenn ich Cookie das Zusammensein mit ihm schildern wollte.

»Du wirkst … abgelenkt, Honigtöpfchen.«

Na ja, schließlich galt ich nicht umsonst als besonders leicht abzulenken.

»Hast du vielleicht Temperatur?«

Ich erwiderte ihren Blick. »Mit meiner Temperatur ist bestimmt alles in Ordnung, Tante Lil. Aber danke der Nachfrage.«

Ich hab versäumt, das zu erwähnen, ja, ich habe tatsächlich Temperatur. Jedes Lebewesen auf Erden hat eine Temperatur. Sogar Tote. Keine besonders Erwähnenswerte, aber immerhin.

»Und danke für den Kaffee.«

»Oh, jederzeit gern, Schätzchen. Wie wär's mit Frühstück?«

Nicht, wenn ich den Tag überstehen wollte. »Oh, nein, das kann ich unmöglich von dir verlangen. Und ich muss dringend unter die Dusche. Wird ein anstrengender Tag.«

Sie beugte sich vor und grinste verschwörerisch. Ich hatte mich schon oft gefragt, ob ihr Haar im richtigen Leben schon so blau gewesen war oder ob das ein Nebeneffekt des körperlosen Daseins war. »Gehst du Schurken jagen?«

Ich kicherte. »Du weißt ja, die übelste Sorte.«

Sie holte träumerisch Luft. »Ach, wenn ich noch mal so jung und draufgängerisch sein könnte. Aber ehrlich, Kürbiskopf«, sagte sie ernüchtert und fasste mich mit ernster Miene ins Auge, »du musst aufhören, dich ständig verdreschen zu lassen. Du siehst grässlich aus.«

»Danke, Tante Lil«, gab ich zurück und rutschte grimassierend von meinem Hocker. »Ich werde es beherzigen.«

Sie lächelte, offenbarte dabei eine leere Mundhöhle, die früher mal ihre Beißer beherbergt hatte. Anscheinend hatten die es nicht auf die andere Seite geschafft. Mir war nie klar geworden, ob Tante Lillian wusste, dass sie tot war, oder nicht, und ich habe es nie übers Herz gebracht, es ihr zu sagen. Vielleicht sollte ich das mal tun. Da hatte ich endlich eine funktionierende Kaffeemaschine, und schon beschloss meine verstorbene Urgroßtante, sich damit nützlich zu machen.

»Wie war's übrigens in Nepal?«, erkundigte ich mich.

»Ach«, antwortete sie und hob in einer hilflosen Geste die Hände. »Feucht und heißer als ein Junikäfer im August.«

Da den Verstorbenen das Wetter nichts ausmacht, musste ich mir ein Grinsen verkneifen.

In dem Moment platzte Cookie in ihrem himmelblauen verrutschten und zerknitterten Schlafanzug in die Wohnung. »Ich bin eingeschlafen«, verkündete sie atemlos.

»Macht man das nicht üblicherweise nachts?«

»Nein«, konterte sie und musterte mich mit fürsorglichem Blick. »Das heißt, ja, sicher, aber ich wollte schon vor Stunden nach dir schauen.« Damit beugte sie sich vor und sah mir tief in die Augen. Keine Ahnung, warum. »Geht's dir gut?«

»Ich lebe noch«, sagte ich. Und ich meinte jedes Wort ernst.

Halbwegs überzeugt glättete sie ihr Oberteil und blickte sich um. »Ich setze lieber mal Kaffee für uns auf.«

»Wieso?«, fragte ich vorwurfsvoll. »Damit du mir noch eine Rohypnol einflößen kannst?«

»Wie bitte?«

»Außerdem«, sagte ich und deutete mit einem nonchalanten Nicken auf Tante Lillian, »hat Tante Lil schon Kaffee gekocht.«

Ich sah zu – und gab mir alle Mühe, nicht loszuprusten –, wie

Cookies Hoffnungen auf einen Koffeinrausch an den Klippen meiner Ironie zerschellten. Prompt ließ sie den Kopf hängen und nahm mir die Tasse ab, die ich hinstreckte. »Danke, Tante Lillian, du bist die Beste.«

Das Mädel ist echt 'ne treue Seele.

Ich betraute Cookie mit der beschwerlichen Aufgabe, Mark Weirs Gerichtsprotokolle durchzusehen – die Onkel Bob auf meinem Schreibtisch liegen gelassen hatte – und von Barbers USB-Sticks den richtigen herauszufinden. Hoffentlich war Barber kein Fetischist. Und wenn doch, gehörte er hoffentlich nicht zu der Sorte, die einschlägige Beweise dafür auf einem Datenstick speicherten, den jeder einsehen konnte. Dergleichen hob man besser in einer passwortgeschützten Datei auf, tief im Innern der Festplatte und unter einem unverdächtigen Dateinamen. So was wie *Heiße Feuerwehrleute* zum Beispiel.

Mein Handy spielte das Hauptthema von Beethovens Fünfter, und ich suchte nach der Nadel im Heuhaufen, während ich mit neunzig durch Siebzigmeilenzonen rauschte und nur so staunte, wie sich ein Handy in einer vergleichsweise winzigen Handtasche meinen Fingern derartig entziehen konnte.

»Hey, Ubie«, sagte ich nach dreistündiger Suche.

»Musst du mich so nennen?«, fragte er mit erschöpfter Stimme. Er schien seine Dosis Koffein ebenso nötig zu haben wie ich.

»Ja. Ich habe die Unterlagen, die du auf deinem Schreibtisch liegen gelassen hast. Cookie geht gerade alles durch.«

»Und was machst du?«

»Meine Arbeit«, antwortete ich und tat beleidigt. So dringend ich ihn auch über Reyes' Verurteilung ausquetschen wollte, zog ich es doch vor, ihn persönlich danach zu fragen, damit ich sein Mienenspiel beobachten konnte. Oder um in sein Mienenspiel hineinzulesen, was mir gerade in den Kram passte. Ich konnte immer noch nicht fassen, dass er die Ermittlungen im Fall Reyes geleitet hatte. Wie wahrscheinlich war das denn?

»Oh, gut«, sagte er. »Man hat am Ellery-Tatort ein Stück Patronenhülse gefunden.«

»Echt?«, fragte ich hoffnungsvoll. »Irgendeine Übereinstimmung?«

»Wir sind hier nicht bei *CSI*, Kleines. So schnell geht das nicht. Wir werden erst heute Nachmittag wissen, ob uns das irgendwie weiterbringt.« Er gähnte laut, dann fragte er: »Sitzt du in deinem Jeep?«

»Klar. Ich bin auf dem Weg ins Gefängnis von Santa Fe, um mich über einen Insassen zu erkundigen.«

»Über wen denn?«, hakte er nach, seine Stimme klang plötzlich misstrauisch.

»Es … geht um einen anderen Fall, an dem ich arbeite.«

»Oh.«

Das war leicht.

»Hey, was bedeutet eigentlich *bombázó*?«

»Onkel Bob«, sagte ich vorwurfsvoll, »warst du wieder in dem ungarischen Chatroom?« Ich gab mir echt alle Mühe, nicht zu kichern, aber der Gedanke an ein Mädel aus Ungarn, das Onkel Bob mit »Bombe« titulierte, war einfach zu viel. Ich lachte hemmungslos drauflos.

»Vergiss es«, sagte er verärgert.

Ich lachte noch lauter.

»Ruf mich an, wenn du wieder zurück bist.«

Nachdem er den Hörer aufgeknallt und ich mein Handy zugeklappt hatte, versuchte ich, mich durch den Tränenschleier auf die Straße zu konzentrieren. Meine Reaktion war taktlos und unangemessen, dachte ich, während ich mich vor Lachen über dem Lenkrad krümmte und mir die schmerzenden Rippen hielt.

Ich brauchte ein paar Minuten, um mich zusammenzunehmen, doch es war immerhin besser, mich auf Onkel Ubies Kosten zu amüsieren, als mich wie schon den ganzen Morgen vor Sehnsucht nach Reyes zu verzehren. Leider hatte mir die stundenlange Dusche – die mir deutlich die Entwicklung meiner blauen Flecke vor Augen führte – auch nicht verraten, wieso er sich in der vergangenen Nacht nicht hatte blicken lassen. Doch meine Zuversicht wuchs mit jedem Meter, den ich der Strafvollzugsanstalt von New Mexico näher kam. Bestimmt würde ich dort etwas Entscheidendes erfahren. Aber beim Anblick der Tore des Hochsicherheitsgefängnisses verwandelte sich meine Zuversicht in angstvollen, schweißtreibenden Pessimismus.

Einmal mehr musterte ich meine Klamotten: weite Hosen, lange Ärmel, hochgeschlossener Kragen, verhüllt vom Hals bis zu den Kniescheiben. Dabei fragte ich mich, ob mir ein möglichst maskulines Aussehen in einem Hochsicherheitstrakt von Nutzen sein würde. In Anbetracht der Umstände.

Nachdem ich dreißig Minuten im Wartezimmer gesessen hatte und zwei ältere italienische Damen zankend durch mich hinübergegangen waren, wurde ich in das Büro des stellvertretenden Direktors Neil Gossett geführt. Es war klein, aber hell darin, trotz der dunklen Büromöbel und der Berge von Papierkram auf jeder waagerechten Fläche. Neil war auf der Highschool ein überdurchschnittlicher Footballspieler gewesen und hatte sich die Stämmigkeit seiner Jugend bewahrt, wenn sie auch nicht mehr so proportional verteilt war. Doch abgesehen von einer beginnenden Glatze sah er recht gut aus.

Er stand auf und kam um seinen Schreibtisch herum. »Charlotte Davidson«, sagte er ziemlich platt.

Als ich ihm händeschüttelnd ins Gesicht sah, musste ich den Kopf in den Nacken legen. »Neil. Du siehst großartig aus«, meinte ich zum Auftakt und fragte mich im selben Moment, ob man so etwas zu jemandem, den man eigentlich kaum kannte, überhaupt sagen konnte.

»Du siehst …« Er spannte in einer hilflosen Geste die Arme aus.

Ich wusste nicht recht, ob ich beleidigt sein sollte. Vielleicht lag es an den Blutergüssen, obwohl ich mir alle Mühe gegeben hatte, sie zu übertünchen. Oder waren es die Haare? Wahrscheinlich die Haare.

»Du siehst aufsehenerregend aus«, verkündete er schließlich.

Oh. Damit kam ich klar. »Danke.«

»Bitte.« Er wies schwungvoll auf einen Sessel und nahm selbst hinter seinem Schreibtisch Platz. »Ich muss zugeben, ich bin etwas überrascht, dich zu sehen.«

Ich setzte ein unschuldiges Lächeln auf und schaltete auf »lässig und sexy« um. »Nun, ich habe ein paar Fragen zu einem deiner Insassen hier und dachte, ich fange am besten ganz oben an und arbeite mich dann weiter nach unten durch.« Die unterschwellige Anzüglichkeit meiner Worte entging mir keineswegs.

Fast wurde er rot. »Genau genommen stehe ich nicht ganz oben, aber es freut mich, dass du so viel von mir hältst.«

Ich gluckste angemessen und zückte meinen Notizblock.

»Luann hat mir erzählt, du bist unter die Privatdetektive gegangen.«

Luann war seine Sekretärin. »Ja, bin ich, momentan arbeite ich für das APD an einem DOA mit folgenden FTA.« Ich warf mit Abkürzungen nur so um mich, um möglichst ausgebufft zu wirken.

Er wölbte die Brauen. Augenscheinlich hatte ich ihn beeindruckt. Was mir auf lange Sicht helfen würde. »Und wegen dieses Falls bist du hier?«

»Das hängt alles zusammen«, log ich ihm die Hucke voll. »Hier bin ich wegen eines Mannes, der vor zehn Jahren wegen

Mordes verknackt wurde. Kannst du mir etwas über einen«, ich warf einen betont desinteressierten Blick auf meinen Notizblock, »Reyes Farrow sagen? Ich hoffte, ihn in einer Sache befragen zu können, du weißt schon, im Zusammenhang mit meinem Fall, der …«

Ich verlor den Faden, weil ich Neil blass werden sah. Er griff nach seinem Telefon und drückte eine Taste. »Luann, können Sie bitte mal kommen?«

Mist, steckte ich etwa jetzt schon in der Klemme? Wollte er mich vor die Tür setzen? Klar, ich hätte bestimmt noch mehr Abkürzungen verwenden sollen, doch mir fielen keine mehr ein. NAACP zum Beispiel. Warum fiel mir die Vereinigung zur Förderung Farbiger nicht ein? Damit kann man jedem eine Scheißangst einflößen.

»Ja, Sir?«, fragte Luann in der offenen Tür.

»Würden Sie mir bitte die Akte Reyes Farrow bringen?«

Puh.

Doch Luann zögerte. »Sir?«

»Schon gut, Luann. Bringen Sie mir einfach den Vorgang.«

Sie sah mich an, dann wieder ihn. »Natürlich, sofort, Sir.«

Sie war gut. Cookie sagte nie *Sofort, Ma'am* – darüber würden wir noch zu reden haben. Außerdem war Luanns Reaktion nicht weniger aufschlussreich als Neils. Sie war eine äußerst feminine Erscheinung. Unter ihrem Kostüm prickelten Sprudelbäder und Champagner. Trotzdem kehrte sie sofort die Beschützerin raus. Beinahe grimmig. Obwohl ihr Grimm nicht gegen mich gerichtet schien.

»Geht es um den Zwischenfall?«, wollte Neil wissen. »Ich dachte, Reyes hätte keine Verwandten.«

»Zwischenfall?«, fragte ich zurück, als Luann den Vorgang brachte und ihm reichte. Sie ging, ohne mir einen zweiten Blick zu gönnen. War Reyes etwas zugestoßen? Womöglich war er tatsächlich tot? Dann wäre er deshalb plötzlich wie aus dem Nichts aufgetaucht.

Neil klappte den Aktenordner auf und studierte den Inhalt. »Richtig. Keine lebenden Verwandten. Wer hat dich engagiert?« Er fixierte mich, und die Rebellin in mir übernahm das Steuer.

»Diese Information ist streng vertraulich, Neil, sonst würde ich den DA hinzuziehen müssen.«

»Den Bezirksstaatsanwalt? Der weiß längst Bescheid, das versichere ich dir.«

Uupsie. Tja, so kam ich nicht weiter. Um Himmels willen. Ich holte tief Luft. »Schau, Neil, eigentlich frage ich aus mehr persönlichen Gründen, okay? Ich arbeite an einem Fall, ja, aber das hat *hiermit* nichts zu tun. Es ist nur ...« Es ist nur, dass ich am liebsten über deinen Häftling herfallen würde, oder was? Um herauszufinden, ob er sich in Luft auflösen kann? »Dass ich mich gerne mal mit ihm unterhalten würde.«

Dazu ein Klimpern mit den Wimpern. Vermutlich sah ich dabei wie eine Vollidiotin aus. Wie so ein Gefängnisgroupie, der einem Insassen Liebesbriefe schreibt und schließlich mit ihm in den Hafen der Ehe einläuft.

»Du weißt es also nicht?«, fragte er. Da schwang Erleichterung in seiner Stimme mit. Aber auch noch etwas anderes. Bedauern vielleicht?

»Anscheinend nicht.« Gleich würde er es aussprechen: Reyes war tot. Verstorben vor ... einem Monat? Ich erwartete die Neuigkeit mit angehaltenem Atem.

»Farrow liegt im Koma. Seit fast einem Monat.«

Ich brauchte eine Weile, um meine Kinnlade vom Boden aufzuheben und die Sprache wiederzufinden. Als es so weit war, fragte ich: »Im Koma? Warum? Wieso? Was ist denn passiert?«

Neil erhob sich hinter seinem Schreibtisch und gab mir den Aktenordner. »Wie wär's mit Kaffee?«

Ich nahm ihm das Konvolut ab, als wäre es mit kostbaren Edelsteinen besetzt, dann sagte ich gedankenverloren: »Dafür würde ich morden.« Uupsie. »Nein, würde ich natürlich nicht«, versicherte ich ihm und warf einen Blick durchs Fenster auf die Mauer des *Hochsicherheitsgefängnisses*. »Ich habe noch nie jemanden ermordet. Na ja, außer einmal, aber der hatte es verdient.«

Mein schwacher Versuch, witzig zu sein, schien Neil locker zu machen. Seine Lippen verdünnten sich zu einem unauffälligen Lächeln. »Du hast dich kein bisschen verändert.«

Ich biss mir auf die Unterlippe. »Das ist vermutlich nicht so doll, oder?«

»Nicht im Mindesten.«

Er ließ mich mit meiner Verwunderung über diese Bemerkung allein und ging Kaffee holen, während ich Reyes' Akte betrachtete, die anderenorts auch als der Heilige Gral bekannt war.

12

Reyes Farrow – Perfektion ist ein schmutziges Geschäft, aber einer muss sich ja drum kümmern.
– Charlotte Jean Davidson

»Kennst du ihn?«, fragte Neil mich über eine Stunde später. Ich hatte gelesen. Wir hatten geplaudert. Dann rief Garrett an. Ich ging nicht dran.

Und ich wurde schlauer. Ungefähr vor einem Monat kam es im Gefängnishof zu einem Streit, worauf das Gefängnis sofort abgeriegelt wurde und alle sich auf den Boden legen sollten. Als einer der Insassen, ein großer, kindischer Kerl, der sich Reyes angeschlossen hatte, durchdrehte und sich nicht hinlegte, wollte ein Wächter auf einem der Wachtürme einen Warnschuss abgeben. Reyes sah es und stürzte sich auf seinen Kumpel, um ihn zu Boden zu reißen, weil er dachte, der Wächter wollte ihn erschießen. Aber anstatt wie geplant harmlos in den Boden zu dringen, traf die Kugel Reyes am Kopf und durchbohrte seinen Stirnlappen. Seither lag er im Koma.

Ich sah auf und antwortete auf Neils Frage. »Nur von der Begegnung während meiner Highschoolzeit«, antwortete ich. Ich hatte ihm von dem Abend, an dem ich Reyes über den Weg gelaufen war, und von den Misshandlungen, die er durch sein mutmaßliches späteres Opfer hatte erdulden müssen, berichtet. Neil wirkte nicht sonderlich überrascht. Ich schloss die Akte und blickte in seine grauen Augen. »Mal so ganz unter uns«, sagte ich und beugte mich vertraulich vor. »Sozusagen unter alten

Freunden«, führte ich weiter aus. »Welchen Eindruck hat er auf dich gemacht? Was weißt du über ihn?« Ich trommelte mit den Fingerspitzen auf den Aktendeckel. »Was steht hier nicht drin?«

Neil lehnte sich in seinem Sessel zurück, rückte seinen Kragen zurecht und holte tief und lange Luft. »Du würdest mir nicht glauben, was ich dir zu sagen habe.«

Das klang vielversprechend. »Und ob ich das würde«, erwiderte ich augenzwinkernd.

Er sah mich eine volle Minute an, ehe er fortfuhr. Und als er endlich sprach, tat er es mit einem Widerwillen, den ich nur zu gut verstand. Natürlich bezweifelte er, dass ich ihm glauben würde. Wenn er nur wüsste …

»Als Farrow hier eingeliefert wurde, geschah etwas sehr Merkwürdiges, ungefähr eine Woche nachdem er zum Hofgang zugelassen worden war«, sagte er und studierte den Verschluss seiner Armbanduhr. »Die South Side schickte drei ihrer Soldaten, um ihn umzubringen. Weshalb? Keine Ahnung. Aber wenn die South Side losschlägt, sterben Menschen, so viel steht fest.«

Mir sank das Herz, aber ich biss die Zähne zusammen und gab mir alle Mühe, keine Reaktion zu zeigen, mir nicht anmerken zu lassen, was angesichts von Reyes Lage in mir vorging.

»Aber kaum, dass es angefangen hatte, war es schon wieder vorbei«, fuhr er fort. Sein Gesicht verdüsterte sich, während er sich nach und nach erinnerte. »Ich kam gerade frisch aus der Ausbildung, war ein einfacher Vollzugsbeamter und total motiviert. Aber als ich diese Kerle auf Farrow losgehen sah, hätte ich mir fast in die Hosen gemacht, was nicht heißt, dass ich damals bereits wusste, wer er war. Ich rief Verstärkung, doch ich hatte meinen Hilferuf nicht mal abgesetzt, da lagen schon drei aus der South Side in ihrem Blut, während dieser dreiundzwanzigjährige Bursche, tja, auf einem Tisch hockte, bereit, jeden anzuspringen, der sich ihm nähern wollte. Er behielt die übrigen

Insassen ohne jede Gefühlsregung im Auge. Er hatte nicht die geringste Angst.«

Ich saß wie versteinert da und wagte kaum zu atmen, während vor meinem inneren Auge das Geschilderte als Film ablief.

Neil schüttelte den Kopf und sah zu mir auf. Seine Miene verriet eine Mischung aus Erleichterung und Ehrfurcht. »Er war kein bisschen aufgeregter als ich jetzt. Ich habe kaum etwas von dem, was da los war, mitbekommen, aber …«

»Aber?«, drängte ich, kaum fähig, meine Neugier zu bezähmen.

»Aber … er hat sich anders bewegt als ein normaler Mensch, Charley. Eher wie ein Schemen, so schnell, dass ich ihm mit Blicken nicht folgen konnte. Und dann kauerte er kraftvoll, gefährlich wie ein Raubtier auf diesem Tisch.« Neil schüttelte abermals den Kopf, als könnte er immer noch nicht glauben, was er mit eigenen Augen gesehen hatte. »Daher auch sein Name.«

»Sein Name?«, fragte ich gespannt.

»Ihn hat nie wieder jemand angefasst«, fuhr er fort. »Und in all den Jahren, die ich jetzt hier bin, habe ich so etwas nie wieder erlebt. Für die Männer hier ist er eine Legende. Fast ein Gott.«

Fast sabbernd rutschte ich näher an seinen Schreibtisch heran. »Was war das mit dem Namen?«

»Ja, stimmt«, sagte er nickend. »Man nennt ihn hier *El Aliento del Diablo*.«

»Atem des Teufels«, übersetzte ich.

»Ich hab dir ja gesagt, es ist kaum zu glauben.« Er seufzte schwer in der Erwartung, dass ich seinen Bericht als Unsinn abtun würde.

»Neil, ich zweifle an keinem deiner Worte.« Als er darauf ein überraschtes Gesicht machte, erklärte ich: »An dem Abend, wo ich ihm begegnet bin, habe ich etwas ganz Ähnliches erlebt. Wie er sich bewegte, wie er ging …«

»Ja, genau«, pflichtete Neil bei, während er wiederholt auf mich deutete. »Als wäre er nicht ganz … nicht ganz …«

»… menschlich«, beendete ich den Satz für ihn.

Er blickte auf den Aktenordner in meinen Händen. »Ganz unmenschlich ist er offenbar aber auch nicht.«

Ich konnte nicht anders, ich musste die Akte an mich drücken, um mich an alles zu klammern, was Reyes Alexander Farrow ausmachte. »Offenbar.« Er war so rätselhaft, so surreal und mystisch.

»Wie du weißt, habe ich dich auf der Highschool nicht besonders gut leiden können«, holte mich Neil in die Gegenwart zurück.

Hm, gut, er war wenigstens ehrlich. »Ja, ich weiß«, sagte ich verständnisvoll. »Ich mochte dich auch nicht besonders.«

»Nein?« Er wirkte schockiert.

»Nein, tut mir leid.«

»Ja, mir auch. Ich habe dich immer für eine totale Spinnerin gehalten.«

»Und ich dich für einen arroganten Bastard.«

»Ich war ja auch ein arroganter Bastard.«

»Ja, klar«, sagte ich und unterdrückte ein trauriges Kichern.

»Aber du warst keine Spinnerin, oder?«

Dankbar für die Bestätigung, schüttelte ich den Kopf.

»Wenn du willst, kann ich dich zu ihm lassen.«

Mein Herz setzte aus, um dann buchstäblich höher zu schlagen.

»Aber ich muss dir mitteilen, dass er nicht durchkommen wird, Charley. Er ist hirntot.«

Mir war, als hätte mir jemand den Boden unter den Füßen weggezogen. Hirntot? Wie war das möglich?

»Schon seit dem Vorfall«, ergänzte er. Mich überkam ein Anfall von Panik. Ich wollte schlucken, doch mein Hals war plötzlich wie ausgedorrt.

Neil presste bedauernd die Lippen aufeinander. »Es tut mir

leid, Charlotte. Und ohne Verwandte, die dagegen angehen könnten –«

»Was ist denn mit seiner Schwester?«

»Schwester? Farrow hat keine lebenden Verwandten. Und laut seiner Akte hatte er niemals Geschwister.«

»Nein, das stimmt nicht«, widersprach ich, schlug den Vorgang noch mal auf und blätterte darin. »An dem Abend hatte er eine Schwester.«

»Hast du sie gesehen?« Neils Stimme klang äußerst hoffnungsvoll. Er wollte ebenso wenig, dass Reyes starb, wie ich.

Als mir klar wurde, dass in der Akte nichts über seine Schwester stehen konnte, klappte ich den Ordner wieder zu. »Nein«, antwortete ich und versuchte, mich nicht von der Enttäuschung überwältigen zu lassen. »Die Vermieterin hat mir von ihr erzählt.«

Neil ließ sich enttäuscht seufzend in den Sessel neben mir plumpsen. »Dann hat sie sich sicher geirrt.«

Während ich zu der Langzeitpflegeeinrichtung in Santa Fe fuhr, in der Reyes untergebracht war, versuchte ich, diese Fülle von Informationen, die ich in Erfahrung gebracht hatte, säuberlich zu verarbeiten. Reyes hatte seine Ausbildung fortgesetzt und ein Jahr nach seiner Verurteilung den Abschluss in Kriminologie gemacht. Dann sattelte er überraschend auf Computer um und machte seinen Master in Informatik. Er besserte sich und hätte das Gefängnis als produktives, Steuern zahlendes Mitglied der Gesellschaft verlassen können.

Und jetzt wollte man ihn nicht länger am Leben lassen. Neil hatte mir erklärt, dass sich der Staat allenfalls durch eine Einstweilige Verfügung aufhalten ließe, doch dafür würde ich einen verflucht guten Grund anführen müssen. Wenn ich nur seine Schwester finden könnte …

Als ich nach meinem Handy griff, um Cookie anzurufen, erklang auch schon ihr persönlicher Klingelton, Rod Stewards »Do Ya Think I'm Sexy?«.

Ich klappte das Gerät auf und hörte Cookie fragen: »Und?«

»Er liegt im Koma.«

»Scheiße, das kann nicht wahr sein.«

»Scheiße, ist es aber. Und in drei Tagen werden die lebenserhaltenden Maßnahmen eingestellt, Cook. Was soll ich denn jetzt bloß machen?« Nun wollten sich alle Gefühle Bahn brechen, die ich in Neils Büro unterdrückt hatte. Ich gab mir alle Mühe, sie mithilfe der Atemtechniken, die ich von meiner *Yoga Boogie*-DVD hatte, zurückzudrängen.

»Was *kann* man denn machen? Hat Mr Gossett dazu etwas gesagt?«

»Ich muss Reyes' Schwester finden. Sie ist die Einzige, die das noch aufhalten kann. Was nicht heißen soll, dass ich aufgebe. Ich werde Onkel Bob unter Druck setzen. Vielleicht kann *er* etwas tun.« Ich war nicht bereit, Reyes kampflos aufzugeben. Dass ich ihn nach all den Jahren gefunden hatte, musste einen Grund haben.

»Druck ist prima«, meinte sie.

Die Welt wurde grün, als ich auf einen Parkplatz fuhr, der wie ein englischer Garten gestaltet war. Bevor ich das Gespräch beendete, erteilte ich Cookie einen weiteren Auftrag. Einem der Artikel zufolge, den ich am vorigen Abend gelesen hatte, war Reyes drei Monate lang auf der Yucca High gewesen. Seine Schwester vielleicht auch. Ich benötigte die Zeugnisse.

Cookie nahm sich die Zeugnisse vor, während ich die Pflegeeinrichtung aufsuchte, die sicher besser war als das Gefängniskrankenhaus. Vermutlich hatte man ihn dorthin verlegt, weil man sich im Knast nicht um einen komatösen Patienten kümmern konnte. Neil hatte mich bereits angekündigt und dem Vollzugsbeamten, der Reyes bewachte, mitgeteilt, dass ich ihm einen Besuch abstatten würde.

Als ich den Korridor zum Schwesternzimmer entlangging, sah ich den Mann in einer Nische stehen, wo er mit einer Krankenschwester flirtete. Was ich ihm nicht verdenken konnte. Einen Patienten zu beaufsichtigen, der im Koma lag, war bestimmt nicht der Hit, während Flirten echt Spaß machte.

Als ich mich näherte, straffte er sich, während die Schwester davoneilte, um ihren Pflichten nachzugehen. »Ma'am«, grüßte er und tippte sich an den unsichtbaren Hut. »Sie sind sicher Ms Davidson.«

»Bin ich. Ich nehme an, Mr Gossett hat Sie unterrichtet?«

»Ja, hat er. Der Junge ist da drin«, sagte er und deutete zur anderen Flurseite auf eine gläserne Schiebetür mit einem hellblauen Vorhang, der zugezogen war.

Etwas überrascht, dass der Beamte keinen Ausweis sehen wollte, hielt ich auf die Tür zu. Na ja, jedenfalls der größte Teil von mir, meine Stiefel waren im Boden einzementiert. Worauf würde ich nach dem Eintreten stoßen? Würde er noch genauso aussehen? Oder hatte er sich in den zehn Jahren, die seit der Aufnahme für die Verbrecherkartei vergangen waren, sehr verändert? Oder in den zwölf Jahren, seit ich ihn zuletzt gesehen hatte? Würde man ihm den Knast ansehen? Die Härte von Menschen, die einen beträchtlichen Teil ihrer Lebenszeit hinter Gittern zugebracht hatten?

Der Beamte schien mein Unbehagen zu bemerken. »So schlimm ist es nicht«, meinte er und senkte mitfühlend die Stimme. »Er wird künstlich beatmet. Das ist wahrscheinlich das Schlimmste.«

»Kennen Sie ihn persönlich?«

»Ja, Ma'am. Ich habe um diese Aufgabe gebeten. Farrow hat mir mal während eines Gefängnisaufstands das Leben gerettet.

Wenn es ihn nicht gegeben hätte, würde ich heute nicht vor Ihnen stehen. Das ist das Mindeste, was ich für ihn tun kann, wissen Sie?«

Es schnürte mir die Kehle zu, und ich hätte ihn gerne mehr gefragt, doch plötzlich zog mich irgendwas in Reyes' Krankenzimmer, als hätte die Schwerkraft an dieser einen Stelle gerade exponentiell zugenommen. Schließlich machte ich einen Schritt auf die Tür zu; der Beamte tippte noch mal an seinen unsichtbaren Hut und schlenderte in Richtung Kaffeemaschine davon.

Als ich über die Schwelle trat, sah ich mich um, für den Fall, dass er als körperlose Erscheinung im Zimmer weilte. Ich war ein wenig enttäuscht, als ich ihn nirgends entdeckte.

Dann schaute ich aufs Bett. Da lag er: Reyes Farrow, mit Haut und Haaren, die sich bronzefarben von den weißen Bettlaken abhoben. Wieder schlug die Schwerkraft zu, nur dass sie diesmal, als ich näher an das Bett herantrat, von ihm ausging, und zum zweiten Mal im Leben sah ich Vollkommenheit.

In seiner Luftröhre steckte ein Beatmungsschlauch, sein Kopf verschwand fast unter einem Verband. Das zerzauste dichte, dunkle Haar fiel über den Verband tief in die Stirn. Das kräftige Kinn zierte ein Dreitagebart, seine langen, dichten Wimpern warfen Schatten auf seine Wangen. Dann fiel mein Blick auf seinen sinnlichen, wohlgeformten, unvergesslichen Mund.

Das einzige Geräusch im Zimmer machte das Beatmungsgerät. Kein Herzmonitor piepste, obwohl einer angeschlossen worden war, dessen Linien und Ziffern beständig im Fluss blieben. Als ich vortrat, berührte ich mit der Hüfte seinen Arm, der neben seinem Körper auf dem Bett lag. Die Ärmel des hellblauen Klinikhemds waren kurz und gestatteten einen ausgiebigen Blick auf schlanke Muskeln, die selbst im Schlaf straff wirkten. Über seinen gebräunten Oberarmmuskel floss eine Tätowierung und unterstrich dessen Schönheit und Schwung. Stammeskunst mit eleganten Linien und sinnlichen Kurven, die etwas zu bedeuten hatten. Ich hatte so etwas schon mal gesehen. Sie waren uralt, alt wie die Zeit. Und wichtig. Aber warum?

Mein Herz wollte nicht ohne Weiteres akzeptieren, dass der Mann, der da im Bett lag und mir verletzlich und kraftvoll zugleich erschien, wirklich Reyes Farrow war. Ich bekam weiche Knie und fragte mich, wie lange ich noch stehen konnte. Nach all der Zeit kam er mir unwirklicher vor als in meinen Träumen. Und schöner als in meiner Fantasie.

Seine breite Brust hob und senkte sich im Takt der Maschine. Ich fuhr mit dem Finger über eine glühende Schulter. Ein kurzer Blick auf die am Fußende seines Bettes angebrachte Tafel verriet mir seine normale Körpertemperatur. Trotzdem spürte ich eine Hitze wie vor einem Schmelzofen.

Noch im Schlaf wirkte er wild und unbeugsam, als wäre es unmöglich, ihn zu zähmen oder für längere Zeit einzusperren. Ich nahm seine glühende Hand und beugte mich über ihn.

»Reyes Farrow«, sagte ich, und meine Stimme drohte zu brechen. »Bitte, wach auf!« Mir war egal, was der Staat sagte. Reyes war ebenso wenig tot wie ich. Wie konnte man in Erwägung ziehen, sein Leben vorzeitig zu beenden? »Wenn nicht, werden die Maschinen abgestellt. Kannst du mich hören? Uns bleiben noch drei Tage.«

In der Hoffnung, dass er auf andere Weise in Erscheinung treten würde, sah ich mich suchend im Zimmer um. Ich wusste immer noch nicht, was er eigentlich war, auf jeden Fall aber mehr als ein Mensch. Daran hatte ich keinen Zweifel mehr. Ich musste seine Schwester finden. Ich musste ihn aus dieser Lage befreien.

»Ich komme wieder«, flüsterte ich. Doch ehe ich ging, senkte ich den Kopf und drückte meinen Mund auf seinen. Der Kuss versengte mir die Lippen, doch ich verharrte so mehrere wundervolle Minuten lang und genoss es, seinen Mund zu spüren.

Ich wollte mich aufrichten, den Kuss beenden, doch plötzlich wurde ich von Bildern überflutet. Ich erinnerte mich an unsere Nächte während des letzten Monats. Seine Hände, die meine Hüften packten, meine Beine, die ihn umschlangen, als hinge unser Leben davon ab, während er in mich eindrang und Wellen unvorstellbarer Lust in mir tosen ließ. Ich dachte an den Kuss in Cookies Büro, wie er meine Hand geführt und mich gehalten hatte, als meine Knie unter mir nachgaben. Dann erinnerte ich mich an die Nacht vor zwölf Jahren, als sein Vater ihn geschlagen und er für den Bruchteil einer Sekunde das Bewusstsein verloren hatte. Ich erinnerte mich an seinen Blick, als er wieder zu sich kam. An den Zorn, der sich nicht gegen seinen Vater richtete, sondern gegen mich! Er hatte mich angesehen: Für einen Sekundenbruchteil sah er mich und wurde von Zorn gepackt.

Dann spürte ich eine Tasse an den Lippen, ein warmes an meinen Kopf gedrücktes Handtuch, einen Arm, der mich umfasste, während ich in die Wirklichkeit zurückfand und mich fragte, wo meine Knochen abgeblieben sein konnten.

»Geht es Ihnen gut, Ms Davidson?«

»Hier«, ließ sich eine Frau vernehmen, »trinken Sie das. Sie sind schlimm gestürzt.«

Ich schluckte kaltes Wasser, schlug die Augen auf und sah den Vollzugsbeamten und die Krankenschwester über mich gebeugt. Der Beamte drückte mir ein feuchtes Handtuch gegen den Kopf, während die Schwester mich zu einem weiteren Schluck bewegen wollte. Dann schleppten sie mich zu einem Stuhl vor dem Krankenzimmer und versuchten, mich darauf festzuhalten, obwohl mein schlaffer Körper weiter darauf bestand, Bekanntschaft mit dem Bodenbelag zu machen.

»Na, so was«, bemerkte die Schwester. »Haben Sie sie?«

»Zuerst ja, aber sie entgleitet mir immer wieder wie ein Riesenhaufen Spaghetti.«

»Was?« Ich schreckte plötzlich hoch. »Riesenhaufen? Was war denn?«

Ich blickte in die vergnügten Augen des Beamten, nahm noch einen Schluck und lauschte seiner Erklärung.

»Entweder Sie sind in Ohnmacht gefallen, oder Sie wollten sich die Risse im Bodenbelag aus der Nähe ansehen. Auf jeden Fall haben Sie sich ordentlich gestoßen.«

»Echt?«

Er nickte. »Vielleicht hätten Sie besser nicht mit ihm rummachen sollen«, meinte er vielsagend.

Woher wusste er das? »Ich wollte ihn bloß zum Abschied küssen.«

Er schnaubte und wechselte einen Blick mit der Krankenschwester. »So sah das für mich aber nicht aus.«

Vermutlich nicht. Aber was war passiert? Hatte Reyes Farrow sogar solche Gewalt über mich, dass ich selbst nicht mitbekam, was wir zusammen taten? Dann wäre ich verloren.

»Du meine Güte«, rief ich und sprang auf. Nach einer kurzen Schwindelattacke, die mich sehr an den Abend erinnerte, wo ich meinen Abgang von der Highschool gefeiert hatte – in einer Pfütze meines Erbrochenen –, ging ich auf wackligen Beinen in Reyes' Krankenzimmer zurück, bewunderte noch ein paar Sekunden lang seine Schönheit, gab ihm einen kurzen Abschiedskuss – auf die Wange – und rannte nach kurzem Dank an den Beamten und die Krankenschwester aus dem Krankenhaus. Ich musste Reyes' Schwester finden, und die Zeit lief mir davon.

»Du bist ohnmächtig geworden?«

Ich seufzte ins Telefon und wartete, bis Cookie sich von ihrer Überraschung erholt hatte. Warum sie jetzt noch etwas überraschte, ging über meinen Verstand. »Hast du bei den Zeugnissen einen Treffer gelandet?«

»Noch nicht. Du bist umgekippt? Nachdem du ihn geküsst hast?«

»Sonst irgendwas, das ich wissen müsste?«

»Ja, ich habe die Datensticks durchsucht. Die gehören alle Mr Barber. Aber da sind bloß seine Gerichtsakten drauf.«

»Verflixt. Ich muss mit Barber darüber reden.« Wo steckten meine Anwälte eigentlich? »Und ich muss die Datensticks zurückbringen, bevor die Sekretärin merkt, dass sie verschwunden sind.«

Bevor wir Schluss machten, bat ich Cookie noch herauszufinden, ob die Sekretärin, Nora, ins Büro gegangen war. Hoffentlich nicht. Wenn Sie gar nicht erst dort auftauchte, würde sie die Datenträger auch nicht vermissen.

Gerade als ich Misery auf den Parkplatz des Causeway (auch bekannt als mein Zuhause) lenkte, dudelte mein Handy Beethovens Fünfte. Onkel Bob berichtete mir, dass der Schütze identifiziert und einer Adresse zugeordnet worden war. Beziehungsweise der Bursche, den man für den Todesschützen hielt. Ich wünschte, wenigstens einer der Anwälte hätte seinen Mörder gesehen. Jedenfalls arbeitete er für Noni Bachicha, der in der Stadt eine Karosseriewerkstatt hatte. Ich kannte Noni, er war nie zuvor in etwas Derartiges verwickelt gewesen, also musste es eine andere Verbindung geben. Aber solange wir den mutmaßlichen Täter nicht im Sack hatten, wussten wir gar nichts mit Sicherheit. Onkel Bob war auf dem Weg zur Verhaftung. Und mit ihm die halbe Polizei als Verstärkung.

Den Spaß konnte ich mir natürlich nicht entgehen lassen. Ich würde in der Sekunde, in der ich ihn sah, sagen können, ob der Kerl schuldig war oder nicht. Ein Privileg der Schnitterin. Problematisch wurde es nur, wenn der, den ich mir vornahm, für andere Verbrechen verantwortlich war. Ich nahm vor allem die Schuldhaftigkeit wahr. Die einzelnen Untaten klar zu unterscheiden war mitunter sehr schwierig. Versuchen musste ich es trotzdem.

Ich hatte die Adresse, wendete und raste zu einem Wohnblock im Kriegsgebiet im Süden der Stadt, wo ein gewisser Mr Julio Ontiveros residierte.

Die Einsatzteams bereiteten sich einen Block entfernt auf die Festnahme vor. Anscheinend verfügte die Polizei über einigermaßen tragfähige Hinweise, dass Julio sich in seiner Wohnung schlafen gelegt hatte. Vermutlich war es gestern Abend spät geworden. Ich parkte zwischen Onkel Bobs SUV und einem Streifenwagen und schaltete vor dem Aussteigen mein Handy stumm – es gibt nichts Schlimmeres als ein während einer Verhaftungsaktion klingelndes Handy, weil einen dann alle echt finster anstarren.

In neunundneunzig Prozent aller Fälle bin ich unbewaffnet – das motiviert mich, meinen Mörderblick zu trainieren. Allerdings tragen heute alle, die was auf sich halten, Schusswaffen; daher kam ich mir immer vor wie ein Mädchen, das zu einem formellen Abendessen in Jeans und Pink-Floyd-T-Shirt aufkreuzt. Vermutlich deshalb, weil ich genau das mal gemacht hatte.

Als ich Ubie neben einem anderen Streifenwagen entdeckte, sah ich mich gleichzeitig in Rufweite von Garrett Swopes. Ich unterdrückte den bösen Hornissenstich der Eifersucht, als mir klar wurde, dass Ubie ihn zuerst verständigt haben musste. Ich löse seit meinem fünften Lebensjahr Fälle für den Mann, und er ruft erst mal Swopes an? In mir stieg Ärger auf, mir schwoll der Kamm, meine Nackenhaare sträubten sich. War ein wenig Anerkennung denn zu viel verlangt? Hier und da ein wenig Günstlingswirtschaft?

Onkel Bob telefonierte wie üblich, als Garrett hinter dem offenen Kofferraum des Streifenwagens zu mir aufsah. Kurz sah ich Besorgnis in seinen Augen. Ich fluchte im Stillen, denn mir ging auf, dass ich wegen der Schmerzen in Brustkorb und Hüfte hinkte. Also biss ich die Zähne zusammen, drückte den Rücken durch und ging so normal wie möglich. Dann machte ich mich ein wenig lockerer, da ich fürchtete, mein Gang könnte an gewisse Tanzstile der Achtziger erinnern.

»Kaum zu glauben, dass Sie sich nicht sämtliche Rippen gebrochen haben«, sagte Garrett, während ich vorwärts stakste.

»Ich hatte gar nicht mehr sämtliche Rippen.«

»Sind Sie sich sicher?«, wollte er wissen. Und beäugte meinen Brustkorb. »Besser, ich zähle mal nach.«

Da ich kitzelig bin, schlang ich schützend die Arme um meinen Leib. »Nur, wenn Sie eine Hand verlieren wollen«, warnte ich, obwohl er in Jeans und T-Shirt und einer umgeschnallten dunkelblauen Schutzweste ziemlich klasse aussah. Sehr männlich. »Aber lassen Sie sich davon nicht abhalten«, fuhr ich fort, »es zahlt sich bestimmt aus, wenn Sie endlich mal zählen lernen.«

Er grinste ungerührt und checkte sein Magazin. »Bestimmt.«

»Alles klar, ich geh dann mal hintenrum.«

»Wieso?«

»Weil ich's kann. Und weil Sie da nicht sind.«

»Oh. Aber lassen Sie sich nicht abknallen.«

Ich schnaubte – *von wegen* – und hinkte von dannen.

»Und dass Sie mir nirgends runterfallen«, rief er mir halblaut hinterher.

Ein lustiger Kauz.

Ich hatte kaum mit einem niedlichen Polizisten namens Rupert hinter dem Gebäude Stellung bezogen, als wir aus dem Innern etwas vernahmen, das wie ein Schuss klang. Rupert war sofort hellwach. Er überwand den zwei Meter hohen Maschendrahtzaun, rannte auf den Hintereingang zu und kam mit der Waffe im Anschlag an der Backsteinwand des Gebäudes zum Stehen. Rupert war noch jung.

Älter und klüger, wie ich war, zog ich die Lücke ein paar Meter weiter hinten vor, wo früher mal eine Zufahrt gewesen war. In Anbetracht der Umstände nahm ich mir Garretts Warnung, mich nicht abknallen zu lassen, zu Herzen, schlich geduckt in den Hinterhof. Zwölf Sekunden später lag ich im Dreck und schnappte nach Luft. Anscheinend hatte der Verdächtige die Lücke im Zaun ebenfalls entdeckt. Und aus irgendeinem Grund dient, wenn einer von schussbereiten Bullen eingekreist ist, meistens die unbewaffnete Braut, ob sie nun klare Kante zeigt oder nicht, als letztes Mittel des Widerstands. Mir blieb gerade noch Zeit, Ruperts süßen Arsch zu bewundern, als ein Riese im Hoody, entschlossen ein Loch ins Universum zu stanzen, gegen mich prallte.

Wir gingen hart zu Boden, meine schmerzenden Rippen ließen helle Sternlein gleißen … und ich fühlte Angst. Seine Angst. Und seine Unschuld. Der Bursche hatte niemanden erschossen. Verdammt!

13

Artige Frauen machen selten Geschichte.
– Laurel Thatcher Ulrich

Meine Arbeit als Privatschnüfflerin würde niemals legendär werden. Ich würde nie in der kriminologischen Fachliteratur oder in Vorlesungen an den Universitäten vorkommen. Aber ich hatte so ein Gefühl, dass ich mit ein bisschen Glück Thema in Chatrooms werden würde.

Wenn ich schon kein Vorbild sein konnte, dann wenigstens ein abschreckendes Beispiel.

Cookies Versuch, die Zeugnisse und Kurslisten von Reyes' Highschool in die Finger zu kriegen, schlug leider fehl. So was kam selten vor, aber manchmal eben doch. Es ging dabei irgendwie um Gesetze und Vertraulichkeit. Also marschierte ich mit einem einzigen Ziel im Sinn aufs Polizeirevier. Trotz bloß liegender Nerven und blaugrüner Blutergüsse schenkte ich den argwöhnischen und misstrauischen Blicken keine Beachtung und hielt geradewegs auf den Verhörraum zu.

In dem Moment hörte ich das »Psst«.

Ich ging langsamer und blickte mich suchend um, sah aber nur Schreibtische und Uniformen. Dann erspähte ich die Toiletten. Dort winkte mich mit gekrümmtem Finger eine ältere Latina in einem dünnen, geblümten Kleid heran. Um Kopf und Schultern hatte sie eine schwarze Seidenmantilla drapiert, und ich hätte meinen letzten Nickel darauf gesetzt, dass sie bessere Tortillas machte als irgendwer sonst. Jedenfalls zu Lebzeiten.

Ich hatte eigentlich keine Zeit, mich einer Verstorbenen zu widmen, aber Nein sagen konnte ich auch nicht. Das konnte ich nie. Ich ließ den Blick durchs Revier schweifen und verschwand, ohne genau zu wissen, wieso, betont cool und beiläufig in der Damentoilette. Dem Ruf der Natur zu folgen war sicher nicht verboten. Bereits fünf Minuten später kam ich genauso cool wieder heraus. Nun allerdings bis an die Zähne gerüstet – jedenfalls im übertragenen Sinn – und zu allem bereit.

Ich entdeckte Onkel Bob, der an der Tür des Beobachtungsraums stand. Als ich auf ihn zuhielt, blieb er mit Sergeant Yokel ins Gespräch vertieft.

»Ich möchte einen Handel vorschlagen«, unterbrach ich die beiden.

Yokel funkelte mich an.

Ubie wölbte interessiert die Brauen. »Was für einen Handel?«

»Julio Ontiveros hat unsere Anwälte nicht erschossen.« Menschen verströmen Schuld. Ich kann sie eine Meile gegen den Wind riechen. Und Julio Ontiveros hatte keine Schuld. Jedenfalls nicht an einem Mord. Und was sich wie ein Schuss angehört hatte, war in Wahrheit die Fehlzündung seines Motorrads gewesen. Offenbar nahm er die Maschine, damit sie nicht geklaut wurde, nachts mit in seine Wohnung. Kluger Junge.

»Na toll«, sagte Sergeant Yokel und verdrehte die Augen. »Ich bin ja so froh, dass Sie uns an Ihren Erkenntnissen teilhaben lassen.«

Onkel Bob jedoch zog die Stirn kraus, senkte das Kinn und rückte mir auf die Pelle. »Bist du sicher?«

»Das ist jetzt nicht Ihr Ernst«, versetzte der Sergeant ungläubig.

Onkel Bob schoss in einem seiner seltenen feindseligen Momente einen eisigen Blick auf Yokel ab, unter dem sogar eine unerschrockene Winterrose eingegangen wäre. Yokel hielt darauf die Backen, kehrte uns den Rücken und musterte den Verdächtigen durch den Spionspiegel.

»Es geht hier um eine echt große Sache, Charley, da musst du dir hundert Pro sicher sein. Die Chefetage macht uns nämlich mächtig Druck.«

»Es geht immer um eine große Sache. Denk bloß an das letzte Mal, als ich falsch lag.«

Ubie überlegte, dann schüttelte er den Kopf. »Daran kann ich mich gar nicht erinnern.«

»Eben.«

»Aha, alles klar. Und der Handel?«

Ubie würde begeistert sein. »Wenn ich ihn dazu bringe, ohne Umschweife seinen Anteil an dem zu bekennen, was heute passiert ist, und gegen den wahren Todesschützen auszusagen, musst du im Gegenzug zweierlei für mich tun.«

»Darüber lässt sich reden«, meinte Ubie.

»Du musst mir eine gerichtliche Anordnung besorgen, die verhindert, dass bei einem im Koma liegenden Häftling endgültig der Stecker gezogen wird.«

Seine Brauen schossen in die Höhe. »Auf welcher Grundlage?«

»Das gehört zu erstens«, gab ich achselzuckend zurück. »Du musst dir etwas einfallen lassen. Egal was, Onkel Bob.«

»Ich tue, was ich kann, aber –«

»Kein aber«, fiel ich ihm mit in die Luft gerecktem Zeigefinger ins Wort. »Versprich mir nur, dass du alles versuchst.«

»Du hast mein Wort. Und zweitens?«

»Ich möchte, dass du mit mir zur Highschool gehst. Aber vergiss dabei deine Polizeimarke nicht.«

Nachdem er zum zweiten Mal große Augen gemacht hatte, sagte er: »Ich nehme mal an, dass du mir später alles erklärst.«

»Ich schwör's«, sagte ich und machte mit den Fingern die entsprechende Geste. »Fürs Erste lassen wir uns von dem Burschen mal verraten, was er weiß.«

Sergeant Yokel, der unser Gespräch belauscht hatte, quittierte meine vermeintliche Überheblichkeit mit einem verächtlichen Schnauben.

Mir entschlüpfte ein ärgerliches Stöhnen. »Was vermutlich nicht lange dauern wird«, fügte ich an Onkel Bob gewandt hinzu.

Unfähig, tatenlos dabeizustehen, drehte sich Sergeant Yokel zu uns herum. »Sie haben doch nicht ernsthaft vor, diese Ermittlung zu gefährden, indem Sie *die* da reinlassen, oder?« Als Ubie ihn einfach in Gedanken versunken links liegen ließ, knirschte Yokel hörbar mit den Zähnen und baute sich vor meinem Onkel auf. »Davidson«, rief er in Erwartung einer Antwort.

Für so was hatte ich keine Zeit. Während Onkel Bob und Yokel einander maßen, betrat ich den Beobachtungsraum und betrachtete Mr Ontiveros durch den Spionspiegel. Der zweite Beamte im Raum drehte sich überrascht zu mir um. Natürlich schenkte ich ihm keine Beachtung. Julio hockte in einer kleinen, kargen Kammer auf der anderen Seite, zappelte auf seinem Stuhl herum und starrte ins Spiegelglas. Er trug die Haare nach Bandenart – an den Seiten ausrasiert, oben etwas länger – und gab sich ungeheuer cool. Trotzdem schwitzte er Angst aus sämtlichen Poren.

Er war nicht unschuldig, aber erschossen hatte er niemanden. Seine Angst rührte von der Sorge, für etwas einfahren zu müssen, das er gar nicht verbrochen hatte. So was kam in letzter Zeit anscheinend häufiger vor.

Ich drehte mich um und winkte Ysenia, der Latina, mit der ich mich eben in der Damentoilette unterhalten hatte und die außerdem zufällig Julio Ontiveros' Tante war. Sie wartete in der Ecke und ließ, als ich hinausging, ein boshaftes Grinsen aufblitzen.

»Ich bin so weit«, warf ich Onkel Bob zu, ehe ich den eigentlichen Verhörraum betrat. Als ich die Tür zumachte, hörte ich noch, wie er und Yokel sich beeilten, in den Beobachtungsraum zu gelangen, um nichts zu verpassen. Dann vernahm ich noch mehr eilige Schritte. Offenbar war uns ein Publikum beschieden. Das womöglich enttäuscht sein würde. Lange würde dieses Verhör nicht dauern.

Julio saß in Handschellen an einem kleinen Metalltisch. Als er zu mir hochsah, riss er überrascht die Augen auf und runzelte für den Bruchteil einer Sekunde misstrauisch die Stirn, ehe er seine Gesichtszüge wieder mustergültig unter Kontrolle hatte.

Dann lehnte er sich lässig zurück. »Was für scheiß …«

»Klappe!«, versetzte ich und marschierte um ihn herum. Dann beugte ich mich vor seiner Nase über den Tisch, berührte dabei mit der Hüfte seine gefesselten Handgelenke, verstellte ihm die Sicht auf den Spiegel und verhinderte damit, worauf es mir am meisten ankam, nämlich dass die Männer im Beobachtungsraum uns belauschen konnten. Ich kam Ontiveros nahe genug für einen Lapdance. Ein notwendiges Übel, weil das, was ich zu sagen hatte, niemanden etwas anging. Andernfalls würde ich nämlich an einem speziellen Ort mit gepolsterten Wänden und Medikamenten in weißen Plastikschälchen landen.

Ich konnte spüren, wie Onkel Bobs Nerven blank lagen, weil ich zu dem, wie er glaubte, kaltblütigen Killer keinen Abstand hielt. Doch ich wusste es besser.

Ich hatte Julio überrumpelt und nutzte die Zeit, die er benötigte, um wieder zu sich zu kommen, beugte mich vor und flüsterte ihm etwas ins Ohr. Es würde nicht lange dauern, bis Onkel Bob, der um meine Sicherheit fürchtete, in den Raum platzte. Ein paar Worte nur, zwei, drei kurze Sätze, und Mr Ontiveros würde singen wie ein Kanarienvogel.

Ich flehte den Himmel um zehn Sekunden an. Und ich wurde erhört.

»Wir haben nicht viel Zeit, also seien Sie still und hören Sie mir zu.«

Er nutzte lieber die Gelegenheit, den Obercoolen zu mimen. Er beugte sich weit vor und inhalierte den Duft meines Halses und meiner Haare.

»Ihre *tía* Ysenia schickt mich …«

Er hielt inne.

»Sie hat mir gesagt, wo die drei Dinge zu finden sind, die Sie sich am meisten wünschen.«

Ich hörte den Türknauf. Außerdem spürte ich Ontiveros' Misstrauen. Seine Begeisterung für meinen Geruch verflüchtigte sich. Wie immer, wenn ich von Toten zu reden anfing. Ich lehnte mich ein wenig zurück und spähte in seine wachsamen Augen.

»Sie sind fünf Minuten davon entfernt, für drei Morde belangt zu werden, die Sie, wie wir beide wissen, nicht begangen haben. Verraten Sie mir, ohne irgendwas auszulassen, was Sie mit dieser Sache zu tun haben, und ich verrate Ihnen, wo das Medaillon ist. Für den Anfang.«

Verblüfft holte er Luft. Das war Wunsch Nummer eins. Auch Nummer zwei war ziemlich handfest. Nummer drei indes war ein wenig heikler, vor allem deshalb, weil Ontiveros' Tante nicht *genau* wusste, wo Nummer drei zu finden sein würde, sondern lediglich die ungefähre Entfernung kannte. Vermutlich würde der Rest Cookies Aufgabe sein.

Ich hatte mein Ding gerade durchgezogen, als Onkel Bob mit drohender Miene durch die Tür gestürmt kam. Ich zwinkerte ihm zu, wandte mich wieder an Julio, zog eine Visitenkarte aus meiner Gesäßtasche und schob sie ihm unter die gefesselte Hand.

»Sie haben mein Wort«, sagte ich, ehe ich ging.

Im Beobachtungsraum wartete ich, ob er einknicken würde. Nicht, dass ich viel gesehen hätte. Der winzige Raum war inzwischen überfüllt. Die Hälfte der Männer glotzte mich an – darunter auch der stocksaure Garrett Swopes, der mich allerdings an meinem Knackarsch lecken konnte –, während die andere Hälfte in den Verhörraum starrte. Dann hörte ich es.

»Ich sage aus«, ließ sich Julio aus den Lautsprechern vernehmen. »Ich verrate Ihnen, was ich weiß, aber ich verlange Immunität. Ich gehe hierfür nicht in den Knast.«

Ich drehte mich mit blitzenden Augen um, klatschte Ysenia ab, die Frau, die den Jungen großgezogen hatte und die irdischen Gefilde erst verlassen wollte, wenn sie ihn aus der Scheiße geholt hatte, wie sie sich ausdrückte. Dann marschierte ich erleichtert grinsend aus dem Polizeirevier. Onkel Bob würde mir die Einzelheiten später telefonisch mitteilen, ich würde ihm im Gegenzug die Bedingungen unseres Abkommens erläutern. Für den Moment war ich müde und steif vor Schmerzen und benötigte dringend ein heißes Bad. Wenn ich gewusst hätte, was mich zu Hause erwartete, hätte ich bestimmt sinnlichere Bedürfnisse verspürt.

In Gedanken bei Sprudelbädern und Kerzenlicht schloss ich die Haustür auf und huschte leise in meine Wohnung, um Cookie und Amber auf der anderen Seite des Hausflurs nicht zu stören. Es war spät. Die Sonne hatte sich bereits vor Stunden auf die andere Seite der Welt verzogen, und ich wollte Cookie nicht zwei Nächte hintereinander um ihren verdienten Schlaf bringen. Auf dem Heimweg hatte ich Zwischenstation im Büro gemacht und entdeckt, dass Neil mir, in einem Anfall von Entgegenkommen, eine Kopie der Akte Reyes hatte zustellen lassen. Ich wusste nicht genau, ob das legal war, aber ich hätte ihm nicht dankbarer sein können, wenn er mir seinen Lottogewinn überlassen hätte. Bei der Akte lag eine schlichte Notiz: *Von mir hast du das nicht*.

Ich erkundigte mich bei Dad, ob jemand eine Nachricht für mich hinterlassen hatte, für den Fall, dass die geflüchtete Rosie irgendwas benötigte, verdrückte eine Portion Chilieintopf und schleppte mich anschließend über den Parkplatz zum Causeway. Obwohl es gut war, dass Rosie sich nicht gemeldet hatte, machte ich mir unwillkürlich Sorgen und hoffte, sie würde sich gegen meine Anweisung mal bei mir melden.

Als ich das Wohnzimmerlicht einschaltete und beiläufig Mr Wong Hallo sagte, drehte sich Reyes zu mir um, Reyes, der wie ein König von Gottes Gnaden vor meinem Wohnzimmerfenster stand. Reyes Farrow. Derselbe Reyes Farrow, der eine Wegstunde von hier in Santa Fe im Koma lag. Er wandte sich ab und blickte wieder aus dem Fenster, damit ich mein Zeug auf der Küchenbar ablegen konnte.

Anschließend trat ich vorsichtig näher an ihn heran. Er senkte seinen durchdringenden Blick und beobachtete mich aus den Augenwinkeln. Obwohl er eindeutig körperlos war, schien er aus einem festeren Stoff als Menschenfleisch zu bestehen.

Ich suchte nach Worten. *Du bist echt eine Kanone im Bett* kam mir irgendwie unpassend vor. Als der Druck zu groß wurde, platzte ich mit dem Erstbesten heraus, das mir in den Sinn kam.

»In drei Tagen werden deine lebenserhaltenden Apparate abgeschaltet.«

Endlich sah er mich an, sein Blick wanderte von meinen Füßen langsam nach oben, hinterließ ein wohliges Kribbeln auf meiner Haut und speiste sämtliche Moleküle mit einer Strahlkraft, die sich in meinem Unterleib sammelte, dort kreiste, sich in meinen Südpol ergoss, mein Fleisch entzündete und meine Glieder löste. Ich hatte Mühe, bei der Sache zu bleiben.

»Du musst aufwachen«, erklärte ich, doch er blieb stumm. »Kannst du mir wenigstens verraten, wie deine Schwester heißt?«

Sein Blick blieb an meinen Hüften hängen, ehe die Wanderschaft Richtung Norden weiterging.

»Sie ist die Einzige, die das Abschalten verhindern kann.«

Immer noch nichts. Dann fiel mir ein, wie Rocket auf seinen

Namen reagiert hatte. Mit welcher Angst. Ich trat näher, achtete aber darauf, nicht in die Reichweite seiner Arme zu gelangen. Wir mussten dringend miteinander reden, auch wenn mich seine Nähe zittern ließ und mein Körper, konditioniert wie der pawlowsche Hund, sich unwillkürlich nach seiner Berührung sehnte.

»Rocket hatte Angst vor dir«, sagte ich mit plötzlich heiserer Stimme. Als er seinen Blick auf Danger und Will Robinson heftete, fragte ich: »Du würdest ihm doch nichts tun, oder?« Endlich fand sein durchdringender, leidenschaftlicher Blick meine Augen.

Obwohl wir ein gutes Stück voneinander entfernt standen, spürte ich die Hitze, die von ihm ausging. Und gegen meinen Willen trat ich einen Schritt auf ihn zu. Dabei bedrängten mich so viele Fragen, so viele Zweifel.

Einen Monat lang war er jede Nacht erschienen, dann ein Mal nicht, und schon gewann meine Unsicherheit die Oberhand. Und wenn es sich noch so erbärmlich anhört – in diesem Augenblick war es mir am dringendsten zu erfahren, warum er in der vergangenen Nacht nicht zu mir gekommen war. Reyes runzelte die Stirn, zog die Brauen zusammen und legte den Kopf schief, als überlegte er, was ich wohl gerade dachte.

Doch so sehr ich ihm die Frage stellen wollte, musste ich mich zuerst vergewissern, ob von ihm Gefahr für Rocket ausging, auch wenn ich mir nicht vorstellen konnte, warum das so sein sollte.

»Würdest du Rocket, wenn ich dich sehr nett, samt Sahnehäubchen obendrauf bitte, nichts tun?«

Sein Blick sank zu meinem Mund, sodass ich die Luft anhielt und mich nur schwer beherrschen konnte, nicht auf der Stelle über ihn herzufallen. Ich musste mich zusammenreißen.

»Einmal blinzeln heißt Ja«, sagte ich, bevor mir noch die letzte Selbstachtung und Angriffslust abhandenkäme. Er war offensichtlich ein sehr gefährliches Wesen, und ich fragte mich mehr und mehr, zu welcher besonderen Gattung er wohl gehörte. Womöglich war er wie ich und Rocket mit einer Aufgabe geboren worden, einem Job, doch dann war sein Leben wie das von Rocket aus dem Ruder gelaufen, und er hatte seine Pflicht nie erfüllen können. Meine ohnehin wackelige Selbstbeherrschung knickte ein. Ich versank in den funkelnden goldenen Sprenkeln seiner Augen. Ich kam mir vor wie ein Kind vor einem Magier, der es in seinen Bann schlägt, fühlte mich von einem fremden Willen zu ihm hingezogen.

Auf einmal drehte er sich um und brach den Bann, als hätte irgendetwas seine Aufmerksamkeit erregt. Im nächsten Augenblick stand er vor mir, sein sinnlicher Mund nur mehr Zentimeter von mir entfernt.

»Du warst müde …«, sagte er und verschwand in einem Wirbel dunkler Partikel, noch ehe er den Satz zu Ende gesprochen hatte.

Ich stand im Nachhall seiner Erscheinung, der Klang seiner Stimme ergoss sich wie geschmolzenes Gold über meinen Rücken, als Cookie zur Tür hereineilte.

»Garrett hat angerufen, er meinte, du wurdest verwundet«, rief sie. »Wieder mal. Aber du bist gesund und munter.« Dann neigte sie den Kopf ein wenig nach links. »Jedenfalls einigermaßen. Hast du schon mal daran gedacht, dass du dich nur deshalb so schnell wieder erholst, weil du die Schnitterin bist?«

Reyes war hier, in meinem Wohnzimmer, er stand so fest und himmlisch vor mir wie Michelangelos *David*.

»Charley?«

Ich fühlte noch die Wärme seines Mundes. Moment mal. Ich war müde? Was hatte er damit gemeint … Oh, mein Gott! Er hatte meine Frage beantwortet, wieso er sich letzte Nacht nicht hatte blicken lassen. Die Frage, die ich ihm nicht laut, sondern nur in Gedanken gestellt hatte. Beunruhigend.

»Ich könnte dir eine scheuern, wenn du meinst, dass das was bringt.«

Endlich kam ich blinzelnd zu mir und sah Cookie an. »Er war hier.«

Sie sah sich suchend um, mit großen Augen, unsicher. »Das große, böse Dings?«

»Reyes.«

Sie erstarrte, kaute einen Augenblick lang auf der Unterlippe herum, sah mich dann wieder an und fragte: »Hast du ihn von mir gegrüßt?«

Am folgenden Morgen war ich immer noch steif vor Schmerzen. Aber immerhin lebte ich noch. Halb volles Glas und so. Ich hatte es sogar einmal unfallfrei ins Badezimmer geschafft. Was bestimmt ein gutes Omen für den vor mir liegenden Tag war. Ich fand, das stand mir zu nach dieser verkorksten Nacht. Reyes hatte sich nicht mehr blicken lassen. Schon wieder. Während ich mich noch im Bett wälzte, kam eine SMS von Onkel Bob.

Nachdem ich das verarbeitet hatte – eine SMS zu schicken war eigentlich nicht Ubies Ding –, versuchte ich, die Nachricht zu entziffern. Es ging um FECAL DABL und HIKE SCHOOP, was ausreichte, um dem Tag voller Vorfreude entgegenzusehen. Wir würden Reyes' Highschool einen Besuch abstatten.

Ich war die halbe Nacht aufgeblieben und hatte Reyes' Gefängniskarriere studiert; die Akte war randvoll mit unbezahlbaren Informationen über ihn. Ich hatte selten etwas so Interessantes gelesen. Er hatte den höchsten IQ aller jemals in New Mexico einsitzenden Häftlinge. Wie hieß das noch? Unmessbar? Er lebte im Knast ziemlich zurückgezogen, obwohl er durchaus ein paar Freunde hatte, darunter einen Zellengenossen, der seit sechs Monaten auf Bewährung draußen war. Und der Vollzugsbeamte im Krankenhaus hatte die Wahrheit gesagt. Reyes hatte ihm während eines Gefängnisaufstands das Leben gerettet. Der Beamte war, als der Aufstand losging, isoliert und von einer Handvoll Knackis eingekreist worden. Als Reyes dazukam, hatten sie den Wärter schon fast bewusstlos geprügelt. Der wusste deshalb nicht, wie seine Rettung abgelaufen war. Er gab nur zu Protokoll, Reyes habe ihm das Leben gerettet, ihn in Sicherheit gebracht und bis zur Niederschlagung des Aufstands versteckt.

Ich war so stolz auf Reyes. Ich wusste jetzt, dass er zu den Guten zählte. Doch während alles, was ich seiner Akte entnehmen konnte, meine Fantasie auf das Schönste beflügelte, brachte mich nichts davon seiner Schwester näher.

Ich überlegte, ob ich Garrett einschalten sollte. Wenn jemand Reyes' Schwester aufspüren konnte, dann er. Aber das erforderte einige Erklärungen. Ich schob die Idee erst mal beiseite und trat aus der Dusche. Da stand Angel Garza, mein dreizehnjähriger, supercooler Ermittler, mit der Hüfte gegen das Waschbecken gelehnt.

»Brauchen Sie mich, Chefin?«, fragte er und strich mit den Fingern über den Wasserhahn.

»Wo hast du gesteckt?« Als er nicht hinsah, griff ich nach meinem Bademantel. »Ich hab mir schon Sorgen gemacht. Du warst noch nie so lange verschwunden.«

»Entschuldigen Sie, ich war bei meiner Mom.«

»Oh.« Ich behielt mein Misstrauen für mich und wickelte mir ein Handtuch um den Kopf. Noch vor einer Minute hatte ich unbekleidet vor ihm gestanden, und Angel, der gewöhnlich nichts anbrennen ließ, hatte nicht darauf reagiert. Irgendwas stimmte da nicht. Angel hätte – im übertragenen Sinne – sein Leben gegeben, um mich nackt zu sehen. Am besten splitterfasernackt. Das hatte er mir bei jeder sich bietenden Gelegenheit klargemacht. Aber statt mich zu begaffen, befummelte er den Wasserhahn. In Angels Welt lag definitiv irgendwas im Argen.

Dreizehnjährige tote Bandenmitglieder waren soo launisch.

Angel und ich hatten uns zusammengetan, nachdem ich ihm in der Nacht des göttlichen Reyes, wie ich sie nannte, begegnet war. Anschließend hatte er mich durch die Highschool, das College und schließlich bis ins Friedenskorps begleitet. Als ich danach mein Detektivbüro aufgemacht hatte, wurden wir uns handelseinig, dass ich das Geld, das er bei mir verdiente, seiner Mutter schickte – natürlich anonym – und er dafür mein erster, bester und einziger Ermittler wurde.

Doch irgendwann begann Angel die Vorzüge unseres Arrangements aus einer anderen Warte zu betrachten. Er wollte mich zu einer Betrugsmasche überreden.

»Wir wären ein astreines Team, Mann«, meinte er.

»Sind wir das nicht auch so?«

»Überlegen Sie doch mal. Wir könnten die Verwandten der Verstorbenen abziehen wie die Blöden.«

»Das nennt man Erpressung.«

»Das nennt man Kapitalismus.«

»Dafür muss man ein bis vier Jahre im Staatsgefängnis brummen und eine empfindliche Geldstrafe bezahlen.«

Schließlich wurde er sauer und beschimpfte mich: »Sie wollen nur meinen Körper.«

Der Tag, an dem ich auf einen toten Dreizehnjährigen scharf bin, wird der Tag sein, an dem ich mich selbst einliefere. »Du hast gar keinen Körper«, erinnerte ich ihn.

»Und das sagen Sie mir ins Gesicht.«

»Genau genommen hast du nicht mal ein Gesicht. Und selbst wenn wir aus unseren Gaben bare Münze schlagen, kannst du dir damit noch lange kein neues Skateboard kaufen.«

»Aber das wäre Extrakohle für meine Mom.«

»Dafür ist gesorgt.«

»Und auf die Erleuchtung stehe ich auch.«

»Die was?«

»Die Erleuchtung. Sie wissen schon, das Gesicht, das die Leute machen, wenn sie endlich kapieren, dass man wirklich da ist. Das ist wie ein Stromschlag. Ein Kribbeln am ganzen Körper. Wie bei einer statisch aufgeladenen Decke.«

»Echt? Das höre ich zum ersten Mal.«

»Ja, und ich find's stark, wenn die Leute mitkriegen, dass wir unter ihnen sind.«

Ich beugte mich zu ihm und fragte: »Soll deine Mom mitkriegen, dass du noch da bist?«

»Nee. Sie hat lange genug um mich getrauert.«

Alles in allem war er ein guter Junge. Allerdings benahm er sich völlig anders als sonst.

Ich schob ihn zur Seite und begann, in meinem Make-up-Beutel zu kramen. »Alles gut bei dir?«, erkundigte ich mich so beiläufig wie möglich.

»Klar«, antwortete er achselzuckend. »Aber Sie sehen echt scheiße aus, ich kann Sie keine zwei Sekunden allein lassen.«

»Ich hatte eine interessante Woche. Zum Beispiel habe ich Rosie rausgehauen«, erklärte ich mit Bezug auf unseren Fluchthelferfall. Es war Angels Idee gewesen, Rosie nach Mexiko zu schicken, und er hatte auf der Suche nach dem kleinen, zum Verkauf stehenden Strandhotel jede Menge Laufarbeit geleistet. Außerdem hatten wir uns etwas einfallen lassen müssen, um Geld aufzutreiben, aber am Ende war alles gut gegangen.

Er berührte eine Parfumflasche auf dem Badezimmerbord. »Wissen Sie, es ist gar nicht so übel hier«, bemerkte er rätselhaft.

Nachdem ich die neuen Grünschattierungen in meinem Gesicht bewundert hatte, legte ich die Grundierung weg und sah ihn an.

»Ich meine, auf dieser Seite. Es ist ja nicht so, dass wir Hunger hätten oder frieren müssten oder so.«

Na, das war jetzt echt schräg. »Verschweigst du mir irgendwas?«

»Nein. Ich wollte nur, dass Sie Bescheid wissen. Für alle Fälle und so.«

Als mir aufging, dass er damit womöglich auf Reyes anspielte, holte ich vorsichtig Luft. »Angel, weißt du irgendetwas über Reyes Farrow?«

Er zuckte zusammen und sah überrascht zu mir hoch. »Nein. Ich weiß gar nichts über ihn. Also, haben Sie jetzt einen Job für mich oder nicht?«, wechselte er rasch das Thema.

Verflucht. Niemand wusste etwas über Reyes, trotzdem schienen sich alle sofort vom Acker zu machen, sobald ich nur seinen Namen erwähnte. Ich würde töten, um endlich zu erfahren, was da im Busch war.

Ich brachte Angel über unseren Fall um die drei Anwälte und den zu Unrecht verurteilten Mark Weir auf den neusten Stand. Er konnte es natürlich kaum abwarten, Elizabeth kennenzulernen. Dann beauftragte ich ihn, nach einer Verbindung zwischen dem toten Jungen in Marks Hinterhof und dem verschwundenen Neffen zu suchen.

»Oh«, sagte Angel noch, ehe er verschwand, »Tante Lillian ist hier. Die find ich nett.«

Ich versuchte, nicht enttäuscht auszusehen. »Ich find sie auch nett, aber sie macht miesen Kaffee. Was vor allem daran liegt, dass er nicht existiert.«

Er kicherte und machte sich auf den Weg. Unterdessen zog Tante Lillian mit Mr Habersham ab, dem Toten aus 2B. Ich wollte nicht mal wissen, was sie mit dem vorhatte. Als es an der Tür klopfte, beeilte ich mich, die Reißverschlüsse meiner Stiefel zuzuziehen. Ich war erst in zwanzig Minuten mit Onkel Bob verabredet und hatte keinen Schimmer, wer so früh am Morgen vor meiner Tür stehen könnte.

Ich glättete den braunen Pulli über meinen Jeans, peilte durch den Spion und bekam glatt einen Schlag, als ich Officer Taft erkannte. Das konnte unmöglich wahr sein. Nicht jetzt.

Ich öffnete langsam die Tür, was vor allem daran lag, dass mir jede Bewegung wehtat. Mein ganzer Körper summte von einem dumpfen Dauerschmerz. »Ja?«, fragte ich, indem ich durch den Türschlitz spähte.

»Hey«, sagte er und sah mich an, als hätte ich nicht mehr alle Tassen im Schrank. »Ich habe mich bloß gefragt, ob wir uns mal unterhalten können.«

»Worüber unterhalten?« Ich konnte nicht weiter öffnen. Ich wusste, dass *sie* da war, ich spürte die Hitze ihres Laserblicks, mit dem sie mir das Hirn verkokeln wollte. Oder wenigstens die Haare ansengen.

»Komme ich ungelegen?«, wollte er wissen und trat unbehaglich von einem Fuß auf den anderen. »Tut mir leid, wenn ich Ihnen lästig falle.«

»Ja, ja, schon gut. Was haben Sie auf dem Herzen?«

»Ich finde nur, dass, na ja, ein paar komische Sachen passiert sind.«

Verflucht. Ich drückte die Schulter gegen die Tür, öffnete sie behutsam ein Stück weiter und erblickte den kleinen blonden, blauäugigen Satansbraten. Ich schlug die Hände vor die Augen und jammerte melodramatisch: »Nein! Dass Sie mir das antun! Sie zu mir nach Hause, in mein Allerheiligstes bringen.«

»Tut mir leid«, sagte er, während er sich ängstlich umsah. »Dann stimmt es also, ja? Ich werde von einem Geist verfolgt.«

Die dämonische Göre stöhnte verärgert auf. »Nicht verfolgt, bloß beobachtet.«

Ich riss mich zusammen und sah sie an. »Nachstellen nennt man das, Kindchen, was in den allermeisten Kulturen nicht gern gesehen wird.«

»Sehen Sie … sehen Sie jemanden?«, flüsterte Taft.

»Sie kann Sie hören, Freund. Aber kommen Sie erst mal rein, bevor die Nachbarn zu tratschen anfangen.« Tolle Begründung. Die Nachbarn hatten in dem Moment zu tratschen angefangen, als ich hier eingezogen war. Also konnte ich den Besuch ebenso gut hereinbitten und sich in meinem bescheidenen Heim breit machen, auf meinem Sofa Wurzeln schlagen und meinen Kühlschrank plündern lassen.

Ich bedeutete Taft, auf dem Sofa Platz zu nehmen, während ich mich im Sessel gegenüber niederließ. »Ich würde Ihnen ja Kaffee anbieten, aber den hat meine Tante Lillian gemacht.«

»Äh, okay.«

»Also, was wollen Sie wissen?«

»Na ja, es geht um die komischen Sachen, die in letzter Zeit passiert sind.«

»Hm-hm.« Ich gab mir alle Mühe, nicht zu gähnen.

»Zum Beispiel dass ich ständig dieses Glöckchen auf meinem Kamin höre, wissen Sie.«

»Das bin ich«, verkündete die Kleine und sah zu ihm auf. »Ich bin immer bei dir, ich liebe dich so sehr.«

Ich funkelte sie an. »Echt? Ganz schön frühreif.«

Darauf streckte sie mir die Zunge raus.

»Ich hab auf dem Revier über Sie reden hören. Sie wissen schon, da wird getratscht.«

Meine Gedanken schweiften ab und überließen Taft sich selbst, während mein Blick zu der Stelle wanderte, wo Reyes gestanden hatte. Jemand wie er war mir noch nie begegnet. Genau genommen war mir außer den Verstorbenen noch gar nichts Übernatürliches begegnet. Kein Poltergeist, kein Vampir, kein Dämon.

»Warum leuchten Sie so hell?«, fragte die Göre. »Eine Leuchte scheinen Sie mir eher nicht zu sein.«

Na ja, ein Dämon vielleicht doch.

Nachdem ich ihr meinen fiesesten Blick zugeworfen hatte, beschloss ich, ihr ordentlich auf den Wecker zu fallen. Das kam mir nur fair vor.

»Jetzt ist Officer Taft mit Reden dran, Kindchen. Halt die Klappe.«

Ihr wutschnaubender Blick war irgendwie lustig. Ich musste sie dringend überzeugen hinüberzugehen. Es war an der Zeit, dass Angel und ich mal wieder Exorzismus spielten. Obwohl er darauf gar nicht stand. Vor allem, weil es albern aussah, wenn er sich auf dem Boden winden und so tun musste, als würde ihn das Weihwasser versengen, mit dem ich ihn bespritzte.

»Hören Sie«, unterbrach ich Taft, »ich verstehe Sie ja. Es stimmt: Ihnen folgt auf Schritt und Tritt ein kleines Mädchen, wahrscheinlich seit dem Unfall, von dem Sie mir erzählt haben. Sie hat lange, blonde Haare, und ihre Augen sind silbrig-blau – was vielleicht auch daran liegt, dass sie tot ist. Und sie trägt einen rosa Schlafanzug mit Strawberry-Shortcake-Muster.« Ich sah Taft eindringlich an. »Und sie ist ein Luder.«

Taft war durch und durch Polizist. Er hatte gelernt, ein Pokerface aufzusetzen, daher dauerte es eine Weile, bis ich die Wut in ihm hochkommen sah. Die sich aufbauende Energie umgab ihn flimmernd.

Hatte ich etwas Falsches gesagt?

Er sprang auf, ich ebenfalls. »Woher zum Teufel wissen Sie das?«, fragte er mit zusammengebissenen Zähnen.

Was? »Äh, weil sie direkt neben Ihnen steht?«

»Wo ich immer sein werde«, bemerkte die Kleine. »Auf immer und ewig.«

Nicht, dass mir dazu noch etwas eingefallen wäre. Strawberry Shortcake wurde allmählich zur Plage.

Taft verlor die Fassung. Seine Wut schlug Funken wie eine

Teslaspule. Er rückte mir auf die Pelle, dass wir Nase an Nase voreinander standen. Ich wappnete mich gegen alles, was jetzt folgen mochte. Zugleich schwor ich mir, sollte ich diese Woche noch mal verprügelt, bedrängt oder durch ein Oberlicht befördert werden, dann würde ich Amok laufen. Und er wäre Opfer Nummer eins.

Nachdem er eine volle Minute vor mir gestanden hatte, zischte er ein leises »Fick dich!« und marschierte zur Tür hinaus.

Okay. So aufschlussreich das war, hatte ich doch eine Verabredung mit Onkel Bob. Und mit dem Schicksal.

Nachdem ich Reyes' Akte in meine Schultertasche gestopft hatte, schloss ich ab und machte mich auf den Weg ins Büro. Strawberry Shortcake heftete sich an meine Fersen, und mir wurde schlagartig klar, dass ihre Initialen SS lauteten. Das passte. Aber mal im Ernst, konnte dieser Tag noch schlimmer werden?

»Er will mich nicht, wie?«, fragte sie, während sie mit ihren Ärmchen schlenkerte. Ich verbarrikadierte hastig mein Herz.

»Nee«, antwortete ich und sah nach, ob ich irgendwelche Nachrichten auf dem Handy hatte. »Und ich auch nicht.«

Sie stampfte mit dem Fuß auf und stolzierte von dannen. Das war wesentlich einfacher, als ich gedacht hätte. Sobald ich mehr Zeit hatte, würde ich sie mir dauerhaft vom Hals schaffen. Doch jetzt musste ich Leute treffen und Verabredungen einhalten.

Dad war noch nicht da, also nahm ich die Außentreppe, allerdings langsam, wegen der Schmerzen. Die Sonne schien hell, wodurch der Tag täuschend warm wirkte. Auf meiner langen, beschwerlichen Reise in den ersten Stock ging ich durch, was ich alles vorhatte. Nummer eins: Yucca High, wo Ubie mit seiner Polizeimarke jede erdenkliche Zusammenarbeit erwirken konnte. Ich brauchte die Zeugnisse und Kurslisten. Bestimmt würde sich irgendwer an Reyes erinnern. Wie hätte man ihn dort vergessen können? Dann würde ich die Listen abgleichen und feststellen, wer mehr als einen Kurs mit ihm besucht hatte. Je häufiger der Kontakt, desto besser würde man sich an ihn erinnern. Und an seine Schwester.

Mit einer knappen Drehung des Handgelenks warf ich Mantel und Tasche auf einen Stuhl, schaltete die Heizung ein und ging zur Kaffeemaschine, um mich für den Morgen zu rüsten. In dem Moment tat sich die Erde unter mir auf. Lag es am Karma? Fiel meine Gleichgültigkeit gegenüber Taft auf mich zurück und kniff mich in den ach so knackigen Hintern? Ich sah hin, sah noch mal hin, suchte, betete und stand am Ende doch ohne die geringste Menge Kaffeepulver da.

Wie war das möglich? Wie konnte das Universum so grausam sein?

Die Hoffnung kehrte zurück, als es an der Tür klopfte. An der Innentür zu meinem Büro, die mein Vater immer benutzte. Er würde Kaffee haben. Wenn er wusste, was gut für ihn war.

Ich machte die Tür weit auf, sah aber bloß einen angespannten Garrett Swopes. Ich ließ ausführlich Luft ab und sah ihn mürrisch an. »Was wollen Sie?«

Er schaute milder. »Ich hab Kaffee dabei.«

Ich versuchte, nicht zu sabbern, als ich die Tassen in seiner Hand sah, und fragte mich, ob die Götter mit mir spielten.

Na, wenn schon, dachte ich, pappte mir ein breites Grinsen ins Gesicht und fing noch mal von vorne an: »Oh, hey, Garrett. Was liegt an?« Das musste reichen. Ich schnappte mir meine Tasse und machte mich auf den Rückweg in die zweifelhafte Gemütlichkeit meiner Kunstledersessel und mit falscher Holzmaserung protzenden Büromöbel. »Was wollen Sie denn?«, erkundigte ich mich über die Schulter.

»Bloß reden.«

»Ich hab zu tun.«

»So sehen Sie aber nicht aus. Was tun Sie denn?«

»Was immer mir die Stimmen in meinem Kopf einflüstern.«

»Gönnen Sie mir trotzdem eine Minute?«

Als würde jetzt die verzögerte Reaktion auf Tafts Ausbruch erfolgen, kam in mir Ärger hoch. Noch jemand, der grundlos sauer auf mich war. Was mich außerdem wurmte, waren die feindseligen, misstrauischen Blicke gestern auf dem Polizeirevier. Allerdings standen Männer auf meiner Prioritätenliste momentan insgesamt ziemlich weit unten. Garrett konnte mich mal gern haben.

»Ich habe nicht allzu viel Lust, Ihnen irgendwas zu gönnen, Swopes, nicht mal eine Minute.«

»Wie haben Sie das gemacht? Gestern auf dem Revier. Was haben Sie zu ihm gesagt?«

»Oh, bitte, als würden Sie mir glauben, wenn ich es Ihnen sagte.«

»Schauen Sie«, fuhr er fort und schritt näher, »Sie müssen doch zugeben, dass das alles nicht so einfach zu verdauen ist. Dabei gebe ich mir echt Mühe.«

Ich sprang auf, plötzlich stocksauer auf die ganze Welt, und baute mich vor Garrett auf. »Wissen Sie, was ich satt habe?«

Er dachte kurz darüber nach. »Unansehnliche Orangenhaut?«

»Typen wie diese Arschgeigen gestern auf den Revier. Typen wie Taft mit ihren schrägen Blicken und ihrem Getuschel, die sich jedes Mal wegdrehen, wenn ich den Raum betrete. Typen wie Sie, die mich wie den letzten Dreck behandeln, bis sie dahinterkommen, dass ich wirklich kann, was ich zu können behaupte. Und siehe da, auf einmal bin ich ihre beste Freundin.«

»Taft? Dieser Bulle?«

»Ja, und die anderen.«

»Welche anderen?«

»Alle anderen! Alle, die wollen, dass ich für sie den Karren aus dem Dreck ziehe, nachdem sie ins Gras gebissen haben.«

»Ich dachte, Ihre Anwälte – «

»Die meine ich nicht«, winkte ich mit großzügiger Geste ab. »Die haben ein Recht auf meine Hilfe. Ich meine Leute, die mir was vorjammern, weil sie ihrer Stella nie richtig gesagt haben, dass sie sie lieben, bevor sie von einem Flugzeugtriebwerk angesaugt wurden.«

»Gut, aber nun mal langsam und ohne hastige Bewegungen mit der Kaffeetasse. Warten Sie, ich hole Ihnen eine neue Tasse, dann fangen wir noch mal von vorne an.«

»Was stimmt nicht mit *dieser* Tasse?«, wollte ich wissen, indem ich sie misstrauisch musterte.

»Sie brauchen Entkoffeinierten.«

Ich holte tief Luft und ließ mich hinter meinem Schreibtisch nieder. Wutanfälle brachten mich nicht weiter. »Tut mir leid, ich bin in Zeitdruck.«

»Der Fall?«

»Nein«, antwortete ich, während ich an Reyes in seinem Krankenhausbett dachte, wo er nur noch von Maschinen am Leben erhalten wurde. Nach mehreren besänftigenden Schlucken aus meiner Tasse kam ich endlich wieder runter. Jedenfalls so einigermaßen. Tief in mir brodelte es noch. Taft war bescheuert. »Deshalb sind Sie also hier? Um herauszufinden, was ich gesagt habe?«

»Zum größten Teil. Und um Sie zusammenzustauchen, weil Sie mal wieder zum falschen Zeitpunkt am falschen Ort waren.«

»Da können Sie sich gefälligst hinten anstellen.«

»Dieser Typ hat Ihnen ganz schön was verpasst. Legen Sie es eigentlich drauf an, zum Krüppel zu werden?«

»Nicht täglich. Gibt es was Neues über das Lagerhaus?«

»Was ich weiß, legt den Schluss nahe, dass alles ganz anders ist, als wir glauben.«

»Gut, dass ich geistig flexibel bin.«

»Wie ich gehört habe, ist der Pfarrer, dem der Schuppen gehört, wirklich ein Pfarrer. Er leitet in der Stadt eine Mission für jugendliche Ausreißer.«

»Jugendliche?«, hakte ich nach.

»Sie werden es mir nicht verraten, oder?«, kam er auf den Grund seines Besuchs zurück.

»Nein. Da es im Fall Mark Weir auch um zwei Jugendliche geht, könnte es da eine Verbindung geben.«

»Schon möglich. Geben Sie mir einen Tipp?«

Ein Klopfen an der Tür bewahrte mich davor, abermals Nein sagen zu müssen. Welchen Teil von *Nein* verstanden Männer eigentlich nicht?

Das Klopfen kam von der Seitentür, durch die schon Garrett reingekommen war. »Komm rein, Dad«, rief ich, dann wandte ich mich wieder Garrett zu. »Wissen Sie, es gibt hier auch eine Vordertür.«

Er zuckte gleichgültig mit der Schulter.

Als mein Vater nicht eintrat, stand ich auf und ging hin. »Du kannst ruhig reinkommen, Dad«, sagte ich und öffnete. Einen Sekundenbruchteil später sauste mein Leben an meinem inneren Auge vorbei, und mir wurde etwas sehr Wesentliches klar.

Es hatte Spaß gemacht, solange es dauerte.

14

Na, das ist mal peinlich.
– T-Shirt-Aufdruck

Das war gar nicht die Charley-Davidson-Vertrimm-Woche, sondern die Charley-Davidson-Abschuss-Woche. Die glänzende Kanone, die von jenseits der Türschwelle auf mich gerichtet wurde, bewies das eindeutig. Allerdings würden wohl nie gesetzliche Feiertage daraus werden.

Als ich die Tür aufmachte, stand mir Rosies brutaler Ehemann Zeke Herschel gegenüber, mit Mordlust in den Augen. Ich betrachtete die vernickelte Pistole in seiner Hand und spürte, wie mein Herz stockte, stehen blieb, holprig wieder ansprang und beim nächsten Schlag stolperte, dann immer schneller und schneller schlug. Schon komisch, wie die Zeit abbremst, wenn man dem Tod ins Auge blickt. Während ich am Blickfeldrand seinen Finger abdrücken sah, konzentrierte ich mich auf sein Gesicht. In seinen farblosen Augen funkelte aufgeblasene Arroganz.

Ich sah den Schlagbolzen nach vorn schnellen, da wanderte mein Blick nach oben rechts … zu *ihm*. Neben Zeke Herschel stand der Große Böse und starrte finster auf ihn hinunter. Die Kapuze seines Mantels war nur wenige Zentimeter von Herschels Kopf entfernt, seine silberne Klinge glänzte im trüben Licht. Dann richtete er die volle Wucht seines Blickes auf mich. Sein Zorn, kompakt und greifbar, heiß und erbarmungslos, überflutete mich und benahm mir den Atem.

In einem Sekundenbruchteil durchtrennte der Böse Herschels Rückgrat. Das wusste ich, weil er so etwas schon mal getan hatte. Doch im selben Moment drang die Spitze seiner Silberklinge in meine Seite ein. Als ich begriff, dass die Klinge des Bösen mich geritzt hatte, prallte Herschel zurück und krachte mit solcher Wucht gegen die Fahrstuhltür, dass es das ganze Gebäude erschütterte.

Als Nächstes wandte sich der Böse mir zu, sein Gewand und seine Aura verschmolzen zu einer schwarzen wallenden Masse, in der die Klinge verschwand. Erst da merkte ich, dass ich fiel. Die Welt kippte unter mir weg, als sich auch schon Arme um meine Taille schlossen, und da sah ich zum ersten Mal das Gesicht unter der Kapuze

Es gehörte Reyes Alexander Farrow.

Mein Vater reichte mir eine Tasse heiße Schokolade, als wir zusammen vor der Bar an seinen SUV gelehnt standen. Er hatte mir seine Jacke umgelegt, da meine noch Bestandteil der Ermittlungen am Tatort war. Ich verschwand fast unter dem Ding. Was mich überraschte, weil mein Dad so ein Schmalhans war. Die Ärmel hingen mir bis auf die Knie. Doch Dad rollte sie in seiner unendlichen Güte nacheinander auf, wobei er mir die heiße Tasse jeweils in die andere Hand drückte.

In der Bar kam quietschend der Fahrstuhl zum Stehen, und die Sanitäter brachten Herschel heraus. Mit angehaltenem Atem sah ich zu, wie sie ihn in ihren Rettungswagen schoben und die Türen zuschlugen. Das war der Mann, der schon in einer anderen Bar auf mich eingeschlagen hatte. Derselbe, der seine Frau regelmäßig mit Schlägen gefügig gemacht hatte. Und der gerade mit hasserfülltem Blick eine Schusswaffe auf mich gerichtet hatte. Er war anscheinend dahintergekommen, dass seine Frau ihn sitzen gelassen hatte, hatte zwei und zwei zusammengezählt und sich an meine Fersen geheftet, um sich zu rächen. Und womöglich sogar, um ihren Aufenthaltsort aus mir rauszukriegen.

Und nun würde er für den Rest seines Lebens gelähmt sein. Ich hätte mich deshalb mies fühlen sollen. Ein normaler Mensch würde sich deshalb mies fühlen. Nur ein Ungeheuer delektiert sich an Qual und Leid. War ich wirklich so anders als der Böse? Als Reyes?

Mein Herz setzte aus, als mir der Gedanke durch den Kopf ging, dass der Böse und Reyes dasselbe Wesen waren. Dasselbe zerstörerische Geschöpf. Er musste auch der Schemen sein, den ich gesehen hatte. Der Schemen, der Große Böse und Reyes waren also eins. Die unheilige Dreifaltigkeit. Warum nur musste er dabei so verdammt scharf sein?

Unwillkürlich fasste ich an die Stelle, wo die Klinge eingedrungen war, und staunte über die unverletzte Haut und dass kein Blutfleck meinen Pulli verunzierte. Der Böse führte seine Klinge von innen nach außen. Er hatte mich gestochen, aber nicht tief, und nur ein Kernspin würde den tatsächlich angerichteten Schaden offenbaren.

Da ich nicht das Gefühl hatte, innerlich zu bluten, beschloss ich, der Notaufnahme vorläufig keinen Besuch abzustatten, da man mich dort wohl eher in die Klapse als zu einem Chirurgen bringen würde.

»Hier ist die Kugel«, wandte sich ein Polizist an Onkel Bob und hielt ihm einen verschlossenen Beweismittelbeutel unter die Nase. »Sie steckte in der Wand.«

Wie das? Die Waffe war doch direkt auf mich gerichtet gewesen.

Cookie schnäuzte sich mal wieder, weil sie nicht darüber hinwegkam, dass ich um ein Haar erschossen worden wäre. Ich klopfte ihr auf die Schulter. Ich spürte, wie aufgewühlt sie war. Sie wollte mit mir schimpfen, mir sagen, ich solle vorsichtiger sein, und mich dann ewig und drei Tage in den Arm nehmen. Doch es sprach für sie, dass sie sich in Gegenwart der vielen Polizisten zusammenriss. Onkel Bob sprach mit Garrett, der, wenn seine Blässe irgendwas besagte, unter Schock stand.

Er hatte mich auf den Boden gelegt. Reyes. Er hatte mich aufgefangen und auf den Boden gelegt, mir prüfend ins Gesicht geblickt, dann die Stelle in Augenschein genommen, wo er mich mit der Klingenspitze erwischt hatte, und hatte sich dann vor meinen Augen grollend in nichts aufgelöst. Dann war ich zu mir gekommen und hatte Garrett über mir gesehen, der laut auf mich einredete und mir Fragen stellte, die ich nicht verstand. Reyes hatte fühlbare Spuren hinterlassen. Seine Verzweiflung nistete in sämtlichen Molekülen meines Körpers und trat die Rundreise durch meine Blutbahn an. Ich konnte ihn riechen, schmecken, und ich begehrte ihn mehr denn je.

»Das ist nicht das erste Mal, dass so was passiert, weißt du.«

Ich sah zu Dad auf. Ich hatte ihn angefleht, meiner Stiefmutter nichts zu sagen. Er hatte das widerwillig abgenickt und geflucht, dass sie ihm die Hölle heiß machen würde, wenn er nach Hause käme. Irgendwie bezweifelte ich das.

»In deinem Wohnhaus«, sagte er neben mir, »hat sich schon mal genau dasselbe abgespielt. Du warst damals noch klein.«

Mein Vater hoffte, etwas aus mir rauszukriegen. Er hegte seit Langem den Verdacht, dass mir an jenem Abend etwas passiert war. Die Ermittlung wegen des bizarren Angriffs auf den Sittenstrolch auf Freigang hatte er damals geleitet. Und nun setzte er, nach über zwanzig Jahren, die Puzzleteile zusammen. Und er hatte recht. Es war nicht das erste und nicht das zweite Mal. Wie es aussah, war Reyes Farrow schon eine ganze Weile mein Schutzengel.

Da ich sowieso nicht ergründen konnte, was es damit auf sich hatte, beschloss ich, gar nicht erst darüber nachzudenken, und konzentrierte mich stattdessen auf zwei Dinge, die mit Reyes gar nichts zu tun hatten: ich trank meine heiße Schokolade und beruhigte meine zitternden Hände.

»Jemand durchtrennt ohne die geringste Verletzung des umliegenden Gewebes, ohne dass Blut austritt, das Rückgrat eines Mannes, und du warst beide Male dabei.«

Er erwartete, dass ich einknickte und ihm verriet, was ich wusste und was er längst vermutete. Ich schätze, dass ich mich an dem Tag verändert habe, ein bisschen verschlossener wurde. Aber warum sollte ich ihm jetzt davon erzählen? Es würde ihn doch nur quälen. Er musste ja nicht alles über mein Leben wissen. Außerdem gab es gewisse Dinge, die man seinem Vater nicht mal mit siebenundzwanzig anvertrauen wollte. Und selbst wenn, dann hätte ich die Worte nicht über die Lippen gebracht.

Ich drückte seine Hand. »Nein, war ich nicht, Dad. Damals nicht«, log ich schweren Herzens.

Er wandte sich von mir ab und schloss die Augen. Er hätte gern alles gewusst, aber wie ich schon zu Cookie gesagt hatte, war es nicht immer gut, alles zu wissen.

»War das derselbe Typ wie neulich Abend? Der dich vermöbelt hat?«, erkundigte sich Onkel Bob.

Ich senkte meine Tasse und antwortete: »Ja, er wollte mich aufreißen, ich sagte Nein, er wurde kiebig, den Rest kennst du.« Ich hatte nicht vor, den beiden die Wahrheit zu sagen. Damit würde ich bloß Rosies Freiheit aufs Spiel setzen.

»Ich würde sagen, wir fahren jetzt alle aufs Revier und gehen das im Einzelnen durch«, sagte Onkel Bob.

Dad warnte ihn mit einem scharfen Blick, während ich mich alarmiert aufrichtete. Es war nicht schön, wenn die zwei sich zankten. Vielleicht nicht ganz ohne Witz, aber ich bezweifelte, dass irgendwer in lachlustiger Stimmung war. Abgesehen von mir. Lachen war wie Wackelpudding. Der ging immer.

»Schön, ich würde auch gerne aus der Kälte rauskommen«, sagte ich, haarscharf am Dritten Weltkrieg vorbeischrammend.

»Du kannst mit mir fahren«, meinte Onkel Bob kurz darauf. Was glaubte mein Vater denn, was er tun würde? Ubie kannte die Regeln. Am Ende musste sowieso jeder seine Aussage machen. Da konnten wir es auch gleich hinter uns bringen.

Dann sah Onkel Bob Garrett an. »Sie können ebenfalls mit mir fahren.«

Mein Vater sah ihn überrascht, dann dankbar an, als Onkel Bob ihm zuzwinkerte. Dad begleitete mich zu Onkel Bobs SUV, beugte sich zu mir herab und flüsterte: »Ihr beide müsst eure Geschichten gut aufeinander abstimmen. Gib du in deiner Aussage lediglich an, dass *zwei* Männer vor deiner Tür standen. Die beiden rangen miteinander, die Schusswaffe ging los, und der andere Kerl hat sich über die Feuerleiter verpisst.«

Ehe er die Tür zuschlug, klopfte er mir auf den Rücken und schenkte mir ein aufmunterndes Lächeln. Er wirkte so besorgt, dass ich mich mit einem Mal für alles schuldig fühlte, was er während meiner Kindheit hatte durchmachen müssen. Er hatte meinetwegen so viel auf sich genommen, hatte Erklärungen aus dem Hut gezaubert, Männer hinter Gitter gebracht und dafür gesorgt, dass mich niemand damit in Verbindung bringen konnte. Und jetzt musste er sich darauf verlassen, dass Onkel Bob an seiner Stelle dasselbe tat.

»Wie haben Sie das gemacht?«, fragte Garrett, bevor Ubie in den Wagen stieg. »Der Typ muss über zweihundert Pfund gewogen haben.«

Wir saßen beide hinten. »Das war ich nicht.«

Er sah mich ernst an, versuchte, das zu verstehen. »Dann war's einer von Ihren Toten?«

»Nein«, entgegnete ich und beobachtete, wie Dad und Onkel

Bob sich miteinander unterhielten. »Nein, das war etwas anderes.«

Garrett lehnte sich in seinem Sitz zurück und rieb sich mit den Fingern übers Gesicht. »Also laufen da draußen nicht nur Tote herum. Was denn noch? Dämonen? Poltergeister?«

»Poltergeister sind bloß angepisste Tote. So mysteriös ist es eigentlich gar nicht«, log ich. Mysteriöser als Reyes ging ja wohl nicht.

Ganz egal, was ich tat, ich konnte einfach nicht aufhören, an ihn zu denken, zum Beispiel an seine Tätowierungen und was sie vielleicht bedeuteten. Darüber zerbrach ich mir den Kopf. Wenn bloß nicht so viel nutzloses Wissen darin herumschwirren würde. Meine verdammte Neigung zu Nebensächlichkeiten.

Ich fragte mich aber auch andere Dinge. War er ein auf Kohlenstoff basierendes Wesen? War er dreißig Jahre oder dreißig Milliarden Jahre alt? Kam er von hier oder von sonst wo? Allerdings wusste ich genug, um seine planetare Herkunft nicht infrage zu stellen. Ein Außerirdischer war er jedenfalls nicht.

»Also gut«, sagte Onkel Bob, nachdem er sich angeschnallt hatte. »Jetzt muss ich erst mal gründlich nachdenken, bis wir am Revier ankommen. Da werde ich gar nicht mitkriegen, worüber ihr zwei euch unterhaltet.« Er warf mir im Rückspiegel einen Blick zu und zwinkerte abermals.

Bis wir auf dem Polizeirevier ankamen, ging die Geschichte so: Als ich meine Bürotür öffnete, standen wundersamerweise zwei Männer auf dem Gang. Nummer zwei zeichnete sich durch aschblonde Haare, einen Bart, undefinierbare dunkle Kleidung und keinerlei besondere Kennzeichen aus und war damit praktisch nicht zu identifizieren. So ein Pech. Ehrlich gesagt war ich ein wenig überrascht, dass Garrett so was mitmachte.

»Als ob ich mich lieber in 'ner Gummizelle einsperren ließe«, sagte er, als wir aufs Revier spazierten. Er begann die Dinge mit meinen Augen zu sehen.

Das erste Gesicht, dem ich auf dem Revier begegnete, gehörte dem immer noch schäumenden Officer Taft. Er stand hinter seinem Schreibtisch, las in einem Aktenordner und glotzte mich, als wir vorbeigingen, finster an. Desgleichen Strawberry Shortcake. Wenigstens ging die Kleine nicht auf mich los. Eine Verbesserung.

Ich konnte mich trotzdem nicht zurückhalten. Ich setzte für Taft mein schönstes dreckiges Grinsen auf und sagte, ohne meine Schritte groß zu verlangsamen: »Wenden Sie sich nicht an mich, wenn Sie kapieren, was los ist, und Hilfe brauchen.«

»Ich bin keiner, der Hilfe braucht«, schoss er zurück.

Onkel Bob beschleunigte, um zu mir aufzuschließen. »Was war das denn?«, fragte er eindeutig interessiert.

»Erinnerst du dich noch an den kleinen Satansbraten? Taft kommt nicht damit klar, dass sie ihn ihre Gegenwart spüren lässt – deshalb ist er sauer auf mich.«

Er drehte sich mit nachdenklicher Miene um. »Ich könnte ihn Donuts holen schicken, damit er wieder runterkommt.«

Das hörte sich gut an. Nachdem wir alle unsere Aussagen gemacht hatten, die bemerkenswert übereinstimmend ausfielen, hieß es für uns Essen fassen. Anschließend setzten Onkel Bob und ich Garrett ab und fuhren zur Yucca High. Garrett bettelte wie ein Kind, das am Samstagabend daheim bleiben muss, damit wir ihn mitnahmen; er winselte sogar ein wenig.

»Bitte«, flehte er.

»Auf gar keinen Fall.« Das musste er noch lernen.

Die Yucca High lag tief im südlichen Albuquerque, eine alte Schule, auf der schon allerhand Gemeines passiert war und die trotzdem einen exzellenten Ruf hatte. Wir kamen vor den Spätnachmittagskursen an, als die Jugendlichen die fünf Minuten

Pause nutzten, um zu reden, zu flirten und die Neulinge herumzuschubsen. Vor unserer Ankunft hatte ich die Highschool nicht sonderlich vermisst, nach unserer Ankunft noch viel weniger.

Die Nachwirkungen des Morgens sorgten immer noch für schwere Glieder. Die Dinge gingen nicht mit Normalgeschwindigkeit vonstatten. Alles kam mir zäh und lethargisch vor. Ich trieb durch die Wirklichkeit einer Welt, die bloß wegen meiner Nahtoderfahrung nicht mit kreischenden Bremsen haltmachte. Nein, sie drehte sich einfach weiter in dem nie endenden Kreislauf episodischer Abenteuer, die man das Leben nannte. Die Minuten schleppten sich dahin. Die Sonne schlich über den Himmel.

Schließlich betraten wir das Büro der Schule und stießen dort auf eine erschöpfte Verwaltungsassistentin. Nicht weniger als sieben Leute wetteiferten um ihre Aufmerksamkeit. Zwei waren wegen Verspätung hier, einer brachte ein Schreiben von seinem Alten, in dem stand, dass er den Sportlern ihre schicken neuen Uniformen vor Gericht wieder abnehmen lassen würde, sollte seinem Sohn weiterhin nicht erlaubt sein, seine Medizin in die Schule mitzubringen. Nummer vier war eine Lehrerin, der während der Mittagspause die Schlüssel vom Schreibtisch gestohlen worden waren. Zwei weitere waren Bürogehilfen, die auf Anweisungen warteten. Nummer sieben schließlich war ein schönes Mädchen mit dunklem Pferdeschwanz, Katzenaugenbrille und Söckchen, das aussah, als wäre es irgendwann in den Fünfzigern gestorben.

Sie saß mit übereinandergeschlagenen Beinen in einer Ecke und hielt ihre Schulbücher an die Brust gedrückt. Ich ließ mich neben ihr nieder, um zu warten, bis sich das Chaos gelegt hatte. Onkel Bob nutzte die Gelegenheit und ging hinaus, um zu telefonieren. Wie immer. Söckchen starrte mich an, also nahm ich Zuflucht zu meinem Handy-Trick und blickte sie beim Sprechen unverwandt an.

»Hi«, sagte ich.

Sie machte große Augen, dann blinzelte sie verblüfft und fragte sich offenbar, ob ich tatsächlich mit ihr redete.

»Kommst du oft her?«, erkundigte ich mich und musste über die blöde Frage selber lachen.

»Ich?«, fragte sie schließlich.

»Du«, nickte ich.

»Sie können mich sehen?«

Ich hab nie kapiert, wieso sie mich das jedes Mal fragen, wenn ich sie doch direkt anschaue. »Klar kann ich.« Sie sperrte ein wenig den Mund auf, also erklärte ich: »Ich bin Schnitterin, aber eine gute. Wenn du willst, kannst du durch mich hinübergehen.«

»Sie sind schön«, meinte sie, während sie mich ehrfürchtig anstarrte. Das passierte mir meistens. »Wie ein Swimmingpool an einem Sonnentag.«

Wow, das war mal was anderes. Mit einem kurzen Blick überzeugte ich mich, dass die Schlange kürzer wurde. »Wie lange bist du schon hier?«

»Ungefähr zwei Jahre, glaube ich.« Als ich skeptisch die Stirn runzelte, sagte sie: »Oh, meine Klamotten. Ehemaligenwoche. Fünfzigertag.«

»Oh«, machte ich meinerseits. »Du hast dich wirklich gut verkleidet.«

Sie neigte verlegen den Kopf. »Danke.«

Nur noch ein Verspäteter. Anscheinend kümmerte sich der Direktor persönlich um die drohende Anklage, während der Hausmeister sich des Falles der geklauten Schlüssel annahm.

»Warum bist du nicht hinübergegangen?«, wollte ich wissen.

Auf dem Korridor rief ein Junge seinem Kumpel zu: »Hey, Westfield, beziehst du wieder Dresche?«

Der Junge, der auf die Entschuldigung wartete, zweifellos ein

Schulenthusiast, zeigte ihm hinter seinem Rücken den Stinkefinger. Ich gab mir alle Mühe, nicht zu kichern.

Das Mädchen neben mir zuckte die Achseln und deutete dann mit einem Kopfnicken auf die Verwaltungsassistentin. »Das ist meine Großmutter. Sie war echt fertig, als ich starb.«

Ich sah mir die Frau an. Ihr Namensschild wies sie als MS TARPLEY aus. Sie trug das Haar modisch zerzaust und mit roten Strähnchen und hatte tolle grüne Augen. »Wow, nicht übel für 'ne Großmutter.«

Söckchen kicherte. »Ich muss ihr noch was sagen.«

Hatte ich mich nicht eben erst vor Garrett über genau so was heftig echauffiert? Wie hatte ich mich ausgedrückt? Dass ich es satt hätte, für andere den Karren aus dem Dreck zu ziehen? Ich konnte so ein Miststück sein.

»Möchtest du, dass ich dir helfe?«

Die Miene des Mädchens hellte sich auf. »Können Sie das denn?«

»Aber sicher.«

Nachdem sie noch einen Augenblick auf ihrer Unterlippe herumgekaut hatte, sagte sie: »Können Sie ihr sagen, dass ich nicht ihren ganzen Schaumfestiger verbraucht habe?«

»Im Ernst?«, hakte ich lächelnd nach. »Deshalb bist du immer noch hier?«

»Ja, ich meine, es stimmt schon, dass ich ihren ganzen Schaumfestiger verbraucht habe, aber ich will nicht, dass sie schlecht von mir denkt.«

Ihr Geständnis griff mir ans Herz. Woran Menschen im Augenblick ihres Ablebens dachten, würde mich wohl immer in Erstaunen versetzen. »Ich bezweifle, dass deine Großmutter in diesem Moment anders als gut von dir denkt, Liebes. Ich setze mein Seelenheil darauf, dass ihr die Sache mit dem Schaumfestiger nicht mal im Traum eingefallen ist.«

Sie senkte das Kinn, baumelte unter dem Stuhl mit den Beinen und sagte: »Dann kann ich jetzt wohl gehen.«

»Wenn du willst, dass ich ihr etwas ausrichte, selbst das mit dem Schaumfestiger, dann kann ich dafür sorgen, dass sie's erfährt.«

Auf ihrem Gesicht machte sich langsam ein Grinsen breit. »Können Sie ihr sagen, dass mein Seerosenblatt größer ist als ihres?«

Ich schüttelte glucksend den Kopf. So gerne ich erfahren hätte, was das nun wieder zu bedeuten hatte, musste ich mich nun der Verwaltungssekretärin zuwenden, da die Schüler und Lehrer inzwischen alle hinausgegangen waren. »Versprochen.«

Und Söckchen war verschwunden. Sie duftete nach Pampelmuse und Babyöl und hatte, als sie noch klein war, einen rosa Elefanten namens Chubs gehabt.

»Kann ich Ihnen helfen?«, erkundigte sich die Großmutter.

In dem Moment kam Onkel Bob, auch bekannt als mein Held in schimmernder Rüstung, hereinmarschiert und zückte seinen Dienstausweis. Ein klasse Auftritt. Ohne Durchsuchungsbeschluss oder so durften wir die Schulakten eigentlich nicht einsehen. Ich hoffte, dass Ubies Marke genügte, denn ich hatte keine blasse Ahnung, auf welcher Grundlage wir uns einen beschaffen sollten. »Wir benötigen sämtliche Zeugnisse und Kurslisten eines Schülers, der diese Schule …«

Onkel Bob sah mich an. Ich klappte mein Handy zu und sprang auf. »Oh, ja, richtig … vor ungefähr zwölf Jahren besucht hat.«

Die Frau musterte Ubie, und Ubie erwiderte ihren Blick, dass es nur so knisterte, dann griff sie nach einem Stift und notierte sich meine Angaben.

»Und der Name?«, fragte sie.

Richtig. Der Name. Hoffentlich erinnerte sich Onkel Bob

nicht an den Mann, den er damals für fünfundzwanzig Jahre ins Gefängnis gebracht hatte. »Äh«, ich beugte mich zu Ms Tarpley heran, um ihn von dem Gespräch auszuschließen. »Farrow. Reyes Farrow.«

Ich musste Onkel Bob gar nicht ansehen, um zu wissen, dass er neben mir zur Salzsäule erstarrt war. Und plötzlich war die Luft zum Schneiden dick. Schöne Scheiße.

15

Es geht im Leben nicht um Selbstfindung,
sondern vor allem um Schokolade.
– T-Shirt-Aufdruck

»Onkel Bob«, sagte ich, »würdest du mich das bitte erklären lassen?«

Wir standen vor Ms Tarpleys Büro auf dem Korridor, wo er mich am Arm hingeschleift hatte.

»Reyes Farrow?«, fragte er durch zusammengebissene Zähne. »Weißt du eigentlich, wer Reyes Farrow ist?«

»Du denn?«, konterte ich, indem ich die Besorgnis in meiner Stimme zu unterdrücken versuchte.

»Allerdings.«

»Also kennt ihr zwei euch gut?«, fragte ich hoffnungsvoll.

Er warf mir einen unsicheren Blick zu. »Ich kenne normalerweise keine Mörder.«

Snob. »Ich brauche doch nur ein paar Informationen über ihn.«

»Er hat seinen Vater mit einem Baseballschläger tot geprügelt, anschließend hat er ihn im Kofferraum seines Chevys verstaut und den Wagen angezündet. Was musst du sonst noch über einen Menschen wissen, Charley?«

Um Zeit für ein überzeugendes Argument zu gewinnen, schnaubte ich aufgebracht. Wo waren meine Anwälte, wenn ich sie mal brauchte? Niemand konnte besser argumentieren als ein Rechtsanwalt. Als mir nichts einfiel, beschloss ich, Ubie ein wenig weiter einzuweihen. In verzweifelter Lage griff man auf verzweifelte Maßnahmen zurück.

»Das hat er ganz bestimmt nicht getan«, widersprach ich mit gedämpfter Stimme.

»Du warst nicht dabei. Du hat nicht gesehen –«

»Er hätte das gar nicht nötig gehabt.« Ich beugte mich näher heran. »Er ist … anders.«

»Das gilt für die meisten Mörder.« Ohne Beweise ließ Ubie sich nicht umstimmen.

Ich holte tief, tief Luft, dann sagte ich: »Das war er. Heute. Das Rückgrat. Das war er.«

»Was?«

Onkel Bob wollte nichts davon hören, aber dann konnte er sich nicht bezwingen. Seine Neugier gewann immer die Oberhand. Daher kannte ich eine todsichere Methode, mich seiner ungeteilten Aufmerksamkeit zu versichern.

Ich krallte meine Finger in seinen Blazer und sagte: »Du musst mir versprechen, Dad nichts davon zu sagen.«

Plötzlich sabberte er geradezu, so dringend wollte er es wissen. Ich erklärte ihm möglichst knapp, dass Reyes mehr sei als ein Mensch, erzählte, wie er aussah und wie er sich bewegte und dass er schon am Tag meiner Geburt da gewesen sei – und ab dieser Stelle stierte Ubie nur noch wie in Trance vor sich hin; die Sache stresste ihn mächtig.

Von den anderen zwei Spinaleingriffen sagte ich nichts, und auch nichts von den nächtlichen Verführungen. Wie viel ich für Reyes empfand, brauchte er nicht zu wissen.

»Was ist er?«, fragte er schließlich.

»Wenn ich das wüsste«, antwortete ich kopfschüttelnd. »Aber er wird in zwei Tagen sterben, wenn wir nichts dagegen unternehmen. Und das können wir nur, wenn wir seine Schwester finden.«

»Aber er ist doch … ein so mächtiges Wesen.«

»In Menschengestalt«, hob ich hervor. »Ich weiß nicht, was aus ihm wird, wenn sein Körper stirbt.« Allerdings wusste ich sehr wohl, was dann mit mir passieren würde. Ohne ihn wollte ich nicht leben. Im Moment wusste ich nicht mal, ob das überhaupt ging.

Fünfzehn Minuten später hatten wir Ausdrucke von Reyes' Stundenplänen sowie die Teilnehmerlisten sämtlicher Kurse.

»Erinnern Sie sich an ihn?«, fragte ich Ms Tarpley.

Sie riss sich vom Anblick meines Onkels los und wandte sich mir zu. »Ich bin erst seit zehn Jahren hier«, antwortete sie.

»Und andere Farrows haben Sie nicht?«

»Nein, tut mir leid. Vielleicht ging seine Schwester ja noch nicht auf die Highschool.«

»Könnte sein. Und er war auch nur drei Monate hier.« Ich sah wieder in den Ordner über Reyes. »Hier steht allerdings, dass er seinen Abschluss gemacht hat.«

»Nicht auf dieser Highschool«, widersprach sie. »Moment mal.« Ihre Fingernägel klapperten auf der Computertastatur. »Ich habe hier den Eintrag, dass er ein Abschlusszeugnis erworben hat, aber das ist unmöglich.«

Ich neigte mich zu Onkel Bob. »Nicht für einen versierten Hacker.« Allmählich wurde mir klar, wie Reyes seine Intelligenz und seine Computerkenntnisse genutzt hatte.

»Vielen Dank für Ihre Mühe, Ms Tarpley«, sagte Ubie und nahm ihre Hand.

Sie verdrehte die Augen. Er verdrehte die Augen. Ziemlich romantisch das Ganze, aber ich musste eine Vermisste finden. Also knuffte ich Onkel Bob mit dem Ellbogen. »Machen wir uns auf den Weg.«

Er protestierte schwach, wandte sich ihr noch mal zu und nahm Abschied. Wir wollten gerade zur Tür hinaus, als ich schlitternd zum Stehen kam. »Oh«, rief ich und förderte eine Notiz zutage. »Ich hab das hier da drüben in der Ecke gefunden. Sah irgendwie … wichtig aus.«

»Danke«, sagte sie und faltete das Blatt Papier auseinander.

Als wir draußen am Gebäude entlanggingen, schaute ich neugierig in ihr Fenster hinein. Sie drückte die Notiz weinend an ihre Brust. Musste mit dem Seerosenblatt zu tun haben.

Wir machten einen Abstecher in mein Büro, um Cookie die Listen zu übergeben. Sie würde sie abgleichen und mit ein paar Schülern Kontakt aufnehmen, um etwas über seine geheimnisvolle Schwester in Erfahrung zu bringen. Außerdem nahm ich meine Glock aus dem Safe, schob sie in ein Schulterhalfter und legte es an. Unter meiner Lederjacke war die Waffe kaum zu erkennen. Ich hatte die Waffe noch nie ziehen müssen. Aber ich brauchte das Gefühl der Sicherheit, wollte sie am Körper spüren, und sei es auch nur für kurze Zeit.

Auf der Rückfahrt zum Polizeipräsidium tauchten zwei meiner Anwälte in Onkel Bobs SUV auf. Vorhin war ich gefahren, doch nach einem kleinen Missgeschick bestand Ubie drauf, das Steuer zu übernehmen.

Elizabeth Ellery saß hinter ihm. »Hallo, Charlotte!«

»Hallo.« Ich wandte mich den beiden zu. »Wie geht's Ihnen?«

Jason Barber wölbte die Augenbrauen. »Meine Mutter ist sauer.«

»Überrascht Sie das?«, fragte ich und sah, wie Onkel Bob auf seinem Sitz herumrutschte. Ihm war seit je her unbehaglich, wenn er Verstorbene in seiner Nähe wusste, weil er auf die keinen Einfluss nehmen konnte.

»Na ja, irgendwie schon.«

»Geht's Ihrem Onkel nicht gut?«, erkundigte sich Elizabeth besorgt.

Verschmitzt grinsend antwortete ich: »Er ist sauer auf mich.«

Onkel Bob straffte sich. »Redest du über mich?«

»Elizabeth und Barber sind hier. Sie hat gefragt, ob es dir gut geht.«

Er umfasste das Lenkrad etwas fester als erforderlich. »Du wirst diesen Wagen nie wieder fahren.«

Ich verdrehte die Augen. »Mensch, Ubie, das Schild war total überflüssig. Mal ehrlich, wie oft muss man an eine Geschwindigkeitsbegrenzung erinnert werden? Das Schild wird schon keiner vermissen.«

Um sich zu beruhigen, holte er tief Luft. »Ich werde zu alt für den Mist.«

»Ja, klar, Impotenz, Altersschwäche und jetzt auch noch ohne Stoßstange.« Ich guckte zu, wie Onkel Bobs Gesichtsfarbe von der typischen Blechschadenblässe zu Rosenrot wechselte. Ich musste lachen. Aber bloß innerlich, weil er echt stinkig auf mich war. »Wo ist Sussman?«, fragte ich die Anwälte.

Elizabeth senkte den Blick. »Immer noch bei seiner Frau. Sie macht eine schwere Zeit durch.«

»Das tut mir leid.« Ich hasste es nicht nur, mich mit den Hinterbliebenen herumzuschlagen, ich hasste es auch, nur über die Hinterbliebenen zu sprechen. Leider ließ sich das häufig nicht vermeiden. »Wie geht es denn Ihrer Familie?«

»Meiner Schwester erstaunlich gut. Vermutlich nimmt sie irgendwas ein. Meinen Eltern geht's … nicht so besonders.«

»Ihre Schwester nimmt keinen Anteil?«

Elizabeth schüttelte den Kopf.

»Ich kann mir vorstellen, wie schwer das für alle ist.«

»Sie müssen damit fertigwerden, Charlotte.«

»Das sehe ich auch so.«

»Deshalb müssen wir herausfinden, wer das getan hat. Ich glaube, das wird ihnen guttun.«

Sie hatte recht. Die Opfer kamen häufig besser mit dem Geschehenen zurecht, sobald sie die genauen Umstände des Verbrechens kannten. Die Verantwortlichen hinter Gitter zu bringen war so was wie das Sahnehäubchen. Justitia mochte blind sein, aber sie war ein klasse Heilmittel.

Ich sah mich nach Barber um. »Ich habe übrigens sieben Datenträger aus Ihren Büro gestohlen, aber die gehörten alle Ihnen. Wissen Sie noch, was Sie mit dem gemacht haben, den Sie von Carlos Rivera bekommen haben?«

Er tastete sein Jackett ab. »Verflixt, was hab ich bloß damit gemacht?«

»Vielleicht hat der Mörder ihn mitgenommen? Vielleicht wusste der, dass Rivera Ihnen das Ding gegeben hat?«

»Könnte schon sein.« Er kniff sich in die Nasenwurzel. »Tut mir leid, ich weiß es nicht mehr.«

Das kam häufig vor. Vor allem, wenn das Opfer zwei Kugeln im Kopf hatte. Da wir uns nicht auf den USB-Stick verlassen konnten, mussten wir uns auf unsere absonderlichen Fähigkeiten verlassen.

»Also, Julio Ontiveros, unser ehemaliger Hauptverdächtiger und jetziger Informant, hat ausgesagt, dass er einem Kumpel nach dem Verkauf seiner Neunmillimeter eine Schachtel Munition überlassen hat. Nur so konnten seine Fingerabdrücke auf Patronenhülsen an einem Tatort auftauchen.«

»Wer war der Kumpel?«

»Chaco Lin. Und raten Sie mal, für wen Chaco Lin gearbeitet hat?«

»Für den Teufel?«, gab Elizabeth zurück.

»Fast. Für Benny Price.«

Elizabeth und Barber sahen einander vielsagend an.

»Normalerweise dürften wir das nicht erwähnen«, bemerkte Barber, »aber da wir eigentlich gar nicht hier sind, gelten die

Regeln für uns jetzt nicht mehr. Benny Price hat mal wegen Menschenhandels vor Gericht gestanden.«

»Erzähl ihnen von den Ermittlungen wegen Menschenhandels«, warf Onkel Bob ein.

»Anscheinend wissen sie schon davon.« Ich drehte mich wieder zu Barber um. »Außerdem haben wir einen ermordeten Teenager und einen, der vermisst wird. Haben Sie irgendwas über Mark Weirs verschwundenen Neffen?« Er hatte sich Weirs Schwester vornehmen und herausfinden sollen, ob sie mit ihrem Sohn zuletzt in Kontakt stand.

»Nichts Handfestes, aber ich muss zugeben, es hatte den Anschein, dass mit der Mutter des Jungen etwas nicht stimmt.«

»Nicht stimmt?« Plötzlich lag mir etwas schwer im Magen. »Könnten Sie ein wenig deutlicher werden?«

Onkel Bob spitzte ebenfalls die Ohren.

»Sie wurde vor ein paar Tagen von einem Pater Federico angerufen. Danach war sie total aus dem Häuschen.«

Bei der Erwähnung des Mannes, dem das Lagerhaus gehörte, holte ich tief Luft.

»Was?«, fragte Onkel Bob.

Barber fuhr fort. »Einem einseitig belauschten Telefonat konnte ich entnehmen, dass sie sich mit ihm treffen wollte, er sich allerdings nicht hat blicken lassen.«

Ubie warf mir einen verzweifelten Blick zu.

»Jamie Weir wollte sich mit Pater Federico treffen, er ist jedoch nicht erschienen«, erklärte ich.

Wir hielten vorm Polizeirevier. »Anscheinend hat ihn in letzter Zeit niemand gesehen.«

»Glaubst du, da ist was faul?«

»Schon möglich. Ist er denn, na, du weißt schon, *durchsichtig* irgendwo aufgetaucht?«

»Nee. Aber das bedeutet nicht notwendigerweise –«

»Genau«, nickte er, klappte sein Handy auf und rief einen seiner Ermittler an. Er hing häufiger am Telefon als die meisten Dreizehnjährigen.

Ich wandte mich derweil wieder den Anwälten zu. »Weiß einer von Ihnen, was die Stoßstange von 'nem Dodge Durango kostet?«

Barber schüttelte den Kopf. Elizabeth gluckste.

Als wir ins Revier schlenderten, um zu besprechen, wie wir Benny Price in die Knie zwingen wollten, erwartete uns Garrett im Foyer und ging seine täglichen Notizen durch.

»Wissen Sie, was mich irritiert?«, fragte er und klappte, als wir uns ihm näherten, seinen Notizblock zu.

»Dass Sie auf Pornos mit Liliputanern stehen?«

»Dass seit Tagen niemand Pater Federico gesehen hat«, sagte er, ohne Luft zu holen. Offenbar eine rhetorische Frage. Trotzdem wünschte ich mir, er hätte sich geäußert, bevor ich einen meiner besten Sprüche an ihn vergeudet hatte. Das tat ich äußerst ungern.

»Mark Weirs Schwester war vor Tagen mit ihm verabredet, aber er blieb der Verabredung fern«, erklärte Onkel Bob.

Allmählich ergaben sich Zusammenhänge. Wenn Benny Price Kinder ins Ausland verschleppte, hatte er vielleicht auch Mark Weirs Neffen Teddy in die Finger gekriegt. Und vielleicht auch James Barilla, den Jungen, dessen Leiche man in Weirs Hinterhof gefunden hatte. Vielleicht hatte sich James gewehrt und zu fliehen versucht, und die Menschenhändler hatten ihn umgebracht. Aber warum, um alles in der Welt, sollten sie den Toten in Weirs Hinterhof ablegen und ihm den Mord in die Schuhe schieben? Stellte er eine Bedrohung dar? Mann, ich brauchte dringend Koffein.

Ich ließ die Geistertruppe stehen und marschierte zur Kaffeemaschine. Die Geister folgten mir, versorgten sich mit Kaffee und gingen zu einem kleinen Konferenzraum voraus.

»Wieso rieche ich nichts?«, wunderte sich Barber.

»Verzeihung?« Ich stellte meinen Kaffee auf dem Tisch ab und rückte für alle Stühle zurecht.

»Der Kaffee. Ich rieche nicht mal was.«

»Ich habe probehalber an den Haaren meiner Nichte gerochen«, sagte Elizabeth traurig.

»Riechen Sie denn überhaupt etwas?«, fragte ich.

»Schon.« Elizabeth blähte prüfend die Nüstern. »Allerdings nichts unmittelbar vor meiner Nase.«

»Sie nehmen nur Gerüche der Ebene wahr, auf der Sie sich gerade befinden, und das ist, wenn man's genau nimmt, nicht diese.«

»Wirklich?«, rief Barber. »Aber ich könnte schwören, ich hätte vor einiger Zeit eine Grillparty gerochen. Gibt es auf dieser Seite denn Grillpartys?«

Ich kicherte und setzte mich neben Onkel Bob.

Nachdem wir zwanzig Minuten darüber gestritten hatten, wie wir uns Benny Price vorknöpfen wollten, machte ich einen Vorschlag. Price gehörten einige Striplokale, die Patty Cakes Clubs. Schon der Name mit der Anspielung auf einen Kinderreim war absolut befremdlich. Und laut der Akte, die bei der Sonderkommission gegen ihn vorlag, mochte Benny seine Stripperinnen, wenn auch nicht mal halb so sehr, wie er sich selbst mochte.

»Ich habe einen Plan«, dachte ich laut.

»Wir haben bereits eine Soko auf ihn angesetzt«, erklärte Ubie. »Was immer wir unternehmen, müssen wir vorher mit denen absprechen, und wir müssen uns an ihre Ermittlungsarbeit halten.«

»Ja, aber die brauchen ewig. In der Zwischenzeit sitzt Mark

Weir im Kittchen, Teddy Weir ist verschwunden, und ein paar Familien erwarten Aufklärung von uns.«

»Und was soll ich tun, Charley?«

»Jemanden einschleusen«, antwortete ich.

»Einschleusen?«, wiederholte Garrett sichtlich fassungslos.

»Lasst es mich wenigstens versuchen. Ich liefere euch Beweise gegen den Kerl, noch ehe heute Abend die Sonne untergeht.«

Während Garrett sich praktisch auf seinem Stuhl aufbäumte, beugte sich Onkel Bob mit interessiert funkelnden Augen zu mir. »Sag, was hast du auf der Pfanne?«

»Detective«, setzte Garrett tadelnd an, »das ist jetzt nicht Ihr Ernst.«

Ubie schüttelte sich, als fiele er gerade aus einer Trance. »Ja, schon gut, ich dachte ja nur.«

»Aber, Onkel Bob«, fuhr ich fort, jammernd wie ein Kind, dem man soeben klargemacht hat, dass es zum Geburtstag kein Pony bekommt. Und keinen Porsche.

»Nein, er hat recht. Außerdem würde dein Dad einen Killer auf mich ansetzen.«

»Pff«, machte ich und bedachte ihn mit einem enttäuschten Blick. »Weichei.«

Das musste ihn treffen. Ich kam ihm nicht oft mit »Pff«.

»Charley, Sie wären heute fast draufgegangen.« Garretts graue Augen sprühten Funken. Dermaßen launisch, der Mann. »Und gestern auch. Oh, ja, richtig, und vorgestern auch. Besser, Sie geben Ruhe, oder?«

»Besser, Sie lecken mich am Arsch.« Damit wandte ich mich wieder Onkel Bob zu. »Ich krieg das hin, und das weißt du. Schließlich bin ich gegenüber dem Durchschnitt ein kleines bisschen im Vorteil.«

»Welchem Durchschnitt?«, wollte Garrett wissen. »Dem Durchschnittsirren? Das bezweifle ich.«

Also, das war echt fies.

»Was fällt Ihnen denn ein?«, ging Ubie dazwischen, während ich ein überlegenes Grinsen aufsetzte. Wurde Garrett denn nie schlauer?

»Du hast doch gesagt, dass ihr sein Büro nicht verwanzen konntet, stimmt's?«, fragte ich.

»Stimmt. Es lag nicht genug gegen ihn vor.«

»Ich kann nicht glauben, dass Sie ihr zuhören«, warf Garrett ein.

»Wir hören ihr auch zu«, meinte Barber, und Elizabeth nickte bekräftigend.

»Danke, Leute. Wie ich schon sagte«, fuhr ich fort und funkelte den Verräter an, »hält er sämtliche Bewerbungsgespräche mit neuen Stripperinnen auf Video fest.«

»Und?« Onkel Bob runzelte nachdenklich die Stirn.

»Und sämtliche *Bewerbungsgespräche* finden in seinem Büro statt, auf einem Sofa, das er sich extra zu dem Zweck angeschafft hat.«

»Okay.«

Während ich Onkel Bob meinen Plan auseinandersetzte, platzte Garrett vor Wut beinahe der Kragen. Im Ernst, es fehlte nicht viel, und der Mann hätte eine Herzattacke erlitten.

»Ein guter Plan«, meinte Onkel Bob, als ich fertig war, »aber kannst du nicht einfach da aufkreuzen und ihm etwas ins Ohr flüstern, wie du es bei Julio Ontiveros gemacht hast? Du bist fast so was wie ein Pferdeflüsterer, nur mit Verbrechern.«

»Das hat nur aus einem einzigen Grund geklappt.«

»Und der wäre?«

»Julio war nicht der Gesuchte.«

»Ach ja.«

»Also, mir gefällt der Plan«, verkündete Elizabeth. »Und zu sehen, wie Mr Swopes vor Wut schäumt, macht wirklich Spaß.«

Barber und ich pflichteten ihr kichernd bei.

»Ich bin froh, dass Sie noch über all das lachen können, Charley«, sagte Garrett mit übel mürrischer Miene. »Sie haben ja keine Ahnung, was für ein Mann Price ist.«

»Aber Sie schon?«

»Ich weiß jedenfalls, welche Sorte Mann einer sein muss, um sich auf so etwas Barbarisches wie Menschenhandel einzulassen.«

»Ist angekommen, Swopes. Er ist also nicht der Typ, den man mit nach Hause bringt und seiner Stiefmutter vorstellt.« Ich überlegte es mir noch mal. »Moment mal. Vielleicht würde meine Stiefmutter ihn ja *wirklich* gerne kennenlernen. Meinen Sie, seine Schiffe fahren auch nach Istanbul?«

»Charley«, sagte Onkel Bob warnend. Er wusste genau, worauf das schroffe Verhältnis zwischen meiner Stiefmutter und mir gründete. Allerdings wusste er nicht, so hatte er mir mal gesagt, wieso mein Vater nichts dagegen unternahm. Was ich übrigens auch nicht verstand.

»Ich dachte ja bloß«, verteidigte ich mich.

Während Onkel Bob mit der bereits auf Benny Price angesetzten Soko zu verhandeln begann, beschloss ich, derweil Sussman ausfindig zu machen, der nun schon eine Zeitl ang nicht erschienen war. Garrett stürmte, wie es seine Art war, schon nach draußen, als ich vor dem Konferenzraum noch mein Handy checkte. Sollte er doch. Während er seinen Truck schon zurückhatte, stand Misery noch bei mir zu Hause, sodass er mich mitnähme. Je schneller er also zu seinem Wagen stürmte, desto länger würde er auf mich warten müssen. Was mir aus verschiedenen Gründen durchaus in den Kram passte.

Ich hatte zwei Textnachrichten, beide von Cookie, und beide lauteten: RUF MICH AN, WENN DU DAS LIEST. Schien wichtig zu sein.

»Ich habe eines der Mädels auf Reyes' Highschool ausfindig gemacht«, verkündete Cookie, als ich zurückrief. »Sie und eine Freundin von ihr erinnern sich bestens an unseren Burschen.«

»Gute Arbeit.« Diese Frau war einfach klasse.

»Sie wollen sich heute Abend mit dir bei Dave's treffen, wenn du magst.«

»Und ob ich mag. Wann?«

»Wann immer du dort sein kannst. Ich soll sie dann zurückrufen.«

»Perfekt!«, schnurrte ich ins Telefon, wobei ich mir alle Mühe gab, wie Catwoman zu klingen. »Vorher muss ich mich um Sussman kümmern. Er ist verschwunden. Wie wär's in einer Stunde?«

»Ich sage Bescheid. Wie geht's dir eigentlich? Wir konnten uns seit deiner letzten Nahtoderfahrung nicht mehr unterhalten.«

»Ich lebe«, antwortete ich. »Viel mehr kann ich wohl nicht erwarten.«

»Doch, Charley, kannst du.«

Ich schwieg lange, dann sagte ich: »Wie wär's mit einer Million Dollar?«

»Versuchen kannst du's«, meinte sie, ehe sie schnaubend auflegte. Sie kannte mich gut genug, um zu wissen, dass ich momentan nicht über mein jüngstes Drama reden würde. Dass ich später Dampf ablassen würde. Und dass sie den meisten abbekäme. Die Arme!

16

Sarkasmus. Eine Dienstleistung unter vielen.
– T-Shirt-Aufdruck

Dreißig Minuten und eine Höllenfahrt später – Garrett brodelte auf dem Weg zu meinem Jeep still vor sich hin – saß ich vor Sussmans Haus und beobachtete ihn durch ein Fenster im ersten Stock. Er kehrte mir den Rücken zu, ich vermutete daher, dass er wiederum seine Frau beobachtete.

Am Bordstein vor seinem schönen zweistöckigen Lehmziegelhaus parkten mehrere Autos, Leute kamen und gingen, die leise miteinander sprachen. Anders als in Filmen waren jedoch längst nicht alle schwarz gekleidet und weinten. Na ja, manche schon. Manche lachten aber auch über dies und das, unterhielten sich angeregt gestikulierend und begrüßten andere Besucher mit weit offenen Armen.

Ich lief verlegen zur Vordertür und trat ein. Niemand hielt mich auf, während ich mich durch die Menge zur Treppe schlängelte. Über einen dicken, beigefarbenen Läufer stieg ich langsam in den ersten Stock hinauf.

Dort stand eine Tür, vermutlich zum Schlafzimmer, einen Spaltbreit offen, und man hörte jemanden schluchzen. Ich klopfte vorsichtig an. »Mrs Sussman?«, rief ich und schob mich hinein.

Patrick schaute mich überrascht an. Er lehnte am Fenster. Auf dem Bett saß seine Frau, neben ihr eine Freundin in Trauerkleidung, die tröstend einen Arm um ihre Schulter gelegt hatte.

Sie funkelte mich mit kalten Natteraugen an. Oh-oh. Da verteidigte jemand sein Revier.

»Wenn es ihr recht ist, würde ich mich gerne mal mit Mrs Sussman unterhalten«, sagte ich.

Die Frau schüttelte den Kopf. »Nicht jetzt.«

»Nein, schon gut, Harriet«, meldete sich Mrs Sussman zu Wort. Sie hob den Blick zu mir, ihre großen braunen Augen waren gerötet, ihr blondes Haar hatte sie achtlos zurückgekämmt. Sie war auf eine Art schön, die Männern zuerst nicht auffällt. Eine sanfte, ehrliche Attraktivität. Ich hatte den Eindruck, dass sie aufrichtig lächeln und offen lachen würde.

»Mrs Sussman«, begann ich und beugte mich vor, um ihre Hand zu nehmen. »Ich heiße Charlotte Davidson. Ihr Verlust tut mir furchtbar leid.«

»Vielen Dank.« Sie schnäuzte sich in ein Taschentuch. »Kannten Sie meinen Mann?«

»Ich habe ihn erst kürzlich kennengelernt, er war ein wunderbarer Mensch.« Irgendwie musste ich ihr mein Erscheinen erklären.

»Ja, das war er.«

Ich achtete nicht auf die ätzenden Blicke der Freundin und sprach weiter: »Ich bin Privatdetektivin, wir haben zusammen an einem Fall gearbeitet; jetzt helfe ich der Polizei von Albuquerque, den Mord an Ihrem Mann aufzuklären.«

»Ich verstehe«, sagte sie überrascht.

»Ich glaube kaum, dass jetzt der passende Zeitpunkt dafür ist, Ms Davidson.«

»Aber nein«, widersprach Mrs Sussman. »Das ist genau der richtige Zeitpunkt. Hat die Polizei schon etwas herausgefunden?«

»Wir gehen ein paar vielversprechenden Hinweisen nach«, antwortete ich ausweichend. »Ich wollte Sie lediglich wissen lassen, dass wir sehr hart an diesem Fall arbeiten und dass«, ich wandte mich Sussman zu, »Ihr Gatte zuletzt nur von Ihnen gesprochen hat.«

Sie fing wieder zu schluchzen an, Harriet machte sich sofort daran, ihre Freundin zu trösten. Auf Sussmans Gesicht erschien ein dankbares Lächeln.

Nachdem ich ihr meine Karte ausgehändigt und mich verabschiedet hatte, bedeutete ich Sussman, draußen zu mir zu stoßen.

»Das war heikel.«

Wir standen, an Misery gelehnt, vor seinem Haus und beobachteten eine gelegentlich vorbeistreifende Katze. Der Wind hatte aufgefrischt. Ich bekam in der Kälte eine Gänsehaut und schlang wärmend die Arme um mich, froh um den Pullover, den ich unter meiner Lederjacke anhatte.

»Tut mir leid«, gab er zurück. »Ich wollte ja mit den anderen zurückkommen, aber …«

»Machen Sie sich deshalb keine Gedanken. Sie haben jede Menge um die Ohren. Ich verstehe das.«

»Was haben Sie herausgefunden?«

Mein Bericht schien ihn ein wenig aufzumuntern. »Sie glauben also, es geht um Menschenhandel?«

»Wir haben einen einigermaßen funktionsfähigen Plan, falls Sie dabei sein wollen.«

»Klar.« Gut. Offenbar ging es ihm besser. Er dachte einen Moment nach, dann fragte er: »Kann ich bis dahin in Ihren Körper springen und ein bisschen mit meiner Frau rummachen?«

Ich unterdrückte ein Grinsen. »So läuft das leider nicht.«

»Könnten *Sie* dann nicht mit meiner Frau rummachen und so tun, als wäre ich in Ihrem Körper?«

»Nein.«

»Ich kann Sie bezahlen. Ich habe Geld.«

»Über wie viel reden wir denn?«

Ich schlich mich noch einmal in die Anwaltskanzlei Sussman, Ellery und Barber, legte die USB-Sticks in Barbers Schreibtisch und sah mich, für den Fall, dass ich irgendwas übersehen hatte, noch mal rasch um. Nora war nicht da gewesen, und das war gut so. Sie konnte also nicht mitbekommen haben, dass die Datenträger verschwunden waren, und mir deshalb auch keinen Ärger machen.

Also weiter zu Reyes' Mitschülerinnen. Dave's Diner war direkt aus den Fünfzigern in die Gegenwart gefallen, mitsamt Blechreklameschildern und Chocolate Egg Cream Sodas, in denen allerdings weder Eier noch Sahne waren. Beim Eintreten winkten mich zwei Frauen in einer Ecknische zu sich. Während ich mich fragte, woher sie wissen konnten, wie ich aussah, schlenderte ich zu ihrem Tisch.

»Charley?«, fragte die eine, die hochgewachsen und mit ihrem dunkelbraunen Bubikopf und dem breiten Lächeln aufsehenerregend hübsch war.

»Das bin ich. Woher wussten Sie?«

Die andere war eine Latina mit lockigem Pferdeschwanz und beneidenswertem Teint. Sie strahlte mich an. »Ihre Assistentin hat uns erzählt, dass höchstwahrscheinlich kein anderes Mädchen hereinkommen würde, das den Namen Charley Davidson mit Stolz tragen kann. Ich bin Louise.«

Ich schüttelte zuerst Louise, dann der anderen die Hand.

»Ich bin Chrystal«, stellte sie sich vor. »Wir haben schon mal bestellt, falls Sie Hunger haben.«

Ich rutschte in die runde Nische und orderte einen Burger und eine Diätcola. »Ich kann Ihnen gar nicht sagen, wie froh ich bin, dass Sie sich mit mir treffen.«

Sie lachten sich verschwörerisch zu, hatten dann aber Mitleid mit mir und erklärten: »Wir lassen keine Gelegenheit aus, über Reyes Farrow zu sprechen.«

»Wow«, sagte ich überrascht. »Ich auch nicht. Kannten Sie ihn gut?«

Nach einem weiteren Seitenblick zu Chrystal antwortete Louise: »Niemand kennt Reyes Farrow gut.«

»Na ja«, warf Chrystal ein. »Vielleicht Amador.«

»Ja, richtig, ich hatte vergessen, dass er immer mit Amador Sanchez rumhing.«

»Amador Sanchez?« Ich machte meine Tasche auf und entnahm ihr den Ordner über Reyes. »Amador Sanchez hat mit ihm gesessen. Sogar in derselben Zelle. Heißt das, die beiden waren schon befreundet, bevor sie sich im Gefängnis über den Weg liefen?«

»Amador war im Knast?«, fragte Chrystal erstaunt.

»Wundert dich das?« Louise sah ihre Freundin mit einer zart gewölbten Augenbraue an.

»Irgendwie schon. Er war ein feiner Kerl.« Dann sah sie mich an. »Reyes blieb meistens allein, bis ihm Amador über den Weg lief. Sie haben sich sofort angefreundet.«

»Was können Sie mir über Reyes erzählen?« Vor Aufregung hatte ich Herzklopfen. So lange hatte ich nach ihm gesucht, und dann fand er mich und entpuppte sich als der Große Böse. Wie hatte mir das entgehen können?

Louise musterte eine Serviette, die sie zu einem Schwan gefaltet hatte. »Alle Mädchen auf der Schule waren in ihn verliebt, aber er war so still, so … verschlossen.«

»Er war wirklich schlau, wissen Sie?«, ergänzte Chrystal. »Aber ich habe ihn immer für einen Faulpelz gehalten. Er war vielschichtig.«

»Und trug immer Kapuzen«, sagte Louise. »Er hat deshalb andauernd Ärger mit den Lehrern gekriegt, hörte aber trotzdem nicht damit auf.«

»Jeden Tag wollte er die Kapuze im Unterricht auflassen«,

übernahm Chrystal, »und jeden Tag zwang ihn der Lehrer, sie abzusetzen.«

Louise beugte sich zu mir, ihre dunkelbraunen Augen funkelten. »Also, Sie müssen wissen, dass das selbst in der kurzen Zeit, die er hier war, zu einem Ritual wurde. Nicht für ihn, auch nicht für die Lehrer, aber für uns Mädchen.«

»Für die Mädchen?«

»Oh, ja«, rief Chrystal aus und nickte verträumt, als sie sich erinnerte. »Jeden Tag kam der Augenblick, wo es ganz still wurde, man hätte eine Stecknadel fallen hören. Dann hob er die Hände, um die Kapuze zurückzuschieben, und es war, als würde sich der Himmel auftun.«

Ich sah es vor mir, wie er sein schönes Gesicht entblößte und bei den Mädchen Herzklopfen, weiche Knie und Stöhnen auslöste.

Nach dieser kleinen Träumerei sagte Louise: »Und wie klug er war. Er besuchte denselben Mathekurs wie unsere Freundin Holly, und er war immer der Beste. Bekam für sämtliche Tests eine Eins.«

»Mit uns hatte er Englisch und Naturwissenschaften. Eines Tages schrieben wir bei Mr Stone einen Test«, erzählte Chrystal aufgekratzt, »und Reyes hatte hundert Punkte, da beschuldigte Mr Stone ihn, betrogen zu haben, weil einige seiner Eingebungen vor dem College überhaupt nicht drankamen.«

»Ja, daran erinnere ich mich. Mr Stone meinte, Reyes hätte unmöglich hundert Punkte erzielen können. Reyes meinte nur ›Scheiße, ich habe nicht betrogen!‹, und Mr Stone antwortete ›Doch, hast du!‹ und schleifte Reyes zum Direktor.«

»Suzy hat in der Stunde geholfen, weißt du noch?«, wandte sich Chrystal an Louise. Louise nickte. »Sie hat erzählt, die beiden kamen ins Büro, und Mr Stone geriet ins Schleudern, weil der Direx meinte, Reyes hätte in allen Tests hundert Punkte erzielt, und der Vorwurf sei unbegründet.«

»Hat er mal einen Intelligenztest absolviert?«, erkundigte ich mich.

»Ja«, antwortete Louise. »Der Direx veranlasste einen. Darauf tauchten drei Typen von irgendeiner Erziehungsbehörde auf und wollten mit ihm reden, doch da war Reyes' Familie bereits weggezogen.«

Ja, davon war ich überzeugt. Reyes' Vater hatte sie ständig auf Trab gehalten und die Behörden jedes Mal abgehängt.

»Ich kann noch immer nicht glauben, dass er seinen Vater umgebracht hat«, bemerkte Chrystal.

»Hat er auch nicht«, versicherte ich, während ich mich fragte, ob meine Überzeugung auf Wunschdenken beruhte oder ob ich dafür gute Gründe anführen konnte.

Sie sahen mich verblüfft an. Wahrscheinlich hätte ich besser die Klappe gehalten, aber ich wollte die beiden auf meiner Seite wissen. Auf Reyes' Seite. Ich erzählte ihnen von dem Abend unserer ersten Begegnung, von seinem Alten, der ihn besinnungslos prügelte, und von seiner Schwester, die er im Haus zurückgelassen hatte.

Als unser Essen serviert wurde, hielt ich kurz inne und wartete, bis die Bedienung verschwunden war, dann sprach ich weiter. »Deshalb sind wir hier, ich muss seine Schwester auftreiben.« Dann schilderte ich ihnen, was sich im Gefängnis zugetragen hatte, und eröffnete ihnen, dass er im Koma lag, doch keine der beiden konnte sich an das Mädchen erinnern. »Aber sie ist die Einzige, die den Staat davon abhalten kann, die lebensverlängernden Maßnahmen einzustellen. Kennen Sie irgendwen, der womöglich mit ihr befreundet war?«

»Ich telefoniere mal rum«, versprach Louise.

»Ja, ich auch, vielleicht graben wir ja irgendwas aus. Wie viel Zeit bleibt Ihnen denn noch?«

Ich sah auf die Uhr. »Siebenunddreißig Stunden.«

Auf dem Heimweg rief ich Cookie an und beauftragte sie, einen gewissen Amador Sanchez für mich ausfindig zu machen. Er schien der Einzige zu sein, der etwas Wesentliches über Reyes wusste. Es war schon spät, aber Cookie war bestimmt nicht abgeneigt, einen heißblütigen jungen Mann für mich aufzuspüren. Man musste ihr nur einen Namen geben, schon verbiss sie sich in die Sache wie ein Pitbull in einen Knochen.

Ich hatte gerade aufgelegt, da klingelte mein Handy. Es war Chrystal. Sie und Louise erinnerten sich, dass Chrystals Cousine, die damals die achte Klasse besuchte, früher mit einem Mädchen herumhing, das sich während der Mittagspause gelegentlich Reyes anschloss. Das war nicht viel, aber mehr als vor fünf Minuten. Sie hatten die Cousine zu erreichen versucht, bekamen sie aber nicht an die Strippe, also hinterließen sie eine Nachricht mit meinem Namen und meiner Telefonnummer.

Nachdem ich ihre Neuigkeit verdaut und ihnen viele Tausend Male gedankt hatte, rannte ich in einen Supermarkt, um mich mit Grundnahrungsmitteln auszustatten: Kaffee, Tortillachips und Avocados für Guacamole.

Als ich aus meinem Jeep kletterte, hörte ich meinen Namen, fuhr herum und erblickte Julio Ontiveros. Er war größer, als es auf dem Polizeirevier den Anschein gehabt hatte.

Ich schloss die Tür und ging um den Wagen herum, um meine Einkaufstüten einzusammeln. »Ohne Handschellen sehen Sie besser aus«, sagte ich über die Schulter.

Er folgte mir. »Sie sehen ohne Handschellen auch besser aus.«

Oh-oh. Zeit, einen Annäherungsversuch abzuwehren. Ich drehte mich zu ihm um. Besser, ich brachte es sofort hinter mich.

»Der Orden, den Ihr Bruder während Desert Storm bekommen hat, liegt im Schmuckkasten Ihrer Tante.«

Damit enttäuschte ich ihn sichtlich. »Blödsinn, da habe ich

nachgesehen.« Er kam näher. In seinen Augen funkelte Zorn und die Furcht, der Gelackmeierte zu sein.

»Sie hat vorausgesehen, dass Sie das sagen würden«, gab ich zurück, während ich hinten aufmachte, um meine Tüten zu verstauen. »Nicht in *dem* Schmuckkasten, sondern in dem, den sie im Keller versteckt hat. Hinter dem alten Gefrierschrank, der's nicht mehr tut.«

Er hielt inne und überlegte kurz. »Von einem zweiten Schmuckkasten hatte ich keine Ahnung.«

»Davon weiß niemand. Deshalb hat sie ihn ja versteckt.« Ich nahm zwei Einkaufstüten in eine Hand und bückte mich nach der dritten. »Die Diamanten sind auch da drin.«

Diese Neuigkeit warf ihn erst recht um. »Sie besaß Diamanten?«, fragte er.

»Ja, bloß ein paar, aber die hat sie für Sie aufgehoben.« Ich blieb stehen und musterte ihn von Kopf bis Fuß. »Offenbar meint sie, dass es für Sie noch Hoffnung gibt.«

Er ließ erstaunt Luft ab, als hätte sein neues Wissen ihn tief getroffen, dann lehnte er sich gegen Misery. »Aber wie … wie stellen Sie das bloß an …?«

»Ist 'ne lange Geschichte«, antwortete ich, während ich Misery abschloss und mich auf den Weg zum Vordereingang meines Wohnhauses machte.

»Warten Sie«, rief er und trabte hinter mir her. »Sie sagten doch, Sie wüssten, wo ich die *drei* Dinge finde, die ich mir im Leben am meisten wünsche. Aber das waren erst *zwei*.«

Er zweifelte noch. In seinem Hirnkasten arbeitete es mächtig, während er dahinterzukommen versuchte, woher ich das alles wusste.

»Ach ja.« Ich klemmte mir sämtliche Tüten unter einen Arm und kramte mit der anderen Hand in meiner Handtasche, die ich mir über die Schulter gehängt hatte. »Oh, nein, bitte«, sagte ich, und jedes meiner Worte triefte vor Sarkasmus, »helfen Sie mir bloß nicht mit den Einkaufstüten oder so.« Er verschränkte darauf grinsend die Arme vor der Brust. Warum machte ich mir überhaupt die Mühe? Schließlich zog ich einen Stift aus der Tasche. »Geben Sie mir Ihre Hand.«

Er streckte sie mir hin und rückte mir, als ich ihm eine Telefonnummer in die Handfläche kritzelte, weiter auf die Pelle. Und noch weiter.

Nachdem er die Nummer mit krauser Stirn studiert hatte, setzte er ein entschieden boshaftes Grinsen auf und kam noch ein Stück näher. »Das ist aber nicht, was ich mir am meisten wünsche.«

Ohne Zögern schloss ich die Lücke zwischen uns und sah ihm tief in die Augen, womit ich ihn zwar aus dem Konzept brachte, zugleich aber ein noch breiteres Grinsen erntete. »José Ontiveros.«

Er stutzte, und das Grinsen fiel ihm aus dem Gesicht. Abermals blickte er in seine Handfläche.

»Er ist in Corpus Christi, einem Asyl, allerdings ist er viel unterwegs. Meine Assistentin hat zwei Stunden benötigt, um ihn aufzuspüren, selbst mit den Informationen, die Ihre Tante uns gegeben hat.«

Er war bass erstaunt und starrte auf die Nummer in seiner Hand. »Zwei Stunden?«, fragte er endlich. »Ich suche meinen Bruder seit …«

»Zwei Jahren, ich weiß. Das hat mir Ihre Tante erzählt.« Wieder wechselte ich die Einkaufstüten, mein Arm zitterte schon unter dem Gewicht. »Und nur für den Fall, dass Sie noch irgendwelche Zweifel haben, jawohl, Ihre *tía* Ysenia schaut Ihnen über die Schulter. Ich soll Ihnen ausrichten, dass Sie Ihr Leben endlich in den Griff bekommen, sich nicht dauernd in die albernsten Schlamassel manövrieren sollen – was übrigens nicht ihre Worte sind. Und Sie sollen Ihren Bruder ausfindig machen, weil er nur noch Sie hat.«

Nachdem ich meinen Teil der Abmachung erfüllt hatte, drehte ich mich um und ging ins Haus, ehe er mich erneut anzubaggern versuchte. Er hatte nun einiges zu bedenken.

Als ich auf meiner Etage aus dem Aufzug trat, fiel mir sofort auf, wie düster es auf dem Korridor war. Der Hausverwalter hatte schon seit meinem Einzug immer wieder Probleme mit der Elektrik in diesem Stockwerk, daher stieg meine Wachsamkeit nur um ein, zwei Striche auf der Wachsamkeitsskala.

Als ich nach meinen Schlüsseln suchte, drang aus der verdunkelten Ecke neben meiner Wohnungstür eine Stimme an mein Ohr.

»Ms Davidson?«

Schon wieder? Musste das sein?

Seit halb neun heute Morgen war meine Geduld für Leute, die mich umbringen oder wenigstens übel zurichten wollten, bereits erschöpft. Kurz darauf hatte ich mich bewaffnet. Also zog ich jetzt meine Glock und richtete sie auf die dunkle Ecke. Wer immer dort auf mich gewartet hatte, war nicht tot, denn sonst hätte ich ihn auch trotz Dunkelheit gut sehen können. Dann trat ein Junge vor, und mir stockte der Atem. Teddy Weir. Unmöglich, ihn nicht zu erkennen. Er sah genauso aus wie sein Onkel.

Er streckte die Hände zur Decke und versuchte so harmlos zu wirken wie irgend möglich.

Ich ließ meine Waffe sinken.

»Ich wollte Sie nicht schlagen, Ms Davidson.«

Ich hob erneut die Kanone und wölbte verwundert die Augenbrauen. Ich überlegte, ob ich ihm die Einkaufstüten an den Kopf werfen und das Weite suchen sollte, aber die Avocados hatten einen Haufen Geld gekostet. Dass ich aber auch dermaßen auf Guacamole abfahren musste.

Er blieb wie angewurzelt stehen und hob die Hände noch höher. Obwohl erst sechzehn, war er schon zehn Zentimeter größer als ich.

»Ich dachte … ich dachte, Sie wären einer von Prices Leuten. Wir wollten uns gerade verdrücken, und ich dachte, er hätte uns irgendwie doch noch entdeckt.«

»Du hast mir auf dem Dach eine gelangt?«

Er grinste. Er hatte rotblondes Haar und hellblaue Augen. Er sah damit aus wie ein Filmstar oder Rettungsschwimmer. »Ich habe Ihnen bloß einen Kinnhaken verpasst. Nur leider waren wir da zufällig auf einem Dach.«

Ich zeigte ihm meinen Mörderblick und brummte: »Klugscheißer.«

Er kicherte, wurde aber sofort wieder ernst. »Als Sie durch das Dachfenster fielen, dachte ich, ich bin am Arsch. Ich hab geglaubt, ich müsse für den Rest meines Lebens in den Knast.«

Nachdem ich die Kanone weggesteckt hatte, schloss ich meine Wohnungstür auf. »Du meinst, wie dein Onkel?«

Er senkte pfeilschnell den Blick. »Darum sollte sich Carlos kümmern.«

»Carlos Rivera?«, fragte ich verblüfft.

»Ja. Ich habe ihn seit Tagen nicht gesehen.«

Teddy schlenderte nach mir herein, schloss die Tür und schob den Riegel vor. Normalerweise hätte mich das beunruhigt, vor allem in Anbetracht der neu eingeführten Festwoche, aber ich sah ihm an, dass er eine Menge durchgemacht hatte. Etwas war ihm zugestoßen, daher wollte er kein Risiko eingehen.

Und Reyes war auch da. Ich hätte mich fast lang hingelegt, als ich den dunklen Nebel beim Vorderfenster erblickte. Im nächsten Moment spürte ich ihn. Seine Wärme, seine elektrisierende Ausstrahlung. Das Zimmer roch wie ein Wüstensturm um Mitternacht.

»Setz dich«, wandte ich mich an Teddy, indem ich auf einen Hocker vor meiner Küchenbar wies und so tat, als sei alles im Lot. Um zu verbergen, dass Reyes' Nähe mich körperlich erschütterte, blieb ich in Bewegung. Zuerst setzte ich Kaffee auf, dann verstaute ich meine verderblichen Einkäufe im Kühlschrank. Als ich bemerkte, dass auch Teddys Hände zitterten, griff ich nach Schinken, Truthahn, Blattsalat und Tomaten. »Ich hab einen Bärenhunger«, log ich. »Ich mache mir ein Sandwich. Willst du auch eins?«

Er schüttelte höflich den Kopf.

Ich strafte ihn mit einem ausgesucht finsteren Blick. »Du weißt nicht, was dir entgeht.«

Der Glanz in seinen Augen verriet mir, wie hungrig er in Wahrheit war.

»Schinken, Truthahn oder beides?«, fragte ich und gab ihm damit das Gefühl, als hätte er bei meiner Fütterungsaktion noch eine Wahl.

»Ich glaube, beides«, antwortete er und zuckte hilflos die Achseln.

»Klingt gut. Ich denke, ich nehme das Gleiche. Aber jetzt zum Ernst des Lebens.«

Er runzelte bekümmert die Stirn.

»Cola, Eistee oder Milch?«

Er verzog den Mund zu einem Grinsen, während sein Blick sich zur Kaffeemaschine verirrte.

»Wie wär's mit Milch zum Sandwich? Kaffee kannst du danach noch trinken.«

Wieder zuckte er die Schultern.

»Wir haben inzwischen herausgefunden, dass Benny Price der Schurke ist«, erklärte ich, während ich die dritte Scheibe Schinken auf sein Sandwich häufte. »Kannst du von der Nacht erzählen, in der dein Freund starb?«

Er senkte den Kopf, offenbar wollte er ungern darüber reden.

»Teddy, wir müssen zusehen, dass dein Onkel aus dem Knast rauskommt und Price eingebuchtet wird.«

»Ich wusste gar nicht, dass Onkel Mark sitzt. Dass er jemanden umgebracht haben soll, ist lächerlich«, fügte er schnaubend hinzu. »Er ist der ruhigste Mensch, der mir jemals begegnet ist. Ganz anders als meine Mutter, das kann ich Ihnen versichern.«

»Hast du deine Mutter mal gesehen, seit du zurück bist?«

»Nein. Pater Federico meinte, er würde ein Treffen arrangieren, aber ihn haben wir auch nicht mehr gesehen. Ich nehme an, Price hat herausgefunden, was abgeht, und hat ihn sich auch geschnappt.«

»Was geht denn ab?«, fragte ich, nachdem ich ihm ein großes Glas Milch eingegossen hatte.

Er nahm einen kräftigen Bissen von seinem Sandwich und spülte ihn mit eiskalter Milch hinunter. »Price sendet Späher aus, Sie wissen schon, Typen, die nach obdachlosen oder vernachlässigten Jugendlichen Ausschau halten. Nach Jugendlichen, die keiner vermisst.«

»Verstehe. Aber du warst nicht obdachlos.«

»James schon, irgendwie. Seine Mutter hat ihn rausgeschmissen, nachdem sie noch mal geheiratet hatte. Er konnte nirgendwohin, also kroch er in Onkel Marks Schuppen unter.«

»Und als er verletzt wurde, zog er sich dorthin zurück.«

»Ja, genau, James wurde misstrauisch, als dieser eine Späher ihn mit Fragen löcherte und wissen wollte, ob James Familie hätte oder ob er mit ihm mitgehen würde. James und ich haben uns danach selbst ein bisschen umgesehen.« Er legte sein Sandwich weg. »Wir kamen dahinter, für wen der Typ arbeitete, und schlichen uns in eins von Prices Lagerhäusern. Wie bei James Bond, wissen Sie? Wir hatten ja keine Ahnung, was da wirklich los war.«

»Dann wurdet ihr geschnappt, konntet aber entkommen.«

»Schon, aber James hat's übel erwischt. Wir rannten davon und wurden dabei getrennt. Zwei Typen waren hinter mir her. Große Kerle. Ich hab noch nie so viel Schiss gehabt.«

Ich setzte mich neben Teddy und legte ihm eine Hand auf die Schulter.

Er biss noch mal ab. »Dann habe ich gehört, was Pater Federico macht – «

»Was denn?«

»Dass er Ausreißern hilft und so.«

»Ja, stimmt«, nickte ich. »Also bist du zu ihm?«

»Ja. Komisch war bloß, dass er genau über Benny Price Bescheid wusste. Er hat mich in seinem Lagerhaus versteckt.«

»Moment mal, dasselbe Lagerhaus – «

»Ja. Übrigens, noch mal Entschuldigung wegen … Sie wissen schon.«

Ah, endlich eine Chance zu erfahren, wohin an dem Abend alle verschwunden waren. »Sag mal, in dem Lagerhaus waren zwei Kerle, die Kisten packten, aber als ich unten ankam, waren alle weg. Hast du eine Ahnung, wo die hin sind?«

Teddy lächelte. »Das Lagerhaus hat einen Keller, der Eingang ist so gut wie unmöglich zu finden. Wir haben uns da unten versteckt, bis alle verschwunden waren.«

Schlau. »Dann hat Pater Federico die Jugendlichen, hinter denen Price her war, zu verstecken versucht.«

»Genau.«

»Warum ist er nicht zur Polizei gegangen?«

»Ist er ja. Die meinten, sie würden gegen Price ermitteln. Doch währenddessen verschwanden immer mehr Jugendliche. Haben Sie die Vermisstenplakate gesehen?«

Hatte ich.

»Dann hieß es, Pater Federico hätte nicht genug in der Hand, um zu beweisen, dass Price hinter irgendeiner Entführung steckte.«

»Du warst also zwei Jahre in seinem Lagerhaus?«

Er würgte einen Bissen hinunter und nahm einen Schluck Milch. »Nein, Sie müssen verstehen, Pater Federico ist ein zupackender Kerl. Als die Bullen nichts unternehmen konnten, hat er die Sache selbst in die Hand genommen. Er hat Wachen aufgestellt, einen Suchtrupp und eine Fluchthelferorganisation auf die Beine gestellt, wie die Underground Railroad damals im Bürgerkrieg.«

Ich verkniff mir meine Verblüffung und wartete, dass Teddy weitererzählte.

Nachdem er sich den letzten Bissen in den Mund geschoben hatte, sagte er: »Alle möglichen Leute helfen bei dieser Sache mit. Ich auch. Mein Bereich ist Panama.«

»Panama?« Ich war komplett verdattert. *Die Sache* reichte offenbar viel weiter, als ich angenommen hatte.

»Ja. Es gibt Frachtpapiere, Rechnungen, sogar Käuferlisten. Die sind überall aktiv. Aber Price hat ständig nach mir Ausschau gehalten, sodass Pater Federico schwer aufpassen musste, damit mich keiner findet.«

»Dann hat Carlos Rivera für Pater Federico gearbeitet?«

»Zuerst nicht. Er war Späher. Der Späher, der James aufzugabeln versucht hat. Ich glaube, als James umgebracht wurde, hatte Carlos die Nase voll. Er ging zu Pater Federico, und die beiden schlossen einen Handel. Wenn es sein muss, kann Pater Federico sehr überzeugend sein. Wie steht's jetzt mit Kaffee?«

Richtig. Ich fragte mich, wieso Carlos nicht einfach zur Polizei gegangen war. Vielleicht, weil er dann sofort zur Zielscheibe geworden wäre. Zur Polizei zu gehen ist für einen Kriminellen manchmal glatter Selbstmord.

»Du warst also in Panama?«

»Ja, ich habe dort sieben Kinder gerettet, falls Sie es genau wissen wollen«, verkündete er stolz. »Oder vielmehr habe ich geholfen, sieben Kinder zu retten.«

»Und du hattest keine Ahnung, was mit deinem Onkel war?«

»Doch, ich wusste Bescheid. Pater Federico hat mich auf dem Laufenden gehalten, aber wir dachten immer, die Anklage gegen Onkel Mark würde fallen gelassen. Ich meine, er hat doch nichts angestellt. Ich konnte mir nicht vorstellen, dass er wirklich verurteilt würde. Wir wollten unser Vorhaben nicht gefährden, indem wir Onkel Mark halfen, aber als er dann doch verurteilt wurde, blieb uns nichts anderes übrig. Ich kann's immer noch nicht glauben. Ich meine, wie soll James' Blut denn auf Onkel Marks Schuhe gekommen sein?«

»Dafür habe ich eine Erklärung«, sagte ich. »Es hatte geregnet, dein Onkel brachte an dem Abend den Müll runter, dabei muss er in eine Lache von James' Blut getreten sein. Ihn selbst hat er hinter dem Schuppen nicht gesehen, aber irgendwer muss mitbekommen haben, wie James über den Zaun gestolpert ist, und hat die Polizei verständigt.«

»Ja, sicher«, sagte er und nahm einen kräftigen Schluck siedendheißen Kaffee.

»Bist du alt genug für schwarzen Kaffee?«

Er grinste. In dem Moment sah er alt genug aus, um seinen Kaffee in jeder beliebigen Farbe zu trinken. Seine Augen hatten schon so viel gesehen. Sein Herz kannte bereits so viel Angst und Traurigkeit. Er war in den letzten beiden Jahren vermutlich um zehn Jahre gealtert.

»Wieso bist du zurückgekommen?«, wollte ich wissen.

»Weil ich musste. Ich konnte Onkel Mark doch nicht für etwas in den Knast gehen lassen, das er nicht getan hat.«

»Und wenn du dabei dein Leben riskierst?«, fragte ich stolz und besorgt zugleich.

Er antwortete achselzuckend: »Das tue ich doch schon seit zwei Jahren. Ich hab's satt, ständig wegzulaufen. Wenn Price mich will, soll er kommen und mich holen.«

Mir wurde es eng in der Brust. Das würde ich auf keinen Fall zulassen. »Wir müssen die Polizei verständigen, ist dir das klar?«

»Ja. Das ist auch ein Grund, weshalb ich hier bin. Pater Federico ist verschwunden, wir brauchen Ihre Hilfe.«

17

Bitte nicht stören. Bin's schon.
– T-Shirt-Aufdruck

Reyes wich mir den ganzen Abend nicht von der Seite, berührte mich am Arm, strich mir mit den Fingern über den Mund und löste in meinem Körper kleine Erdbeben aus. Doch momentan hatte ich das Haus voll hoher Tiere. Ganz im Ernst. Ich wette, sogar Mr Wong bekam Platzangst, obwohl er wie immer in seiner Ecke schwebte und der Welt den Rücken kehrte. Mann, sogar der Polizeichef und der Bezirksstaatsanwalt waren bei mir. Dafür hätte ich echt mal aufräumen können. Und Kerzen aufstellen. Mich ordentlich einschleimen. Cookie hatte alle Hände voll zu tun, Kaffee auszuschenken, während Amber alle Hände voll zu tun hatte, mit einem Frischling namens Dead Meat zu flirten, der tatsächlich darauf einging. Dabei war sie erst elf, um Himmels willen! Aber womöglich tat er ihr bloß einen Gefallen. Eigentlich war's ganz niedlich. Auf eine krasse, irgendwie übergriffige Art.

In all dem Durcheinander erhielt ich einen Anruf von Chrystals Cousine.

»Hi, spricht da Ms Davidson?«, fragte sie scheu.

»Am Apparat. Bist du Debra?«, erkundigte ich mich, während ich Teddy einen Blick zuwarf. Ich war mir sicher gewesen, dass er in Anbetracht der ganzen Polizei hier glatt durchdrehen würde, doch er wirkte ganz entspannt, beinah erleichtert.

»Ja«, antwortete die Anruferin. »Chrystal hat mir erzählt, Sie suchen Reyes Farrows Schwester. Ich hab meine Freundin

Emily angerufen, aber die konnte sich auch nur an den Vornamen seiner Schwester erinnern. Sie hieß Kim. Und sie und Reyes hatten unterschiedliche Nachnamen.«

Interessant. Ich fragte mich, ob sie Walker hieß, nach Earl Walker.

»Mehr wissen wir nicht mehr über sie«, fuhr sie fort. »Außer dass sie echt nett war.«

»Na, das ist mehr, als ich gestern wusste.«

»Tut mir leid, dass ich Ihnen nicht groß weiterhelfen kann. Aber wissen Sie, beide waren sehr eng mit Amador Sanchez befreundet.«

»Ja, das hab ich schon gehört.« Vielleicht war dieser Sanchez ja des Rätsels Lösung. »Sag mal, auf welcher Schule wart ihr eigentlich?«

»Auf der Eisenhower Middle School.«

»Gut, es geht also um eine Kim, die vor etwa zwölf Jahren auf die Eisenhower Middle School ging, richtig?«

»Genau. Hoffentlich finden Sie sie.«

»Vielen Dank für den Anruf, Debra.«

»Keine Ursache.«

Na ja, sehr viel weiter brachte mich das nicht. Aber ich hatte nun eine Kim und die Eisenhower Middle School. Sah ganz so aus, als würde ich mich morgen wieder mit Onkel Bob herumtreiben, sofern er nichts dagegen hatte. Ob er mich dann ans Steuer ließ?

»Übrigens«, meldete sich Cookie und kam hüftschwingend auf mich zu. Sie hatte ebenfalls geflirtet. »Ich habe die Adresse und Telefonnummer von deinem Amador Sanchez.«

»Supi.« Also würde ich vor meinem Schulausflug Mr Sanchez einen Besuch abstatten. Vermutlich würde er mir den Nachnamen der Schwester verraten können und wo sie aufzutreiben war. Zellengenossen wussten alles voneinander. Vor allem Zellengenossen, die sich schon in ihrem früheren Leben gekannt hatten.

Wir klatschten ab, sie ging wieder Kaffee machen. Es war jetzt fast elf, und die vielen späten Abende forderten ebenso ihren Tribut wie die Prügel. Während mein Körper vor Erschöpfung schmerzte, wurde mein Verstand partout nicht müde.

Ich ließ mich neben Teddy nieder, um mich zu überzeugen, dass es ihm gut ging. Zu meiner Verblüffung nahm er meine Hand. Ich drückte seine. Der Junge hatte mir in dem Moment das Herz gebrochen, als er aus der dunklen Ecke hervorgetreten war. Ich mochte es gar nicht, wenn mir das passierte. Der Bezirksstaatsanwalt saß uns gegenüber und befragte Teddy mit einer Miene, die zugleich Interesse und Besorgnis verriet.

»Kann ich mal mit Ihnen reden?«

Plötzlich stand Officer Taft über mir und blickte auf mich herab, während ich den Satansbraten hinter ihm ins Auge fasste. Die Kleine gab sich alle Mühe, Mr Wong zu einer Partie Himmel und Hölle zu überreden.

»Eigentlich habe ich dazu keine Lust, Taft«, sagte ich und zeigte ihm die kalte Schulter.

»Wegen heute Morgen tut's mir leid. Da haben Sie mich auf dem falschen Fuß erwischt.«

Misstrauisch drehte ich mich wieder zu ihm um. »Wenn Sie wieder einen Wutanfall kriegen wollen, brauchen wir gar nicht erst anzufangen.«

Er stellte seine Kaffeetasse ab und hockte sich neben mich. »Kein Wutanfall. Versprochen. Erlauben Sie mir, es Ihnen zu erklären?«

Er war nicht in Uniform, daher war ich mir sicher, dass er nur gekommen war, um mit mir zu reden, ohne zu ahnen, dass er lauter Kollegen bei mir treffen würde. Nachdem ich noch mal kurz Teddys Hand gedrückt hatte, führte ich Taft ins Schlafzimmer, wo wir uns in Ruhe unterhalten konnten. Reyes kam mit. Was mich beunruhigte. Ich wollte nicht erklären müssen, wieso auch Tafts Rückgrat durchtrennt war, nachdem er irgendeinen Blödsinn angestellt hatte. Dann würde es unangenehm werden. Bei der Polizei auszusagen war nicht meine Stärke. Eisige Blicke und Klugscheißerantworten lagen mir mehr.

Ich ließ mich aufs Bett plumpsen, sodass Taft keine andere Wahl hatte, als stehen zu bleiben. Der einzige Stuhl im Zimmer war von mehreren Jeanshosen, Seidenunterwäsche sowie unbenutzten Handschellen aus den Beständen der Polizei belegt. Oh, und mit einer Büchse Pfefferspray. Kein Mädchen kommt heute ohne Pfefferspray aus. Taft lehnte sich gegen meine Frisierkommode und stemmte die Hände in die Hüften.

Reyes allerdings … tja, das stand auf einem anderen Blatt. Anscheinend wurde er ungeduldig. Er schwebte neben mir, streifte meinen Arm, hauchte in mein Ohr und kraulte meine Nackenhaare. Seine Nähe erregte mich. Schon bei dem Gedanken, wozu er bei mir fähig war, begann ich zu zittern. Mein Mangel an Selbstbeherrschung, wenn es um ihn ging, wurde langsam lächerlich.

Dann schlenderte der kleine Satansbraten herein und blieb abrupt an der Tür stehen. Augen wie Untertassen machte die Kleine, als sie Reyes entdeckte. Während ich ihn nicht genau erkennen konnte – nur einen dunklen Nebelschleier –, sah sie ihn offenbar in seiner ganzen Pracht. Jedenfalls bekam sie den Mund nicht mehr zu.

Als wäre Reyes das Publikum plötzlich unangenehm, schwebte er zum Schlafzimmerfenster. Sein Abgang jagte mir kalte Schauder über den Rücken. Die Kleine indes stand stocksteif da, als hätte sie Schiss, sich auch nur zu bewegen. Lustig.

»Das Mädchen«, holte Taft mich in die Wirklichkeit zurück, »das Sie heute Morgen beschrieben haben, war nicht das von dem Unfall.«

»Ja, das dachte ich mir schon.« Meine Antwort brachte ihn offenbar nicht außer Fassung.

Er senkte das Kinn und umklammerte mit beiden Händen den Kommodenrand. »Sondern meine Schwester.«

Scheiße. Ich hätte wissen müssen, dass es hier um mehr ging als um ein Mädel, das er aus der Grundschule kannte.

»Sie ertrank in einem See in der Nähe meines Elternhauses«, fügte er voller Trauer hinzu.

»Er wollte mich retten«, sagte der Satansbraten, ohne Reyes aus den Augen zu lassen. »Dabei ist er fast selbst draufgegangen.«

Ich verhärtete mich gegen Satans Tochter und weigerte mich zu sehen, wie sie die dünnen Arme an den Körper gedrückt hielt, ihre großen, blauen Augen vor Verwunderung leuchteten und ihr Puppenmund offen stand. Stattdessen schenkte ich ihr meinen missmutigsten Blick.

»Krass«, meinte ich.

»Was?« Endlich riss sie sich von Reyes' Anblick los, allerdings nur für den Bruchteil einer Sekunde, dann schwenkten ihre Augen zu ihm zurück, als würden sie einem Peilsender folgen.

»So sehr liebst du ihn?«, fragte ich sie, indem ich mich auf ihren Gefühlsausbruch von neulich bezog. »Aber er ist dein Bruder.«

»Ist sie hier?«, wollte Taft wissen.

»Nicht jetzt, Taft, wir müssen uns momentan mit wichtigeren Dingen befassen.«

Strawberry blickte verständnislos, als sie sich endlich auf mich konzentrierte. »Klar liebe ich ihn. Er wollte mir das Leben retten. Er lag danach eine Woche mit einer Lungenentzündung im Krankenhaus, weil er so viel Wasser in die Lunge gekriegt hatte.«

»Das verstehe ich ja«, erwiderte ich und hob beschwichtigend eine Hand. Ich vergaß immer, dass es auch Geschwister gab, die einander aufrichtig liebten. »Trotzdem, er ist dein Bruder. Du kannst ihm doch nicht dermaßen nachstellen. Das ist einfach nicht richtig.«

Ihre Unterlippe zitterte. »Er will mich sowieso nicht mehr um sich haben.«

Verfluchter Mist. Ich gab mir alle Mühe, nicht an die Tränen zu denken, die sich zwischen ihren Wimpern sammelten, sondern an Steuern, Atomkrieg, Pudel und dergleichen. »Was hast du denn vor?«

»Ich will bei ihm bleiben.« Sie wischte sich mit den Schlafanzugärmeln über die Wangen, dann hockte sie sich mit übereinandergeschlagenen Beinen auf den Fußboden. Sie begann Kreise in den Teppich zu malen und ließ ihren Blick immer mal wieder zu Reyes abschweifen. »Aber wenn er mich nicht will …«

Ich holte tief und erschöpft Luft und wandte mich an Taft: »Sie sagt, Sie hätten versucht, sie zu retten.«

Er sah mich überrascht an.

»Und dass Sie danach eine Woche im Krankenhaus gelegen haben.«

»Woher weiß sie das?«

»Ich war da«, sagte sie. »Die ganze Zeit.«

Ich wiederholte, was sie sagte, und sah zu, wie ihn jedes Wort mehr in Erstaunen versetzte.

»Sie sagt, dass Sie seit dem Krankenhaus keinen grünen Wackelpudding mehr mögen.«

»Ja, stimmt«, nickte er.

»Wollen Sie, dass sie geht?«

Meine Frage brachte ihn aus dem Konzept. Er stolperte über eine Antwort nach der anderen, schließlich erwiderte er: »Nein, ich will nicht, dass sie geht. Ich glaube bloß, dass sie woanders glücklicher wäre.«

»Nein, wäre ich nicht!«, kreischte sie, sprang auf und klammerte sich an ihn, als ginge es um ihr Leben.

»Sie möchte lieber bleiben, aber nur, wenn es Ihnen recht ist.«

Taft war sichtlich erschüttert. »Ich kann nicht glauben, dass das wirklich passiert.«

»Ich auch nicht. Aber ich hab ja gesagt, sie ist ein Luder.«

Taft ging darauf nicht ein. »Wenn sie bleiben will, hätte ich sie sehr gerne bei mir. Aber ich weiß nicht, wie ich mit ihr reden soll. Wie ich mit ihr kommunizieren kann.«

Oh-oh. Mir war klar, worauf das hinauslief. »Also, ich mache Ihnen hier nicht die Dolmetscherin, klar? Denken Sie gar nicht erst daran, jedes Mal zu mir zu kommen, wenn Sie wissen wollen, was sie vorhat.«

»Ich könnte Sie bezahlen«, entgegnete er und hörte sich dabei fast wie Sussman an. »Geld habe ich.«

»Um wie viel geht's denn?«

Es klopfte leise an der Tür, dann schob Onkel Bob seinen dicken Kopf samt buschigem Schnurrbart ins Zimmer. »Wir fahren jetzt los«, rief er.

»Und was macht ihr mit Teddy?«, fragte ich besorgt.

»Den bringen wir in einem sicheren Haus unter. Alles Weitere überlegen wir uns dann morgen.«

Taft und ich verließen mein Schlafzimmer und betraten die fast verwaiste Wohnung. Der Bezirksstaatsanwalt ergriff meine Hand und schüttelte sie begeistert. »Sie haben heute Außergewöhnliches geleistet, Ms Davidson. Außergewöhnliches.«

»Danke, Sir«, sagte ich und beschloss, nicht zu erwähnen, dass zu meinen außergewöhnlichen Leistungen auch der Sturz durch ein Oberlicht und die Zubereitung eines Sandwichs mit Schinken und Truthahn gehört hatten. »Onkel Bob hat mir geholfen. Ein bisschen.«

Der schnaubte und ging zur Tür hinaus. Nachdem Teddy mich fest gedrückt hatte, folgte er ihm. Die Umarmung fühlte sich gut an. Er würde es schaffen, falls Price ihn nicht in die Finger bekam.

»Und, läuft die Sache morgen Abend?«, fragte ich Ubie, als der letzte Polizist gegangen war.

»Die Sonderkommission will gleich morgen früh mit uns sprechen. Dann sehen wir weiter. Es könnte reichen, um ihn zu erledigen.«

»Warte mal, nein«, protestierte ich. »Wir dürfen Teddys Leben nicht aufs Spiel setzen. Wir müssen Price festnageln, ohne auf Teddys Aussage zurückzugreifen. Und Pater Federico müssen wir auch noch finden. Was, wenn Benny Price ihn festhält?«

Onkel Bob senkte frustriert die Brauen. »Momentan haben wir aber nur Teddys Aussage. Wir müssen diesen Kerl in die Knie zwingen, Charley, und zwar sehr bald. Wir müssen seinen Machenschaften ein Ende setzen.«

Ich wich nicht zurück, wollte keinesfalls klein beigeben, stampfte mit dem Fuß auf … bildlich gesprochen. »Gib mir wenigstens eine Chance. Du weißt, welche Möglichkeiten ich habe. Wir müssen es wenigstens versuchen.«

Schwer gebeugt, als hätte er einen Sumoringer auf den Schultern, dachte Onkel Bob über meinen Vorschlag nach. »Warten wir ab, was die Sonderkommission morgen zu sagen hat.«

»Was führst du jetzt wieder im Schilde?«, fragte Cookie, nachdem Ubie gegangen war.

»Na, du kennst mich doch«, antwortete ich und deutete grinsend auf Amber. »Nichts, womit ich nicht fertig würde.«

Amber war auf dem Sofa eingeschlafen, ihre Haare umrahmten ihre feinen Gesichtszüge. Das Mädel würde mal sämtliche Herzen brechen.

Cookie zog eine Schnute, um nicht zu grinsen, und schüttelte den Kopf. »Flirten ist Schwerstarbeit.«

»Das kannst du laut sagen«, nickte ich und ging ums Sofa herum zur Tür.

Cookie weckte Amber und schob sie über den Korridor zu

ihrer Wohnung, was nicht ohne eine paar Beinahzusammenstöße mit Türrahmen und Zimmerpflanzen abging. Drüben angekommen drehte sich Cookie zu mir um und drohte: »Glaub ja nicht, ich würde dich nicht mehr darauf ansprechen, was heute vorgefallen ist.«

Oh, ja, klar, die Nahtoderfahrung! »Und glaub du ja nicht, wir würden uns nicht über deine Einstellung unterhalten«, versuchte ich abzulenken.

Sie zwinkerte mir zu und schloss die Tür hinter sich.

Dann waren wir allein. Zitternd vor Erwartung, hielt ich mich am Türgriff fest wie an einem Rettungsring. Ein flüsternder Luftzug, und schon erschien er hinter mir, umgeben von dem erdigen, elementaren Geruch. Sein Arm umfasste meine Taille, während er mit der anderen Hand die Tür schloss.

Dann zog er mich an seine Brust, und ich schmolz ihm entgegen. Es war, als würde ich ins Feuer sinken; seine Hitze versengte mich überall gleichzeitig.

»Du bist er«, sagte ich, und meine Stimme bebte stärker, als ich gehofft hatte. »Du bist am Tag meiner Geburt erschienen. Wie kann das sein?«

Ich spürte seinen heißen Mund an meinem Nacken, während er die Hand unter meinen Pulli schob und Flammen über meinen Bauch züngeln ließ. Behutsam untersuchte er die Stelle, an der seine Klinge eingedrungen war. Im hintersten Winkel meines Bewusstseins war ich froh über seine Besorgnis.

Dann kam er mit dem Mund an mein Ohr. »Dutch«, sagte er, wobei sein Atem über meine Wange strich. »Endlich.« Ich drehte mich zu ihm um, doch er wich zurück, um mein Gesicht zu mustern, und endlich erhaschte ich einen klaren, unverfälschten Blick auf das umwerfende Geschöpf namens Reyes Farrow.

Er enttäuschte mich nicht. Er war der herrlichste Mann, den ich jemals gesehen hatte. Seine schlanken Muskeln wirkten wie aus Stein gemeißelt und zugleich, als ob sie sich im nächsten Moment verflüssigen könnten. Das kaffeebraune Haar fiel ihm in die kräftige Stirn und kräuselte sich hinter einem Ohr. Die kastanienbraunen Augen, in denen goldene und smaragdgrüne Flecken funkelten, glänzten unverhohlen wollüstig. Seine vollen, männlichen Lippen waren sinnlich geteilt. In diesem Moment sah ich seine Kleidung: eine Gefängniskluft, wie Elisabeth gesagt hatte. Die aufgekrempelten Ärmel entblößten seine schlanken, muskulösen Unterarme.

Unendlich vorsichtig strich er mit den Fingerspitzen über meine Unterlippe, mit ernster Miene, wie ein Kind, das zum ersten Mal Leuchtkäfer sieht und wissen will, welcher Zauber sie im Dunkeln glimmen lässt.

Als ein Finger über meine untere Zahnreihe fuhr, schluckte ich, schloss die Lippen um die Fingerspitze und nahm den erdigen, ungewöhnlichen Geschmack seiner Haut in mich auf. Er atmete scharf ein, lehnte mit geschlossenen Augen seine Stirn an meine und schien mit sich zu ringen, als ich den Finger weiter in meinen Mund saugte. Ich wusste nicht genau, was der Auslöser war, doch plötzlich stemmte er einen Arm gegen die Tür und stieß mich stöhnend dagegen, griff mit der anderen Hand um meinen Hals und hielt mich gefangen, während er sich zu beherrschen versuchte.

Etwas Aufregenderes war mir im Leben noch nicht passiert. Mein Körper reagierte auf jede seiner Berührungen mit heftiger Erregung. Verlangen – so heiß, dass es wehtat – strömte in meinen Unterleib und breitete sich im ganzen Körper aus. Ich wollte ihn für immer, doch im Hinterkopf drängte die Frage, was geschehen würde, wenn sein Körper starb. Würde ich ihn trotzdem haben können? Würde er mir nach seinem Ableben erscheinen, oder würde er hinübergehen und mich alleine in den irdischen Gefilden zurücklassen? Ich fürchtete so sehr, ihn zu verlieren, wenn sein irdischer Leib sein Leben aushauchte. Ich wollte, dass er aufwachte, damit er mit Leib und Seele mein werden konnte. Da war ich ganz egoistisch.

»Reyes«, sagte ich, heiser vor Lust, während sein Mund eine besonders empfindliche Stelle hinter meinem Ohr fand, »bitte, wach auf!«

Stirnrunzelnd, als hätte er mich nicht verstanden, zog er den Kopf zurück, dann küsste er mich, und ich verlor das letzte bisschen Verstand. Der Kuss begann sanft. Seine Zunge strich über meine, kostete und neckte mich mit unendlicher Vorsicht. Dann loderte er auf wie ein Waldbrand, wurde heftiger, ungestüm und fordernd, während er sich über meinen Mund hermachte, ihn mit triebhaftem Verlangen erforschte und in Besitz nahm. Der Kuss nahm mir die letzte bisher verdrängte Unsicherheit. Er schmeckte nach Regen und leicht entflammbaren Materialien.

Reyes drängte sich an mich, und zwischen meinen Beinen loderten Flammen. Doch als ich die Hände zwischen uns schob, um nach seiner Erektion zu greifen, ließ er von mir ab.

So schnell, dass mir davon schwindlig wurde, fuhr er herum, und sofort materialisierte sein Gewand, ein fließendes Gebilde, das uns beide umhüllte. Zugleich hörte ich leises Klirren, als er seine Klinge zog, dann drang ein finsteres, kehliges Knurren aus seiner Brust, und ich kam blinzelnd zu mir – so schwach, dass ich mich kaum auf den Beinen halten konnte. Befand sich jemand bei uns im Zimmer? Oder etwas?

Ich konnte nicht erkennen, was hinter Reyes' breiter Schulter lauerte, doch ich spürte die Spannung, unter der sich jeder Muskel in seinem Körper straffte. Was immer hier drohte, war überaus real und äußerst gefährlich.

Nach ein paar Augenblicken drehte er sich wieder zu mir um, umfasste mit der freien Hand meine Taille, zog mich an sich und suchte meinen Blick, flehte stumm um Verständnis. »Wenn ich erwache«, hauchte er gequält, »wird man mich finden.«

»Was? Wer?«, fragte ich, und mein Herz schlug Alarm.

»Und wenn sie mich finden«, fuhr er fort, während sein Blick an meinem Mund hing, »finden sie auch dich.«

Dann war er verschwunden.

Etwa drei Sekunden später landete ich auf dem Fußboden.

18

Wer sich mit Clowns anlegt,
sollte sich als Erstes den Jongleur vornehmen.
– Stoßstangenaufkleber

Hatte ich die letzten siebenundzwanzig Jahre gepennt? Gab es Wesen, von denen ich überhaupt nichts wusste? Wesen, die so gefährlich und wild waren, dass nur etwas Übernatürliches gegen sie ankam?

Ich saß mit Onkel Bob im Konferenzraum, ohne mich nach dem gestrigen Abend wirklich konzentrieren zu können. Garrett war auch da, ebenso der Bezirksstaatsanwalt, der Chefermittler der Sonderkommission Price, die Anwälte sowie ein äußerst zappeliger Angel. Wir besprachen die Feinheiten unseres Abendplans. Das war nicht ganz leicht, da nicht alle im Raum auf dem Laufenden waren, doch Onkel Bob löste das Problem. Klar, was sonst?

Garrett und Angel hatten überraschenderweise nicht viel gesagt. Was Garrett anging, konnte ich das verstehen. Ihm passte das alles nicht in den Kram. Doch Angel bekam die erstklassige Gelegenheit, mit einer scharfen verstorbenen Rechtsanwältin im Minirock zu schäkern, ließ sie sich jedoch durch die Lappen gehen. Genau genommen sah er sie kaum an. Ich hatte keine Ahnung, welche Laus ihm über die Leber gelaufen war. Reyes? Wusste er, dass ich Fantasien mit ihm hatte, die fast kriminell waren?

Nachdem der Chefermittler und der Bezirksstaatsanwalt gegangen waren, fragte Onkel Bob: »Okay, was hast du wirklich vor?«

Willkommen in der Realität. Ein vages Grinsen huschte über mein Gesicht. »Ich schlage mit meinem lächerlichen Video und meinen konstruierten Beweisen auf und bringe Price dazu, alles zu gestehen.«

»Das bringst du fertig?«

»Das bringe ich fertig.«

»Mannomann«, sagte er, schon jetzt beeindruckt, »du willst ihm was flüstern.«

Garrett rutschte unbehaglich auf seinem Platz herum, weigerte sich aber, irgendwas dazu beizutragen.

»Und wenn wir ihn nicht finden?«, fragte Barber mit Blick auf unsere Suche nach Pater Federico. »Was, wenn die Sonderkommission gar nicht alle von Prices Unterschlüpfen kennt? Womöglich wird er ganz woanders festgehalten.«

»Oder die haben ihn längst umgebracht«, warf Sussman ein.

»Das ist natürlich möglich«, meinte ich, »aber Price ist durch und durch katholisch. Ich denke, es würde ihm nicht leichtfallen, einen ordinierten Priester abzumurksen.«

»Dann durchsuchen Barber und ich seine Betriebsstätten«, sagte Elizabeth, »während Sussman und Angel Ihnen zur Hand gehen?«

»So sieht's aus.«

»Wie noch mal?«, fragte Onkel Bob. Ich fasste alles für ihn zusammen, und er gab uns sein Okay. Was gut war, denn einen Plan B hatten wir nicht in petto.

»Angel«, sagte ich, während alle den Abflug machten, »sagst du mir jetzt, was gebacken ist, oder muss ich auf die Foltermethoden zurückgreifen, die ich letztes Jahr während des Mardi Gras gelernt habe?«

Er lächelte und legte meinetwegen mehr Schwung in seine

Schritte. »Mir geht's gut, Chefin. Ich schaff das mit geschlossenen Augen.«

»Ja, aber nur, weil du durch die geschlossenen Lider sehen kannst.«

»Stimmt«, meinte er achselzuckend.

Ich checkte mein Handy. Cookie hatte eine Nachricht hinterlassen. »Du wirkst bloß so traurig«, sagte ich und wählte die Mailbox. »Als hätte dir jemand deine bevorzugte Neunmillimeter geklaut.«

»Ich bin nicht traurig.« Er lief den Korridor hinunter, drehte sich aber noch mal um. »Zumindest nicht, wenn ich Sie ansehe.«

Aua. Das war ja mal süß. Er führte zweifellos irgendwas im Schilde, ich konnte bloß nicht mit dem Finger drauf zeigen.

»Du rätst es nicht. Du rätst es nicht«, flötete Cookie fröhlich ins Telefon. »Ich habe ihren Namen. Ich habe den Zellengenossen von Reyes angerufen, diesen Amador Sanchez, und ihm gedroht, ihn wegen Verstoßes gegen seine Bewährungsauflagen dranzukriegen, wenn er nicht kooperiert. Und jetzt habe ich ihren Namen und ihre Anschrift. Sie …« Die Mailbox verabschiedete sich piepend, worauf die nächste Nachricht folgte. »Tut mir leid, verdammte Handys. Sie lebt in Albuquerque. Ihr Name ist Kim Millar, und sie ist nie von hier weggezogen.«

Meine Knie gaben unter mir nach. Im Vorbeigehen griff ich mir Papier und Bleistift vom Schreibtisch eines Polizisten, handelte mir einen feindseligen Blick ein und notierte mir rasch die Adresse.

»Eine Telefonnummer hatte er nicht, aber er meinte, sie arbeitet zu Hause und müsste deshalb dort anzutreffen sein, wenn du das hier hörst.«

Am liebsten hätte ich die Frau geküsst.

»Ich weiß, du würdest mich jetzt am liebsten küssen. Finde

du erst mal Reyes' Schwester, wir können auch hinterher noch ausgiebig knutschen.«

Ich sprang irre kichernd in Misery und brauste in die Innenstadt. Vor gespannter Erwartung wechselten mein Herz und mein Magen die Plätze. Ich sah auf die Uhr. Noch vierundzwanzig Stunden. Noch vierundzwanzig Stunden, um Sand ins Staatsgetriebe zu streuen.

Während der Fahrt fand ich Zeit, über Reyes' rätselhaften Satz vom vorigen Abend nachzudenken. Was hatte er gemeint, als er sagte, man würde ihn finden? Wurde er gejagt? Ich beschloss, mir lieber nicht vorzustellen, wen oder was Reyes so böse angeknurrt hatte. Offenbar gab es Dinge, die nicht mal ich sehen konnte. Womit wir bei einem gravierenden Problem wären: Was für einen Sinn hatte es, eine Schnitterin zu sein, wenn ich nicht alles mitbekam? Sollte ich nicht stets auf dem Laufenden bleiben? Mal im Ernst, wie konnte man von mir erwarten, dass ich so meine Arbeit machte?

Nachdem ich vor einer eingezäunten Wohnanlage geparkt hatte, trottete ich über den Bürgersteig zum Eingang von 1B und klopfte an. Eine Frau meines Alters öffnete mit einem Geschirrtuch in der Hand; anscheinend spülte sie gerade.

Ich trat mit ausgestreckter Hand vor und sagte: »Hi, Ms Millar, mein Name ist Charlotte Davidson.«

Mit papierdünnen, kalten Fingern nahm sie vorsichtig meine Hand. Mit ihren dunkelroten Haaren und hellgrünen Augen sah sie Reyes kein bisschen ähnlich. Eher leicht irisch.

»Was kann ich für Sie tun?«, erkundigte sie sich.

»Ich bin Privatdetektivin.« Ich fummelte nach einer Visitenkarte und hielt sie ihr hin. »Ich würde mich gerne mit Ihnen unterhalten.«

Nachdem sie meiner Karte einen ausgiebigen Blick gegönnt hatte, machte sie die Tür weiter auf und bedeutete mir einzutreten. Als ich das sonnenhelle Zimmer betrat, sah ich mich nach Fotos von Reyes um. Aber es gab hier überhaupt keine Bilder, weder von Reyes noch von irgendwem sonst.

»Sie sind Privatdetektivin?«, fragte sie und lud mich ein, Platz zu nehmen. »Wie kann ich Ihnen helfen?«

Sie setzte sich mir gegenüber. Durch die Florgardinen schien die Sonne herein und tauchte den vorderen Raum in wohlige Wärme. Die spärliche Einrichtung war absolut sauber und gepflegt.

Ich fragte mich, ob sie mit einer Zwangsneurose zu kämpfen hatte, räusperte mich und überlegte, wie ich es am besten ansprechen sollte. Es fiel mir schwerer als gedacht. Wie brachte man jemandem bei, dass der eigene Bruder im Sterben lag? Ich entschied, mir das für später aufzuheben.

»Ich bin wegen Reyes hier«, setzte ich an.

Doch ehe ich fortfahren konnte, sagte sie: »Verzeihung?«

Ich blinzelte. Hatte sie nicht verstanden? »Ich bin wegen Ihrem Bruder hier«, sagte ich noch einmal.

Da ich die verrückte Gabe hatte, andere Menschen zu durchschauen, wusste ich sofort, dass sie log, als sie erwiderte: »Es tut mir leid. Ich habe keine Ahnung, von wem Sie reden. Ich habe keinen Bruder.«

Wow. Warum diese Lüge? Im Geiste ging ich die möglichen Gründe durch. Allerdings hatte ich keine Zeit für Spielchen. Nicht mal für derart faszinierende. Darum beschloss ich, mit denselben Waffen zu kämpfen.

»Reyes hat vorausgesehen, dass Sie so reagieren«, verkündete ich zufrieden lächelnd. »Er hat mir das Codewort verraten, damit Sie wissen, dass Sie unbesorgt mit mir reden können.«

Sie runzelte die Stirn. »Was für ein Codewort?« Damit beugte sie sich vor. »Hat er doch über mich gesprochen?«

Das war so leicht gewesen, dass ich fast ein schlechtes Gewissen hatte. »Nein«, antwortete ich reumütig, »hat er nicht. Aber jetzt haben Sie sich verraten.«

In ihren irischen Augen flammte Zorn auf, der sich jedoch nicht gegen mich richtete. Sie war sauer auf sich selbst. Ihre eingesunkenen Schultern, ihre vor Enttäuschung schmalen Lippen, ihre gefurchte Stirn verrieten mir, was ich wissen musste: Reyes war nicht das einzige Missbrauchsopfer in der Familie.

»Seien Sie bitte nicht wütend auf sich«, sagte ich mitfühlend. »Ich lebe von dieser Arbeit, weil ich sie gut kann.« Während ich weitersprach, betrachtete sie das Geschirrtuch in ihren Händen und umklammerte es noch fester. »Warum will Reyes, dass niemand weiß, wer Sie wirklich sind? In der Gefängnisakte findet sich kein einziges Wort über Sie. Er hat Sie niemals als Verwandte oder sonstige Kontaktperson angegeben. Auch in den Prozessprotokollen werden Sie mit keinem Wort erwähnt.«

Nach langem Schweigen rang sie sich endlich durch, darüber zu sprechen. »Natürlich nicht. Er hat mir das Versprechen abgenommen, niemandem zu verraten, wer ich bin. Wir haben unterschiedliche Nachnamen. Niemand schöpfte Verdacht.«

Warum, um alles in der Welt, hatte Reyes gewollt, dass sie während seiner Verhandlung nicht in Erscheinung trat? Sie hätte ihm doch als Entlastungszeugin viel mehr genutzt. »Wissen Sie, was ihm passiert ist?«, fragte ich.

Ihr Kinn sank weiter, ihr Haar verbarg ihre Augen. »Ich weiß, dass er angeschossen wurde. Amador hat es mir erzählt.«

»Ah. Amador hält Sie auf dem Laufenden. Dann wissen Sie also auch, dass die lebenserhaltenden Maßnahmen morgen eingestellt werden?«

»Ja«, antwortete sie mit brechender Stimme.

Endlich kamen wir voran, vielleicht hatte ich doch noch Erfolg. »Sie müssen dagegen angehen, Kim. Niemand sonst kann das. Anscheinend sind Sie seine einzige lebende Verwandte.«

»Ich kann nicht«, widersprach sie und schüttelte nachdrücklich den Kopf. »Ich darf mich nicht einmischen.«

Es verschlug mir den Atem. Entsetzt und verwirrt starrte ich sie an.

Sie drehte das Geschirrtuch zwischen den Fäusten. »Schauen Sie mich bitte nicht so an. Sie verstehen das nicht.«

»Offensichtlich nicht.«

Sie schluchzte leise. »Ich musste schwören, dass ich nie wieder Kontakt zu ihm aufnehme. Er sagte, er würde mich finden, wenn er rauskommt. Deshalb bin ich in Albuquerque geblieben, aber ich besuche ihn nicht, schreibe ihm nicht und rufe ihn auch nicht an oder schicke ihm zum Geburtstag Geschenke. Das musste ich ihm versprechen«, erklärte sie mit flehendem Blick. »Ich darf mich nicht einmischen.«

Ich konnte mir nicht vorstellen, weshalb Reyes ihr dieses Versprechen abgenommen hatte, und hatte mit solch einem Verhalten nicht gerechnet. Doch ich beschloss, sie an ihrem wunden Punkt zu treffen. Von wegen verzweifelte Situationen und so. »Kim, er hat Sie all die Jahre beschützt«, sagte ich vorwurfsvoll. »Wie können Sie da tatenlos zusehen?«

»*Beschützt* ist nicht das richtige Wort«, widersprach sie hinter ihrem Geschirrtuch schluchzend.

»Ich verstehe das nicht. Gab es … sexuelle Übergriffe?« Kaum zu glauben, wie unverschämt ich mich aufführte, wie viel ich mir in Anbetracht ihres Unglücks herausnahm. Einfach mit etwas derart Heiklem herauszuplatzen grenzte an Brutalität.

Statt einer Antwort traten Tränen unter ihren Wimpern hervor und flossen in Rinnsalen über ihre Wangen.

»Und er hat Sie, so gut er konnte, davor beschützt. Wie können Sie sich jetzt von ihm abwenden?«

»Ich sagte doch bereits, dass *beschützen* nicht ganz das richtige Wort ist.«

Gleich würde mir der Geduldsfaden reißen. Warum wollte sie ihm nicht helfen? Ich wusste, wie sehr er sich um sie gesorgt hatte und dass er an jenem Abend sein Leben aufs Spiel gesetzt hatte, um ihr beizustehen. Dabei hätte er weglaufen können, zur Polizei, seinen durchgeknallten Vater den Behörden übergeben und frei sein können. Doch er blieb. Ihretwegen.

»Was ist dann das richtige Wort?«, fragte ich betont bissig.

Sie dachte lange darüber nach, dann blickte sie zu mir auf, ihre grünen Augen glänzten in der Nachmittagssonne. »Ertragen.«

Okay. Das warf mich aus der Bahn. »Ich verstehe nicht. Was – ?«

»Mein Vater …« Sie brach ab, als würde ihre Stimme unter der Last der Worte nachgeben. »Mein Vater hat mich niemals angerührt. Ich war lediglich die Waffe, mit der er Reyes in Schach gehalten hat.«

»Aber Sie haben doch … angedeutet, dass es sexuelle Übergriffe gab.«

Sie sah mich an, und in ihren grünen Augen lag angesichts dessen, was ich sie zu sagen nötigte, so etwas wie Feindseligkeit. »Er hat mich nicht angefasst. *Mich nicht*. Ich habe nicht behauptet, dass es keine Übergriffe gab.«

Ich war völlig verblüfft, verstummte eine volle Minute lang, um zu verdauen, was Kim mir gerade mitgeteilt hatte, drehte und wendete es im Geiste, um mir darüber klar zu werden. Selbst das Nachdenken darüber tat weh, als wäre der Gedanke etwas Körperliches, eine mit spitzen Glasscherben gespickte Schachtel, an der ich mir jedes Mal, wenn ich sie öffnen wollte, die Fingerspitzen aufriss.

»Zuerst hat er ihn mithilfe von Tieren unter Kontrolle gehalten.«

Zögernd wandte ich mich wieder ihrem verletzlichen Gesicht zu.

»Als Reyes noch klein war, benutzte er Tiere. Wenn Reyes sich nicht benahm, mussten die Tiere dafür bezahlen und an seiner Stelle leiden. Unser Vater erkannte sehr früh, dass er ihn anders nicht in den Griff bekam.«

Ich blinzelte, ließ ihre Worte sacken, auch wenn ich sie eigentlich nicht hören wollte.

»Dann gab ihm meine Mutter – sie war drogensüchtig und starb irgendwann an den Folgen ihrer Gelbsucht – die wirksamste Waffe an die Hand. Mich. Sie legte mich ihm vor die Tür und sah sich kein einziges Mal nach mir um. Damit gab sie meinem Vater Macht über Reyes. Wenn er dem Mann nicht aufs Wort gehorchte, bekam ich nichts zu essen. Weder Frühstück noch Mittag- oder Abendessen. Schließlich nicht mal mehr Wasser. So ging das, bis Reyes einlenkte. Mein Vater interessierte sich nur für mich, wenn er mich benutzen konnte. Damit mein Bruder in allen Lebenslagen spurte.«

Ich saß sprachlos da, unfähig zu begreifen, wie man so leben konnte. Ich konnte mir Reyes unmöglich so hilflos vorstellen, als Sklaven eines Ungeheuers. In meiner Brust wurde es immer enger, mein Magen revoltierte, ich spürte, dass mein Frühstück den Rückweg antreten wollte. Ich schluckte gewaltsam und holte mehrmals tief Luft, angewidert von mir selbst, weil ich Kim dazu brachte, etwas preiszugeben, das so furchtbar war, dass ich es mir nicht einmal vorstellen wollte.

»Sie müssen wissen, wie Reyes ist«, fuhr sie fort, ohne etwas von meiner Not zu ahnen. »Wie er tickt. Was ich Ihnen gerade erzählt habe, ist die Wahrheit, aber so, wie er es sah, hat unser Vater mir *seinetwegen* wehgetan. Er nahm all die Jahre die Last auf sich, übernahm die Verantwortung für mein Wohlergehen, wie ein guter König im Märchen.«

Damit mein Kinn nicht zitterte, biss ich die Zähne zusammen.

»Er sagte zu mir, dass mir nie wieder jemand seinetwegen

wehtun würde. Wie kommt er darauf? Es war doch genau umgekehrt. Mein Vater hat ihm *meinetwegen* wehgetan.« Sie wischte sich eine Träne ab und sah mich hilflos an. »Wissen Sie, warum ich Ihnen das alles erzähle?«

Ihre Frage kam überraschend. Ich schüttelte den Kopf. Darüber hatte ich gar nicht nachgedacht.

»Weil Sie es sind.«

Ich gab mir Mühe, klar zu denken und ihr genau zuzuhören.

»Reyes hatte als kleiner Junge Anfälle. Manchmal dauerten sie über eine Stunde. Wenn es vorbei war, erinnerte er sich an die merkwürdigsten Dinge. Zum Beispiel an ein Mädchen mit dunklen Haaren und funkelnden goldenen Augen. Als ich die Tür aufmachte, wusste ich sofort, dass Sie das waren.«

Erinnerungen? An mich? Mein Puls raste.

»Er meinte, er hätte Ihnen mal das Leben gerettet, als ein Kerl Sie in seine Wohnung verschleppt hatte.« Sie beugte sich vor. »Falls Sie sich jemals gefragt haben, ob Sie heil wieder aus dieser Wohnung herausgekommen wären: Der Mann wollte sich an Ihnen vergehen und Sie anschließend ersticken. Es wäre nicht das erste Mal gewesen.«

Angst durchfuhr mich wie ein Blitz. »Reyes wusste, dass ich in Lebensgefahr schwebte?«, fragte ich, als ich endlich die Sprache wiederfand.

»Ja. Ein anderes Mal *glaubte* er nur, Sie wären in Gefahr, sagte, Ihre Stiefmutter habe Sie vor Dutzenden von Leuten angeschrien. Und Sie hätten Angst gehabt und seien tief gekränkt gewesen. Starke Gefühle wie diese lösten seine Anfälle aus. Als er dort hinkam, war er dermaßen außer sich und machte sich so große Sorgen um Sie, dass er Ihre Stiefmutter, um ihr eine Lektion zu erteilen, in Stücke reißen wollte. Doch Sie flehten ihn leise an, ihr nichts zu tun.«

Als ich antwortete, standen mir die Ereignisse jenes Tages

deutlich vor Augen. »Ja, ich erinnere mich. Er war ungeheuer wütend.«

»Später kam er dahinter, wie er Sie auch ohne Anfälle finden konnte. Er versetzte sich dazu einfach in eine Art Trance, nur um Sie beobachten zu können.« Der Gedanke an glücklichere Zeiten ließ sie lächeln. »Er nannte Sie Dutch.«

Ich zitterte und seufzte schwer. Was sie mir nach und nach erzählte, brachte bloß neue Fragen und noch größeren Mangel an Klarheit.

»Aber wenn Reyes mit der Zeit lernte, sich zu beherrschen, seine Macht zu lenken und zu nutzen, wieso … hielt er Ihren Vater dann nicht in Schach?«

Sie zuckte die Achseln. »Weil er nicht daran glaubte.«

Ich runzelte die Stirn. »Ich verstehe nicht.«

»Für ihn geschah alles nur in seiner Fantasie. Nichts davon war damals für ihn wahr. Selbst Sie hielt er für eine Erfindung seiner Einbildungskraft, für das Mädchen seiner Träume. Aber ich wusste, dass alles wirklich geschah. Als wir älter wurden, begann ich Nachforschungen anzustellen. Alles, wovon er mir erzählte, hatte sich genauso zugetragen.«

Die Klugheit, die in ihren Augen funkelte, strafte die unterwürfige, sanftmütige Frau von vorhin Lügen. Offenbar hatte sie gelernt, ihre wahre Natur und wozu sie fähig war, zu verbergen. Ich begann sie zu bewundern. In einem anderen Leben wäre ich gerne ihre Freundin gewesen. Unter anderen Umständen. Andererseits war nichts unmöglich.

»Wissen Sie … wissen Sie, was er ist?«

Die Frage überraschte sie nicht. »Nein. Absolut nicht«, antwortete sie kopfschüttelnd. »Ich weiß bloß, dass er etwas Besonderes ist. Er ist nicht wie wir. Ich bin mir nicht mal sicher, ob er ein Mensch ist.«

Ich konnte ihr unmöglich widersprechen. »Was ist mit seinen

Tattoos?«, wollte ich wissen. »Hat er Ihnen erzählt, was sie bedeuten?«

»Nein.« Sie taute mit jeder Minute mehr auf. »Er meinte nur, er hätte sie immer schon gehabt. Solange er zurückdenken konnte.«

»Ich weiß, dass sie etwas bedeuten – ich kann nur nicht mit Bestimmtheit sagen, was.« Als wollte ich verhindern, dass meine Gedanken sich überschlugen, legte ich eine Hand an meine Stirn.

»Sind Sie wie er?«, fragte sie vollkommen sachlich.

Ich holte tief Luft und richtete meine Aufmerksamkeit wieder auf sie. »Nein, ich bin eine Schnitterin.« Was stets schrecklich klang, wenn man es aussprach. Doch sie lächelte bloß. Ein breites, hübsches Lächeln. Was mich verblüffte.

»Das hat er mir erzählt. Sie führen Seelen auf die andere Seite. Er meinte noch, Sie würden strahlen wie eine neu entstandene Galaxis und würden sich mehr darauf einbilden als ein reicher Schnösel, der mit dem Porsche seines Alten herumkurvt.«

Ich musste lachen. »Na ja, ein bisschen eingebildet ist er aber auch.«

Sie kicherte und faltete das Geschirrtuch im Schoß. »Ich schätze, das war immer sein Antrieb. Wenn er nicht so stark gewesen wäre, hätte er sich bestimmt nicht so über Wasser halten können.«

Die ganze Geschichte schmerzte mich ungeheuer. Ich wollte, dass es ihm gut ging. Ich wollte, dass alles, was ihm an Schlechtem widerfahren war, getilgt wurde. Aber wie, wenn er nicht aufwachte? »Können Sie nicht doch etwas unternehmen?«, fragte ich verzweifelt.

Ihre Finger strichen die Falten aus dem Geschirrtuch. Sie hatte sich entschieden. »Er hat wegen mir schon genug durchgemacht, Charlotte. Ich habe ihm etwas versprochen. Das kann ich jetzt unmöglich rückgängig machen, nicht nach allem, was er für mich getan hat.«

So gerne ich ihr auch widersprochen hätte, so sehr konnte ich ihre Position verstehen. Ich sah ihr ihre Liebe an, hörte sie aus ihrer Stimme. Womit ich anfangs nicht gerechnet hatte, war ihre tiefe, unverbrüchliche Loyalität. Also musste ich mich ganz auf Onkel Bob verlassen. Er hatte Beziehungen. Wenn jemand Erfolg haben konnte, dann er.

Ich verließ Kim in derselben surrealen Verfassung, in der ich schon seit Tagen war. Mit jeder Stunde, die verging, erfuhr ich etwas neues Erstaunliches über Reyes. So lange hatte ich nach ihm gesucht und über ihn gerätselt, und nun diese Informationslawine. Das war kaum zu verarbeiten. Beklagen wollte ich mich allerdings nicht darüber. Wer verdurstet, dem ist auch eine Springflut recht. Allerdings war das Rätsel Reyes Farrow damit noch lange nicht gelöst. Lösen würde ich es. Die Frage war nur: Schaffte ich das in vierundzwanzig Stunden?

19

Ich sehe vielleicht nach nichts aus,
aber ich kann täuschend echt einen Ninja nachmachen.
– Stoßstangenaufkleber

»Wo steckst du?«

Ich kam gerade aus dem Gericht, als Onkel Bob anrief. Sussman hatte eine einstweilige Verfügung auf der frei erfundenen Grundlage vorgeschlagen, dass Reyes der einzige lebende Mensch sei, der eine Aussage gegen einen Serienmörder in Kansas machen könne. Ich hasste es, ein falsches Ass aus dem Ärmel zu schütteln, aber mehr hatten wir momentan nicht vorzuweisen. Falls wir damit durchkämen, wäre der Staat auch nur vorübergehend daran gehindert, Reyes' Maschinen abzuschalten, aber immerhin würden wir ein wenig Zeit rausschlagen. Ich musste noch mal mit ihm reden, am besten ohne dass er mir zu nahe kam. Ohne dass er mich dabei anfasste. Vielleicht würde ich dann etwas Handfestes aus ihm rausholen. Ich fragte mich, ob ich ihn irgendwie bändigen, ihn vielleicht an die Spüle oder irgendwas fesseln könnte. Aber dazu brauchte ich ein übernatürliches Seil. Oder mit Feenstaub präparierte Handschellen.

»Und wo steckst du?«, fragte ich zurück. Onkel Bob war furchtbar neugierig.

»Wir müssen dich präparieren.«

»Wozu das? Haben wir darüber gesprochen?«

Ubie schnaubte wie ein Stier. Sehr lustig. »Bevor du da reingehst«, erklärte er aufgeregt.

»Oh, klar.« Daran hatte ich gar nicht mehr gedacht. »Ich habe gerade eine einstweilige Verfügung beantragt. Kannst du dich so schnell wie möglich darum kümmern? Wir haben nicht mehr viel Zeit.«

»Sicher, ich rufe eine Richterin an, mit der ich mal ausgegangen bin.«

»Wir brauchen aber jemanden, der dich echt gut leiden kann und dir deshalb gerne einen Gefallen tut, Onkel Bob.«

»Und ob die mich mag, jeden Zentimeter.«

Ich blieb abrupt stehen, bekam eine Gänsehaut, dann setzte ich meinen Weg zu Misery fort. »Danke, Onkel Bob, du hast was gut bei mir.«

»Machst du Witze? Das kommt mit auf die Liste.«

»Äh, führen wir eine Liste? Denn wenn wir eine Liste führen – «

»Schwamm drüber. Aber komm endlich her.«

Nachdem wir unseren Plan noch mal bis zum Erbrechen mit unseren beiden Teams, den Technikern und den Einsatzkräften, durchgekaut hatten, kehrte ich in meine Wohnung zurück, um mich für meinen Auftritt umzuziehen. Die meiste Arbeit hatte ich damit, die bläulich schimmernden Blutergüsse abzudecken, die mir von meinen jüngsten Abenteuern geblieben waren. Als ich auf der Szene auftauchte, sah ich aus wie eine überarbeitete Bibliothekarin mit Schlafzimmeraugen und einem Schmollmund, der gestandene Männer zum Flennen bringen konnte.

Garrett hörte auf zu tun, was er gerade tat, und begaffte mich. Ich sah darin ein gutes Zeichen, bis er den Mund aufmachte: »Sie sollen ihn verführen, nicht seine Steuern prüfen.«

Dem Beispiel Elizabeth Ellerys folgend, trug ich sieben Zentimeter hohe Pfennigabsätze zu einem knallroten Kostüm. Allerdings hatte ich mir die Haare im Unterschied zu Elizabeth zu einem festen Knoten gebunden und trug eine Brille mit dickem

Plastikgestell, die mich überdeutlich als Ordnungsfanatikerin auswies.

»Sind Sie überhaupt ein Mann, Swopes?« Als er verwirrt die Stirn in Falten legte, fragte ich: »Haben Sie es in Ihrer Fantasie nie mit einer Sekretärin, einer Bibliothekarin oder einer deutschen Lehrerin getrieben?«

Er blickte schuldbewusst um sich, ob uns niemand belauschte.

»Bingo«, triumphierte ich und schlenderte zu dem Überwachungswagen. Als Garrett mir folgte, schimpfte ich weiter: »Als würde Benny Price nichts ahnen, wenn plötzlich irgendein billiges Flittchen auftaucht und ihn dazu bringen will, einen vierfachen Mord zu gestehen. Hm, Superidee, und wenn ich heute ein kleines bisschen mehr aufgelegt wäre, mich umbringen zu lassen, hätten wir's vielleicht auf die Art angehen können. Sehen Sie sich mal um.« Ich wartete, bis Garrett die zwei Frauen am anderen Ende der Straße bemerkte, ohne Frage Stripperinnen, die gerade lässig in den Club schlenderten. »Von der Sorte kann er zehn an jedem Finger haben. Eine wie mich«, sagte ich und wies auf mein geschäftsmäßiges Outfit, »allerdings nicht.«

Wir gingen zu dem Lieferwagen, der einen halben Block vom Club entfernt parkte, und klopften an.

Ich wandte mich Garrett zu und versetzte ihm in dem Moment, wo Onkel Bob die Hintertüren aufdrückte, einen Rippenstoß. »Ich hab einen Abschluss in Soziologie. Schon vergessen?«

Er zuckte die Achseln und stimmte mir dann halbherzig zu, als er sah, wie Onkel Bob mir in den Wagen helfen musste. Kostüm und Pfennigabsätze. Vermutlich nicht die besten Klamotten für eine Überwachungsaktion. Ich war ein bisschen besorgt, Garrett könnte mich noch mal anschieben wollen und mir an den Hintern grapschen. Als er es nicht tat, war ich allerdings ein wenig enttäuscht. Irgendwie musste ein Mädchen ja auf seine Kosten kommen.

Der Lieferwagen ging in die Knie, als Garrett hinter mir reinkletterte.

»Wir wissen noch immer nichts Neues über Pater Federico«, sagte ich zu Onkel Bob. »Keine Ahnung, was wir machen, wenn die ihn nicht finden.«

»Darüber zerbrechen wir uns später den Kopf«, meinte Ubie. »Jetzt verkabeln wir dich erst mal.« Damit hob er ein winziges Mikro aus einer gepolsterten Schachtel. »Was Kleineres konnten wir nicht auftreiben.«

»Bist du noch bei Trost?«, fragte ich entsetzt. »Verkabeln? Der Plan sieht vor, dass Angel die schicke, sündhaft teure Kamera in Betrieb nimmt, die Price hinter seinem Schreibtisch installiert hat. Wir filmen ihn damit, ohne dass er es mitkriegt. Und was noch wichtiger ist, ich komme heil aus der Nummer raus.«

»Stimmt, aber wir müssen dich irgendwie überwachen«, widersprach er. »Wie sollen wir sonst mitkriegen, wenn du in Schwierigkeiten gerätst?«

»Wenn ich in Schwierigkeiten gerate, lasse ich dir eine Nachricht zukommen.« Ich sah mich nach Angel um, der gerade eingestiegen war. Unser Plan versetzte ihn in Hochstimmung, das war nicht zu übersehen. Und er wusste genau, was er zu tun hatte. »Glaubst du im Ernst, Price würde mich nicht von seinen Leuten filzen lassen, sobald er weiß, warum ich zu ihm gekommen bin?« Ich beugte mich zu Onkel Bob vor. »Dass ich die Toten sehen kann, heißt noch lange nicht, dass ich selbst als Tote rumlaufen will.«

Zwanzig Minuten später kam ich aus einem mit dezenter Musik beschallten Raum voll halb nackter Frauen und betrat das überraschend stille Arbeitszimmer von Benny Price, Geschäftsmann, zweifacher Vater und Mörder.

»Sie ist nicht verkabelt, Boss«, meldete einer seiner Rausschmeißer, ein großer, muskulöser Blondschopf, dem die Stripperinnen mit ihren Wimpern ein Liedchen vorklimperten. Der Mann war mit mir in einen halbdunklen Korridor gegangen, der zu Prices Büro führte, und hatte mich gefilzt, was mich empörte und mir zugleich einen ziemlich unangemessenen Kick gab.

Benny Price, der hinter einem massiven Teakholzschreibtisch thronte, erwies sich als wesentlich eindrucksvoller, als ich aufgrund der Überwachungsfotos geglaubt hatte. Allerdings hatte er sich dafür nicht in Pose werfen können, weil er auf die Aufnahmen nicht vorbereitet gewesen war. Er hatte kurze, schwarze Haare und einen sauber gestutzten Oberlippen- und Kinnbart. Was den Eindruck jedoch komplett versaute, waren die Krawatte und das Einstecktuch. Die magentarote Krawatte trug er zu einem adretten schwarzen Hemd und einer Nadelstreifenweste. Während das aus der Weste lugende Einstecktuch beträchtlich ins Violette spielte. Das war's. Damit war sein Schicksal besiegelt.

»Sie wollten mich sprechen, Ms – ?«

»Mrs … Magenta, Violet Magenta«, sagte ich, ohne eine Miene zu verziehen.

Der Leibwächter trat vor und legte die Videokamera, die er in meiner Handtasche gefunden hatte, auf den Schreibtisch. »Mir hat sie gesagt, sie heißt Lois Lane.«

Schade, ich dachte, er hätte mir geglaubt.

Price stand auf und nahm die Kamera. Sein ganzes Gehabe sollte bedrohlich wirken, herabsetzen und einschüchtern. Ich kannte eine Menge Frauen, die darauf hereingefallen wären. Ich gehörte allerdings nicht dazu.

Ich nahm ihm gegenüber Platz, er fuhr den LCD-Monitor hoch und spielte das auf der Kamera gespeicherte Video ab.

»Ich heiße Donna Wilson«, hörte ich mich von der anderen Seite sagen. Also, natürlich nicht von *der* anderen Seite.

»Ich habe dieses Video an zehn Adressaten verschickt, darunter an meinen Anwalt, eine Mitarbeiterin und an meine Fußpflegerin.« Fußpflegerin. Ich verkniff mir ein Kichern. »Wenn ich jeden Einzelnen dieser Leute heute nicht bis neun Uhr anrufe, übergeben sie das Band unverzüglich der Polizei. Ich habe in einem Schließfach stichhaltige Beweise dafür hinterlegt, dass Benny Price, Besitzer und Geschäftsführer der Patty Cake Clubs, ein Menschenhändler ist, der Kinder als Sklaven ins Ausland verkauft. Einer der zehn erwähnten Adressaten ist im Besitz des Schließfachschlüssels, den er, falls ich bis zum angegebenen Zeitpunkt nicht wieder zurück bin, augenblicklich der Polizei übergeben wird.«

Benny war einen Moment lang baff, dann schaltete er den Monitor ab und gab mir die Kamera zurück. Da ich nun offenbar seine ungeteilte Aufmerksamkeit hatte, stürzte ich mich in meine Rolle. Ich atmete schwer, krallte die Finger um meine Handtasche – eine hinreißende Unterarmtasche, die ich mir von Cookie geborgt hatte – und sah ihn entschlossen, aber auch ein wenig unbedarft an.

Damit würde ich sicher nicht zum diesjährigen Lieblingsgast des Patty Cake Clubs avancieren. Obwohl Price sich nichts anmerken ließ, war er stocksauer. Er zwang sich, ruhig zu bleiben, und nahm wieder hinter seinem Schreibtisch Platz. »Und was für Beweise sollen das sein?«, fragte er mit einer Stimme wie Eiswasser.

Mein Blick schoss zu meiner Tasche und wieder zurück, in der Hoffnung, die Rolle der verfolgten Unschuld nicht maßlos zu überziehen. Ich musste überzeugend wirken, ohne mit der Tür ins Haus zu fallen.

»Mein Arbeitgeber, ein Rechtsanwalt, der vor wenigen Tagen erschossen wurde, gab mir einen USB-Stick. Er meinte, darauf sei alles, was wir brauchen, um Benny Price – Sie – ins Kittchen zu bringen.«

Price beruhigte sich. Seine Mundwinkel zuckten, und ich wusste, dass er den Datenträger hatte. Vielleicht war er ja so dämlich und –

Er öffnete die Schreibtischschublade und entnahm ihr einen USB-Stick. »Meinen Sie den?«

Bingo. Er war tatsächlich so dämlich. Während ich innerlich einen Freudentanz aufführte, geriet ich äußerlich in Panik. Angel und Sussman traten mit emporgereckten Daumen aus dem Raum hinter Price. Die Kamera zeichnete alles auf.

»Darf ich mir jetzt die Stripperinnen anschauen gehen?«, wollte Angel wissen.

Ich biss die Zähne zusammen, warf ihm einen kurzen Blick zu und schnappte munter weiter nach Luft. Price setzte das überlegene Grinsen eines Mafioso oder Pflegeheimdirektors auf, während Sussman zurückwich und ihn anfunkelte.

»Ach, was ich fast vergessen hätte«, sagte Angel. Damit hüpfte er zu mir, öffnete den obersten Knopf meiner Bluse und eröffnete Price und hoffentlich der Kamera damit eine prima Aussicht auf mein Dekolleté. Tatsächlich landete Prices Blick sofort im erotischen Bereich. Bei Gefahr und Will Robinson. Welch außerordentliche Ablenkung. Als er den Blick wieder hob, hatten sich wie durch Zauberhand ein paar meiner Haarsträhnen gelöst, die nun einfach so mein Gesicht einrahmten.

Ich schob nervös meine Brille hoch. »Ich versichere Ihnen, es ist nicht derselbe.« Und nachdem ich nachdenklich mit der Zunge über meine Lippen gefahren war, fügte ich hinzu: »Er gab mir einen USB-Stick … ich weiß, dass darauf … Er sagte, darauf seien Beweise. Verschlüsselt, aber …«

»Vielleicht hat er Ihnen ja den falschen gegeben«, bemerkte Price zuvorkommend.

»Nein, das ist unmöglich. Er hat … auf seinem Schreibtisch liegen ständig mehrere tausend Datenträger, aber …«

»Glauben Sie mir, Prachtstück, mein Mann hat den hier Ihrem Anwalt abgenommen. Sekunden nach seinem Ableben.«

Prachtstück? Wie bitte? Hielt er mich für ein Rennpferd?

Während ich tat, als würde ich hyperventilieren, stand Price auf, ging um seinen Schreibtisch herum und baute sich, dagegen gelehnt, vor mir auf. Sicher wollte er auf sein neuestes, sich vor ihm windendes Opfer hinabsehen wie auf eine Ameise, die unterm Vergrößerungsglas verbrennt. Doch vermutlich nahm er auf diese Weise wohl auch seine Mädels in Augenschein.

Angel nutzte die Lage und öffnete mit einem boshaften Grinsen im Gesicht den nächsten Knopf. Ich tat jedoch, als wollte ich mir die Bluse zuknöpfen, und versetzte ihm bei der Gelegenheit einen Schlag auf die Finger. Dieser kleine Perverse. Angel legte enttäuscht die Stirn in Falten.

»Wollen Sie Geld?«, fragte Price so cool – bei seinem Schmelzpunkt hätte ihm nicht mal eine Feuersbrunst etwas anhaben können. Er bedeutete dem Blonden, sich zu verziehen.

Ich schluckte, unfähig, seinem Blick noch länger standzuhalten – wenigstens theoretisch – und nickte.

Darauf streckte er die Hand aus und nahm mir die Brille ab. Er verströmte Schuld, reuelose Schuld. »Und da haben Sie sich gedacht, Sie tanzen hier an und fordern eine Geldsumme von mir?«

»Ja, ich stecke … in Schwierigkeiten. Nach dem Tod der Anwälte wird man sicher die Buchhaltung der Kanzlei, für die ich arbeite, überprüfen.«

»Ah«, machte er, klappte meine Brille zusammen und legte sie auf den Schreibtisch. »Und Sie waren ein böses Mädchen.«

»Haben Sie … die drei umgebracht?« Ich blickte, ohne das Kinn zu recken, durch die Wimpern zu ihm hoch, was ihm durchaus zu gefallen schien.

»Natürlich nicht. Dafür habe ich meine Leute.«

Verdammt. Noch ausweichender konnte er kaum antworten. Ich benötigte ein Geständnis, keine windigen Behauptungen, die jeder Rechtsverdreher, der sein Geld wert war, in der Luft zerreißen konnte.

Ich versuchte aufzustehen, aber er war mir lachhaft nah auf die Pelle gerückt. Also streifte ich ihn, wobei ich darauf achtete, dass ich mit der Schulter an seine Erektion rührte. »Sie haben Ihre Leute beauftragt, meine Chefs zu töten? Warum haben Sie das getan?«

Wie den meisten Kriminellen brach ihm seine Arroganz das Genick. Er griff nach meinem Arm und half mir auf. »Weil ich es kann.«

Nachdem ich angemessen entsetzt nach Luft geschnappt hatte, wollte ich mich aus seiner Umklammerung befreien. Ich tat, als spielte ich die Selbstbewusste, und verkündete, jetzt gehen zu wollen. Dabei hatte er gerade ein Mordkomplott gestanden. Normalerweise würde ich nicht mehr lebendig aus seinem Arbeitszimmer hinauskommen.

»Warum so eilig?«

»Wenn ich nicht bis neun heute Abend wieder auftauche, landen Sie im Gefängnis.«

Price sah auf die Uhr, zog mich näher heran und schloss die Arme um meine Taille. »Damit bleiben uns drei wundervolle Stunden, um herauszufinden, wer Ihre Freunde sind.«

Komischerweise fiel es mir immer leichter, die Ängstliche zu mimen. Ich warf den Kopf herum und gab Angel das vereinbarte Zeichen. Er nickte und verschwand, Sussman indes blieb wie angewurzelt stehen, in seinen Augen loderte ein ungeheurer Hass.

»Also, um Ihre Frage zu beantworten, ja, ich habe diese drei Anwälte umgebracht.« Er fuhr mit dem Finger über mein Schlüsselbein bis in meinen Ausschnitt. »Sie müssen deshalb aber nicht die Nächste sein.«

Ja, klar. Ich stemmte mich hilflos gegen seine breite Brust. Mal im Ernst, wie lange kann man brauchen, um ein Zimmer zu stürmen? Angel musste doch bloß an Onkel Bobs Krawatte zupfen und ihm damit das Zeichen geben, seine Männer bis an die Zähne bewaffnet reinzuschicken. Das konnte doch nicht schwer sein.

»Sie meinen, wir könnten uns einigen?«, fragte ich mit vor Angst atemloser Stimme.

Auf seinem ehemals hübschen Gesicht breitete sich ein dreckiges Grinsen aus. Nun sah ich das Gesicht eines Mörders, der Kinder in die Sklaverei verkaufte. Oder Schlimmeres. Er schlang eine Hand um meinen Hals, senkte den Kopf und nahm einen meiner Mundwinkel in Angriff. Ich begann mich zu fragen, ob ich ihn unterschätzt haben könnte.

Im nächsten Moment begann auf seinem Schreibtisch ein Rotlicht zu blinken. Er richtete sich überrascht auf, dann stürzte sein Leibwächter in den Raum.

»Die Bullen!«, rief der Mann, und Price sah mich verblüfft an.

Wäre ich schlau gewesen, hätte ich etwas sagen können wie *Und nie die Seife fallen lassen*, doch Prices Gesichtsausdruck riet, mir das lieber zu verkneifen. Fürs Erste. Er wirkte, keine Ahnung, irgendwie ärgerlich und lief binnen eines Herzschlags knallrot an.

Doch ehe ich ihn vor den Gefahren rapide ansteigenden Blutdrucks warnen konnte, packte er meinen Arm mit so viel Kraft, dass er ihn hätte brechen können, und drückte mich gegen die Wand. Bloß dass es keine Wand war. Eine Geheimtür auf einen dunklen Gang schwang auf, der auf einer Seite von venezianischen Spiegeln gesäumt war. Durch die hatten wir freie Aussicht in sein Arbeitszimmer.

Während ich mit Price rang, stürmte das Einsatzteam in den Raum, nahm den Leibwächter in den Schwitzkasten, dann suchten die Männer nach mir. Ich holte tief Luft, um einen Schrei loszulassen, als Price mich bereits den Gang entlangschleifte, wobei er seine Pranke nicht allzu sanft auf mein Gesicht presste. An schreien oder Luft holen war nicht mehr zu denken. Was Mist war. Denn Blau ist nicht gerade meine Lieblingsfarbe.

Dann spürte ich Reyes. Sogar noch bevor ich ihn sah. Mich erfasste eine Hitzewelle, und direkt vor mir erschien er als dunkle, wirbelnde Rauchsäule, dicht und greifbar. Die Luft war mit einem Mal mit seinem Zorn getränkt, Wassermoleküle erreichten den Siedepunkt, auf meiner Haut prickelte es heiß. Panik schnürte mir die Kehle zu. Wie sollte ich das nächste gebrochene Rückgrat erklären?

Da ich kaum herausschreien konnte, was ich dachte, allenfalls ein »Lass es, Junge!«, formulierte ich den Befehl im Geiste. Schließlich hatte er schon früher meine Gedanken gelesen. Vielleicht klappte das ja auch jetzt.

Wag es nicht!, dachte ich, intensiv, um die Mauer seiner Wut zu durchdringen und meine Gefühle in seinem Kopf zur Geltung zu bringen.

Das Sirren seiner Klinge brach ab, und Reyes hielt inne. Obwohl ich sein Gesicht nicht erkennen konnte, spürte ich, dass er mich unter seiner Kapuze anstarrte.

Denk nicht mal dran, Reyes Farrow!

Er beugte sich knurrend über uns, doch ich hielt ihm stand. Mit weichen Knien und brennenden Lungen dachte ich: *Wenn du's tust, verpasse ich dir einen Arschtritt*.

Der Rauch wich zurück, offenbar verblüfft, dass ich ihm drohte. Doch darum konnte ich mich jetzt nicht scheren oder mir überlegen, wie ich die Drohung eigentlich in die Tat umsetzen sollte.

Prices Hände zu umklammern führte auch zu nichts. Höchste Zeit für meinen inneren Ninja. Der erste Versuch von hoffentlich vielen bestand darin, meinem Peiniger gegen das Schienbein zu treten. Mit einem gut gezielten Tritt konnte man den kräftigsten Gegner flachlegen. Aber mit hohen Hacken? Vergiss es!

Während sich meine Gedanken überschlugen, um den Tritt vorzubereiten und die anschließende Aktion zu planen, spürte ich einen grellen Schmerz vom Hals abwärts durch meine Wirbelsäule rasen, sah einen grellen, weißen Lichtblitz und hörte ein vernehmliches Knacken. Binnen eines Augenaufschlags wurde ich zu Pudding. Und in derselben Sekunde, in der mir die Sinne schwanden, erkannte ich, dass Price mir das Genick gebrochen hatte. Arschloch.

Ich rechnete halb mit Fanfaren oder Engelschören oder sogar mit der Stimme meiner Mutter, die mich auf der anderen Seite willkommen hieß. Ich meine, ich war kein schlechter Mensch. Alles in allem. Ich würde bestimmt geradewegs zum Himmel fahren.

Stattdessen hörte ich Wasser tropfen, in langen, regelmäßigen Abständen, wie ein Herz, das kaum mehr selbsttätig schlagen kann. Ich roch Erde. Und Chemikalien. Und ich schmeckte Blut.

Sekunden später bemerkte ich, dass Reyes in der Nähe war. Ich spürte ihn. Seine Kraft. Seinen Zorn.

Ich blinzelte, schlug die Augen auf und sah mich reglos um, für den Fall, dass auch Benny Price nicht weit war. Er sollte nicht mitbekommen, dass ich wach war, und womöglich beenden, was er angefangen hatte. Wir befanden uns in einer kleinen Abstellkammer. An den Schlackensteinwänden standen Regale mit Gerätschaften und Reinigungsmitteln. Auf einem kauerte Reyes wie ein Raubvogel und blickte zur offenen Tür hinaus, aber mehr um den Blickkontakt mit mir zu vermeiden.

Alles klar, er war stocksauer. Zwar war er noch eingehüllt in den schwarzen Umhang, die Kapuze jedoch hatte er zurückgeschlagen, sodass Gesicht und Haarschopf sichtbar waren. Der Umhang umgab ihn wie ein Kranz. Reglos, abwartend. Wie seine Klinge. Er hatte die tödliche Waffe gezogen, hielt den Schaft fest im Griff, die Spitze berührte den Zementboden. Zum ersten Mal sah ich die Waffe richtig. Die Klinge war gerade wie bei einem Schwert, nur viel länger, die Ränder waren gebogen und hatten böse aussehende Widerhaken. Ich fühlte mich an zwei Dinge erinnert: an mittelalterliche Folterwerkzeuge und an sein Tattoo.

»Ich lebe noch«, krächzte ich, als mir aufging, dass Price nicht bei uns in der Kammer weilte.

»Aber es war knapp«, gab Reyes zurück, ohne mich anzuschauen.

Wieso eigentlich? Ich hob eine Hand und rieb mir den Hals. »Er hat mir das Genick gebrochen.«

»Er hat es versucht.«

»Nach meinem Gefühl ziemlich erfolgreich.«

Endlich wandte Reyes sich mir zu. Die Macht seines Blickes benahm mir den Atem. »Du bist anders als andere Menschen, Dutch. So einfach geht das nicht.«

Und du bist anders als alle, die mir jemals begegnet sind. Wir blickten einander lange an, während ich vergeblich versuchte, Luft in meine Lungen zu pumpen. Dann unterbrach uns eine Männerstimme.

»Wer ist da?«

Ich rappelte mich halbwegs auf, halb sitzend, halb schwankend, drehte mich um und entdeckte in einem Winkel der Kammer einen Gefesselten mit verbundenen Augen. Er hatte einen graumelierten Bart und dichtes, dunkles Haar. Und er trug den Kragen eines katholischen Priesters.

»Pater Federico?«, fragte ich.

Er erstarrte, dann nickte er.

Treffer!

Also lebte er noch. Genau wie ich. Der Tag wurde immer besser. Bis ich die Mündung einer Pistole an der Schläfe spürte.

Noch ehe ich mich Price zuwenden konnte, hörte ich eine Klinge durch die Luft sausen. Die Pistole fiel harmlos zu Boden, und Price brach mit einem schrillen Schmerzensschrei zusammen.

Tja, Mist, Dad würde mich umbringen.

Ich brachte mich vor Price in Sicherheit, sprang noch mal hin, um mir die Pistole zu schnappen, und brachte mich abermals vor ihm in Sicherheit. Er wand sich allerdings vor Schmerzen, hielt sich das Handgelenk und schaukelte auf den Knien vor und zurück. Ich sah auf, doch Reyes war nur mehr dunkler Rauch, der vollends verschwand, bevor ich ein Wort sagen konnte. Ich hätte schwören können, dass er in dem Moment ein breites Grinsen aufgesetzt hatte.

»Was … was haben Sie mir angetan?«

Gute Frage. Was hatte Reyes getan? Wie immer gab es keinen Tropfen Blut.

Da tauchte Sussman auf, sah nach Price, nickte mir anerkennend zu und verschwand wieder.

»Ich kann meine Finger nicht bewegen«, flennte Price. Ziemlich grotesk. Offenbar hatte Reyes ihm die Sehnen im Handgelenk durchtrennt oder so was. Cool.

Dennoch zielte ich, während ich zu Pater Federico lief, weiter auf seinen Kopf. Gerade als ich mich daranmachte, seine Fesseln zu lösen, stürmte Angel in die Kammer, gefolgt von einem arg ramponierten Onkel Bob, sodass ich mich fragen musste, wie Angel ihn hierher geführt hatte.

Nachdem zwei Streifenbeamte Price Handschellen angelegt hatten, ging Onkel Bob neben mir in die Knie. »Charley«, begann er mit Sorgenfalten im Gesicht. Dann strich er mit dem Daumen über meinen Mund. Vermutlich klebte Blut, wo Price hingelangt hatte. »Geht's dir gut?«

»Machst du Witze?«, fragte ich, während ich mich mit Pater Federicos Augenbinde abmühte. »Ich bin völlig am Ende.«

Dann kam dieser sonderbare Moment, als würden einem die Augen für das Wesentliche geöffnet. Onkel Bob nahm mir die Waffe ab, half mir mit der Augenbinde des Paters, zog sie ihm endlich vom Kopf – und dann traf mich ein so dankbarer, erleichterter Blick, dass ich schier überwältigt war. Onkel Bob sah mich an, mit dermaßen sanfter, besorgter Miene, dass ich ihm in die Arme stürzte und so lange dort verweilte, wie ich mich traute. Seine Umarmung war himmlisch, ganz ohne Engelschöre. Vermutlich lag das an der Erleichterung. Noch am Leben zu sein. Pater Federico gefunden zu haben. Price erledigt zu haben. Während ich die Wärme in Onkel Bobs Armen genoss, kämpfte ich gegen die Tränen an, die mich jeden Augenblick zu überwältigen drohten. Aber für Tränen hatte ich keine Zeit. Manchmal konnte ich mich echt anstellen.

Dann spürte ich eine Hand auf der Schulter und wusste sofort, dass es Garretts Hand war.

»Darf ich mir *jetzt* die Stripperinnen angucken gehen?«

Ich spähte über Ubies Schulter und erblickte einen grinsenden Angel. Am liebsten hätte ich ihn auch umarmt, aber es sähe zu komisch aus, wenn ich in aller Öffentlichkeit einen Unsichtbaren umarmte.

»Er hat an meiner Krawatte gezupft«, berichtete Onkel Bob, als ich von ihm wissen wollte, wie er uns gefunden hatte.

»Angel hat an deiner Krawatte gezupft?«

»Und mich direkt zu dir geführt.«

Wir saßen auf dem Revier im Konferenzraum und sahen uns die Aufnahme mit Benny Prices Geständnis an. Es war schon lachhaft spät, und wir hatten das Video schon siebentausendmal durchlaufen lassen. Ich nahm an, dass Garrett nur wegen der Frauen darauf zusah. Die prima zurechtzukommen schienen.

»Ich muss schon sagen, Davidson, ich bin beeindruckt«, meinte er, ohne den Blick vom Bildschirm zu wenden. »Dazu braucht man Eier in der Hose.«

»Bitte«, sagte ich schnaubend, »wenn schon, dann Eierstöcke. Und davon habe ich ebenfalls zwei.«

Er sah mich an, sein Gesicht strahlte vor neuer Bewunderung. »Hab ich erwähnt, dass ich als Gynäkologe praktizieren darf? Falls Sie mal ein Problem mit Ihren Eierstöcken haben …«

Ich verdrehte die Augen, erhob mich vom Tisch und wackelte barfüßig zur Tür. Während ich den Umstand, dass ich mir während Prices Fluchtversuch ums Haar das Genick gebrochen hätte, sorgfältig verbarg, ließ sich beim besten Willen nicht verbergen, dass ich mir auf dem Rückweg zum Lieferwagen den Knöchel verstaucht hatte. Verdammte Stöckeltreter. Mein Genick und der Knöchel brachten mich um.

Unterdessen tauchten Barber und Elizabeth auf, um zu verkünden, dass sie Pater Federico gefunden hatten. Er lag im Krankenhaus. Die beiden waren nur ein bisschen enttäuscht, als ich ihnen verriet, dass er dort lag, weil wir ihn hingebracht hatten. Sein Zustand war nicht der beste, aber wenigstens lebte er noch.

Alles in allem ein gelungener Tag. Wir hatten den USB-Stick, das Video und Pater Federicos Aussage. Benny Price würde vermutlich den Rest seines Lebens im Gefängnis verbringen. Oder wenigstens einen beträchtlichen Teil davon. Und er würde lernen müssen, seine linke Hand wieder zu benutzen, dachte ich glucksend.

Den Ruhm würde Onkel Bob einstreichen, so war das nun mal. Und dass ich Privatdetektivin war, half, die Wahrheit zu verschleiern. Wir mussten uns dadurch keine Erklärungen mehr einfallen lassen, wieso ich ständig an Tatorten aufkreuzte oder was für eine Art *Beraterin* ich eigentlich genau darstellte. Ich war eben einfach in privaten Ermittlungen unterwegs. Das brachte die meisten Leute zum Schweigen.

»Sie haben mir gar nicht ihre Namen verraten«, rief Garrett hinter mir her.

Ich drehte mich um und zog fragend eine Augenbraue hoch.

Auf seinem Gesicht erschien ein boshaftes Grinsen. »Sie haben mir Danger und Will Robinson vorgestellt, mit den beiden anderen haben Sie mich jedoch nicht bekannt gemacht.« Sein Blick wanderte zu meinem Bauch.

»Also gut«, seufzte ich ungeduldig. »Aber Sie dürfen sich nicht über ihre Namen lustig machen. Sie sind nämlich sehr sensibel.«

»Das würde ich nie tun«, versicherte er.

Nachdem ich ihn zur Warnung finster angesehen hatte, deutete ich vage auf die Stelle, an der mein linker Eierstock lag. »Das ist Beam Me Up.« Darauf folgte die rechte Seite. »Und das ist Scotty.«

Garrett kicherte und vergrub das Gesicht in den Händen. Er hatte gefragt.

»Warte auf mich«, rief Onkel Bob. Da mein Fuß dick in Eis verpackt war, bot er mir an, mich nach Hause zu fahren.

»Gut gemacht, Davidson«, bemerkte einer der Polizeibeamten beim Hinausgehen. Die Rumpfbesatzung des Reviers erhob sich lächelnd und nickte anerkennend. Das war ihre Art, mir zu gratulieren. Nachdem ich jahrelang feindselige Blicke und abfällige Bemerkungen kassiert hatte, irritierten mich ihre Beifallsbekundungen ein wenig.

»Ihren Jeep bringen wir Ihnen morgen«, sagte Garrett, indem er uns nach draußen folgte. Er half mir in Ubies SUV und achtete darauf, dass ich mich anschnallte, bevor er die Tür zuschlug. »Gute Arbeit«, ließ er mich von seinen Lippen ablesen, als wir aus der Parklücke fuhren. Allmählich wurde mir das alles ein wenig unheimlich.

In meiner Wohnung fühlte ich mich schon tausendmal besser. Ich hatte gar nicht mitbekommen, wie erschöpft ich war. Onkel Bob half mir rein und wartete, bis ich meinen Schlafanzug anhatte, damit er noch einen letzten Blick auf meinen Knöchel werfen konnte.

Als ich umgezogen war, erwarteten mich in meinem Schlafzimmer die Anwälte.

»Wir haben's geschafft«, sagte Elizabeth.

»Ja, haben wir.« Ich ging zu ihr, und wir umarmten uns kühl.

»Und was jetzt?«, wollte Barber wissen.

Ich sah ihn beinahe traurig an. »Jetzt helfe ich Ihnen hinüber.«

Elizabeth wandte sich ab und trat auf ihn zu. »Tja, wenn es Sie irgendwann mal dorthin verschlägt, ich liege im ersten Grab rechts in der neu ausgehobenen Reihe.«

Er gluckste. »Ich liege ganz am anderen Ende. Ich hatte eine … hübsche Beerdigung.«

»Ich auch.«

»Falls ich mich irren sollte, kommen Sie bitte nicht zurück, um bei mir zu spuken«, sagte ich und versuchte mir ein Lachen zu verkneifen, »aber ich bin mir ziemlich sicher, dass Sie beide sich drüben über den Weg laufen werden. Freunde und Liebende sind sich dort sehr nahe.«

»Seltsam«, sagte Elizabeth. »Es kommt mir vor, als wollte ich jetzt gehen. Fast als hätte ich keine andere Wahl.«

»Mir geht's genauso«, pflichtete Barber bei. Dann nahm er ihre Hand, wie um sich an ihr festzuhalten.

»Die Anziehungskraft ist sehr stark«, erklärte ich. »Es ist dort warm und verlockend, und es ist der Ort, wo Sie hingehören.«

Sie sahen einander lächelnd an. Dann waren sie ohne ein weiteres Wort verschwunden.

Zumindest optisch. Ich konnte spüren, wie sie durch mich hindurchgingen, ihre Gefühle, ihre Ängste, ihre Hoffnungen und Träume. Manchmal spürte ich auch Hass, Feindseligkeit und Eifersucht. Aber vor allem fühlte ich überwältigende Liebe. Mit jedem Übergang wuchs mein Glaube an die Menschlichkeit.

Elizabeth hatte all ihre Besitztümer ihren Nichten und ihrem Neffen hinterlassen, und Barber hatte schon vor Jahren eine hohe Lebensversicherung abgeschlossen. Seine Mutter würde fortan eine sehr wohlhabende Frau sein. Und obwohl ich mir sicher war, dass ihr Sohn ihr lieber gewesen wäre, hoffte ich, dass sie dadurch ein wenig getröstet würde. Am Ende hatte er seiner Mutter einen langen Brief geschrieben, genau wie Elizabeth und Sussman, und obwohl seiner etwas weniger … wehmütig ausgefallen war, war ich überzeugt, dass seine Mutter diese Geste zu schätzen wissen würde.

Ich wandte mich Sussman zu. »Und Sie?«

Er hatte die ganze Zeit aus meinem Fenster gesehen. Nun senkte er den Kopf. »Ich kann nicht.«

»Aber es wird alles gut, Patrick.«

»Ich weiß, ich gehe ja auch, bloß jetzt noch nicht.«

Er verschwand, ehe ich noch etwas sagen konnte.

»Hey, Kürbiskopf.«

Als ich mich zu Tante Lillian umdrehte, hätte ich, als ich sah, wer bei ihr war, ums Haar laut aufgeschrien. Stattdessen zwang ich mich zu lächeln und sagte: »Hey, Tante Lil, Mr Habersham.« Mr Habersham war der Tote aus 2B, für den ich das transzendentale Schädlingsbekämpfungsmittel erfunden hatte.

Die beiden kicherten aufgekratzt, und mir kam ein bisschen die Galle hoch.

Andererseits zierte Tante Lillians weiches, faltiges Gesicht der liebenswürdigste Ausdruck. »Wir wollen zum Margarita Grill, um den Hummer zu riechen, danach schauen wir uns den Sonnenaufgang an, und zwischendurch haben wir höchstwahrscheinlich heißen, ungeschützten, animalischen Sex.«

W-wie bitte? Sogar meine innere Stimme geriet ins Stottern. Ich konnte nicht fassen, was sie gerade verkündet hatte. Gab es im Margarita Grill überhaupt Hummer? »O-kay, Tante Lil, viel Spaß.«

Alles klar, ich gebe ja zu, dass der Gedanke an die beiden, wie sie heißen, ungeschützten, animalischen Sex hatten, mir nicht ganz geheuer war, insbesondere weil meine Tante überhaupt keine Zähne mehr hatte und ihre Körpertemperatur, mal ehrlich, deutlich unter dem Gefrierpunkt lag. Allzu heiß konnte es da kaum hergehen.

Ich humpelte ins Wohnzimmer zurück und fragte mich, ob ich Ubie berichten sollte, was seine Großtante im Schilde führte, doch schließlich entschied ich mich dagegen.

»Ich kann immer noch nicht glauben, dass du das wirklich durchgezogen hast«, sagte er und löste kopfschüttelnd den Verband um meinen Knöchel. »Zuerst lässt du dir von einem betrunkenen Schläger die Visage umdekorieren, dann saust du dreißig Meter tief durch ein Dachfenster, überstehst nicht einen, sondern gleich zwei Mordanschläge, um schließlich von einem Pfennigabsatz gefällt zu werden. Ich wusste schon immer, dass die Dinger mordsgefährlich sind.«

»Eine genetische Veranlagung zu Geisteskrankheiten ist auch mordsgefährlich, aber siehst du mich deshalb jammern?«

Er lachte und warf den Verband auf mein Secondhandsofa. »Die Schwellung ist zurückgegangen. Sogar sehr. Erstaunlich.«

Die Schwellung war zurückgegangen. Reyes hatte vermutlich recht. Verglichen mit meinen Mitmenschen wurde ich verdammt rasant gesund. Und mich brachte so schnell nichts um. Offensichtlich. »Du kannst den Verband jetzt weglassen. Es fühlt sich schon viel, viel besser an.«

»Gut, dann geh ich jetzt besser. Aber vorher muss ich dir noch was sagen«, sagte er, während er aufstand und zur Tür ging. »Ich hab mit meiner Bekannten, der Richterin gesprochen. Sie prüft deine einstweilige Verfügung.«

Die Erleichterung überschwemmte jede Zelle meines Körpers. Nun konnte ich dem Staat vielleicht dauerhaft in den Arm fallen, falls Reyes bis dahin nicht von selbst aufwachte.

»Und die Zentrale hat angerufen. Pater Federico erholt sich gut im Krankenhaus und bedankt sich von ganzem Herzen. Teddy ist jetzt bei ihm. Der Pater würde dich gerne sehen, wenn du Zeit für ihn hast.« Damit drehte er sich um und wollte erneut zur Tür, blieb abermals stehen und kratzte sich am Kopf. »Und der Bezirksstaatsanwalt wird sich morgen früh als Allererstes den Papierkram für Mark Weirs Entlassung vornehmen.« Wieder näherte er sich der Tür und blieb stehen. Ich gab mir Mühe, nicht zu lachen. In dem Tempo würde er es nie bis nach Hause schaffen.

»Oh«, sagte er, griff nach seinem Notizblock und begann darin zu blättern. »Wie's aussieht, war dieser Zeke Herschel, der dich gestern auf die Bretter schicken wollte, auf dem besten Weg, ein Massenmörder zu werden. Du warst nicht die Erste, auf die er losgegangen ist. Gott sei Dank hast du dem ein Ende gemacht.«

Es verschlug mir den Atem, meine Lungen versagten mir den Dienst, wie gelähmt, und es lief mir kalt den Rücken hinunter. »Was … was soll das heißen?«

»Heute Nachmittag wurde die Polizei zu seinem Haus gerufen. Wir fanden seine Frau im gemeinsamen Schlafzimmer, sie schwamm in ihrem eigenen Blut.«

Mir wurde schwarz vor Augen, der Boden tat sich unter mir auf.

»Ich habe selten einen übleren Fall häuslicher Gewalt gesehen.«

Ich kämpfte mit der Schwerkraft, dem Schock und jämmerlicher, panischer Realitätsverweigerung. Dann verpasste mir die Wirklichkeit einen Arschtritt. Mühelos. »Das ist unmöglich.«

»Was?« Onkel Bob blickte auf und kam einen Schritt auf mich zu.

»Das kann unmöglich Herschels Frau gewesen sein.«

»Kanntest du sie?«

»Ich … irgendwie schon.« Sie konnte unmöglich tot sein. Ich hatte sie doch selbst zum Flughafen gebracht. Und direkt danach war ich in der Bar mit Herschel aneinandergeraten.

Sie konnte es einfach nicht sein.

»Charley.« Onkel Bobs nachdrückliche Stimme ließ mich aufmerken. »Hast du sie gekannt? Gibt es etwas über den Fall, das ich wissen muss?«

»Du irrst dich. Das war nicht seine Frau. Das muss jemand anderes sein.«

Onkel Bob seufzte. Realitätsverweigerung zu erkennen und damit umzugehen gehörte zu seinem täglichen Brot. »Es ist Mrs Herschel, Kleines. Als Mrs Herschels Tante nichts von ihr hörte, machte sie sich Sorgen und kam mit dem Flugzeug aus Mexiko. Sie hat die Leiche heute Nachmittag identifiziert.«

Ich sank auf mein Sofa, sackte in mich zusammen und überließ mich seligem Vergessen. Ich bekam nicht mit, wann Onkel Bob ging. Ich bekam nicht mit, ob ich wachte oder schlief. Ich bekam nicht mit, wann ich über den Boden kroch und mich in einer Ecke in eine Wolldecke wickelte. Und ich wusste nicht, wann ich zu diesem berüchtigten Loser geworden war.

20

Legen Sie sich nicht mit Drachen an,
denn Sie sind knusprig und schmecken gut mit Ketchup.
– Stoßstangenaufkleber

Nein, das war gelogen. Ich wusste sehr genau, wann meine lange, illustre Karriere als totaler Loser begann, den man nicht mal im Gehen Kaugummi kauen lassen durfte. Besser, man hätte mich gar nicht frei herumlaufen lassen. Seit dem Tag meiner Geburt pflasterten Leichen meinen Weg. Nicht mal meine eigene Mutter war gegen mein Gift immun gewesen. Schließlich war sie nur durch mich gestorben. Jedes Leben, das mit mir in Berührung kam, war unwiderruflich gezeichnet.

Meine Stiefmutter wusste das. Sie hatte mich warnen wollen. Ich hatte ihr bloß nicht zugehört.

Wir befanden uns im Park – meine Stiefmutter Denise, Gemma und ich. Mrs Johnson war auch dort. Wie seit nunmehr zwei Monaten jeden Tag starrte sie in der Hoffnung, einen Blick auf ihre verschwundene Tochter zu erhaschen, zwischen die Bäume. Sie trug den üblichen grauen Pullover um die Schultern geschlungen, als hätte sie Angst, ihre Seele würde sich daraus lösen und nicht wieder einfangen lassen. Das graubraune Haar hatte sie zu einem unordentlichen Knoten gebunden, aus dem lauter Strähnen abstanden. Denise saß in einem ihrer weniger selbstsüchtigen Momente neben ihr und versuchte, bei mäßiger Gegenliebe, ein Gespräch anzuknüpfen.

Denise hatte mich vorher ermahnt, in der Öffentlichkeit nicht über die Verstorbenen zu sprechen. Sie meinte, meine *Einbildungen* würden die Menschen nur aufregen, und Dad hatte sie bei verschiedenen Gelegenheiten zu einer Therapie für mich zu überreden versucht. Doch zu dem Zeitpunkt begann mein Vater bereits an meine Fähigkeiten zu glauben.

Es war also nicht so, als hätte ich nicht gewusst, dass dieses Thema tabu war. Aber Mrs Johnson war so traurig. In ihren Augen sah man nichts als Trauer, sie war schon fast so grau wie ihr Pullover. Ich dachte bloß, sie würde gerne Bescheid wissen, weiter nichts.

Ich lief mit einem breiten Grinsen zu ihr. Schließlich wollte ich die besten Neuigkeiten überbringen, die sie seit langer Zeit gehört hatte. Ich zupfte an ihrem Pullover, deutete auf den Rasen, auf dem ihre Tochter spielte, und sagte: »Da ist sie, Mrs Johnson. Da drüben ist Bianca. Sie winkt Ihnen. Hey, Bianca!«

Als ich zurückwinkte, schnappte Mrs Johnson nach Luft und sprang auf. Sie griff sich an den Hals und hielt verzweifelt nach ihrer Tochter Ausschau.

»Bianca!«, schrie sie, rannte los und stolperte durch den Park. Ich wollte sie zu der Stelle führen, wo Bianca spielte, doch Denise riss mich zurück. Von der Peinlichkeit tief gedemütigt sah sie zu, wie Mrs Johnson über den Rasen lief und den Namen ihrer Tochter wimmerte. Sie rief einem kleinen Jungen zu, er solle die Polizei rufen, und rannte zwischen die Bäume.

Denise stand unter Schock, als die Polizei kam. Mein Dad war auf die Funkdurchsage ebenfalls gekommen. Man fand Mrs Johnson und brachte sie zurück, um aufzuklären, was überhaupt los war. Doch mein Vater wusste längst Bescheid. Er ließ beschämt den Kopf hängen. Und dann brüllten alle auf mich ein. Ich sah nur noch Beine und drohende Finger. Wie konnte ich nur? Was dachte ich mir dabei? Hatte ich denn keine Ahnung, was Mrs Johnson durchmachte?

Und Denise stand in der ersten Reihe. Heulend und zitternd verfluchte sie den Tag, an dem sie meine Stiefmutter geworden war. Sie grub die Fingernägel in meine Arme und schüttelte mich, um mich zur Besinnung zu bringen. Die Enttäuschung in ihrem Gesicht war schrecklich.

Ich fühlte mich dermaßen durcheinander, gekränkt, verraten und hilflos, dass ich mich innerlich zurückzog. »Aber, Mom«, hauchte ich durch einen Tränenvorhang, der niemanden berührte, am wenigsten meine Stiefmutter, »da ist sie doch.«

Sie knallte mir eine, ehe ich überhaupt eine Bewegung registrierte. Zuerst spürte ich nichts, nur einen überraschenden Schlag und einen Augenblick abgrundtiefer Schwärze, als mein Verstand den Moment verarbeitete, da mir die Hand meiner Stiefmutter hart ins Gesicht klatschte. Dann war ich wieder da, stand Auge in Auge mit Denise, deren Mund äußerst wütend auf- und zuklappte. Ich konnte mich durch die Tränenflut, die mir den Blick trübte, nur schwer auf sie konzentrieren. Hinter dem Schleier sah ich aufgebrachte Gesichter, alle um mich herum waren völlig außer sich.

Dann trat der Böse auf den Plan, Reyes, dessen Zorn noch deutlicher zu spüren war als der aller anderen. Allerdings war er nicht wütend auf mich. Wenn ich es zugelassen hätte, hätte er meine Stiefmutter mitten entzweigehauen. Das war so sicher wie das Amen in der Kirche. Ich flehte ihn atemlos an, ihr nichts anzutun. Ich versuchte ihm klarzumachen, dass ich mir, was hier geschah, selbst zuzuschreiben hatte. Dass ich den Zorn der Menschen ringsum verdient hatte. Schließlich hatte Denise mich gewarnt, von den anderen zu sprechen. Doch ich hatte nicht auf sie gehört. Da hielt er inne. Und verschwand mit markerschütterndem Gebrüll, ließ nur den erdigen Geruch und den starken, sonderbaren Geschmack zurück.

Da trat mein Vater vor und packte Denise bei den Schultern.

Sie wurde von Heulkrämpfen geschüttelt, als er sie zu seinem Streifenwagen führte. Die Polizisten fragten mich stundenlang aus, wenigstens kam es mir so vor, doch ich weigerte mich, noch ein weiteres Wort zu sagen. Ich verstand zwar nicht ganz, was ich falsch gemacht hatte, hielt aber den Mund und sagte nichts mehr. Und Denise habe ich nie wieder Mom genannt.

Eine harte Lektion, die ich niemals vergessen habe.

Zwei Wochen später schlich ich mich alleine in den Park. Ich setzte mich auf die Bank und beobachtete Bianca beim Spielen. Sie winkte mir, mich zu ihr zu gesellen, aber dazu war ich noch zu niedergeschlagen.

»Sag mir, bitte«, bat Mrs Johnson hinter mir, »ist Bianca noch da?«

Erschrocken sprang ich von der Bank auf und sah sie argwöhnisch an. Sie hielt nach Bianca Ausschau, die vor der Baumreihe im Sandkasten spielte.

»Nein, Mrs Johnson«, antwortete ich zurückweichend. »Ich habe überhaupt nichts gesehen.«

»Bitte«, flehte sie. »Sag es mir.« Tränen liefen ihr übers Gesicht.

»Ich kann nicht.« Ich brachte nur noch ein ängstliches Flüstern heraus. »Ich kriege bloß Ärger.«

»Charlotte, Süße, ich will doch nur wissen, ob es ihr gut geht.« Sie trat vor und kniete sich neben mich, die Trauer schnürte ihr die Kehle zu.

Ich aber drehte mich hastig um und lief weg, versteckte mich hinter einem Papierkorb, während Mrs Johnson heulend auf die Parkbank sank. Da erschien Bianca neben ihr und strich ihr mit der Hand übers Haar.

Den Fehler sollte ich nicht noch mal machen. Es war besser, den Mund zu halten. Ich kannte die Konsequenzen, doch ich tat es trotzdem. Ich schlich mich an und versteckte mich im Gebüsch hinter der Bank. »Es geht ihr gut, Mrs Johnson.«

Die Frau wandte sich zu mir um, nickte und legte den Kopf schief, um mich hinter den Büschen erkennen zu können. »Charley?«

»Äh, nein, ich heiße Captain Kirk.« Ich war nicht gerade die Einfallsreichste. »Bianca hat mich gebeten, Sie daran zu erinnern, dass Sie Rodney regelmäßig füttern, und es tut ihr leid, dass sie die Porzellantasse Ihrer Großmutter zerbrochen hat. Sie dachte, Rodney hätte bessere Tischmanieren.«

Mrs Johnson schlug sich die Hände vor den Mund. Sie stand auf und kam um die Bank herum, aber ich wollte nicht wieder eine Ohrfeige kassieren. Darum nahm ich Reißaus. Ich wollte nach Hause laufen und nie wieder ein Wort über die Verstorbenen verlieren. Doch sie ließ nicht locker! Sie rannte mir nach und pflückte mich vom Erdboden wie ein Adler seine Beute aus einem See.

Ich dachte daran zu schreien, doch Mrs Johnson drückte mich an sich, für mindestens, tja, weiß nicht, jedenfalls ziemlich lange. Sie ließ sich mit mir zu Boden sinken und wurde von Weinkrämpfen geschüttelt. Bianca stand neben uns, strich ihrer Mutter lächelnd übers Haar, dann verschmolz ihre Gestalt mit mir. Ich nahm an, dass sie ihrer Mutter alles übermittelt hatte, was sie ihr noch hatte sagen wollen – schien eine äußerst wichtige Tasse gewesen zu sein –, und dass sie nun glaubte, gehen zu können. Beim Übergang roch sie nach Maischips und Kool-Aid mit Traubengeschmack.

Mrs Johnson wiegte mich noch eine Zeit lang im Arm, dann kam mein Vater in seinem Streifenwagen. Sie hörte auf und sah mich an. »Wo ist sie, Liebes? Hat sie es dir gesagt?«

Ich senkte den Kopf. Ich wollte es ihr nicht sagen, andererseits schien sie es unbedingt wissen zu wollen. »Bei der Windmühle hinter den Bäumen. Der Suchtrupp hat an der falschen Stelle gesucht.«

Da weinte sie noch ein bisschen, besprach dann aber mit meinem Vater, was sich gerade zugetragen hatte, während ich den Großen Bösen beobachtete, der in einiger Entfernung wartete. Sein schwarzer Kapuzenmantel bauschte sich mit der Spannweite dreier Bäume im Wind. Ein großartiger Anblick. Außer vor ihm hatte ich mich in meinem ganzen Leben vor nichts gefürchtet. Als Mrs Johnson mich abermals umarmte, löste er sich vor meinen Augen in Luft auf, und am Nachmittag wurde endlich Biancas Leiche gefunden. Am nächsten Tag bekam ich eine Riesentraube Luftballons und ein neues Fahrrad, das Denise mich nicht behalten lassen wollte. Doch seitdem erhielt ich jedes Jahr zu Biancas Geburtstag bunte Luftballons und eine Glückwunschkarte, auf der nichts stand außer »Danke«.

Diese Erfahrung lehrte mich zwei Dinge: Erstens, dass die meisten Menschen nicht an meine Gabe glauben würden, nicht mal die, die mir am nächsten standen. Und zweitens, dass sie für den verzweifelten Wunsch der Hinterbliebenen, Gewissheit zu erlangen, wenig Verständnis hatten.

Aber ganz gleich, was am Ende dabei herausgekommen war, ich hatte Menschen Leid beschert. Und seitdem noch vielen anderen. Ich hätte mich vergewissern müssen, ob Rosie Herschel auch wirklich an Bord ihres Fliegers ging. Ich hätte sie bis zum Sicherheitscheck bringen und einem Flugbegleiter einen Zwanziger zustecken sollen, damit sie auch auf ihrem Platz sitzen blieb. Zeke konnte sie unmöglich vor dem Abflug gefunden haben. Da war er noch mit mir zusammen. Hatte er sie umgestimmt? Bestimmt nicht! Sie hatte sich gefühlt wie ein Kind in der Schokoladenfabrik, ihre Vorfreude auf das neue Leben, das sie erwartete, war grenzenlos gewesen. Die enorme Belastung, unter der ständigen Androhung von Gewalt zu leben, war bereits von ihren Schultern abgefallen. Nein, sie hatte ihre Meinung bestimmt nicht geändert. Doch anstatt meine Klientin zu schützen, ließ ich mich auf einen Boxkampf mit ihrem widerlichen Ehemann ein.

Und genau da lag der Hase im Pfeffer: Sie hatte mir vertraut. Hatte mir ihr Leben anvertraut. Und doch hatte ich mal wieder einen Menschen auf die schlimmstmögliche Art im Stich gelassen.

Ich spürte Angel am anderen Ende des Zimmers und schielte durch meine Wimpern. Er ließ den Kopf hängen, sein Blick verirrte sich immer mal wieder nach links, wo Reyes saß. Im Dunkeln. Er war da, das hatte ich ebenfalls mitbekommen. Er harrte geduldig neben mir aus, ohne mich zu berühren oder irgendwas von mir zu wollen, und sonderte Hitze ab wie eine Sanddüne in der Wüste.

Angel würde sich nicht näher herantrauen. Nicht in Reyes' Gegenwart. Er hatte Angst vor ihm. Vor Reyes hatten sogar die Toten Schiss.

Ich zog mir wieder meine Decke über den Kopf und verbarg das Gesicht darin. »Du hättest ruhig was sagen können«, wandte ich mich an Angel. Meine Stimme drang gedämpft durch den dicken Stoff.

»Sie hätten sich doch nur aufgeregt.«

»Also bist du für zwei Tage abgetaucht.«

Ich meinte zu spüren, wie er die Achseln zuckte. »Ich dachte halt, dann nehmen Sie weiter an, dass sie davongekommen ist, dass sie nie wieder aufkreuzen würde.«

»Außer in ihrem Schlafzimmer in einer Blutlache.«

»Ja, das hatte ich auch nicht für möglich gehalten.«

»Ich wollte, dass sie glücklich wird«, erklärte ich. »Ich hatte alles genau geplant. Sie würde ein Hotel aufmachen, sich neu mit ihrer Tante anfreunden und glücklicher sein als in ihrem ganzen Leben.«

»Sie ist jetzt glücklicher als in ihrem ganzen Leben. Bloß nicht so, wie Sie es wollten. Wenn Sie wüssten, wie es hier wirklich ist, wären Sie bestimmt nicht so traurig.«

Ich seufzte. Aus irgendeinem Grund änderte dieses Wissen nicht allzu viel. »Was ist passiert?«

»Sie hat alles richtig gemacht, so wie Sie es ihr gesagt hatten«, antwortete er. »Das Abendessen stand noch auf dem Herd, auf dem Nachttisch lag ihre Handtasche mit dem Portemonnaie darin, Schuhe und Mantel waren an der Garderobe geblieben. Er hätte nie im Leben Verdacht geschöpft.«

»Und dann? Was hat's versaut?«

»Die Babydecke.«

Ich richtete mich halb auf. Angel kratzte verlegen Lack von der Küchenbar und gab sich alle Mühe, nicht in Reyes' Richtung zu peilen.

»Sie fuhr noch mal zurück, um die Babydecke zu holen«, erklärte er.

»Babydecke? Aber sie hatte doch gar kein Baby«, gab ich verwirrt zurück.

»Wenn er sie nicht in den Bauch getreten hätte, hätte sie bald eins gekriegt.«

Wieder zog ich mich unter die Decke zurück und kämpfte gegen brennende Tränen an.

»Sie hat eine gestrickt. Eine gelbe, weil sie noch nicht wusste, ob es ein Junge oder ein Mädchen wird. Irgendwann hat sie ihr bisschen Mut zusammengekratzt und ihm gesagt, dass sie schwanger war, und das war's dann.«

Ich kniff die Augenlieder zu und quetschte die nutzlosesten Tränen, die ich jemals vergossen hatte, aus den Augenwinkeln. Die Decke saugte sie auf, und ich wünschte mir von ganzem Herzen, dass sie mich gleich mit aufsaugte, dass sie mich mit Haut und Haaren verschlingen und die morschen Knochen anschließend ausspucken würde. Wozu war ich überhaupt auf der

Welt? Um mich und meine Familie lächerlich zu machen? Um Menschen wehzutun, die mir nie zuvor begegnet waren?

»Aber Zeke Herschel saß doch im Gefängnis«, wandte ich ein, weil ich das Geschehene einfach nicht akzeptieren konnte.

»Er hat fast im selben Moment, wo er eingebuchtet wurde, die Kaution hinterlegt. Sein Cousin ist Kautionsagent.«

Das war mir bekannt gewesen, ich hatte nur nicht damit gerechnet, dass Rosie noch mal umkehren würde.

»Herschel erwischte sie, als sie aus dem Haus kam. Ihr Blick verriet ihm, was sie vorhatte.« Angel kaute einen Moment auf der Unterlippe, bevor er den Faden wieder aufnahm: »Nachdem er … es getan hatte, fand er in ihrer Tasche Ihre Visitenkarte und zählte zwei und zwei zusammen.«

Wir schwiegen lange, während ich mir über meine Rolle in dieser Welt klar zu werden versuchte. Offenbar ging ich die ganze Schnittersache vollkommen falsch an. Vielleicht war das ja das Grundübel. Oder es gab gar keinen gangbaren Weg. Vielleicht musste ich mein Leben einfach leben, ohne anderen Menschen helfen zu wollen, ohne deren Probleme in die Hand zu nehmen, ob es sich nun um Lebende oder Tote handelte.

»Es war nicht Ihre Schuld, wissen Sie«, sagte Angel nach einer Weile.

»Ja klar«, sagte ich tonlos und fühlte eine überwältigende Niedergeschlagenheit. »Wahrscheinlich hat Rosie es selbst vermasselt. Geben wir doch ihr die Schuld.«

»So habe ich das nicht gemeint. Ich weiß bloß, wie Sie drauf sind. Sie laden sich alles auf die Schultern, wie dieser Typ, der die Welt auf den Schultern trägt, aber das müssen Sie gar nicht. Sie haben nicht mal die Muckis dazu.«

»Was meinst du, warum bin ich hier?«, wollte ich von ihm wissen. Von Angel. Einem dreizehnjährigen Toten, der mal Mitglied einer Bande gewesen war.

»Weil Sie nun mal hier sind, schätze ich.«

»Oh, na klar, auf den Gedanken bin ich noch gar nicht gekommen.«

»Was meinen Sie denn, warum Sie hier sind?«

»Um Elend und Schrecken zu verbreiten«, antwortete ich. »Deshalb.«

»Tja, wenn das so klar ist …« Um seine Mundwinkel spielte ein Lächeln.

Als Reyes sich neben mir regte, huschte Angels Blick sofort zu ihm.

»Warum, glaubst du, ist *er* hier?«, fragte ich Angel, indem ich mit dem Kopf auf Reyes wies.

Angel dachte darüber nach, dann sagte er: »Um Elend und Schrecken zu verbreiten.« Als er das *Deshalb* wegließ, ging mir auf, dass er es ernst meinte.

Ich drehte den Kopf zu Reyes. Der hatte wie zur Warnung seinen Blick auf Angel geheftet.

»Ich bin dann mal weg«, verkündete Angel. »Meine Mom hat heute Vormittag einen Friseurtermin. Ich schaue immer gerne zu, wenn sie sich die Haare machen lässt.«

Das war nicht seine lahmste Ausrede, aber viel fehlte nicht daran.

»Sagst du mir beim nächsten Mal Bescheid?«, fragte ich.

Er zwinkerte mir zu, als wollte er mich bezirzen. »Mal sehen.« Dann war wer weg.

»Was meinst *du*, wozu ich hier bin?«, wandte ich mich an Reyes, der weiter reglos neben mir saß. Aber er antwortete nicht. Natürlich nicht. »Du hast mir das Leben gerettet. Hast du vor, in nächster Zeit aufzuwachen? Ich weiß nämlich nicht, wie lange ich die Mühlen des Staates noch aufhalten kann.«

Seit dem Augenblick, wo ich ihn neben mir bemerkt hatte, schlug mein Herz schneller. Und nun, da wir allein waren, raste es mir mit Warpgeschwindigkeit davon, ohne auf irgendwelche Sterne in der Nähe zu achten. Reyes' Energie war wie etwas Greifbares, sie elektrisierte, erregte mich, hüllte meinen Körper in einen Kokon. Obwohl er mir nicht näher gekommen war, spürte ich ihn von Kopf bis Fuß.

Ich versuchte, mich davon nicht beeindrucken zu lassen, na ja, jedenfalls nicht völlig, und fragte ihn: »Was bist du, Reyes Farrow?«

Er langte, ohne ein Wort zu sagen, nach der Decke, zog sie mir weg, sodass ich seine Hitze vollends zu spüren bekam. Ich beugte mich zu ihm und fuhr mit den Fingerspitzen über die seidigen Linien seines Tattoos. Es war zugleich futuristisch und primitiv, eine Kombination ineinandergreifender, in Spitzen auslaufender Geraden und sanft geschwungener Kurven, die um seine Oberarme verliefen und unter seinen Hemdsärmeln verschwanden. Die Tätowierung war ein ausdrucksvolles Kunstwerk, das beide Schultern umspannte und sich von dort in einer Spirale über beide Arme fortsetzte. Und das etwas bedeutete. Etwas Großes. Etwas … Wichtiges.

Im nächsten Moment war ich verloren. Ich stürzte hinein wie Alice im Wunderland, stolperte die Kurven entlang und fürchtete, nie wieder freizukommen. Es war die schematische Zeichnung eines Eingangs. In einem anderen Leben hatte ich die schon mal gesehen. Aber sie war für mich nicht mit angenehmen Erinnerungen verbunden, war vielmehr eine Warnung. Ein Omen.

Dann fiel es mir ein. Es war der verwirrende, labyrinthische Mechanismus eines Schlosses zu einem Reich alles verschlingender Finsternis.

Der Schlüssel zur Höllenpforte.

Der Schock riss mich blitzartig in die Gegenwart zurück. Wie eine Ertrinkende kam ich an die Oberfläche und schnappte nach

Luft. Dann wandte ich mich Reyes zu, starrte ihn entsetzt an und begann mich langsam, sehr, sehr langsam von ihm zurückzuziehen.

Doch er wusste Bescheid. Ich hatte herausgefunden, was er war, und er wusste es. Die Erkenntnis trat in seine Augen, dann packte er mich wie eine zubeißende Kobra. Ich wollte mich seinem Griff entwinden, doch er erwischte mich am Fuß, zog und war im nächsten Moment über mir, drückte mich an den Boden, hielt mich umklammert, während ich mich hin und her warf und mit Zähnen und Klauen um meine Freiheit kämpfte. Aber er war einfach zu stark und zu schnell. Er bewegte sich wie der Wind und vereitelte jeden meiner Fluchtversuche.

Dann zwang ich mich, ruhig zu werden. Er hielt meine Hände über meinem Kopf fest. Sein harter, schlanker Leib würde mich bändigen, falls ich es mir anders überlegte. So lag ich erschöpft da, ließ ihn nicht aus den Augen, und meine Gedanken überschlugen sich in hundert verschiedene Richtungen, während ich unter seinem Gewicht ächzte. Dann huschte eine seltsame, beunruhigende Regung über sein Gesicht. War es … Scham?

»Ich bin nicht *er*«, zischte er mit zusammengebissenen Zähnen, konnte mir aber nicht in die Augen sehen.

Er log. Eine andere Erklärung gab es nicht. »Wer sonst trägt dieses Zeichen?«, wollte ich wissen, wobei ich versuchte, zutiefst angewidert zu klingen, jedenfalls bloß nicht verletzt und enttäuscht. Ich hob den Kopf an, bis wir nur noch Millimeter voneinander entfernt waren. Er roch wie ein Gewitter, das baldigen Regen verspricht. Und er glühte, wie üblich. Und er war genauso atemlos wie ich. Das hätte mich vielleicht trösten sollen, tat es aber nicht. »Wer sonst in dieser oder der nächsten Welt?«

Als er nicht antwortete, wollte ich mich abermals unter ihm hervorwinden. »Hiergeblieben«, befahl er mit rauer, heiserer, qualvoller Stimme. Er packte meine Handgelenke fester. »Ich bin nicht er.«

Ich ließ den Kopf sinken und schloss die Augen. Derweil rückte er sich auf mir zurecht, um mich noch fester umklammern zu können.

»Wer sonst in dieser oder der nächsten Welt trägt dieses Zeichen?«, fragte ich noch einmal. Ich funkelte ihn anklagend an. »Das Zeichen des Tieres. Wem sonst wurde der Schlüssel zur Hölle auf den Leib gebrannt? Wem, wenn nicht ihm?«

Er barg den Kopf an seiner Schulter, als wollte er sein Gesicht vor mir verbergen. Dann strich ein schwerer Seufzer über meine Wange. Als er sprach, klang eine so tiefe Scham aus seiner Stimme, eine solche Entrüstung, dass ich an mich halten musste, um nicht zurückzuschrecken. Denn was er sagte, verschlug mir den Atem.

»Sein Sohn.« Dann sah er mich an, musterte meinen Gesichtsausdruck, um herauszufinden, ob ich ihm glaubte. »Ich bin sein Sohn.«

Was für ein Schock. Aber das war unmöglich.

»Ich habe mich Jahrhunderte vor ihm verborgen gehalten«, fuhr er fort, »und auf dich gewartet, bis du das Licht der Welt erblicktest. Der Himmelsgott schickt nicht oft einen Schnitter, und bevor du kamst, war ich jedes Mal so enttäuscht, fühlte ich mich so verloren.«

Meine Lider flatterten. Ich war total verwirrt. Woher wusste er das alles? Doch die weit wichtigere Frage lautete: »Wieso warst du enttäuscht?«

Ehe er antwortete, wandte er, als würde er sich schämen, das Gesicht ab. »Wieso muss die Erde von der Sonne gewärmt werden?«

Ich runzelte die Stirn, wollte ihn verstehen.

»Wieso braucht der Wald den sanften Regen?«

Ich schüttelte den Kopf, doch er fuhr unbeirrt fort.

»Als ich wusste, dass er dich schicken würde, suchte ich mir eine Familie aus, um ebenfalls in diese Welt geboren zu werden. Um zu warten und zu beobachten.«

Nach einem Augenblick fragte ich ziemlich entsetzt: »Und da verfielst du ausgerechnet auf Earl Walker?«

Er verzog einen Mundwinkel zu einem schiefen Lächeln, während er seinen Blick über mein Gesicht schweifen ließ. Dann gab er eine meiner Hände frei und strich mit den Fingerspitzen den Arm entlang bis zu meinem Hals. »Nein«, antwortete er und sah mich starr an, wie hypnotisiert. »Ein Mann nahm mich meiner Familie weg und behielt mich eine Zeit lang, schließlich verkaufte er mich an Earl Walker. Da ich wusste, dass ich mich, solange ich ein Mensch war, nicht an meine Vergangenheit erinnern würde, gab ich alles auf, um bei dir zu sein. Ich wusste nicht, wer ich war … was ich war, bis ich für einige Jahre ins Gefängnis musste. Dort kam die Erinnerung Stück für Stück zurück, in zusammenhanglosen Träumen, wie ein Puzzle, für das man Jahrzehnte braucht.«

»Dann hattest du bei deiner Geburt keine Ahnung, wer du warst?«

Er hielt meine Handgelenke ein wenig lockerer. »Nein. Aber ich forschte gründlich nach. Ich hätte eine glückliche Kindheit haben, auf dieselben Schulen wie du gehen sollen. Auf dasselbe College. Ich wusste vorher, dass ich als Mensch keine Macht über mein Schicksal haben würde, aber das war mir egal.«

»Aber du bist sein Sohn«, sagte ich und gab mir alle Mühe, ihn zu hassen. »Satans Sohn.«

»Und du die Stieftochter von Denise Davidson.«

Wow. Das war ein bisschen grob, aber meinetwegen. »Schön, ist angekommen.«

»Sind wir nicht ebenso das Produkt der Welt, in die wir hineingeboren wurden, wie das der Eltern, die wir uns nicht aussuchen konnten?«

Diesen Streit um Vererbung und Erfahrung kannte ich seit meinem Studium, allerdings konnte man diesen besonderen Fall nicht so ohne Weiteres abfrühstücken. »Aber der Satan ist so … na ja, so böse.«

»Und deshalb hältst du auch mich für böse?«

»Der Apfel fällt nicht weit vom Stamm«, erklärte ich.

Er verlagerte sein Körpergewicht. Die Bewegung brachte mein Innerstes noch mehr in Wallung, und ich kämpfte gegen den Wunsch an, mit den Beinen seine Taille zu umschlingen und alles andere zu vergessen.

»Wirke ich denn böse auf dich?« Seine tiefe Stimme liebkoste mich wie Samt. Er betrachtete derweil eifrig den Puls an meinem Hals, betastete ihn behutsam, als ob ihn menschliches Leben faszinierte.

»Immerhin neigst du dazu, Leuten das Rückenmark zu durchtrennen.«

»Nur für dich.«

Beunruhigend und seltsam romantisch. »Und du hast wegen Mordes an Earl Walker gesessen.«

Seine Hand sank tiefer, strich über Will Robinson, dann zum Saum meines Pullovers, um wieder nach oben zu wandern, fuhr über nackte Haut und schickte Wellen der Lust in die empfindlichen, niederen Regionen meiner Anatomie. »Ganz so einfach ist das nicht«, widersprach er.

»Hast du es getan?«

»Das kannst du Earl Walker selbst fragen, sobald ich ihn finde.«

Der war ohne Frage geradewegs zur Hölle gefahren. »Kannst du denn zurück? Kannst du ihn in der Hölle suchen? Ich meine, du versteckst dich doch, oder?«

Seine Hand fuhr behutsam weiter nach oben, umfasste Will

und kniff mit den Fingerspitzen in die harte Mitte. Ich verkniff mir ein wollüstiges Stöhnen.

»Er ist nicht in der Hölle.«

Überrascht gab ich zurück: »Na, die andere Richtung hat er bestimmt nicht eingeschlagen.«

»Nein«, sagte er, dann ließ er den Kopf sinken, bis sein Mund meinen rasenden Puls fand, den er mit winzigen, heißen Küssen taufte.

»Dann ist er noch hier?« Ich strengte mich echt an, den Faden nicht zu verlieren, aber Reyes schien wild entschlossen, eben das zu erreichen.

Ich spürte sein Lächeln auf der Haut. »Ja.«

»Oh, und wieso versteckst du dich vor deinem Vater?«, fragte ich atemlos.

»Earl Walker?«

»Nein, vor dem *anderen*.« Ich hatte so viele Fragen. Ich wollte alles über ihn wissen. Über sein Leben. Über seine … Präexistenz.

»Das ist vorbei«, sagte er, während er an meinem Ohrläppchen knabberte, dass mir neue Schauder über den Rücken liefen.

»Das ist vorbei?«, hauchte ich, um mich irgendwie abzulenken, um an etwas anderes als die Wogen der Lust zu denken, die meinen Körper erfassten.

»Ja. Vorbei.«

»Kannst du das näher ausführen?«

»Wenn du willst. Ich würde lieber hiermit weitermachen.«

»Oh … mein …«

Seine Hand glitt in meine Schlafanzughose, verschwand in meinem Höschen und stieß auf eine köstliche Stelle, mit der er sich sofort angelegentlich beschäftigte. Ich erbebte, als seine Finger die seidigen Falten darunter berührten, und erschauerte, als sie tiefer in mich eindrangen; seine Berührung war einfach zu köstlich, zu intensiv.

Satans Sohn. Satans Sohn.

Während seine Finger die empfindlichen Stellen zwischen meinen Schenkeln streichelten, wanderte sein Mund – sein wunderbarer, perfekter Mund – südwärts und knabberte an Danger. Im hintersten Winkel meines Verstandes war mir bewusst, dass ich halb nackt einem der mächtigsten Wesen auf Erden ausgeliefert war, konnte mich aber nicht erinnern, wie er mir irgendein Kleidungsstück ausgezogen hatte. Besaß er übernatürliche Kräfte, die ihm nicht nur erlaubten, Wirbelsäulen zu durchtrennen, sondern auch Frauen auszuziehen?

Ich befreite meine Hand aus seinem Griff und vergrub die Finger in seinem Haar. Ich zog ihn an mich und küsste ihn mit dem ganzen Verlangen, das in all den Jahren in mir gewachsen war. Meine Küsse gehörten ihm, ich hatte sie für diese besondere Gelegenheit aufgespart. Ich genoss seinen samtigen Geschmack auf der Zunge, als er den Kopf neigte, tiefer in mich eintauchte und von meiner Essenz, meiner Lebenskraft zehrte.

Zum ersten Mal spürte ich ihn, ohne dabei in einem Meer aus Lust zu versinken und dem Ertrinken nahe zu kommen. Was nicht heißen soll, dass irgendetwas daran leichter war – ich verlor nur nicht völlig die Beherrschung, sah wenigstens ein bisschen klarer. Er war jetzt real, tatsächlich greifbar. Ich träumte nicht bloß. Ich trat nicht aus meinem Körper hinaus. Nein, ich hatte es mit Reyes Farrow in Person zu tun, der so sehr Fleisch geworden war, wie er es überhaupt konnte, wenn man bedachte, dass er eine Wegstunde von hier im Koma lag.

Die Luft um uns waberte wie Hitze um einen Ofen. Er knurrte, und ich half ihm, mir das Höschen abzustreifen, strampelte und kickte es mir die Beine hinunter. Kurz darauf unterbrach er den Kuss, zerrte mir das Höschen über die Füße und warf es nach Mr Wong.

Dann war er wieder über mir, ich fühlte mich von Feuer eingehüllt. Flammen leckten an meinen sämtlichen Mädchenteilen, erfassten mich vollends und verwandelten meinen Körper in ein Tohuwabohu aus Gluthitze und Verlangen. Er kämpfte sich aus seinen Klamotten, dann ragte er über mir auf, die Augen trunken vor Sünde. Seine breiten Schultern, eine Wand aus Muskeln, bedeckten weich fließende, messerscharf konturierte Tätowierungen. Fließend und lebendig, markierten sie die Grenzen zwischen Himmel und Hölle, und waren so sehr eins mit seiner Gestalt, so natürlich und ätherisch, dass sie mit ihm zu atmen schienen. Ich fuhr mit den Handflächen über seine Brust, die sich glatt und hart anfühlte wie antiker Stahl, und hinunter zu seinem Bauch, der sich unter der Berührung zusammenzog.

Ich griff nach seiner Erektion, und meine Finger konnten ihn kaum umspannen. Er holte scharf Luft, packte mein Handgelenk und hielt es fest, während er um Fassung rang. Dann bog er sich, zitternd vor Verlangen, kniend zurück. »Ich will, dass es länger dauert.«

Ich wollte ihn in mir. Der angeknackste Knöchel war vergessen, ich drehte mich auf die Füße, stieg rittlings auf ihn und spießte mich auf. Mit zusammengebissenen Zähnen sog ich die Luft ein, während in meinem Unterleib die Wollust explodierte und ich ihn hart und glatt wie Marmor in mir spürte. Er schlang die Arme um mich und hielt mich fest, als ich mich bewegen wollte. Ich ließ ihm eine Minute Zeit, genoss die Festigkeit, die mich ausfüllte. Auch ohne die geringste Bewegung schwebte ich am Rande des Orgasmus. Ich wehrte mich gegen seinen Griff, wollte mich bewegen und kommen. Ich vergrub die Finger in seinen Haaren, fand Halt und stieß mich mit den Beinen ab, aber ohne Erfolg. Er knurrte nur und blieb unerbittlich. Heiser stöhnend legte er mich schließlich auf den Rücken und drang mit einem gewaltigen Stoß tiefer in mich ein. Ich füllte meine Lungen mit Luft, hörte zu atmen auf, als er hinausglitt und erneut in mich hineinstieß. Mit quälend langsamen, irrsinnig bedächtigen Bewegungen setzte er das Spiel fort, minutenlang, hörte auf, sobald ich dem Höhepunkt zu nahe kam, und zog sich zurück, wann immer ich seine stahlharten Hinterbacken umklammerte und mehr wollte. Dann beschleunigte er den Rhythmus allmählich, legte eine raschere Gangart ein, führte mich näher und näher an das in meinem Unterleib lodernde Inferno heran, bis es in mir explodierte. Der süße Schmerz des Orgasmus überkam mich in einem Ansturm von Adrenalin, das durch jedes Molekül meines Körpers pulste und kreiste. Ich warf den Kopf zurück, biss die Zähne zusammen und machte mich bereit, auf der Welle zu reiten, deren Gewalt mich unter ihm erschauern ließ.

Er kam Augenblicke nach mir und jagte einen zweiten Höhepunkt durch meine Blutbahn. Der indes anders war. Noch intensiver. Irgendwie … bedeutender.

In meinem Schädel vergingen Sterne in weißglühenden Supernovae. In meinem Kopf entstanden Galaxien. Ich wohnte der Geburt des Universums bei. Aus Urmaterie bildeten sich Planeten, als die Schwerkraft einsetzte, erfasste, was in ihre Reichweite geriet, und nach ihrem Willen die Elemente manipulierte und bezwang. Aus Gasen und Schichten von Eis wurden Trabanten, die sich hell leuchtend von der Schwärze der Ewigkeit abhoben, während andere mit unvorstellbarer Geschwindigkeit über den Himmel rasten.

Dann sah ich, wie die Erde entstand, sich ihre Magnetosphäre bildete und alles Lebendige auf der strahlend blauen Kugel wie ein Schutzschild vor dem Weltall abschirmte. Ich sah eine Landmasse sich teilen und zu Kontinenten werden, wurde Zeuge des Aufstiegs der Engel und des Sturzes der Wenigen. Angeführt von einem schönen Wesen, versteckten sich die Abtrünnigen in überall im Universum verstreuten Felsen und Spalten, wo die glühenden Lavaströme flossen und verebbten wie die Meere der Welt.

In jener Zeit, nach dem kurzen Krieg der Engel, wurde Reyes geboren, in der Glut einer Supernova aus den irdischen Elementen geschmiedet. Er stieg rasch auf und wurde ein großer, geachteter Anführer. Untergeordnet nur seinem Vater, aber schöner und mächtiger noch als der, befehligte er ein Millionenheer, als General unter Dieben, und ihm war der Schlüssel zu den Pforten der Hölle in die Haut geritzt.

Doch der Stolz seines Vaters wollte sich nicht damit begnügen. Er wollte den Himmel. Er wollte die vollständige Herrschaft über jedes Lebewesen im Weltall. Er wollte Gottes Thron.

Reyes befolgte alle Befehle seines Vaters und wartete geduldig auf eine Gelegenheit, als Mensch in die Welt zu kommen, um schließlich in den Himmel aufzufahren und der Hölle den Rücken zu kehren. Immer auf der Suche nach Listen und Schlichen, durchstieß er die Tore der Unterwelt und fand die Portale am äußersten Rand des Universums.

Und dann entdeckte er mich. Aber so sehr ich mich auch anstrengte, konnte ich mich nicht mit seinen Augen sehen. Alles, was ich sah, waren Tausende Lichter von gleicher Gestalt. Reyes jedoch schaute genauer hin und erblickte eines aus gesponnenem Gold, eine glänzende, gleißende Tochter der Sonne. Dann drehte sie sich um, sah ihn und lächelte, und Reyes war verloren.

Als ich in die Gegenwart zurückstürzte, spürte ich ihn, wie er sich, unverhohlen misstrauisch, auf einen Arm stützte. »Ich wollte nicht, dass du das siehst«, sagte er und klang erschöpft. Er atmete schwer.

Ich zitterte, noch kraftlos von den Höhepunkten, deren Wirkung allmählich nachließ. »Das war ich?«, flüsterte ich erstaunt.

Er lag neben mir, um wieder zu Atem zu kommen, stützte den

Kopf auf einen Arm und sah mich an. Zum ersten Mal fiel mir auf, dass in seinen Augen Milliarden Lichter funkelten wie ferne Galaxien. »Du wirst doch nicht noch einmal versuchen, vor mir davonzulaufen, oder?«

Zu entsetzt, um zu lächeln, fragte ich ihn: »Würde mir das etwas nutzen?«

Er zuckte mit einer Schulter. »Wenn du wüsstest, wozu du fähig bist, schon.«

Eine sehr aufschlussreiche Bemerkung. Ich wälzte mich auf die Seite, um ihn anzusehen. Seine Augen glänzten zufrieden und gelöst. »Und wozu bin ich fähig?«

Er grinste. Sein schönes Gesicht – viel zu schön für einen Menschen – entspannte sich vor meinen Augen. »Wenn ich dir das sage, gerate ich ins Hintertreffen.«

»Aha«, sagte ich, als sich ein Puzzleteil in die richtige Stelle fügte. »Der vollendete Feldherr hat mehr Tricks auf Lager als ein betagter Zauberkünstler.«

Als würde er sich schämen, senkte er das Kinn. »Das ist lange her.«

Sein Körper schimmerte neben meinem, und ich konnte nicht anders, als unentwegt auf die Hügel und Täler seiner formvollendeten Gestalt zu starren. Auf einmal bemerkte ich, dass sein Körper von Narben übersät war, einige sehr klein, andere … nicht so klein. Ich fragte mich, ob sie auf sein Leben mit Earl Walker zurückgingen oder auf sein Leben als General der Hölle. »Was hast du vorhin gemeint, als du sagtest, Satan sei auf der Suche nach dir gewesen?«

Sein Finger umkreiste träge meinen Bauchnabel und löste winzige Erschütterungen aus, die sich bis in mein Innerstes fortpflanzten. »Dass er nicht mehr nach mir sucht.«

»Hat er aufgegeben?«, fragte ich hoffnungsvoll.

»Nein. Er hat mich gefunden.«

Alarmiert riss ich die Augen auf. »Aber, ist das nicht furchtbar?«

»Doch.«

Ich setzte mich auf, um in sein Gesicht sehen zu können. »Dann musst du dich wieder verstecken. Keine Ahnung, wo du früher warst, aber du musst dorthin zurück und dich verstecken.«

Doch er hörte mir nicht mehr zu. Etwas jenseits meiner Wahrnehmung hatte ihn abgelenkt. Plötzlich sprang er auf, eingehüllt in seinen Mantel. Ich blickte mich um, sah aber nicht, was er sah. Und das beunruhigte mich, vor allem in Anbetracht dessen, was ich soeben erfahren hatte. Es gab so vieles, was um mich herum vorging, ohne dass ich es mitbekam, tagtäglich zu jeder Minute.

»Reyes«, hauchte ich, doch ich hatte seinen Namen noch nicht ganz ausgesprochen, da stand er vor mir und drückte mir die Hand auf den Mund.

Sein Umhang umfing mich und kitzelte meine Haut, als wäre er elektrisch aufgeladen. Seine Augen begannen zu lodern, er wurde durchscheinend und stand in zwei Welten zugleich. Im nächsten Moment nahm er die Hand weg und drückte mir einen Kuss auf den Mund, bei dem ich fröstelte.

»Vergiss nicht«, sagte er noch, bevor er verschwand, »wenn sie dich finden, haben sie Zugang zu allem, was heilig ist. Portale müssen um jeden Preis geschützt werden.«

Er klang auf einmal so todtraurig, dass ich schwer schluckte. »Was heißt um jeden Preis?«, fragte ich, obwohl ich die Antwort schon ahnte.

»Wenn sie dich finden, muss ich das Portal schließen und dafür deine Lebenskraft auslöschen.«

Entsetzen durchfuhr mich wie ein Blitz. »Und das heißt?«

Er drückte seine Stirn gegen meine und sprach mit geschlossenen Augen weiter. »Dass ich dich töten muss.«

Damit löste er sich auf, seine Essenz streifte meine Haut, fuhr mir ins Haar, bis nur mehr die zartesten Partikel zurückblieben und zu Boden rieselten. Zum ersten Mal im Leben wusste ich, was auf dem Spiel stand. Nun hatte ich die Antworten, auf die ich gerne verzichtet hätte. Gleichwohl konnte ich nicht umhin, mich ein wenig hintergangen zu fühlen, auch wenn ich niemandem außer mir selbst die Schuld in die Schuhe schieben konnte.

War ja klar, dass ein Techtelmechtel mit Satans Sohn nicht gut ausgehen konnte.

21

Ein reines Gewissen spricht gewöhnlich
für ein schlechtes Gedächtnis.
– Steven Wright

»Du hast dich letzte Nacht offensichtlich *viel* zu gut amüsiert.«

Ich wollte die Augen aufschlagen und mir gleichzeitig einen Überblick über die Umgebung verschaffen, bekam aber weder das eine noch das andere richtig hin. »Liege ich immer noch nackt auf dem Boden in meinem Wohnzimmer?«

Cookie stieß einen Pfiff aus. »Wow, dann hast du dich noch besser amüsiert, als ich dachte.« Sie saß auf der Bettkante, hüpfte, um mich zu ärgern, ein bisschen auf der Matratze, und sagte dann: »Hab Kaffee gemacht.«

Ah, die drei Zauberworte. Meine Lider flatterten, öffneten sich, und schon tat sich der gesegnete Anblick einer schwebenden Kaffeetasse vor mir auf. Ich rappelte mich mühsam hoch und nahm ihr die Tasse ab.

»Und ich hab Burritos zum Frühstück mitgebracht.«

»Wie süß.« Nach einem ausgiebigen, kräftigen Schluck fragte ich: »Wie spät ist es?«

»Auch deshalb weiß ich, dass du dich letzte Nacht amüsiert hast«, gab sie kichernd zurück. »Du schläfst nur selten so lange. Außerdem lag dein Schlafanzug im Wohnzimmer verstreut. Die meisten deiner Sachen habe ich aufgehoben, deine Unterhose liegt allerdings noch in Mr Wongs Ecke. Also, wie schaut's aus, rückst du jetzt damit heraus oder später?«

Achselzuckend antwortete ich: »Meinetwegen jetzt, aber dann musst du dich mit der Kurzfassung zufriedengeben.«

»Einverstanden«, sagte sie, nippte an ihrem Kaffee und spähte erwartungsvoll über den Tassenrand.

»Tja, ich habe herausgefunden, dass ich nicht so schnell kleinzukriegen bin wie ein Durchschnittsmensch.«

Verblüfftes Stirnrunzeln.

»Ich habe erfahren, dass Rosie Herschel es nicht außer Landes geschafft hat. Ihr Mann hat sie umgebracht, bevor er sich an meine Fersen geheftet hat.«

Sie riss entsetzt die Augen auf.

»Und ich habe herausgefunden, dass Reyes der Gott des Orgasmus ist.«

Nun war Verwirrung an der Reihe.

»Und ich bin dahintergekommen, dass er allen Ernstes Satans Sohn ist und dass er mich, wenn sie mich finden, womit er die Wesen aus der Unterwelt meint, wird töten müssen.«

Nun wieder Entsetzen.

»Tja, ziemlich viel Stoff für eine Nacht«, meinte ich rückblickend. »Hältst du mich jetzt für irre?«

Sie blinzelte und war sichtlich besorgt.

»Denn momentan habe ich nichts mehr außer meiner geistigen Gesundheit. Und einem Burrito zum Frühstück, natürlich.«

Sie blinzelte weiter.

»Heilige Scheiße, ist es echt schon so spät?«, rief ich, als ich auf die Uhr blickte.

Sie sah nur kurz hin, offenbar hatte es ihr die Sprache verschlagen. Warum bloß? Sie umklammerte ihre Kaffeetasse.

Es war fast neun. Also sprang ich aus dem Bett, ohne darauf zu achten, dass ich splitternackt war, jedoch im vollen Bewusstsein der Erschöpfung, die meine Rückenwirbel zusammenquetschte, und eilte ins Badezimmer, um mich anzuziehen. Um zehn wollte der Staat bei Reyes die lebenserhaltenden Geräte abschalten. Falls die einstweilige Verfügung nicht durchkam …

Aber daran durfte ich jetzt nicht denken. Dank Onkel Bob befasste sich eine Richterin damit. Das klappte bestimmt.

Nachdem ich einen dunklen Pullover und Jeans angezogen, mir die Haare zusammengebunden und vier Schmerztabletten auf einmal hinuntergespült hatte, flitzte ich ins Büro, wo ich alle wichtigen Telefonnummern zu diesem Fall auf Haftnotizen notiert hatte, schnappte sie mir und machte den Abgang.

Cookie erwartete mich auf der Treppe, also sagte ich ihr, wo ich hinwollte. Sie murmelte irgendwas über eine Gehaltserhöhung, doch ich schoss nur an ihr vorüber und lief zum Parkplatz.

Auf der Fahrt nach Santa Fe versuchte ich, Neil Gossett im Gefängnis zu erreichen, aber er war nicht da. Dann versuchte ich es bei der Langzeitpflegeeinrichtung, doch dort erklärte mir eine gestresste Empfangsdame, dass sie am Telefon keine Patienteninformationen herausgeben dürfe. Dann kam Onkel Bob dran, aber der ging nicht ans Telefon. Im Büro der Richterin, die sich mit der einstweiligen Verfügung befasste, beschied man mir, der Vorgang sei inzwischen beim Gericht von Santa Fe gelandet.

Langsam geriet ich in Panik. Was, wenn wir mit der einstweiligen Verfügung keinen Erfolg hatten? Was, wenn das Gericht den Antrag abschlägig beschied?

Um zwei Minuten vor zwei hielt ich vor der Pflegeeinrichtung inmitten blinkender Blaulichter. Es herrschte helle Aufregung. Mein Herz raste. Vielleicht war in der Einrichtung ja etwas passiert, wodurch der Staat sein Vorhaben nicht in die Tat umsetzen konnte. In dem Fall würde der Tod von Reyes Farrow auf einen späteren Zeitpunkt verschoben werden.

Da entdeckte ich Onkel Bobs SUV mit der eingedellten Stoßstange. Was um alles in der Welt tat er hier? Kaum hatte ich Misery eingeparkt, riss ich auch schon die Tür auf.

»Dein Handy funktioniert wieder nicht«, rief Onkel Bob und streckte mir eine Hand hin.

»Im Ernst?« Ich griff mit einer Hand zu, während ich mit der anderen mein Handy aus der Handtasche angelte. »Ich hab dich eben angerufen.« Keine Frage: Ich benötigte dringend einen neuen Akku. Am besten einen atomgetriebenen, der zwölf Jahre hielt, ohne dass ich davon einen Hirntumor bekam.

»Ich hab dich vorhin im Büro zu erreichen versucht«, berichtete er, während ich wankend aus dem Wagen kletterte. Er hörte sich seltsam an. Besorgt.

»Und ich habe dich von unterwegs angerufen. Du bist nicht drangegangen. Was ist denn los?« Wie ein kalter Schauer kroch mir eine Vorahnung den Rücken hinauf. Ubie verhielt sich merkwürdig. Was nicht heißen sollte, dass er sich sonst nie merkwürdig benahm. Jetzt aber verhielt er sich noch seltsamer.

Er warf Miserys Tür zu und führte mich zwischen zahllosen Polizisten und Krankenhausangestellten hindurch.

»Onkel Bob«, sagte ich hinter ihm und strengte mich an, mit ihm Schritt zu halten, »ist irgendwas mit Reyes?«

»Der Antrag auf einstweilige Verfügung wurde abgelehnt«, antwortete er über die Schulter.

Ich blieb abrupt stehen. Während in meinem Kopf hundert Szenarien abspulten, hielt ich fassungslos den Atem an. Würde er hinübergehen, wenn man die Maschinen ausschaltete? Würde er bleiben? Konnte es nach seinem Tod noch eine Beziehung zwischen uns geben? Womöglich wachte er ja auf, wenn er von den Apparaten abgekoppelt wurde. Womöglich ging es ihm dann prima. Vor lauter Sehnsucht nach einem Happy End hoffte ich auf das Unmögliche.

Onkel Bob blieb stehen und drehte sich zu mir um. »Charley«, sagte er auf eine Art, dass ich sofort Gewehr bei Fuß stand. »Hast du mir alles gesagt, was du über Reyes Farrow weißt?«

Irgendwas stimmte hier nicht. Meine Intuition schlug Alarm. »Worauf willst du hinaus?«

»Darauf, dass du mir erzählt hast«, er beugte sich vor und senkte die Stimme, »dass er ein übernatürliches Wesen ist. Ich dachte, du meinst damit, dass er wie du ist. Und nicht, dass er, na ja, über-übernatürlich ist.«

Oh, mein Gott, war alles, was ich noch denken konnte. Wieso wollte Onkel Bob so etwas von mir wissen? Aber sicher ging es Reyes gut, wenn Ubie über-übernatürliche Phänomene am Werk sah. »Warum fragst du?«

»Charley«, sagte er in drohendem Ton, und mein Puls ging schlagartig in die Höhe. Dann packte er meinen Arm und machte sich wieder daran, uns durch den Menschenauflauf zu dirigieren.

»Was ist passiert?«, fragte ich mit Hoffnung in jeder Silbe. Reyes musste am Leben sein. Es musste irgendein Wunder geschehen sein. Warum sollte Ubie mir sonst so eine Frage stellen? Warum sollten all diese Leute sonst hier sein?

»Ich weiß es nicht, Charley«, gab er zurück. Seine Stimme triefte vor Sarkasmus. »Niemand weiß das, Charley. Vielleicht kannst du uns erklären, wie ein Mann einfach so vom Erdboden verschwinden kann.«

»Was?« Damit kamen die Dinge erneut zum Stillstand. »Wovon redest du überhaupt?«

Onkel Bob drehte sich zu mir um. »Da ich wusste, wie viel dir daran gelegen ist, kam ich her, um persönlich mit der Richterin zu reden. Was allerdings nichts gebracht hat, da er wirklich hirntot war und der Staat ein Vermögen ausgab, um ihn am Leben zu erhalten, hatte sie keine Handhabe, deinen Bekannten an den Apparaten zu lassen.«

»Du bist extra deswegen hergefahren? Mir zuliebe?«

»Ja, ja«, nickte er und zupfte unbehaglich an seinem Kragen. »Ich nahm an, das Mindeste, das ich tun könnte, wäre, hier zu sein, wenn sie deinen Bekannten von den Geräten abstöpseln. Doch als ich ankam, ging es hier drunter und drüber. Er war weg.«

»Weg?«, quiekte ich. »Wohin weg?«

Wieder beugte er sich vor und flüsterte drängend: »Nicht einfach weg, Charley, vom Erdboden verschwunden.«

»Ich verstehe nicht. Ist er geflohen?«

»Am besten machst du dir selbst ein Bild.«

Wir hasteten durch den Haupteingang in eine kleine Wachstube.

»Zeigen Sie's ihr«, wies er den Wachmann an, der ihm sofort gehorchte.

Während der Wachmann kurz auf seiner Tastatur tippte, fragte ich: »Was ist das?«

»Schau's dir einfach an«, sagte Ubie.

Auf dem Monitor waren Aufnahmen einer Überwachungskamera zu sehen. Ich erkannte den Bereich. »Ist das vor Reyes' Zimmer?«

»Sieh hin«, befahl er ebenso rätselhaft wie ärgerlich.

Dann bewegte sich etwas. Ich beugte mich vor. Reyes' Zimmertür stand offen, die Schwarzweißaufnahme zeigte, was dahinter vorging. Allerdings war die Auflösung so niedrig, dass man vieles nur unscharf sah, doch Reyes war deutlich zu erkennen. Und er war wach. Er lag ruhig, als wolle er sich orientieren, holte tief Luft, wandte sich dann in Richtung Kamera und lächelte. Er lächelte! Ein boshaftes, schiefes Grinsen, bei dessen Anblick ich weiche Knie bekam.

Dank einer Bildstörung gab es zuerst Schnee, dann wurde der Monitor für den Bruchteil einer Sekunde schwarz, und als das Bild zurückkehrte, war Reyes nicht mehr zu sehen. Binnen einer Sekunde verschwunden. Eben noch da, dann wie vom Erdboden verschluckt, das Bett in Unordnung und verwaist.

»Wo ist er hin?«, erkundigte ich mich bei dem verständnislosen Wachmann, der nur mit den Schultern zuckte.

»Ich hatte gehofft, das könntest du uns sagen«, sagte Onkel Bob.

Reyes kam zweifellos aus einer anderen Welt, aber dass ein Menschenleib entmaterialisierte war einfach nicht drin. Zumindest wusste ich nichts darüber. Allerdings hatte ich mir bis vor ein paar Stunden auch nicht vorstellen können, dass Satan einen leiblichen Sohn hatte. »Onkel Bob«, druckste ich, »ich habe dir wirklich nicht alles gesagt.«

»Sieh mal an.« Onkel Bob bedeutete dem Wachmann, uns alleine zu lassen.

Als er weg war, sagte ich: »Es ist so … äh … ich habe dir *noch nie* die volle Wahrheit gesagt.«

»Was soll das heißen?«, fragte er noch verwirrter als zuvor.

»Dass ich *anders* bin, weißt du ja. Aber ich habe dir nie verraten, wie anders ich wirklich bin.«

»Okay«, gab er betont argwöhnisch zurück. »Und wie anders bist du?«

Ich hatte keinen Schimmer, ob irgendwem damit gedient sein würde, wenn ich Onkel Bob erklärte, dass ich die Schnitterin und Reyes der Sohn des Teufels war. Manches blieb besser ungesagt.

»Sagen wir, ich unterscheide mich mehr von anderen Menschen, als du weißt, und dass, ja, ein Teil von Reyes tatsächlich über-übernatürlich ist.«

»Welcher Teil?«

»Äh, der über-übernatürliche Teil.«

»Das genügt mir nicht, Charley«, ermahnte er mich und trat näher. »Das musst du mir schon genauer erklären.«

Ich ließ mich mit steifem Rücken und zusammengebissenen Zähnen auf der Stuhlkante des Wachmannes nieder. Mir ging ständig dasselbe Wort im Kopf herum. *Scheibenkleister*. Wie um alles in der Welt sollte ich ihm die Entstofflichung eines Menschen erklären? Falls es sich überhaupt darum handelte?

In dem Moment kam Neil Gossett herein. Sein Blick erfasste zuerst mich und wanderte dann schuldbewusst weiter zu Onkel Bob, als würden wir ein Geheimnis teilen. Was wir ja auch taten. Er kannte bloß nicht sämtliche Einzelheiten.

»Mr Gossett«, sagte Onkel Bob und streckte ihm die Hand hin.

»Detective«, sagte Neil, während sie einander die Hände schüttelten. »Gibt's was Neues?«

Onkel Bob sah wieder mich an. »Nichts Besonderes.«

Ubie und Neil wussten beide genug, um mir gefährlich werden zu können, aber keiner von beiden wusste alles. Ich hatte allerdings keine Ahnung, wie lange ich ihre Neugier noch in Schach halten konnte. Schon jetzt hatte ich im Verlauf einer Woche mehr preisgegeben als in meinem ganzen Leben. Während ich mich dadurch einerseits entlastet fühlte, war es andererseits sehr riskant, so vielen Menschen Einblick in meine Welt zu gewähren. Ich hatte das schon einmal getan. Und einen hohen Preis dafür gezahlt.

»Wer ist Dutch?«, fragte Onkel Bob und wies auf den Bildschirm, worauf es mir den Atem verschlug.

Obwohl ich nichts angefasst hatte, war der Monitor jetzt schwarz. Genau in der Mitte leuchtete ein einzelnes Wort, hinter dem ein Cursor blinkte. Die Erleichterung überkam mich mit solcher Wucht, dass ich fast von der Stuhlkante gerutscht wäre. Reyes. Reyes Alexander Farrow lebte noch. Lange starrte ich den Spitznamen an, den er mir am Tag meiner Geburt gegeben hatte, und fragte mich, ob er auch jetzt noch zu mir kommen, ob wir auch so noch zusammen sein konnten. Dann spürte ich an den Lippen seine Berührung, und mir wurde klar, dass mein Leben nie wieder so sein würde wie bisher.

Danksagungen

Mein besonderer, von Herzen kommender Dank gilt:

Meiner wunderbaren Agentin Alexandra Machinist, die an dieses Buch geglaubt und es mit mir ausgehalten hat. Ihre Energie ist ansteckend. Gäbe es sie in Flaschen, könnte sie damit ein Vermögen verdienen.

Meiner glänzenden Lektorin Jennifer Enderlin, deren Begeisterungsfähigkeit mich beschämt, deren Arbeitseifer mich inspiriert und deren wacher Geist durch nichts zu ersetzen ist.

Meiner ganzen Familie, auch den Wackelkandidaten. Wo wäre ich ohne eine so außergewöhnliche Verwandtschaft wie den Eakins Clan, den Duartes, der Familie Jones, den Campbells, den Scotts, den Swopes, Dooley und Snick und zum Schluss, aber ganz sicher nicht an letzter Stelle den großartigen Jones-Boys: Danny, Jerrdan, Casey und seit Neustem Konner Mason. Euch allen danke ich von ganzem Herzen.

Schließlich der Göttin von LERA und allen anderen, vor allem meiner göttlichen Kritikerin Tammy Baumann.

LARA ADRIAN • BELLA ANDRE • ILONA ANDREWS • ALFRED BEKKER • AMBER BENSON • ANNETTE BLAIR SCOTT BOWEN • JACQUELINE CAREY • KRESLEY COLE • SUSAN CRANDALL • MARY JANICE DAVIDSON JOCELYNN DRAKE • JENNIFER FALLON • JACQUELYN FRANK • ANDREA GUNSCHERA • TATE HALLAWAY GEMMA HALLIDAY • LORI HANDELAND • MOLLY HARPER • RACHEL HAWKINS • BARB & J.C. HENDEE WOLFGANG HOHLBEIN • IAN HOLT • TANYA HUFF • STACIA KANE • JULIE KENNER • JACKIE KESSLER CAITLIN KITTREDGE • JEANINE KROCK • VICTORIA LAURIE • JENS LOSSAU • KATIE MACALISTER • SEANAN MCGUIRE • SHANNON MCKENNA • RICHELLE MEAD • ELISABETH NAUGHTON • CHLOE NEILL • PAMELA PALMER • BERND PERPLIES • MICHELLE RAVEN • KIMBERLY RAYE • LISA MARIE RICE • LINDA ROBERTSON STEPHANIE ROWE • DIANA ROWLAND • LILITH SAINTCROW • R.A. SALVATORE • LYNSAY SANDS • JENS SCHUMACHER • GESA SCHWARTZ • ULRIKE SCHWEIKERT • ALISON SINCLAIR • NALINI SINGH • ROXANNE ST. CLAIRE • DACRE STOKER • LYNN VIEHL • CHRISTIAN VON ASTER • EILEEN WILKS • CAY WINTER

LARA ADRIAN • BELLA ANDRE • ILONA ANDREWS • ALFRED BEKKER • AMBER BENSON • ANNETTE BLAIR SCOTT BOWEN • JACQUELINE CAREY • KRESLEY COLE • SUSAN CRANDALL • MARY JANICE DAVIDSON JOCELYNN DRAKE • JENNIFER FALLON • JACQUELYN FRANK • ANDREA GUNSCHERA • TATE HALLAWAY GEMMA HALLIDAY • LORI HANDELAND • MOLLY HARPER • RACHEL HAWKINS • BARB & J.C. HENDEE WOLFGANG HOHLBEIN • IAN HOLT • TANYA HUFF • STACIA KANE • JULIE KENNER • JACKIE KESSLER CAITLIN KITTREDGE • JEANINE KROCK • VICTORIA LAURIE • JENS LOSSAU • KATIE MACALISTER • SEANAN MCGUIRE • SHANNON MCKENNA • RICHELLE MEAD • ELISABETH NAUGHTON • CHLOE NEILL • PAMELA PALMER • BERND PERPLIES • MICHELLE RAVEN • KIMBERLY RAYE • LISA MARIE RICE • LINDA ROBERTSON STEPHANIE ROWE • DIANA ROWLAND • LILITH SAINTCROW • R.A. SALVATORE • LYNSAY SANDS • JENS SCHUMACHER • GESA SCHWARTZ • ULRIKE SCHWEIKERT • ALISON SINCLAIR • NALINI SINGH • ROXANNE ST. CLAIRE • DACRE STOKER • LYNN VIEHL • CHRISTIAN VON ASTER • EILEEN WILKS • CAY WINTER • LARA ADRIAN • BELLA ANDRE • ILONA ANDREWS • ALFRED BEKKER • AMBER BENSON • ANNETTE BLAIR SCOTT BOWEN • JACQUELINE CAREY • KRESLEY COLE • SUSAN CRANDALL • MARY JANICE DAVIDSON JOCELYNN DRAKE • JENNIFER FALLON • JACQUELYN FRANK • ANDREA GUNSCHERA • TATE HALLAWAY GEMMA HALLIDAY • LORI HANDELAND • MOLLY HARPER • RACHEL HAWKINS • BARB & J.C. HENDEE WOLFGANG HOHLBEIN • IAN HOLT • TANYA HUFF • STACIA KANE • JULIE KENNER • JACKIE KESSLER CAITLIN KITTREDGE • JEANINE KROCK • VICTORIA LAURIE • JENS LOSSAU • KATIE MACALISTER • SEANAN MCGUIRE • SHANNON MCKENNA • RICHELLE MEAD • ELISABETH NAUGHTON • CHLOE NEILL • PAMELA PALMER • BERND PERPLIES • MICHELLE RAVEN • KIMBERLY RAYE • LISA MARIE RICE • LINDA ROBERTSON STEPHANIE ROWE • DIANA ROWLAND • LILITH SAINTCROW • R.A. SALVATORE • LYNSAY SANDS • JENS SCHUMACHER • GESA SCHWARTZ • ULRIKE SCHWEIKERT • ALISON SINCLAIR • NALINI SINGH • ROXANNE ST. CLAIRE • DACRE STOKER • LYNN VIEHL • CHRISTIAN VON ASTER • EILEEN WILKS • CAY WINTER LARA ADRIAN • BELLA ANDRE • ILONA ANDREWS • ALFRED BEKKER • AMBER BENSON • ANNETTE BLAIR SCOTT BOWEN • JACQUELINE CAREY • KRESLEY COLE • SUSAN CRANDALL • MARY JANICE DAVIDSON JOCELYNN DRAKE • JENNIFER FALLON • JACQUELYN FRANK • ANDREA GUNSCHERA • TATE HALLAWAY GEMMA HALLIDAY • LORI HANDELAND • MOLLY HARPER • RACHEL HAWKINS • BARB & J.C. HENDEE WOLFGANG HOHLBEIN • IAN HOLT • TANYA HUFF • STACIA KANE • JULIE KENNER • JACKIE KESSLER CAITLIN KITTREDGE • JEANINE KROCK • VICTORIA LAURIE • JENS LOSSAU • KATIE MACALISTER • SEANAN

Shannon K. Butcher

Blicke nicht zurück

Thriller

Eine Frau in größter Gefahr – ein Mann, der um ihr Leben und ihre Liebe kämpft

Als die Kryptologin Noelle Blanche vom Militär gebeten wird, an einer Geheimoperation mitzuarbeiten, lehnt sie zunächst ab. Doch dann wird sie in ihrer Wohnung von maskierten Männern bedroht. Das Militär entsendet zu ihrem Schutz den attraktiven Agenten David Wolfe. Dieser hat mit der Terrorgruppe noch eine Rechnung offen, hat sie doch einst seine Frau auf brutale Weise ermordet. Kann er die hübsche Noelle beschützen und verhindern, dass sich die Vergangenheit wiederholt?

Band 1 der Serie
368 Seiten, kartoniert mit Klappe
€ 9,99 [D]
ISBN 978-3-8025-8476-3

Band 2: Die Last der Schuld
416 Seiten, kartoniert mit Klappe
€ 9,99 [D]
ISBN 978-3-8025-8477-0

www.egmont-lyx.de
EGMONT LYX
Verlagsgesellschaften